T0244989

EL LIBRO DE LOS SECRETOS VIVIENTES

DE LOS

EL LIBRO

DE LOS

SECRETOS VIVIENTES

Madeleine Roux

HarperCollins

Título original: *The Book of Living Secrets*
Editado por HarperCollins Ibérica, S. A., 2022
Avenida de Burgos, 8B–Planta 18
28036 Madrid
harpercollinsiberica.com

© del texto: Madeleine Roux, 2022
© de la traducción: Jofre Homedes Beutnagel, 2022
© 2023, HarperCollins Ibérica, S. A.

Publicado por primera vez por Quill Tree Books, un sello de HarperCollins
Publishers, 195 Broadway, Nueva York.

Adaptación de cubierta: equipo HarperCollins Ibérica
Maquetación: MT Color & Diseño, S.L.

ISBN: 978-84-18774-40-9
Depósito legal: M-12342-2022

Para Nini, Cici y Mimi. Entonces éramos diosas.

«El amor no es más que una locura.»

Como gustéis, William Shakespeare

1

Moira Byrne no creía en el destino, pero lo encontró en el parque, bajo un árbol sin hojas, frente a un caballete con un lienzo en blanco. Jamás había visto nada tan hermoso: alto, esbelto, de abundante y rebelde pelo negro y dedos de pintor.

Acababa de unirlos el destino.

«Qué romántico», pensó. Y qué trágico. ¿Cómo podía estar sin compañía un ser tan bello?

—¿Quién es ese chico? —preguntó, hablando sola.

Sus compañeros de pícnic no la oyeron, pero en su fuero interno Moira repetía sin descanso la misma pregunta. ¿Quién era? Tenía que ser suyo.

A su lado, en la manta de pícnic, estaba su prometido, Kincaid Vaughn, enfrascado en un libro. El tiempo que le dedicaba a la lectura, la ciencia y los experimentos nunca lo tenía para ella. Contemplando al joven del pincel, Moira se preguntó qué sentiría al cogerle la mano y darle un beso, y en su interior nacieron dos certezas: que no podría casarse con su prometido y que haría cualquier cosa para conquistar al apuesto pintor.

Encargó a Greta, su criada, que lo abordase más tarde sin llamar la atención. A su regreso, Greta trajo un nombre y una prenda; también él se había fijado en Moira, y le había dado a la criada un pañuelo para que se lo entregase a esa joven tan bella, de pelo rojo como el fuego y ojos verdes: un rectángulo de algodón con manchas de pintura negra.

—Es francés —añadió Greta—. Tiene un acento muy gracioso.

«Severin Sylvain —dijo Moira para sus adentros, repitiendo el nombre que acababa de averiguar—. Tarde o temprano será mío. Renunciaría a cualquier cosa con tal de ser suya: mi fortuna, mi familia, mi aliento…».

Moira Byrne no creía en el destino, pero sí en el amor verdadero, en la unión de dos almas; almas que no solo unía el matrimonio, sino un lazo irrevocable, el del hilo del Hado. Si los separaban, sangraría, porque no podía negarse que amar era sufrir: el corazón de Moira sentía un ansia dolorosa por el objeto de sus deseos, que obtendría a cualquier precio.

Moira, capítulo 2

Connie, enfundada en tul naranja, se paró en la puerta de la casa de su acompañante. Su mejor amiga, Adelle, que estaba a su lado, sofocó un grito de impaciencia.

Con tanta tela acampanada y tanto naranja fosforito, Connie tenía la impresión de ser un crepúsculo en otro planeta. También ella se sentía extraterrestre. Respiró profundamente y levantó la mano para llamar a la puerta de Julio.

Era el día de Sadie Hawkins, cuando las chicas elegían a su pareja de baile.

—No puedo, Delly —dijo casi sin voz.

Sonó como un globo al desinflarse.

Adelle dio un paso hacia ella, estupefacta. Bajo los apliques de cristal colgados delante de la puerta, parecía que brillara con luz propia. Había alquilado un vestido de gala victoriano en una tienda de vestuario escénico de Brookline: suntuoso terciopelo verde, encaje negro y un polisón de verdad, para adecuarse al estilo de su personaje literario favorito.

«¿A que es clavado? ¿A que parezco Moira?», le había dicho a su amiga.

Adelle, rubia y llena de pecas, tenía poco que ver con una pelirroja como Moira, con su tez de muñeca de porcelana, pero Connie la había visto tan feliz, tan radiante de emoción en el probador de la tienda, que le había confirmado que parecía Moira, alegrándole el día a su amiga, y de paso a sí misma, al menos hasta que Adelle le recordó que las dos tenían que ir acompañadas. ¿Por qué no Julio, que en clase no paraba de mirarla? Hasta a los padres de Connie, tan católicos y estrictos, les caía bien, lo cual ya era mucho.

—¿Qué pasa? —preguntó Adelle cogiéndola por la muñeca para apartarla de la puerta de Julio—. Es normal estar nerviosa. Los chicos dan un miedo atroz.

—No es por eso —masculló Connie.

Lo era y no. A ella Julio no le daba miedo, pero no le apetecía ir al baile con él. ¿Un uno contra uno en el campo de fútbol? Ningún problema. ¿Un lento en el gimnasio, con luces de discoteca y globos violetas baratos? No, gracias. De noche, en la cama, bajo los pósteres de Megan Rapinoe, Layshia Clarendon, Serena y Abby Wambach que tenía en el techo, se había planteado si tendría el valor de invitar al baile a Gigi, la de la tienda de cómics de Commonwealth. Era un año mayor que ella, e iba a un colegio privado, pero igual le decía que sí.

Claro que para eso se lo tendría que haber pedido...

—¿Podemos ir a cualquier otro sitio? —preguntó de espaldas a la puerta.

Las había acercado en coche el padrastro de Adelle, Greg, dando por supuesto que al colegio, donde se hacía el baile, los llevarían los padres de Julio. Tanto Connie como Adelle habían cumplido los dieciséis en septiembre, pero ninguna de las dos había dado ningún paso para sacarse el carné; preferían sus bicis y el metro a un verano aprendiendo a conducir. «Típicas virgo», decía siempre Adelle.

—¿Por ejemplo? —preguntó Adelle.

Le temblaba el labio inferior. Connie se encogió por dentro.

—Adonde sea. A tomarnos un Pigmalion en Burger Buddies, o hasta al Emporium, si quieres. Es que... no me veo capaz.

Adelle no lloró, lo cual, si bien la honraba, no suavizó el mal trago para Connie. Se le notaba la decepción en la cara. Llevaba semanas hablando del baile y pensando obsesivamente en el vestido, en los tirabuzones que se haría y en que hasta la noche misma del baile no revelaría la identidad de su acompañante secreto.

—Va…, vale —dijo arrastrando por la acera la larga cola verde del vestido, que iba acumulando hojas secas—. Me lo veía venir. Esta noche, antes de vestirme, me he echado las cartas del tarot y me ha salido a la primera el cinco de copas. Estaba clarísimo.

Connie asintió como si conociera el significado del cinco de copas, cuando no era así. Adelle llevaba un tiempo metida hasta las cejas en temas de esoterismo y ocultismo, y era incapaz de tomar una decisión sin consultar una carta astral o recurrir a su creciente colección de mazos de tarot.

—Oye, Delly, que lo siento…

—No, qué va, no pasa nada. Si no te apetece…

Connie se ajustó la mochila en el hombro. Dentro llevaba su ropa normal, la cómoda. Se dio cuenta de que era un detalle que la delataba: en ningún momento había tenido la intención de llegar hasta el final con lo de Julio, el baile y la idea romántica que se formaba Adelle de una noche perfecta, digna de un cuento de hadas. El baile perfecto. Sabía que era el sueño de Adelle: recrear el gran baile del libro que más les gustaba a las dos, *Moira*. Todo lo que no fuera astrología, tarot, magos, vampiros, hombres lobo o extraterrestres giraba alrededor de *Moira*. Adelle tenía una imaginación tan grande como ese corazón que Connie estaba viendo con toda claridad que se partía.

—Lo siento —repitió.

Al llegar al final del camino, torció hacia la casa de Adelle. A pie quedaba cerca, pero Greg había insistido en llevarlas en coche para que fuera todo más formal. Era un punto a su favor, o al menos a Connie se lo parecía: se daba cuenta de lo importante que era la noche para Adelle. Lo malo era que, hiciera lo que hiciese Greg, en el fondo, con Adelle nunca ganaba puntos. Eran como el agua y el aceite. Connie vio que el tul del borde del vestido ya se estaba rompiendo por varios sitios.

—Bueno, me lo tendría que haber imaginado, porque también me ha salido el tres de espadas. De todas formas, tengo curiosidad: ¿qué te ha hecho cambiar de idea? —preguntó a su lado Adelle, entrando y saliendo de los círculos de luz de las farolas.

Los árboles que salpicaban la calle eran naranjas y amarillos. El viento, que venía de cara, formaba remolinos de hojas tan secas que crujían.

«Me gustan las chicas», se calló Connie.

—Es que Julio me da mal rollo.

Se quedaron un rato sin hablar. Connie sacó el móvil de la mochila y escribió un mensaje para darle una excusa a Julio y disculparse. Luego suspiró. El lunes lo sabría todo el colegio. Julio se lo contaría a sus amigos, que lo divulgarían entre todo el equipo de béisbol, y entonces todas las novias de los jugadores cuchichearían sobre Connie. Tampoco es que fuera nada nuevo; de hecho, ya la habían arrinconado alguna vez hasta sus propias compañeras de equipo, sobre todo Caroline y Tonya, tan orgullosas de haber salido del armario como convencidas de que Connie era lesbiana, como ellas. «¿Pero tú te has visto?», le había dicho una vez Caroline en el vestuario, con los ojos en blanco, mientras se quitaba la camiseta. «¿Estás segura de que no eres gay?»

No hacerles caso aún empeoraba más las cosas, pero a esa conclusión quería llegar Connie por sí sola. No estaba dispuesta a salir del armario solo por tener una determinada imagen y una determinada manera de vestirse. «Nadie puede hacerme ser de ninguna manera sin mi consentimiento», había pensado entonces, y seguía pensando lo mismo. En su fuero interno ya sabía la verdad. Lo que no sabía era si estaba preparada para proclamarla en voz alta. Tampoco ayudaba que Adelle y ella fueran…, pues eso, raras, con más interés por dedicar su tiempo libre a juegos de rol de fantasía, o a hacer cola a medianoche para algún lanzamiento en una librería, que por los escarceos sexuales que pudiera brindarles una fiesta en casa de los padres de alguien.

Cómo iban a disfrutar Caroline y Tonya…

—¡Oye! —Adelle la tocó. Al mirar a su amiga, Connie vio con sorpresa que estaba sonriendo—. Ya sé qué podemos hacer.

—¿Qué?

—Pillamos las bicis y nos vamos al Emporium. ¡Mira!

Adelle sacó su móvil del bolso con borlas que llevaba colgado en la muñeca izquierda y, después de abrir su correo electrónico, le enseñó una *newsletter* de su tienda favorita de cosas raras, el Witch's Eye Emporium. A Connie le dio un poco de mal rollo que hubieran mandado el mensaje solo a Adelle, personalmente.

—¿Le has dado tu correo a Straven? —preguntó.

—¡Claro, si nos apuntamos las dos a la *newsletter*!

—Ya, pero yo esto no lo he recibido —señaló.

Se estremeció al notar un hormigueo en la piel. Según su madre, era porque alguien caminaba encima de su tumba.

—Será un fallo del servidor —contestó Adelle, sin dar señas de que le preocupara lo más mínimo ser la única destinataria del mensaje.

Aun así, Connie frunció el ceño.

—¿Has estado yendo sola?

—¿Más a menudo de lo normal, quieres decir?

—Sí.

De repente Adelle no parecía interesada en que se mirasen a los ojos.

—Pues sí, siempre que tengo un rato libre. Me está enseñando técnicas avanzadas de tarot y me ha prestado un libro, *¿Qué c... es el tarot?* Greg se quedó flipado, tía. Según él, tendría que pasarme las veinticuatro horas del día haciendo sudokus y preparando los exámenes finales, te lo juro.

Acercó la pantalla del móvil a la cara de Connie.

SOLO EL 13 DE NOVIEMBRE

TÉ DE MADRUGADA CON LUNA LLENA

—Es de lo único que hablaba esta semana el señor Straven cada vez que he pasado por la tienda —explicó—. Dice que deberías ir más a menudo.

«*No, gracias*», pensó Connie. Entre los entrenamientos, las pesas y los grupos de estudio estaba bastante ocupada, pero tal vez Adelle necesitara algo más en lo que entretenerse. Quizá lo de Straven y el tarot fuera una llamada de auxilio. ¿Habría prestado demasiada poca atención a los cambios de su amiga? Claro que al Emporium habían ido millones de veces. Seguro que eran simples paranoias. Se estremeció otra vez. «Alguien que pisa mi tumba.» Pasó una furgoneta a toda pastilla, con hip hop a tope y seis adolescentes que se reían como locos de camino al baile.

Adelle ladeó la cabeza, haciendo caer un rizo sobre su mejilla redonda.

—Cuando le dije que nos coincidía el baile con el té se llevó una decepción.

—Venga, pues vamos. —Connie logró sonreír. Si a Adelle se le pasaban tan deprisa las decepciones, era de justicia animarla aún más. Además, Connie se quedaría más tranquila si su amiga no iba sola a la tienda, porque no se podía quitar de la cabeza la impresión de que el mensaje personalizado era sospechoso. El viejo siempre las había tratado bien, pero de algo tenía que servir que les hubieran inculcado desde la infancia que no había que fiarse de los desconocidos—. Con lo monas que estamos, mejor aprovechar.

—Eh, que yo con esto no voy al centro en bici ni loca —dijo Adelle, ahuecándose las capas verdes de la falda—. Si se entera Greg me mata, porque el alquiler no era barato.

Resultó que Greg estaba más interesado en ver reposiciones de *Everwood* en su butaca reclinable, justo a la izquierda del salón, encajada detrás de unas estanterías. Una vez dentro de la espaciosa casa de estilo colonial, cuando se lanzaban hacia el piso de arriba, Connie oyó que se apagaba el sonido de la tele y que crujía la butaca. Adelle, que iba delante, frenó en seco.

—Mierda —susurró.

—¿Chicas?

Greg apareció al pie de la escalera. Era un hombre alto, sin nada que llamara la atención, la encarnación humana de un jersey de mercadillo. Adelle siempre decía que su padrastro era «un personaje imposible de interpretar», y nunca había entendido que su madre, una *doula* de la muerte famosa en todo el mundo, hubiera visto algo en un hombre tan llano, tan corriente.

—Creía que ibais al baile. ¿Os habéis dejado algo?

—Umm… —Connie notó que Adelle ganaba tiempo mientras se inventaba una mentira—. Sí, me he olvidado nuestro libro, *Moira*. ¡Esta noche es lo último que se me podía olvidar!

Greg expulsó aire por la boca, entrecortadamente, y sacudió la cabeza.

—Podríais leer *Rebecca*, o *Emma*, o qué sé yo… *El guardián entre el centeno*. Libros de verdad, literatura. ¿Por qué os pudrís el cerebro con bodrios cursilones?

—¡No es ningún bodrio, Greg! —replicó Adelle indignada y con manchitas rojas en las mejillas casi blancas—. ¿Por qué tienes que… juzgarlo todo siempre tanto? ¿No te acuerdas de lo que dice mamá, que juzgar es proyectar traumas que no se han procesado?

Greg puso los ojos en blanco, se ajustó las gafas y volvió a su sillón reclinable.

—¿Necesitaréis que os lleve otra vez?

—No —contestó Adelle desde lo alto de las escaleras—. Olvídate de que nos has visto.

Llegaron al rellano y fueron a su habitación.

—Pero ¿por qué tiene que molar tan poco? ¡Dios mío!

Cerrar la puerta del cuarto de Adelle era sumergirse en un mundo de fantasía. La pared del fondo era un mar de lucecitas de colores que solo quedaba interrumpido por la ventana. Las cortinas eran de un violeta oscuro y dramático. Últimamente la decoración había adquirido tintes más macabros: menos Disney Channel y más Elvira, Señora de la Oscuridad. Adelle había llenado las paredes de dibujos alquímicos rojos y negros, usando plantillas, y tenía la mesa del ordenador al otro lado de la cama con columnas, arrimada contra la pared, medio escondida por una mosquitera roja. Los refugios de las dos amigas no podían parecerse menos: el de Adelle era un sueño de un romanticismo tenebroso, pura dispersión mental, mientras que en el de Connie todo eran banderines, pósteres y percheros con su colección de camisetas de fútbol, cinturones de pesas y trofeos.

Entre dos de las columnas de la cama de Adelle había una banderola negra, brillante, con un lema:

UN POCO DE LOCURA ES EL SECRETO
PARA QUE PODAMOS VER COLORES NUEVOS

Connie pensó, con algo de maldad, que Adelle era de las pocas personas del mundo, aparte de los actores y el equipo de rodaje, que aún consideraban una decepción que *La La Land* no hubiera ganado el Oscar de ese año. Su amiga empezó a quitarse el vestido verde de gala, con movimientos rápidos y malhumorados que no le pasaron desapercibidos. Mientras Adelle se ponía las dos partes del chándal, Connie tuvo otro momento de consternación. Miró la banderola de encima de la cama.

—Oye, que ya sé que esta noche te he fallado.

—No pasa nada, en serio.

—Sí que pasa. —Se sentó en la cama, mientras Adelle se ponía unas botas negras hasta el tobillo y un vestido negro y vaporoso, lo que llamaba Connie, para tomarle el pelo, su «uniforme gótico light»—. Ya sé que te hacía mucha ilusión el baile. La he fastidiado. No…, no puedo darte ninguna explicación, la verdad.

«Al menos, de momento.»

—Tú acompáñame al Emporium —dijo en serio Adelle, cogiendo de verdad el ejemplar de *Moira* que compartían, muy gastado, y una mochilita negra con toques de encaje—. Con eso me doy por satisfecha. El señor Straven dice que hay una luna especial y que esta noche puede que hasta intente hacer algún conjuro.

A Connie se le abrieron más los ojos, con otro escalofrío de advertencia como el de antes.

—¿Conjuros?

—Sí. —Adelle se dejó caer a su lado en la cama, mientras el libro aterrizaba sobre el edredón, entre las dos. Al poner la mano en la portada, Connie sintió la emoción de siempre que tocaba su libro favorito. Tanto tanto como a Adelle no le gustaba, ni de lejos, pero bueno, seguro que ni la propia autora podía competir con ese grado de devoción—. Estaba pensando que…, aunque hubiéramos ido al baile, te habría preguntado si querías ir después al Emporium —añadió su amiga.

—¿En serio?

—Sí, es que… —Se notaba que estaba nerviosa, porque se pasó la lengua por los labios. Sus ojos, uno azul y el otro verde, se enfocaron en el libro y la mano de Connie—. Tiene muchas ganas de que pasemos. Quiere dedicarnos un conjuro de los de verdad. Ya sé que suena raro, y la verdad es que no sé si me lo creo ni yo, pero bueno, podría molar, ¿no? Si hay alguien que pueda hacer magia es el señor Straven. Me ha enseñado tantas cosas que empiezo a pensar que igual…, no sé, igual tiene algún don. Igual está tocado por alguna magia.

A las dos les encantaba el Witch's Eye Emporium por lo mismo: porque era el sitio más raro, espeluznante y que molaba más de todo Boston, pero hasta entonces siempre había parecido una rareza sin peligro, de pura fantasía. Connie se acordó de cuando fueron a Salem con la madre de Adelle, hacía dos años, en Halloween. Hasta ese día nunca había creído que existieran de verdad espíritus, demonios y cosas que no se podían explicar con claridad. Ella creía en la ciencia, pero Salem había hecho que también creyera en… algo más, algo sin nombre, indefinido pero real, que no se quedaba almacenado en su cerebro, sino en lo más profundo de su cuerpo. Era un pueblo que vibraba en otra frecuencia, una frecuencia que empezaba siendo meramente pintoresca, pero que poco a poco te ponía los pelos de punta. A Adelle le había encantado, claro; bueno, al menos hasta que se habían metido en una tienda de velas de lo más normal y la dueña, nada más verla y fijarse en sus ojos heterocromáticos, se había brindado a leerles gratis las líneas de la mano.

A Connie se las había leído muy por encima. Seguro que había tenido bastante con palpar los callos que le habían salido de tanto hacer pesas. En cambio, a Adelle… Con Adelle, la vendedora, una mujer con una mata de pelo color paja, saturado de laca, y unos ojos como platos, se tomó su tiempo, y estuvo pasándole los dedos por encima de la palma como si fuera una pieza de altísimo valor, una frágil reliquia de cristal.

—Esta línea desaparece en la oscuridad —dijo con un escalofrío, como si estuviera a punto de llorar—. Eres toda tú, cariño, la…, la que desaparece en la oscuridad.

A la madre de Adelle le pareció lo más gracioso que había oído en su vida.

—A ver, cielo —murmuró con sarcasmo, buena conocedora como era del sector funerario—, en la oscuridad acabamos todos, sea en un ataúd, sea convertidos en polvo o en cenizas.

Su hija, sin embargo, no se lo podía quitar de la cabeza. Casi no dijo nada durante el resto de la excursión, y en el coche, volviendo para Boston, estuvo mordiéndose las uñas y mirando por la ventanilla con los ojos muy abiertos, como una posesa.

—¿Un sortilegio de qué tipo? —preguntó finalmente Connie con la sensación de que debajo de su mano también había temblado el libro.

Adelle cambió de postura y estuvo esperando a que se mirasen a los ojos para sonreír de oreja a oreja de una forma muy extraña.

—El señor Straven cree que puede meternos en el libro, en *Moira*. Si es verdad que puede, ¿tú irías? ¿Te parece que lo hagamos juntas?

ADELLE SE TRAGÓ LA DECEPCIÓN con una sonrisa, aunque escociera. Al menos, su mejor amiga había accedido a su descabellada idea: no pasar la noche en la fiesta, como tenían pensado, sino en el Emporium. Ahora solo le faltaba convencerla de que se prestase a lo del sortilegio, pero bueno, tampoco sería tan difícil, porque Connie casi siempre se dejaba arrastrar a cualquier ridiculez que se le ocurriese a Adelle, como cuando habían dejado agua fuera durante toda una noche de luna llena y por la mañana se la habían bebido, aunque hubiera bichos y otras cosas flotando, o cuando Adelle la había convencido de que se saltaran las clases para dejarse hacer la carta astral por un astrólogo de paso en la ciudad, o cuando el verano pasado Adelle, convencida de que podía hablar con el gato de su madre, se había pasado toda la tarde maullándole, al pobre, mientras Connie los grababa con el móvil.

Menos mal que ese vídeo lo habían borrado hacía tiempo. Connie era su cómplice de fechorías, y se prestaría al sortilegio, sobre todo después de haber desbaratado sus sueños para el baile. Esa decepción aún la tenía atravesada Adelle en la garganta, pero iba siendo hora de tragársela.

Si era verdad que el señor Straven podía hacer magia, pronto Adelle ya ni se acordaría de la fiesta.

Primera parada: Burger Buddies, a comer dos Pigmalions, unas *cheeseburgers* grandes como cabezas de bebés con todos los suplementos posibles y una montaña enorme de patatas fritas; el equivalente a un corte de mangas al padrastro de Adelle, que había vuelto vegana a la familia. Seguro que por la mañana acabaría vomitando, pero bueno, solo por la sensación de rebelarse ya valía la pena. Una rebelión muy moderada. Hacía dos años, en primero, ella y Connie se habían prometido, entrelazando los meñiques, no fumar ni beber. Querían ir juntas a Yale. Connie lo tenía asegurado gracias al deporte: fútbol, atletismo, natación y lo que más le gustaba, el biatlón. Adelle, más tímida e intelectual, tendría que esforzarse más.

—A grandes sueños, grandes sacrificios —le decía Connie siempre que alguien les hablaba de un fiestorro espectacular al que no las habían invitado, pero que habían fingido evitar.

Se zamparon las hamburguesas a una velocidad exagerada y luego pidieron dos batidos para llevar.

Cruzaron Arlington en bicicleta, dando una palmada en la base del monumento al éter, que daba buena suerte, y luego fueron hacia el sureste, donde estaban el estanque y las barcas cisne. Tenían un sitio secreto al pie de un árbol que daba mucha sombra, un saliente de rocas que se proyectaba por encima del estanque y desde donde podían ver pasar los cisnes sin que las molestara nadie. Era el escenario de sus más encendidos debates: ¿cuál era la mejor de las hermanas March? Jo, claro, en esto estaban de acuerdo, aunque Adelle sufría en silencio sospechando que ella se parecía más a Amy. También hacían *rankings* de sus heroínas literarias favoritas (Laia, Elizabeth Bennet, Elisa, Katniss, Sierra Santiago, Jane Eyre y Moira, por supuesto) y de sus libros preferidos. ¡Qué escándalo que Connie hubiera puesto una vez *Jane Eyre* por encima de *Moira,* su libro, el de las dos! A Adelle le había sentado como una traición. Por lo visto, a nadie le gustaba tanto como a ellas. Para empezar, no había dado pie a la suntuosa adaptación de época que en opinión de las dos se merecía, ni a ninguna serie como *Los Bridgerton* o las de la BBC.

Al contrario: lo que hacía *Moira* era languidecer en el marasmo literario donde acaban olvidados un millón de libros.

Por eso era importante que velasen por él. Ellas nunca olvidarían *Moira,* ni a su autora, Robin Amery. Sobre esta última casi no había información en internet: ni páginas de fans, ni redes sociales, ni entrevistas. Por mucho que buscasen, Robin seguía siendo una breve biografía en la contraportada, y la foto en blanco y negro de una mujer blanca, con el pelo corto y gris, que sonreía vagamente a alguien detrás de la cámara.

«Aficionada a todo lo romántico, Robin Amery es autora de *Moira* y una colección de cuentos, *La aventura de Moberly,* con la que ha ganado varios premios. Nacida en París, vive en Boston, Massachusetts, con su gato Fentz.»

A pesar de su exhaustiva labor detectivesca en internet y en bibliotecas, no habían logrado encontrar ningún ejemplar de *La aventura de Moberly,* ni averiguar con qué premios había sido galardonado.

Connie le había pedido a su madre, vendedora en una librería de una cadena de la zona, que intentara organizar una firma, o un evento, e invitar a Robin Amery. Rosie lo había intentado, pero nadie de la librería había encontrado la manera de ponerse en contacto con la autora. Tampoco White-Jones, la editorial, había sido de mucha ayuda: *Moira* estaba agotada desde hacía mucho tiempo, y hacía años que no publicaban nada nuevo de la autora. De hecho, ni siquiera había nadie en plantilla que recordase haber trabajado con ella.

Por lo visto, Robin y su libro estaban en grave peligro de desaparición, y de alguna manera había que protegerlos. Connie y Adelle eran las fundadoras, la congregación y los obispos de una iglesia con dos miembros, la sociedad de conservación literaria más pequeña del mundo.

La roca de al lado de las barcas también era donde se lo contaban todo, sin tapujos.

Hacía pocos fines de semana que Connie había confesado que no le apetecía nada ir a la fiesta del día de Sadie Hawkins. Todos los vestidos que se probaba le daban la misma sensación, la de ser Cristiano Ronaldo envuelto en cinco metros de tul. De pequeña siempre le habían dicho que era guapa, y mona, pero a medida que crecía (y crecía y crecía…) los elogios se habían ido diluyendo. Luego, a base de deporte y bebidas proteínicas, se le habían ensanchado los hombros y se le habían definido las facciones, calificadas de sanas y de fuertes por sus tías y tíos. Fuertes, no bonitas. ¿Y por qué no sanas y bonitas? Era la pregunta que siempre se había hecho: ¿por qué a tantas personas les parecía incompatible lo uno con lo otro? Mientras se miraba en los espejos de las tiendas, buscando un vestido para el baile, era como si tuviera un altavoz en la cabeza, con las voces de sus tías y tíos a tope de volumen. Adelle había jurado por todos sus muertos que estaba impresionante, pero su voz era una sola, y las de sus tíos, muchas.

También Adelle tenía algo que confesar. Durante un partido de fútbol de los de Connie se había puesto a hablar con un chico que le recordaba al protagonista masculino de *Moira*, Severin Sylvain: piel blanca, pelo negro rizado, ojos grises penetrantes y físico esbelto y elegante. Él le había dicho que le gustaban sus ojos, tan extraños, a lo que Adelle, muy roja, le había contestado que era heterocromía iridium. Él había asentido como si supiese qué era. Se llamaba Brady, o Grady; con los gritos del público no lo había oído bien. Se habían dado unos cuantos morreos detrás del puesto de comida, pero luego él había intentado tocarla por debajo de la blusa y ella se había escapado. Eso Severin nunca lo habría hecho. Después, Adelle se había odiado un poco por haberle besado.

Como la roca era un sitio sagrado, tuvieron que acercarse por el camino del parque con las bicis, para asegurarse de que no hubiera nadie fumando o enseñando el culo a las barcas. Al no ver a nadie en el pequeño claro a orillas del estanque, pasaron de largo y siguieron hacia el Witch's Eye Emporium con la barriga llena de hamburguesa, bebiéndose con pajita los batidos, en pleno subidón de azúcar. Adelle miró a su amiga de reojo y le pareció tranquila, e incluso contenta. Seguro que no se creía que pudiera funcionar el sortilegio del señor Straven. En cambio, Adelle sentía sus manos como electrizadas. Ella sí se lo creía.

—Oye, ¿con quién habías quedado? —preguntó Connie mientras cruzaban el parque, pedaleando como dos posesas.

Adelle se hizo la sorda y quiso adelantarla, pero Connie era demasiado fuerte y rápida.

—Es una tontería.

—Venga, Delly, dímelo.

—No, en serio, que es una tontería. Te pensarías que estoy loca.

Connie hizo una mueca burlona.

—Tranquila, que eso ya lo pienso.

—Ja, ja.

No insistió. Al final del camino, y del parque, giraron a la izquierda y empezaron a esquivar turistas, carruajes y autobuses que hacían visitas nocturnas del Boston embrujado. La voz del último guía se apagó de golpe cuando se internaron por una calle estrecha. Al llegar a la tienda dejaron las bicis donde siempre, en un hueco con telarañas que había detrás de la escalera de ladrillo por la que se subía hasta la doble puerta de cristal.

—¿Bueno, qué, quién iba a ser? —preguntó Connie, respirando con normalidad a pesar de lo deprisa que subían.

Adelle se acercó a su amiga por detrás, le abrió la mochila a la luz de las farolas verdes de gas de al lado de la tienda y sacó *Moira*, pensando en la magia que se avecinaba.

—Severin —dijo en voz baja—. El del libro.

Connie resopló por la nariz.

—¿En plan amigo imaginario?

—Ya te he dicho que era una tontería.

Adelle cruzó la puerta con la cara caliente de vergüenza. No le habría extrañado encontrarse a toda una multitud vestida como ella, de negro, con encaje; pero no, nadie había acudido al magno evento de la luna llena. Qué raro… Bueno, al menos no tendrían que esperar mucho para hablar con el señor Straven. Le pareció una suerte.

En el Witch's Eye Emporium solo estaban ellas dos, el señor Straven y un hombre de lo más normal, vestido de negro de los pies a la cabeza, con un impecable sombrero de fieltro, que se pasaba todos los días junto al escaparate del Emporium, bebiendo una taza de café tras otra. Dentro de la tienda no se podía comer ni beber, pero él debía de tener permiso. Adelle llevó a su mejor amiga hasta el mostrador, por un laberinto de mesas, armarios y vitrinas. Sobre la caja había un reloj muy grande de madera, con un búho tallado, que daba la hora en silencio porque el péndulo se había estropeado mucho antes de que Adelle tuviera uso de memoria. El incienso que perfumaba la tienda olía a lavanda, romero y misterio. Debajo del reloj había seis ratones dentro de campanas de cristal, fijados en diversas posturas y oficios. A Connie le daban asco, mientras que a Adelle le encantaban. Siempre le había fascinado la colección de animales disecados de su madre. Había un ratón científico con una diminuta bata de laboratorio, un ratón enfermera, con una cofia blanca del tamaño de un dedal, un ratón leñador, con barba de chivo, un ratón profesor, con la chaqueta vieja y remendada, un ratón vaquero, con las pistolas desenfundadas…

El sexto ratón iba vestido de bruja, con una larga túnica negra y un fósforo pegado a la mano derecha, a modo de varita. Adelle se lo quedó mirando mientras Connie se apoyaba tranquilamente en el mostrador.

Al otro lado del mostrador, que era muy alto, el señor Straven encendió una cerilla y la acercó a una vela de cera de abeja clavada a un candelabro de los de antes. Era un hombre viejo, huesudo, con la piel cetrina, una barba muy poblada de Papá Noel, el pelo blanco, las mejillas picadas de viruela y unos ojos muy pequeños y negros. Siempre llevaba un abrigo negro de lo más zarrapastroso, y pantalones demasiado grandes. Al lado de los ratones disecados había una percha, y en la percha, torcido, un sombrero negro como el del hombre sentado en el escaparate.

—¡Adelle! —dijo el señor Straven, medio afónico, con una lucecita en lo más hondo de sus ojos negros. Tras detenerse fugazmente en Connie, su mirada recaló en la vela, que apoyó en el mostrador, entre las chicas y él. La cera, negra como el azabache, estaba esculpida en una forma que recordaba la de un pulpo, una masa de tentáculos entrelazados de los que uno, el más alto, sostenía la mecha encendida—. Y...

—Constance —le recordó Connie—. Sí, Connie. Pero si he venido mil veces...

—¡Claro, claro! —El señor Straven se rio, dándose unos golpecitos con el dedo en un lado de la cabeza—. Es que nunca me acuerdo de los nombres.

Era un hombre increíblemente despistado, que a veces llamaba a Adelle por lo que suponía ella que sería el nombre de su hija o su mujer: Ammie, o Cammie. Hablaba en voz baja, farfullando y arrastrando las palabras. Parecía que enfocara siempre mal un ojo. Connie, incómoda, fijó la vista en el reloj, por encima de la cabeza del señor Straven.

—Venís un poco pronto, ¿no? ¿No era esta noche la gran fiesta? No os veo vestidas para un baile de gala.

El señor Straven le hizo un guiño a Adelle, que se rio de nerviosismo.

—Hemos decidido saltárnoslo y venir —dijo—. Teníamos…, es que…

—He cambiado de idea —intervino Connie con decisión—. Y Delly ha dicho que hoy, al haber luna llena, organizaba usted algo importante. ¿No ha venido nadie más?

El señor Straven suspiró con tanta fuerza que la vela estuvo a punto de apagarse. El hombre del escaparate contemplaba la acera entre sorbos ruidosos de café, como si se esforzase por seguir al margen.

—Últimamente hay poca clientela. Las más fieles sois vosotras dos, así que es lógico que tengáis preferencia cuando empiece lo bueno.

Subiendo y bajando las cejas, el señor Straven se agachó y sacó de detrás del mostrador una bandeja con una piedra, una vela, unas cuantas varillas de incienso y un cuenco de piedra poco profundo, con agua dentro.

—Lo bueno —repitió Connie, aguzando la vista—. ¿Se refiere a los supuestos sortilegios?

Una estruendosa carcajada hizo temblar de nuevo la llama de la vela, hasta el punto de que a Adelle le extrañó que no se apagara. En el centro parecía casi verde. Al mirarla se le deslizó por todo el cuerpo una sensación viscosa y fría.

—No lo diga de manera tan escéptica ni tan orgullosa, señorita.

—En los ojos negros del señor Straven apareció algo, un brillo que Adelle, siendo benévola, habría querido interpretar como alegría, aunque a decir verdad no parecía albergar muy buenas intenciones—. Ni tan poco convencida. Creía que tenía muchas ganas de probar este pequeño experimento. Me la propuso Adelle como voluntaria.

—¿Ah, sí?

Connie le dio una patada a Adelle en la espinilla, sin que pudiera verla el señor Straven.

—Me pareció que podría ser divertido.

Adelle, incómoda, apretó mucho los labios. Había pensado que a Connie le gustaría. Ya habían hecho alguna vez cosas por el estilo. En su último cumpleaños, convencida de ser médium, Adelle había intentado mover un fajo de deberes sin tocarlo. También Connie, una de las muchas noches en que se había quedado a dormir en su casa, había intentado que sonara el grupo favorito de las dos a base de pura convicción. Aún se tronchaban de risa al acordarse. Claro que desde eso había pasado mucho tiempo. Entonces Connie tenía diez años, y todo parecía posible. Había vuelto a probarlo en broma más recientemente, un domingo, esta vez con la esperanza de conseguir entradas para BTS y regalárselas a Adelle para su cumpleaños.

Sin embargo, no había funcionado. Por supuesto que no. La magia nunca funcionaba.

Hasta que lo hacía.

—Venga, Connie —dijo Adelle, consciente del matiz quejoso de su voz, mientras le apretaba un poco la muñeca derecha—. Ya que no podemos estar en un gimnasio para nuestro primer baile del año, rodeadas de sudor, podemos hace algo aún mejor: viajar en el tiempo. Podemos hacernos nuestra propia magia, nuestro propio baile... ¡No, un baile no, una gran gala de las de verdad, con vestidos enormes, gallardos caballeros y un torrente de luces!

Se mordió el labio para tranquilizarse, pero vio que su amiga sonreía, encorvando los hombros de resignación: Connie estaba cediendo.

Bajó la voz y habló como si conspirase.

—¿Te acuerdas de la pitonisa de Salem, la que nos leyó las líneas de la mano?

Connie asintió, aunque se había puesto pálida.

—Dijo que una de mis líneas desaparecería en la oscuridad, y yo también. Pues igual se refería a esto, a que iríamos a un sitio que no podía ver ni ella.

Su amiga, sin embargo, no parecía del todo convencida. Su cara era más bien de susto. Adelle probó a cambiar de táctica.

—¿No quieres conocer a Severin? ¿Ni a Moira? ¿No te apetece escaparte un poco de este mundo tonto y gris? Será como un sueño, ¿verdad, señor Straven?

Él no había parado de asentir, como si animase a Connie a lanzarse a la aventura, a deshacerse de sus inhibiciones. Adelle no estaba segura de creerse las insensateces que salían de su boca, pero quería creérselas. Aspiraba a algo más que a preparar el examen de ingreso a la universidad, y que a los interminables DVD de *Everwood* de sus padres, y que a las comidas veganas pegajosas con sabor a arena. No quería a ningún Grady, o Brady, sino a Severin. Quería…, quería y punto. Era un anhelo. Al ver que Connie vacilaba, mordiéndose por dentro la mejilla, empezó a preguntarse si su amiga compartía con ella ese salvaje, ese terrible anhelo… y a temer que no.

—¿Connie? —dijo en voz baja.

—Es que mañana tengo práctica de tiro a primera hora —contestó su amiga.

—Por favor…

Connie infló las mejillas.

—Ya empezamos a estar un poco mayores, la verdad. Bueno, venga, me apunto. ¿Cómo hacemos que funcione?

El señor Straven abrió mucho las manos, señalando la bandeja que había dejado sobre el mostrador.

—¿Tenéis el ejemplar del libro que os vendí?

—Aquí está —dijo Adelle como si le faltase el aliento, mientras lo dejaba caer al lado de la bandeja.

—Perfecto. Orientaremos estos objetos alrededor del libro hacia los cuatro puntos cardinales. Luego buscaréis alguna parte de la novela donde os gustaría aterrizar, pondréis la mano encima y repetiréis el conjuro que me oiréis recitar.

Connie levantó una de sus cejas, oscuras y pobladas.

—Muy sencillo me parece.

—De sencillo nada, querida. —El señor Straven la miró con una intensidad alarmante, que a Adelle no le gustó—. Este conjuro se ha pulido y perfeccionado durante siglos, o quizá milenios. Es la destilación de una cantidad inimaginable de horas de estudio, sacrificio y exploración. Solo se puede hacer con luna llena. Mercurio tiene que estar en retroceso, y por la noche tienen que poder verse Marte, Júpiter, Saturno, Mercurio y Venus.

—Ah, y solo nos lo va a confiar a nosotras, ¿no? —dijo Connie, medio riéndose—. Pues no me lo creo.

—No hace falta que te lo creas, querida, solo que lo repitas cuando me lo oigas a mí y te fijes en qué pasa.

Adelle volvió a tener la misma sensación de que algo reptaba por su cuerpo. Se apartó un paso del mostrador, dándose cuenta por primera vez de que todo aquello era mala idea.

Ella quería magia, maravillas, pero no a ese precio, con esa sensación.

«Desapareces en la oscuridad.»

Ahora era Connie, sin embargo, la que no se echaba para atrás. Le estaba saliendo la vena competitiva. Se inclinó hacia el señor Straven, que estaba disponiendo los objetos alrededor del libro y encendiendo la segunda vela, y su tono fue de abierto desafío.

—Si funciona... —Miró a Adelle de reojo con mala cara—. Que no funcionará... Pero bueno, pongamos que funcione. ¿Entonces cómo podré llegar a tiempo al entrenamiento de mañana?

—Muy fácil —dijo el señor Straven con marrullería—: solo hay que volver a disponer las cosas alrededor del libro, en la última página, y repetir el conjuro. Así volverás a nuestro mundo.

—¿Y si se nos olvida el conjuro? —preguntó Adelle sin levantar la voz, que le costó encontrar con tantas dudas.

Esta vez fue ella quien recibió una fría mirada de los ojos negros del señor Straven.

—Te aseguro, querida, que esto nunca se te olvidará.

—Yo el capítulo lo tengo muy claro —dijo Adelle mientras cogía su ejemplar de *Moira*, tan leído y disfrutado.

Se le había formado un hueco en el estómago. Se dijo que eran nervios, no una advertencia. Abrió el libro hacia la mitad y acarició el papel con cariño. Era el capítulo en que Moira, la protagonista, y su pobre y adorado artista quedaban en el parque, ya firmemente enamorados, aunque sin habérselo contado a nadie, y ahí, donde lo había visto ella por primera vez, concertaban su primera aparición en público como pareja: Moira le mandaría un mensaje secreto para llamarlo a su casa e infiltrarlo en la velada de gala que había organizado su acaudalada familia. Sería la noche en que declarasen su amor a todo el mundo. Sería también un festejo por todo lo alto, el baile que Adelle, tonta de ella, había esperado recrear en la escuela: Connie con Julio, y ella con su imaginario Severin. A veces, cuando se lo imaginaba, cuando soñaba despierta en clase, le parecía tan tangible como la mesa en la que apoyaba los codos.

—Aquí —murmuró.

—¿Qué parte has elegido? —preguntó Connie, forzando el cuello para verlo, aunque se lo tapaba la mano de su amiga.

—Supongo que tendrás que verlo con tus propios ojos.

Cuando Adelle cerró los suyos se encontró delante la noche del glorioso baile del libro, tan cierta como su imagen mental de Severin: veía tan cerca, tan a mano, la casa, la música de cuerda y las copas de champán que parecía que pudiera tocarlos. Pensó que tal vez fuera así, que tal vez fuese real, real de verdad.

Siempre había sido una niña fantasiosa, con la cabeza en las nubes. Su madre, de una seriedad, un pragmatismo, un realismo crónicos, no se explicaba que le hubiera salido así su hija, más enamorada de los mundos que encontraba en los libros que del que la rodeaba.

—¿Estás segura de lo que haces? —preguntó Connie.

Adelle, nerviosa, se metió un mechón de pelo por detrás de la oreja. Gracias a ello, Connie pudo ver la página. Ponía: «Soy un ser cansado, angustiado, carne deshecha a la que niegan el único bálsamo que podría hacerme estar completa y seguir estándolo: el amor. Que me den amor y, pese a que ahora sea una mariposa nocturna consumida por el fuego, me saldrán nuevas alas y volaré».

—Solo es para divertirnos un poco —repitió Adelle con una gran sonrisa, aunque seguía con el hueco en el estómago, del que brotó una nube de inquietas mariposas.

Junto a ella, muy cerca, se erguía el señor Straven, como si estuviera ansioso por seguir. Se giró hacia la pared donde estaban los ratones disecados y el sombrero en la percha y giró un regulador para que no hubiera tanta luz en la tienda. El hombre del escaparate seguía con su taza de café, inagotable, al parecer.

—¿Ya…, ya lo ha hecho alguna vez? —dijo Adelle con voz trémula mientras se le pegaba la página a la piel por el sudor que brotaba de su palma.

—Solo una —contestó él.

—¿Y funcionó? —insistió Connie.

Él cerró un poco los ojos.

—Se podría decir que sí. —No tuvieron tiempo de pedirle más detalles—. Ahora cierra los ojos, Adelle, y repite lo que digo: mundo en dos cortado, envuelto y enroscado, la cortina se rajó y el Antiguo nació.

Adelle esperó a ver si había acabado. El señor Straven movió la cabeza para confirmárselo. En cuanto le temblaron en los labios las primeras palabras, Adelle sintió que se ensanchaba el hueco de su estómago y que de pronto la estrujaba un frío gélido, como un puño invernal.

Aun así, cerró los ojos, preguntándose si estaba a punto de experimentar la magia, y si le infundiría algo más de calor.

—Mundo en dos cortado —susurró—. Envuelto y enros…, enroscado, la cortina se rajó y el Antiguo nació.

No veía a Connie, que se había quedado sin respiración. Olía a humo, como si se hubieran apagado las velas de golpe. En ese momento, oyó una voz, un burbujeo que, saliendo del libro, atravesó su mano y no entró por sus oídos, sino por su pecho. No se podía distinguir si era de hombre o de mujer. Salía de entre las palabras que formaban los pensamientos de Adelle, e iba a su encuentro como si siempre hubiera estado en el mismo lugar, pero sin ser visto; como un desconocido en un rincón, disimulado por la oscuridad, cuya presencia se percibe, pero sin entenderla todavía.

No era el idioma de Adelle, ni el de nadie, pero el galimatías, a pesar de todo, empezó a adquirir una especie de significado. Al principio parecía alguien tosiendo, atragantándose, moviendo los labios mientras escupía burbujas de saliva, pero al cabo de un rato Adelle distinguió las palabras, y a partir de entonces le sonaron tan nítidas como las campanillas de los ataúdes.

—Sí, nació, y lo encontrarás. Ven, acércate. Encuéntralo.

De golpe, Adelle abrió los ojos y sintió que se precipitaba en algo innombrable, un vacío, un desgarrón, un espacio entre espacios.

Gritó, apretándose el estómago.

4

Las conversaciones, le dijeron sus amigas, eran soberbias, y el baile animado como pocos. ¡Habían venido muchos jóvenes de entre lo más granado de la sociedad! Nada de ello, sin embargo, poseía la menor importancia. Mientras esperaba el momento de bajar a su espléndida fiesta, Moira pensaba en una sola cosa: ¿había cumplido él su promesa? ¿Había venido?

Él era el peligro, la desobediencia, un pecado que ansiar, un hijo de pescador tan pobre, tan indigno de que se fijase en él, que debería haber estado bajo tierra, pero Moira no pensaba renunciar al sueño. Su corazón había elegido, y de ese peso no la libraría nunca nadie.

¿Había recibido su mensaje? ¿Se expondría al escándalo y la humillación para asistir al baile y proclamar su amor en presencia de toda la ciudad? Moira temía la respuesta, pero se obligó a salir de su habitación y darse prisa en llegar al gran salón de *baile. Se detuvo en el primer peldaño y escrutó la multitud en busca de una sola cara.*

¡Era él! Tan guapo como siempre, y con su sonrisa incorregible: Severin, el destino de su alma.

Desde que lo vio de nuevo ya no tuvo otro mundo que él. Mientras bajaba, pisando la moqueta de los escalones con sus zapatos de seda con adornos, sintió que se fortalecía el conjuro que le había echado Severin. No se atrevió a caminar demasiado deprisa, ni a respirar demasiado a fondo: si le daba miedo el nuevo sentimiento que se apoderaba de ella, más miedo le daba romper el sortilegio con que la tenía hipnotizada.

«Sabía que serías mío —pensó—. A menos que lo que supiese es que me harías tuya...»

Moira, capítulo 15

Connie se quedó muy quieta, horrorizada: Adelle había desaparecido. Se había esfumado, había dejado de existir como si alguien la hubiera seleccionado y hubiera pulsado la tecla suprimir.

Había funcionado. Había funcionado de verdad.

—¿No... no podemos ir juntas? ¡Creía que iríamos juntas! —exclamó.

—Os encontraréis al otro lado.

—Pero...

—Ahora tú. —El señor Straven sonrió de oreja a oreja, aunque no había bondad en su sonrisa—. Pon la mano en el libro y di las palabras. Tu amiga te espera.

Connie parpadeó, incapaz de moverse y de pensar. De pronto se sentía en doce sitios a la vez, debatiéndose entre la conmoción, la emoción y el terror. Se apoyó con todo su peso en el mostrador, sintiendo que el mundo daba vueltas. Después se desplomó y se quedó en el suelo, sudando y jadeando, entre esfuerzos por recuperar la compostura. Un ataque de pánico. No era el primero que tenía. Solía pasarle la noche antes de un partido importante. Su corazón latía muy deprisa. Se puso la mano en el pecho para intentar calmarlo a base de voluntad.

¿Cómo era posible? ¿Cómo podía ser real la magia?

—¿Constance?

No pudo levantar la vista hacia el señor Straven. El mundo giraba demasiado deprisa. Magia: era de lo único que hablaba Adelle, pero a Connie siempre le había parecido un pasatiempo absurdo, como cuando habían ido dos días seguidos a King Richard's Faire, la feria renacentista que había cerca de Boston. Adelle había recibido una cinta de un apuesto caballero, y se habían pasado el resto del semestre leyendo *El caballero de la brillante armadura* de Jude Devereaux en la edición de bolsillo de Adelle, hasta que se cayó la tapa.

—La protagonista viaja en el tiempo —había dicho Adelle con lucecitas soñadoras en sus ojos de distinto color—. Igual nosotras también podríamos.

—Estás loca —se había burlado Connie—. Es imposible.

Era lo que las hacía inseparables, como dos piedras preciosas en un mismo anillo. Caroline, Tonya y Kathleen, del equipo de fútbol de Connie, estaban en casa de Matt Tinniman, emborrachándose con aguardiente y cualquier cosa que encontrasen en el mueble bar de su padre. Kathleen tenía hasta un documento de identidad falsificado con el que podía entrar en las discotecas del centro sin limitarse a las noches donde se permitía la entrada a los menores, y donde para beber alcohol había que llevar una pulsera. Connie siempre había sido alérgica a incumplir las normas. Se ponía nerviosa por la más pequeña infracción, como si el sentimiento de culpa emanase en ondas de su cuerpo y sus padres las pudieran ver.

Jugar a la güija, y estar siempre en el Emporium, le parecía un mal comportamiento permisible. Tampoco es que comprasen marihuana y se colasen en fiestas de universitarios... Sin embargo, por muy inocentes que le parecieran sus roces con lo oculto, siempre que tocaba el ejemplar de *Moira* compartido con Adelle tenía la sensación de que también el libro la tocaba a ella, de que era como pegajoso. Solo tenían uno, el que les había vendido el señor Straven, y se lo iban turnando.

Cuando le tocaba a Connie, *Moira* la llamaba. Algunas noches se despertaba sin saber por qué y se quedaba mirando la novela, que a su vez la observaba desde la mesita, esperando, imposible de pasar por alto, como grabada en la oscuridad de la habitación.

A Adelle siempre la había obsesionado el chico, Severin, taciturno y moreno, pero a quien deseaba conocer Connie era a la protagonista, Moira, con sus largos tirabuzones de color rojo oscuro, sus ojos verdes llenos de luz y su sonrisa tímida; Moira, que vivía el amor como algo intenso, peligroso y a lo que entregarse sin reservas.

Tal vez, Moira Byrne —la chica de melena pelirroja y ojos brillantes— hubiera sido su primer amor. No, nada de «tal vez»: lo habría sido, seguro, aunque enamorarse de alguien que no existía pareciera más propio de Adelle. «No te ofendas —pensó, profundamente reacia a pensar nada malo de su amiga—, pero sabes que es verdad, Delly.»

Lo que más quería Connie en el mundo era darle un beso a una chica guapa en una noche de luna llena, sin cotilleos ni juicios de valor de nadie.

Al menos era lo que siempre había querido, aunque ahora daba igual; ahora había que centrarse en entrar en el libro, porque estaba pasando lo imposible: Adelle estaba dentro, dentro y sola. Pero qué tontas, qué tontas…

Cuando le respondieron otra vez los pies se levantó despacio, temblando toda ella mientras se enfrentaba a la dura mirada del señor Straven.

—Pon la mano en el libro —gruñó él.

—¿Có… cómo lo ha hecho? —balbuceó Connie—. ¿Adónde se ha ido Adelle?

—Ya lo sabes —contestó el señor Straven—. Y tú también puedes ir.

Connie suspiró sin fuerzas y acercó una mano a la novela. Miró la llama de la vela negra, que oscilaba suavemente, igual de verde que antes. Después cerró los ojos y dijo las palabras.

—Mundo en dos cortado, envuelto y enroscado. La cortina se rajó y el Antiguo nació.

Oyó un ruido detrás de ella, como de huesos rotos, pero no podía moverse. El miedo la paralizaba. Dentro de su cabeza resonó una voz suave como el terciopelo, pero gélida como una mentira. No le sonó a ningún idioma que hubiera oído antes, pero daba igual: sabía lo que significaban las palabras, y no pudo controlar sus músculos lo suficiente como para arrepentirse y huir.

Aquel galimatías contenía una promesa, y también una advertencia. Lo que había venido a hacer Connie, el sortilegio que acababa de invocar, había funcionado.

Sus ojos se abrieron justo a tiempo para ver su mano sobre un pasaje anterior del libro, claramente anterior. Aunque estuviera tan confusa, supo que Adelle y ella estarían separadas; separadas, solas y muy muy lejos de casa.

CONNIE, QUE HABÍA ESTADO DURMIENDO sin soñar, se despertó en una habitación llena de polvo, estanterías y cajas, y tardó un poco en acordarse del conjuro, el pánico y la imposible realidad de lo que acababa de ocurrir. Se puso de rodillas y decidió intentar dejar algún tipo de rastro: escribió un mensaje en el polvo, con su nombre, su edad y…, ¿y qué más?

«Ayúdenme, por favor. No sé dónde estoy», escribió.

Qué ridículo. ¿Quién iba a encontrar un sitio así? A juzgar por su aspecto, y por su olor, llevaba mucho tiempo abandonado. Con el paso de las horas, la conmoción dejó paso al sopor. Tenía que encontrar comida, y algún sitio al que acudir en busca de respuestas. «Al menos conozco la ciudad —pensó—. Por algo se empieza.»

Se le cortó el aliento nada más salir. Era de noche y la ciudad estaba envuelta en una miasma inexplicable que solo permitía vislumbrar de manera esporádica la luna y las estrellas. Era peor que niebla, más espesa, y olía inconfundiblemente a podredumbre. Se quedó en el escalón de entrada, con la mirada fija en la oscuridad, mientras sentía un silencio inquietante, avasallador, interrumpido muy de vez en cuando por el gemido de la brisa que llegaba del puerto, con olor a pescado. Después de bajar unos cuantos peldaños por la corta escalera que llevaba a la calle tropezó con algo blando y pesado. Recuperó el equilibrio con reflejos de atleta y, al dar media vuelta, vio que justo al lado del primer escalón había un cuerpo tirado. Observó que se movía un poco: el pecho de un hombre corpulento, vestido de gris, que subía y bajaba al compás de una respiración irregular.

—¿Se... se encuentra bien? —susurró. El silencio que envolvía la ciudad era tan opresivo, tan de bibliotecario estricto, que le daba miedo romperlo—. ¿Señor?

Se agachó para tocarlo y ver si reaccionaba, pero él le aferró de golpe la muñeca, haciéndola gritar.

Estaba más pálido que un muerto, con los ojos muy abiertos, inyectados en sangre; unos ojos cuya parte blanca brillaba incluso a oscuras.

—Los... sueños —dijo con voz sibilante, clavándole las uñas para que se acercara más. Sus labios estaban rodeados por una barba apelmazada, con algunos pelos grises—. Vuelvo... vuelvo a poder soñar. ¿Tú sueñas? ¿Oyes los susurros? Me llaman... Me están llamando... Tengo que ir.

Soltó el brazo igual de bruscamente, haciendo que Connie tropezara hacia atrás. Luego se puso lentamente en pie, aunque cada movimiento parecía una agonía, y volvió la cabeza hacia el este, donde Connie sabía que estaban los muelles y el puerto. Después de una lenta sonrisa, tomó esa dirección. De pronto respiraba con normalidad y caminaba con paso decidido, como si ya no le doliera. Lo peor fue que a Connie le recordó el aspecto de su padre las pocas veces que lo habían pillado sonámbulo.

El hombre desapareció al final de la manzana, por la esquina. Connie, estremecida, se aguantó las ganas de llorar. La ropa del desconocido, las tiendas, el silencio... No era su Boston. ¿Adónde podía ir? ¿Cómo podría volver alguna vez a casa, o encontrar a Adelle? En todo caso, prefería no seguir en la calle. Decidió refugiarse en algún sitio menos peligroso, donde pudiera digerir el pánico y ordenar sus ideas. A partir de la tienda abandonada donde se había despertado, intentó encontrar referencias, sitios que existiesen tanto en 1885 como en su época. El móvil no le servía de nada. No había cobertura. Por no haber, no había ni mensajes sobre itinerancia.

Aunque redujera al mínimo el consumo, usando el teléfono solo de linterna o para tomar notas, la batería se estaba agotando. Seguía teniendo la mochila, y también, cosa rara, el libro, *Moira*. ¿Cómo había hecho el viaje? Lo lógico habría sido que aún estuviera en el Emporium. Quizá tuviera que acompañarla, por ser la única manera de volver. Se aferró a la idea como si fuese una débil lucecita de esperanza.

El sitio más seguro que encontró estaba a cuatro calles: una panadería vieja que en algún momento debía de haber sido acogedora, pero cuya oscuridad y abandono actuales parecían de tan mal agüero como los restos enmohecidos de un naufragio. Consiguió abrir la puerta de la entrada de servicio, haciendo palanca, e improvisó una cama con cuatro sacos viejos de harina que encontró en la despensa. Durante las siguientes horas, que se le hicieron interminables, intentó discurrir un plan de huida y encontrar alguna lógica en lo que a todas luces carecía de ella. Tenía que encontrar a Adelle, pero la ciudad no se ajustaba para nada a sus expectativas.

Cuando encontrase a Adelle la estrangularía por haberla metido en ese lío infernal; lío que, por cierto, aún se negaba a aceptar. No podía ser verdad lo que estaba pasando. Seguro que había una explicación científica. Sin embargo, conforme pasaban las horas, y los días, todo siguió igual. Una de dos: o aún no se había despertado o iba siendo hora de aceptar que era cierto.

Durante su estancia en la panadería se entretuvo con algunos experimentos básicos. Para empezar, se hizo un corte poco profundo en un dedo con el cuchillo menos oxidado que encontró. Sangró enseguida, y le dolió: ya tenía la primera respuesta. La segunda se la dio tener cada vez más hambre. Hizo durar todo un día la única barrita de proteínas que llevaba en la mochila. Luego racionó con gran cuidado el pan seco de la cocina del dueño, pero no le duró mucho. En el apartamento de encima de la tienda, también lleno de polvo, encontró los restos de una vida familiar abandonados en un momento de pánico.

Más enigmas y más perplejidad. Esa parte del libro no la recordaba. ¿En qué capítulo había puesto la mano al recitar el conjuro? Intentó encajar las piezas, pero el apartamento no le daba muchas: unos cuantos juguetes gastados, un cepillo para el pelo, unos libros de cuentas bien llevados, para la panadería, y decenas y decenas de botes de té vacíos. Al hurgar en un armario encajado entre las únicas dos camas encontró un diario escrito con letra femenina. La mayoría de las entradas eran de lo más banal, la vida cotidiana de una mujer joven que despachaba abajo, y que supuso que sería la hija del panadero. Saltó hasta las páginas del final.

2 de junio

El mar se ha vuelto negro, y ya no queda té. Mamá dice que los rodadores no traerán más, porque es demasiado peligroso venir. Me he brindado a ir a la iglesia de piedra, pero ni ella ni papá me dan permiso. No sé qué va a pasarnos ahora que no queda té, pero veo a mamá asustada. Intenta ser fuerte, aunque yo preferiría que no se esforzase. Da pena verla tan tensa.

4 de junio

Cuando nos hemos despertado ya no estaba papá. Ni siquiera he oído que se levantara de la cama. Mamá no para de decir que volverá, pero yo sé que no. Mañana iré al Muro y estará su cara. Se ha ido al mar, dejándonos al resto aquí. Dicen que ahora solo quedan los jóvenes. Me temo que es verdad.

7 de junio

Me he quedado completamente sola. Esta noche se ha ido mamá. He intentado impedírselo, pero era como si estuviera poseída por el mismísimo Lucifer, y no ha escuchado nada de lo que le decía.

Al abrazarla he notado que tenía la piel como de hielo. Los ojos los tenía abiertos, pero me he dado cuenta de que no me veía. Le he dicho muchas veces que la quería, pero contestaba todo el rato lo mismo: «Me ha llamado y tengo que ir. Me ha llamado y tengo que ir. ¿Oyes los susurros? ¿Los oyes?»

Echo de menos a mamá. Y a los demás también. Sin la infusión para los sueños yo también estoy condenada a morir. No hay remedio. Tengo que intentar llegar a la iglesia. Que Dios me proteja, pero tengo que intentarlo. No estoy dispuesta a que me llamen como a ellos, ni a hacer el largo y solitario viaje a pie hasta el mar. Por favor, Dios, por favor... Los muertos velan por que siga viva.

A partir de entonces prefirió no seguir durmiendo en las camas de la familia.

Había comida enlatada, pero no podía abrirla, porque solo tenía unas tijeras viejas y sin filo. Tendría que buscarse algún otro sitio con más comida y agua. Consciente de lo absurdo que era usar el móvil, porque estaba a punto de quedarse sin batería, usó un trozo de carbón y un saco de harina para dibujar un mapa rudimentario, marcando la panadería y el itinerario de regreso a la tienda vacía donde se había despertado la primera vez. Era por donde había venido (¿qué palabra tenía que usar? ¿«Llegado»? ¿«Teletransportado?»), y le daba miedo alejarse demasiado.

Tenía que ponerse en marcha y encontrar a Adelle. Toda la comida que pudiera haber quedado se la habían llevado los saqueadores. De noche oía gritos y lamentos, además de otras cosas más horribles que no habría sabido describir. A veces, cuando se asomaba al mostrador de la panadería y miraba a través de las ventanas sucias, veía desfilar a hombres y mujeres de extraña indumentaria, con máscaras de cuero y túnicas sucias que colgaban desde los hombros hasta el suelo. En la tela de las túnicas había palabras pintarrajeadas de manera tosca, que a esa distancia no se podían leer. Llevaban faroles con un fuego negro, antinatural, y mientras deambulaban por la calle salmodiaban nombres o algo parecido. Eran incansables, y no se dispersaban hasta el amanecer.

Al final, con punzadas de hambre y miedo en el estómago, decidió que era el momento de irse. Esperó a la mañana siguiente para meter en la mochila unas cuantas latas de comida abolladas y salir de puntillas por donde había venido, pensando que eran más seguros y discretos los callejones que las vías principales. Para volver a casa necesitaría los mismos objetos que había puesto el señor Straven en la bandeja, pero no tenía ni idea de dónde encontrarlos.

De algo, al menos, estaba segura: de que se acordaba del conjuro. Nunca se permitiría olvidarlo. Lo repetía sin parar, grabándoselo a fuego en la memoria.

Hacia el oeste, la desagradable niebla que cubría la ciudad no parecía tan espesa. Donde peor aspecto presentaba era en la zona de los muelles. Se apartó del mar y fue contando las manzanas para intentar llevar la cuenta de lo lejos que estaba de la panadería, por si tenía que batirse en retirada. Ya que podía sangrar, y tener hambre, más valía no arriesgarse a pedir ayuda a los friquis enmascarados que iban por la calle recitando cánticos.

«Tienes el libro —se dijo— y lo conoces, igual que conoces la ciudad. En principio deberías poder sobrevivir a cualquier cosa.» Pero en el libro Boston no era así... La trama era un cúmulo de fiestas y meriendas, una sucesión de amoríos e intrigas con algún que otro momento de tensión, para que no decayera el interés: un duelo, una broma de mal gusto, un secuestro, un vestido roto... En algunos momentos parecía que Moira y Severin no acabarían juntos, pero no pasaba nada más grave. Esto, en cambio... era una pesadilla.

¿Dónde habían aterrizado, en su amado libro o en algo mucho peor? El hambre, cruel por naturaleza, le retorcía el estómago. Cada vez le costaba más pensar. Aunque estuviera al borde de la inanición, se daba cuenta de que el Boston de la década de 1880 no era como tenía que ser. A las siete manzanas no tuvo más remedio que abandonar la relativa seguridad del callejón para salir a lo que parecía una avenida importante. De la ciudad seguía en su sitio el esqueleto, con su arquitectura clasicista, pero sin carne, como si se la hubiera comido una plaga de buitres. Con sus líneas duras y vacías, parecía un cadáver secándose al sol. Era una ciudad fantasma, y a Connie no le habría extrañado ver rodar por la avenida un arbusto de esos de película del Oeste. En vez de eso, lo que vio fueron estatuas raras erigidas en medio de la calle, rodeadas por montañas de basura pestilente que parecían dunas recubiertas de moho. Se abrió camino hacia la estatua que tenía más cerca. Estaba hecha con madera de la playa, trozos viejos de velas y muebles rotos. Le colgaban del cuello cuatro cadenas muy pesadas, y el cuerpo y los brazos estaban formados por grandes mástiles deshechos. De las masas de barro que formaban la cabeza colgaban serpentinas que, inexplicablemente, le hicieron pensar en tentáculos. Parecía que le hubieran echado todo un cubo de pintura negra sobre la cabeza. El abdomen de la figura tenía clavado un letrero donde solo ponía: PERDÓNANOS.

Con sus tres metros de altura era más grande que un espantapájaros, pero su efecto, en la penumbra, era igual de inquietante.

Más adelante encontró raíles para trenes tirados por caballos. La avenida era bastante ancha para que cupiesen centenares de carruajes. Estos últimos estaban, pero casi todos volcados, saqueados, con las ruedas rotas o robadas y el interior destrozado, incluidos los cojines. Por desgracia también había caballos abandonados, muertos y devorados por los animales. Entre los carruajes y carretas se hacinaban montañas de esqueletos.

Uno de los caballos era negro, y no parecía que llevara mucho tiempo muerto, pero al acercarse se dio cuenta de que se movía. Su cuerpo estaba infestado por una masa de ratas negras que, al notar la presencia de Connie, se deslizaron chillando hacia la alcantarilla como un río oscuro. Se estremeció. ¿Podía ser el libro? Solo quedaban los ojos del caballo, no los párpados. Su fría mirada de terror estuvo a punto de paralizarla; a punto, porque Connie nunca se paralizaba.

«Sigue, no te quedes quieta, aunque todo esto no pase de verdad. Aunque nada de esto sea real. No te quedes quieta.»

Oyó pasos cansinos a lo lejos, y con el rumor de las salmodias de los encapuchados. ¿Ya empezaba a anochecer? La apestosa bruma que envolvía la ciudad impedía saber a ciencia cierta qué hora era.

«No puedes dejar que te pillen, Connie. Da igual que tengas hambre. Corre, corre.»

A veces, en la pista de atletismo, durante los entrenamientos para el biatlón, tenía claro que se le estaban empezando a congelar los dedos de las manos y los pies, pero aun así seguía. Era como si se le hubieran soldado los palos de esquí a los guantes, y como si sus pies se hubieran vuelto de hielo dentro de las botas, pero aún le quedaban varios kilómetros y disparos por delante. Su entrenadora, Mindy, le había dicho: «La diferencia entre tú y la persona que pierde contra ti es lo que estás dispuesta a aguantar».

Hambre, miedo, oscuridad: lo aguantaría todo.

Siguió corriendo. Nunca había corrido tanto, ni en los entrenamientos ni en las competiciones. Le dolían los pies, y a sus pulmones les costaba absorber aire, pero no se detuvo. «Ten controladas las manzanas. Cuéntalas. No pierdas la orientación. Busca puntos de referencia.» En el horizonte la niebla no era tan densa. Decidió ir en esa dirección. La iglesia: en el diario de la chica ponía algo de una iglesia. Procuró levantar la vista del suelo, pero en la mayoría de los edificios los indicadores estaban tapados con pintura. Cualquier cosa relevante o útil estaba cubierta por lemas como: NO ESCUCHÉIS o LA VOZ MIENTE. Para colmo, en Boston había como mil iglesias que respondían a la descripción.

Aun así, pensó que un edificio con un campanario —suponiendo que lo tuviese la iglesia que buscaba— siempre destacaría entre el resto, y al correr por las calles, esquivando la masacre, no vio ninguno.

Se dio cuenta de que había ido en zigzag hacia el oeste. Al pararse a respirar un poco y encontrarse delante la estatua de Benjamin

Franklin, estuvo a punto de llorar de alivio. Aunque casi todo pareciera distinto, y no hubiera coches, y el cielo azul brillara por su ausencia, la estatua ya le permitía orientarse. La plaza del ayuntamiento no quedaba lejos. Seguía en pleno centro de Boston. Como la dirección que seguía, a grandes rasgos, era la de Tremont, si mantenía el rumbo acabaría en el Boston Common. Pensó que desde ahí tal vez pudiera encontrar el camino de la casa de Moira, aunque el libro la ubicaba en un barrio fícticio.

Dejó atrás la estatua de Franklin, corriendo más despacio mientras sentía un hueco cada vez más grande en el estómago. Había recorrido una distancia muy grande, pero desde que había dejado a los encapuchados en medio del polvo no había visto a nadie. ¿Dónde estaba la gente?

Se le ocurrieron dos posibilidades: que el caos que había visto solo fuera una pequeña parte del que se había apoderado de la ciudad o que fuera realmente el mundo de la novela *Moira* y, por lo tanto, solo hubiera tanta gente como personajes.

—Dios mío —masculló, con el pecho en tensión por el esfuerzo—, espero que la noche en la tienda no haya sido verdad. Ojalá estemos las dos en coma.

Se adentró en el ambiente fresco y húmedo del bosquecillo que delimitaba el parque. En el mundo real, a mano izquierda se asomaban al Common varias hamburgueserías, gimnasios y pubs. Su barriga no paraba de hacer ruido. Casi se retorcía de hambre. Por un Pigmalion en Burger Buddies habría estado dispuesta poco menos que a matar. Tomó la dirección que llevaba al Frog Pond en el Boston actual, con la esperanza de que si llegaba, y continuaba, acabaría encontrando los límites de la ciudad. Su conocimiento de la distribución exacta del Boston del siglo xix dejaba bastante que desear, pero la estructura de la ciudad era antigua, y le sorprendió la cantidad de cosas que reconocía.

Sobre el parque flotaba un silencio tupido, como de otro mundo. La niebla sobre su cabeza tenía su correspondencia con la que se deslizaba hacia ella por el suelo desde el Frog Pond. A pesar de que ya no se oían los cánticos de los encapuchados, pensó que la niebla podía jugar en su favor. Ignorando los calambres persistentes de su barriga, se agachó y se puso a correr de árbol en árbol y de matorral en matorral, sin abandonar la protección del suelo salvo en caso de necesidad. Por la ponzoñosa niebla de su izquierda se asomaba la catedral de St. Paul, cubierta por una pátina de suciedad, pero claramente visible entre los árboles. El Frog Pond ya no podía estar lejos. Si lo encontraba, con esa referencia sabría que detrás estaba el estanque del Boston Public Garden, donde en la época actual iba la gente a remar y contemplar los cisnes.

Los cisnes. Su punto de encuentro con Adelle. Con lo a menudo que iban, seguro que alguien se había fijado en su presencia. Aunque fuera su santuario secreto, el parque lo visitaba más gente, y entre los modelitos góticos de encaje de Adelle y los chándales de colores fosforito de Connie no eran exactamente discretas. Si ponían carteles de «se busca», sobre todo en el parque, quizá la asiduidad con que lo habían visitado Adelle y Connie despertase en alguien un recuerdo.

Encontró fuerzas para seguir corriendo y bordear una depresión cubierta de barro que quizá en el futuro fuera el Frog Pond. Había algunos caminos toscamente marcados en la hierba. Con los nervios y la emoción se le hizo corto el camino. Alrededor del lago había vegetación más densa, como de pantano, y aneas dispersas. Se respiraba un repulsivo olor a ciénaga; las cañas estaban infestadas de insectos, y la niebla que flotaba sobre el agua tenía un color gris, desagradable y enfermizo.

Se tapó la nariz y caminó por el fango hacia el futuro emplazamiento de una glorieta. Cerca había un pequeño grupo de árboles y un saliente de roca sobre el lago. Tenía que ser ahí. Cisnes no había, pero se estaba acercando a donde Adelle y ella habían ido muchas veces para leer juntas. Se puso a cuatro patas y avanzó por la niebla, buscando a tientas alguna piedra grande y lisa que le sirviera de pizarra. Se había llevado de la panadería las latas viejas de comida y un cuchillo poco afilado, con el que se dispuso a grabar un mensaje.

¿Pero qué mensaje podía escribir?

Tenía que ser algo sencillo y directo, que guiara a sus familias, o a la policía, hasta la ubicación correcta. Adelle y ella habían caído en un mundo de ficción, pero no dejaba de ser una versión de Boston, y cabía la posibilidad de que cualquier alteración en una piedra llegara hasta su época. Era mucho esperar, pero aunque solo lo encontrase Adelle, no su familia, ya valdría la pena.

«Eso si no te estás muriendo en algún hospital...»

Se quitó la idea de la cabeza. No podía pensarlo. Apoyó su peso en el cuchillo, gruñendo a causa del esfuerzo, y empezó a hacer marcas en la roca, que casi no se dejaba grabar. Le estaba costando más de lo previsto. Hasta la más pequeña muesca requería siete u ocho repasos. Se le empezó a cubrir la piel de una película caliente de sudor.

Se puso en cuclillas para examinar el resultado.

ADELLE Y CONNIE WITCH EYE STRAVEN

Un par de pasadas más y con suerte quedaría legible. Justo entonces sintió temblar el suelo, y el polvo y los trocitos que había desprendido al rascar la piedra empezaron a saltar, mientras se inclinaban los árboles hacia ella y la tierra vibraba. De repente se quedó todo muy quieto, como antes, en un silencio inverosímil. Detrás de ella esperaba algo. Algo la observaba.

Se asustó tanto que echó mano de las palabras que la habían consolado de pequeña, la oración que repetía en voz baja siempre que tenía miedo cuando aún iba cada domingo a la iglesia con su familia.

—Dios te salve, María, llena eres de gracia, el Señor es contigo —susurró temblando. No sabía si creía en el cielo o en el infierno, en los demonios o en Satanás, pero algo maligno estaba percibiendo—. Bendita tú eres entre todas las mujeres y bendito es el fruto de tu vientre, Jesús. Santa María, madre de Dios, ruega por nosotros, pecadores, ahora y en la hora de nuestra muerte...

El temblor se interrumpió un momento. Armándose de valor, Connie abrió un solo ojo y se giró para ver qué tenía detrás. En la realidad se había formado un desgarrón, como una página arrancada en mitad de un libro, pero en vez de verse la siguiente página solo había un vacío. El tajo se había formado justo al borde del saliente de piedra sobre el lago, de tal manera que corriendo y saltando quizá Connie pudiera meterse por él.

Pero no, no quería ni acercarse. El desgarrón emitía una especie de zumbido cuyo ritmo era el mismo que el del dolor de cabeza que empezaba a apoderarse de ella. Forzó la vista, casi ciega de dolor. Era como si el tajo le arañase el cerebro solo con que lo mirara un segundo. Hablaba con susurros aterciopelados, engatusándola para que se acercase. Se levantó, temblorosa, y dio un solo paso hacia el agujero, mordiéndose el labio para soportar el dolor. Acto seguido levantó la mano y buscó a tientas el borde del boquete. Justo cuando lo encontraba, unos gélidos zarcillos se enroscaron en torno a sus muñecas. Un desgarrón, igual de nítido que en una tela o un papel. Una página. Una página de libro arrancada... Parecía normal y anormal al mismo tiempo. Connie no debería haber estado donde estaba, pero ahí estaba, tocando la propia textura del mundo, lo que impedía que se deshiciese. Sus manos, muy frías, se habían puesto a temblar. Dobló los dedos alrededor de los bordes del tajo, y entonces se aferró algo a ella: una mano con garras que se le clavaron muy profundamente, hasta hacerla sangrar.

Una voz se deslizó en el interior de su cerebro, una voz conocida, pero que no quería escuchar: la misma que había oído durante el conjuro.

—Servirás —decía—. Escucharás. ¿Oyes mis susurros?

—¡No! —chilló Connie mientras se apartaba, retirando la mano—. ¡No...! ¡Déjame en paz!

—No te resistas. Sirve.

Esta vez había sonado... más frío, con un tono como de decepción, casi de rechazo.

—No —logró susurrar de nuevo Connie—. ¡No sé qué eres, pero déjame en paz!

En ese momento se dibujó una silueta que al salir del tajo la empujó hacia atrás. Era algo grande y lustroso, un ser de dientes brillantes, con alas, cubierto por un líquido negro y viscoso. Connie se quedó de piedra al respirar su olor, fuerte pero no desagradable, casi como de…, casi como de tinta. Tinta fresca y húmeda. Se tambaleó hasta las piedras sin aliento, sujetándose la mano herida mientras veía emerger al monstruo del vacío y luego abrir las alas. Tenía una cara fea y bulbosa, de gárgola, y la boca muy ancha, sembrada de dientes como alfileres. Todo su cuerpo goteaba la misma sustancia negra. Alzó el vuelo en la noche con un grito y, después de volar bajo, ganó altura hacia el cielo brumoso.

6

Por regla general, las mujeres son físicamente menores y más débiles que los hombres; su cerebro pesa mucho menos, y no son aptas de ninguna forma para realizar la misma cantidad de esfuerzo físico o mental que son capaces de acometer los hombres.

El trabajo de las mujeres: reflexiones de una mujer sobre los derechos de las mujeres, anónimo, 1876

—¡Chillones! ¡Ojo con la cabeza, chicos!

El grupo había salido de la niebla entre un brillo de pistolas. Connie se refugió en los árboles y se tapó la cabeza con las manos mientras se abatía sobre ella otro de los seres negros alados, escupido por el agujero de bordes recortados que se cernía sobre el estanque. Las garras cortaron varias ramas, haciendo llover hojas sobre Connie. Por algún motivo, tocar el desgarrón había hecho salir a toda una bandada de demonios de tinta.

Los disparos eran ensordecedores. Acurrucada contra lo que quedaba del árbol, Connie vio finalmente quién había irrumpido en el claro: media docena de personas montadas en altas y precarias bicicletas. Más exactamente, un grupo de niños y adolescentes que empezaron a desmontar al mismo tiempo. Justo entonces, se precipitó del cielo uno de los monstruos recién engendrados y se llevó por sorpresa a uno de los chicos, cuyos gritos se perdieron en la noche, engullidos por la densa niebla.

—¡Se han llevado a Alec! ¡Los malditos chillones se han llevado a Alec! —Una muchacha pelirroja, con una gran mata de pelo rizado, se apartó del grupo y se puso en cuclillas, mientras su extraña bicicleta se caía al suelo. Tenía en el cuello una cadena de la que colgaba un sombrero blanco de vaquero con adornos—. ¡Al suelo y dispersaos! ¡Todos a cubierto, y no disparéis si no estáis seguros de acertar!

Connie gritó al notar el zumbido de una bala justo al lado de su oreja y del tronco del árbol. La vaquera, que se había dado cuenta, se arrastró hacia ella por la hierba mojada hasta que estuvieron casi frente a frente.

—¿Estás herida? —preguntó.

Connie sacudió la cabeza.

—¿Qué…, qué son estas cosas?

—Pues dentro de un rato cosas muertas.

La pelirroja se giró con un revólver plateado en la mano y disparó tres veces a los monstruos que seguían brotando por el desgarrón, amartillando el arma con el borde de la mano.

Se acercaron más siluetas al árbol del borde del estanque. Uno de los chillones se lanzó muy deprisa sobre ellas, como una simple mancha, haciendo saltar la pistola de la mano de la vaquera, que rodó con un gruñido por la hierba mientras el revólver rebotaba en el saliente de piedra donde Connie había estado grabando su mensaje. De cerca, el monstruo era muy feo, terrorífico, con un hocico puntiagudo y reluciente, lleno de pequeños dientes oscuros, y una cresta de espinas sobre la cabeza redonda.

Pese a recibir un disparo de otro de los ocupantes del claro, lo único que hizo fue soltar un chillido, sacudir las alas y lanzarse sobre la pelirroja. Si Connie hubiera llevado encima su rifle de biatlón del veintidós habría participado, pero al estar desarmada corrió hacia las rocas. Mejor eso que mirar el chillón, porque cada vez que lo hacía se le nublaba la vista, como si su cerebro se negara a procesar lo que tenía delante. Vio de reojo a uno de los monstruos, que se le estaba echando directamente encima, y se le paró el corazón dentro del pecho, pero no era el momento de quedarse quieta, así que se lanzó sobre el revólver y, pivotando sobre las rodillas, disparó contra la parte trasera de la cabeza de la bestia.

El chillón no solo lo notó, sino que salió volando con un grito ensordecedor, dejando un rastro de gotas de sangre negra. Mientras tanto, seguían las descargas, un tableteo constante que dio a Connie el subidón de adrenalina necesario para sacudirse el miedo. Dos chillones cayeron del cielo sin vida, uno tras otro. Pesaban tanto que el suelo tembló en el momento del impacto.

—¡Todos contra el desgarrón! ¡Vamos, disparad! —Era la vaquera, que se levantó de entre la hierba y recogió el sombrero para encasquetárselo—. ¡Tú también, forastera!

Connie apuntó con el revólver hacia el lugar del que salían los monstruos, mientras veía surgir a cinco siluetas de la hierba por detrás de la vaquera y dirigir sus pistolas o rifles hacia el tajo. Estabilizó las manos, respiró profundamente el aire repulsivo del estanque y disparó, pero solo oyó un clic.

—¡Tíramela!

Con el fuego de la adrenalina corriendo como antes por sus venas, lanzó la pistola a la pelirroja, que la recargó con la misma soltura con la que descerrajó todas las balas contra el desgarrón. Este no se cerró del todo, pero se quedó como inactivo, una costura vertical visible con dificultad por encima del agua. Nadie se movió ni dijo nada. La vaquera se levantó y recargó su revólver. Cuando lo apuntó hacia Annie, el humo de los disparos ya se había disipado.

—Mirad, chavales, tenemos una viva. No dejéis que se escape.

Cinco pares de manos cayeron sobre Connie sin haberle dado tiempo de reaccionar. Intentó fijarse en los jóvenes de ambos sexos que le estaban pasando metros y metros de cuerda alrededor del cuerpo, pero iban todos iguales, con camisas de trabajo sucias, pantalones remendados y los mismos pañuelos a cuadros blancos y negros en el cuello. Connie se resistió, soltando patadas a diestro y siniestro, pero, agotada y famélica como estaba, no tardó en claudicar ante la presión de la cuerda que inmovilizaba sus brazos contra el cuerpo.

La pelirroja se acercó con paso decidido, bajando un poco la pistola. Tenía las cejas muy pobladas y los ojos azules, muy juntos. Su pómulo izquierdo estaba cruzado por una profunda cicatriz que le llegaba casi hasta la oreja. No iba vestida como los demás. Su camisa blanca, en plan película de vaqueros, tenía flecos y estaba manchada de suciedad, grasa y sangre. Una falda marrón, arremangada en los lados con clips de metal, dejaba ver por debajo unos pantalones estampados.

—No ha estado mal, Jacky. Les has dado caña de la buena, y eso que normalmente no acertarías ni con un puñado de banjos en la grupa de un buey —dijo con voz gangosa, sonriendo burlona a un chico alto y fuerte que se había puesto justo al lado de Connie—. Vigila a esta chica, que aún no sé si es de fiar.

—¡Pero si le he pegado un tiro al bicho ese! ¡He intentado ayudar! —Connie temblaba de rabia—. Me..., me habría defendido perfectamente sola. No necesito vuestra ayuda.

La vaquera apoyó una rodilla en el suelo y miró a Connie fijamente a los ojos.

—Claro, claro, lo tenías todo controlado. Umm... No tienes pinta de ser uno de esos sucios ruidosos, aunque hoy en día nunca se sabe. Ya lo averiguaremos de alguna manera, pero aquí no, aquí no. Es demasiado peligroso.

Le hizo una señal con la cabeza al mismo chico alto de antes, que se quitó el pañuelo a cuadros y lo usó para vendarle los ojos a la prisionera.

—¡Eh! —gritó Connie—. Que no soy vuestra enemiga. Soltadme, que os juro que no soy ningún peligro para nadie. Solo quiero encontrar a mi amiga y buscar un sitio seguro. Luego igual llamo a la policía, o...

Oyó un coro de carcajadas en la oscuridad. El pañuelo apestaba a olor corporal.

—Tonta está claro que lo es, como los ruidosos, pero no va vestida como ellos, jefa —dijo un chico.

Alguien puso a Connie de pie y la hizo caminar.

—Sitios seguros ya no quedan, y policía no hay. —Connie oyó que la de la ropa de vaquero se reía—. Ahora, que tiene narices, la tía, ¿eh? Si no fueras tan alta y fuerte diría que naciste ayer, maja.

—No me llames así —le espetó Connie.

—Vale, vale, a veces se me olvidan los modales, pero no es que no tengamos sentido de la hospitalidad, al contrario —añadió la vaquera entre las risas socarronas de los otros—. Ya lo verás.

Estuvieron caminando mucho tiempo. A Connie le dolían los pies. Notó un cambio en el aire: ya no olía a humedad, sino a polvillo de carbón y estiércol de caballo, como antes. Debían de haber ido hacia el centro. Oyó campanas y chirridos de ruedas. Solo la acompañaba uno de los chicos, con la cuerda bien cogida. Oyó que los otros se subían a sus bicicletas altas. Nadie decía nada, y cuando quiso volver a protestar por el trato que le dispensaban la hicieron callar. A pesar de la venda se dio cuenta de que estaban muy nerviosos.

Adelle absorbida por el libro. Monstruos caídos del cielo. Un desgarrón en el mundo. Una banda de ciclistas saqueadores. ¿Cómo podía ser real? Sin embargo, ya había visto algunas partes de ese mundo que le eran familiares, y se permitió pensar, al menos de momento, que estaba viviendo en el interior de una novela. En el mundo de *Moira* existían esos personajes. La selecta élite a la que pertenecía Moira evitaba a los matones y contrabandistas que vivían en las partes más pobres de la ciudad. Hablaban en voz baja de que por las calles acechaban bandoleros que se aprovechaban de la oscuridad para robar o secuestrar a las damas incautas. Entre tantos personajes tenía que toparse de buenas a primeras con los malos, los rodadores…

Pensando a gran velocidad, empezó a encajar toda la información que recordaba de ellos. En el libro no salían mucho, porque Moira no se movía en esos círculos. Parecían más bien una especie de coco, no un peligro de carne y hueso, aunque empezaba a pensar que hacían justicia a la imagen de canallas que se tenía de ellos en la alta sociedad.

Se pararon. Lo único que pudo hacer Connie fue escuchar. Después de unos golpes en la puerta, claramente en clave, chirriaron con fuerza unas bisagras, y Connie recibió una ráfaga de aire más caliente, acompañada por olor a polvo, velas encendidas y cuerpos sin lavar. Se sobresaltó al notar que le rozaba la mano algo peludo, que olisqueó su muñeca. El animal que se había acercado para husmearla desapareció de manera igual de repentina. Ya estaban dentro. Intentó subirse la venda moviendo las mejillas y lo consiguió. Los chicos y chicas que la acompañaban debían de haberse despistado, dejándola atisbar una pequeña franja del lugar donde estaban: una iglesia vieja, abandonada. La llevaron hacia el altar, entre los bancos, y se pararon. La vaquera se adelantó a los demás y empujó el altar con la espalda y los hombros. Debajo había una trampilla.

—Desatadla —dijo haciéndoles señas a los otros para que le trajeran a Connie—. Necesitará las manos. La bajada es larga.

Connie tragó saliva. No lo había dicho por decir. Había una escalerilla de al menos tres metros que descendía hasta una cueva con muy poca luz. La vaquera se acercó a Connie mientras los chicos le desataban la cuerda que retenía sus brazos contra el cuerpo. Luego le arrancaron la venda.

—Baja —le ordenó la vaquera con gesto socarrón—. Y no quieras hacerte la lista, que te estaré apuntando todo el rato con mi Slick Rose.

Señaló la trampilla con la cabeza, mientras movía el cañón del revólver.

—¿Le has puesto nombre a tu pistola?

La sonrisa se borró.

—Por supuesto, y Slick Rose dice que no estás en situación de juzgar a nadie. Venga, abajo, forastera.

Connie solo vaciló un momento. Le tentaba echar a correr, pero entre los bancos de la iglesia había un montón de caras sucias que la miraban con hostilidad. Ninguna, sin embargo, intimidaba tanto como la presencia de un perro grande y peludo que tampoco le quitaba los ojos de encima. Sin contar a la vaquera pelirroja y su pistola... Al final, suspirando de rabia, se rindió y empezó a bajar a lo desconocido, a la guarida de los malhechores.

7

—Hay jóvenes que lucen con la fuerza de un rubí tallado —dijo Orla Beevers con un tono en que los celos brillaban por su ausencia: la señorita Beevers tenía la elegancia de saber reconocer la derrota—. Y luego estás tú, Moira Byrne, que reluces como no hay perla en todo el mar que brille.

Moira, capítulo 3

Adelle abrió los ojos de golpe, y el susto estuvo a punto de hacer que se cayera de espaldas en el agua sucia del estanque.

—Dios mío —susurró, parpadeando muy deprisa—, ha funcionado. Señor Straven... Ha funcionado de verdad. ¡No..., no me lo puedo creer!

Se frotó los ojos y se pellizcó: nada. Todo era real. Había aterrizado en el parque donde Moira y Severin acordaban bailar en la fiesta. No solo eso, sino que estaba en el lugar secreto donde tan a menudo

iban Connie y ella para leer, reírse y hacer listas de sus personajes favoritos. Había un mensaje grabado en la roca con marcas irregulares
y poco profundas. Se acercó, y al pasar la mano por encima estuvo a
punto de gritar. Por lo visto Connie había hecho el mismo viaje. Ya
estaba en algún sitio del libro, pero en otro punto de la narración.

ADELLE Y CONNIE WITCH EYE STRAVEN

Sus ojos se llenaron de lágrimas. Si ella estaba muerta de miedo,
seguro que Connie también.

—Te encontraré, Connie. Ya estoy sobre la pista —susurró.

—Sí —murmuró una voz invisible—, es verdad. Cuánto nos ale-
gramos de que hayáis venido.

—¿Quién es?

Se giró de golpe, otra vez con náuseas. Sobre el agua flotaba un
escalofriante tajo de luz verde, un desgarrón en el mundo, lleno de
imprecisos resplandores. Dentro, en el vacío, titilaban estrellas, y a
través del agujero salían cintas de humo negro que iban hacia Adelle.
Le dolió la cabeza como si estuviera a punto de explotar. Sujetándo-
sela con las dos manos, y temblando de manera incontrolable, se
puso de rodillas. Fuera lo que fuese, la estaba vigilando, y parecía estar horriblemente cerca.

—¿Quién es? —consiguió preguntar—. ¿Qué es?

—Cerca. —Fue como si la palabra explotara en su cabeza. Más que
una voz, parecía un hierro de marcar—. Qué poco falta… Servirás.

Tenía que encontrar a Connie, y los ingredientes necesarios, pero
¿cómo iban a volver a casa sin el libro? Se apretó los ojos con los

puños para no llorar. Luego dio media vuelta y fue a gatas hacia la cuesta de hierba, alejándose del agua, del tajo y de las voces. Cuando llegó a la hierba tocó algo con escamas, algo húmedo y frío, pero la hierba era demasiado alta para verlo bien. Mejor. Oyó voces en la orilla del estanque, pero humanas, no como las de antes. Se arrastró hacia el árbol junto al que solían leer. El tronco estaba lleno de agujeros, como si le hubieran pegado muchos tiros.

Al atreverse a mirar por encima del hombro vio que al borde del agua había dos siluetas que la estaban observando, no cabía duda. A juzgar por lo cerca que estaban del tajo que flotaba encima del estanque, quizá hubieran venido a verlo.

—¡Eh! ¡Eh, tú! ¿Quién eres?

Llevaban máscaras oscuras y túnicas de un blanco sucio, cubiertas por palabras pintarrajeadas con los dedos. No era una manera de vestir que le inspirase confianza. Parecían de alguna secta, y Adelle ya no quería saber nada de hechizos y ocultismos. Se levantó, se recogió la falda y se puso a correr con todas sus fuerzas por el parque, mientras hacía esfuerzos desesperados por orientarse, aunque no podía estar más perdida. No tenía la fuerza ni la habilidad atléticas de Connie. Aun así, siguió adelante por la hierba sin amilanarse, subiendo y bajando sin parar el brazo libre.

—¡Se está escapando! —gritó a sus espaldas el mismo hombre de antes—. ¡Deprisa, que se nos escapa!

Adelle siguió corriendo por el parque hasta llegar al Boston Common, y la desconcertó encontrarlo vacío y silencioso. Aunque no destacara mucho como velocista, la impulsaba el miedo. Empezó a dolerle el pecho. También los pies, por pretender hacer una maratón con tacones. Ya no podría llegar mucho más lejos. Dio media vuelta lentamente por la calle, extrañada por la poca luz que había a esas horas de la tarde. Sobre la ciudad flotaba una neblina de un color malsano, amarillento, como si solo se pudieran ver las cosas a través de un filtro sepia.

Al ir más despacio descubrió que estaba delante del famoso monumento a los soldados y marinos, y la animó un poco saberlo. Al menos esa zona la reconocía: Flagstaff Hill. Sobre la columna, tan alta como los árboles que la rodeaban, había una mujer de bronce con una espada que simbolizaba América. Se paró a recuperar el aliento y miró por encima del hombro sin distinguir a los de las túnicas. O los había despistado o eran demasiado lentos. Se escondió detrás del monumento, arrimándose a la pétrea imagen de Edgar Allan Poe.

Ahora solo tenía que encontrar a Connie, que podía estar en cualquier punto de Boston… De repente se le ocurrió algo horrible: ¿y si los de las túnicas habían visto a Connie mientras grababa el mensaje? Quizá fuera mejor volver y preguntárselo, pero ¿y si se la habían llevado?

—Esto es imposible —dijo.

Cerró mucho los ojos, suspirando. ¿Qué debía de haber hecho Connie? Si había dejado el mensaje significaba que estaba en la ciudad. ¿Se había quedado cerca del parque? ¿Pero hasta cuándo? El mensaje era señal de que cronológicamente llevaba más tiempo en el libro. El pasaje elegido por Adelle quedaba hacia la mitad, en medio de la trama. Ya habían pasado muchas cosas: el compromiso, el primer encuentro en el parque, el plan de secuestro, el baile de los cuchicheos… Y, ahora, el segundo encuentro en el parque. Podía querer decir que Connie también llevaba más tiempo real dentro del libro.

Quizá intentase buscar a alguno de sus personajes y hacerse amiga de él. Era lo que habría hecho Adelle.

—Sí —murmuró—, es lo que haría yo.

De acuerdo, pero ¿cómo encontrarlos? Moira y sus amigos no vivían muy lejos del Boston Common ni del parque. Los bordeaban a menudo en su constante ir y venir de un compromiso a otro, ya que el argumento del libro transcurría casi todo en salones de baile iluminados con velas y aposentos con aroma de rosas. Si se quedaba cerca del parque, quizá pudiera seguir a alguien con aspecto de ser bastante rico como para llevarla hasta Moira. Por algo se empezaba.

Le llamó la atención un ruido de hojas cerca del borde del camino, entre los árboles. Se asomó al monumento con un nudo en el estómago. No, no eran Moira ni Severin, sino los de las túnicas, que buscaban entre los arbustos. Ya le habían dado alcance. Tenía que moverse.

Se fue de puntillas por la calle con el corazón en vilo, aguzando el oído por si percibía sus pasos. No se estaba fijando en lo que tenía delante, sino en lo de detrás.

Hasta que se le echó el carruaje encima.

Venía tan deprisa, y ella iba tan distraída, que ni se había dado cuenta de que estuviera a punto de embestirla. Una de las ruedas chocó con su cadera y la hizo salir despedida. Aterrizando sobre la barriga, vomitó la hamburguesa y el batido, a la vez que notaba la dureza de la piedra en la mejilla y el inclemente frío de un charco muy profundo de lluvia acumulada que empapó su vestido. Los caballos que tiraban del infernal vehículo volvieron a lanzarse sobre ella con todo el peso de sus relucientes cascos, que iban golpeando el suelo hasta que se sobrepuso a su cadencia un doble relincho de pavor. Entonces, echando espuma blanca por la boca, con los belfos contraídos y los ojos muy abiertos, se encabritaron, agitando las patas delanteras en el aire, y volvieron a posarlas en el suelo.

En el carruaje se abrió bruscamente una puerta, y en medio de la niebla apareció una chica cuyo rostro brillaba con la fuerza de la luna.

—¡Cielo santo! ¡Cielo santo, cielo santo!

Se apeó con tal ímpetu del escalón que estuvo a punto de caer rodando por la calle, pero al final logró acercarse a Adelle con las manos en la boca, envuelta, como por una espuma plateada, por las mil y una capas de su etéreo vestido de gala.

—¿Está muerta? ¿La hemos matado? —Respiraba tan deprisa que a Adelle le recordó un perrito faldero—. ¡Dígame que no la hemos matado, por favor! Claro que si estuviera muerta no podría hablar, ¿verdad? —Se giró hacia el joven que conducía el carruaje—. ¡Hampton! ¡Mira lo que has hecho, bestia de hombre!

—Creo que estoy bien —gruñó Adelle, logrando incorporarse—. Me duelen las piernas, pero no creo que me haya roto nada.

—¡Permita que la acompañemos! ¡Hampton! ¡Ven ahora mismo, Hampton!

El cochero, un pelirrojo larguirucho con marcas de acné que dolían solo de verlas, se acercó a toda prisa, haciendo flotar los faldones de su chaqueta negra.

—Lo siento, señorita, no la he visto… ¡Con esta ropa tan negra se confunde con la calle!

—¡Ayúdala, Hampton, por Dios, ayúdala!

Casi eran peor la agitación y los gritos de la pasajera que el dolor en sí. En el parque se oían voces. Eran los de las túnicas, que buscaban a

Adelle. Se dejó levantar por el cochero e hizo una mueca nada más apoyar la pierna izquierda.

—Sí que está herida. —La chica con cara de luna suspiró—. ¿Adónde iba? Estaremos encantados de acercarla.

Las voces se oían cada vez más cerca. Adelle tragó saliva, muy nerviosa, e intentó esconderse detrás del joven, que era mucho más estrecho que ella.

—No…, no lo sé.

—¡Por amor de Dios, pero si está conmocionada! Debe de tener revuelta la cabeza. —La joven miró a Adelle desde la cabeza hasta los pies—. Por cierto, va muy bien vestida. Quizá nos dirijamos al mismo lugar. ¿Es posible que estuviera yendo a la residencia de los Byrne, para la gala del solsticio de verano?

Algo revuelta quizá sí que tuviese la cabeza Adelle, por decirlo como la joven, pero recuperó la lucidez de golpe al oír las palabras «residencia de los Byrne» y «gala del solsticio». En la novela, la fiesta en casa de los Byrne —la gala del solsticio— era cuando Moira desvelaba por primera vez su amor, el clímax del segundo acto. De hecho, era donde vivía su familia. Adelle había aterrizado el día correcto. Ahora estaba a punto de empezar el baile.

«No puede ser —se recordó—. No puede estar pasando de verdad. Pero sí, sí que pasa. El señor Straven ha hecho magia.»

Los de las túnicas, que habían visto el accidente, ya corrían hacia ellos. Adelle llegó a la conclusión de que no le convenía seguir en la calle, sobre todo si era cierto que había conseguido meterse en un universo de ficción por un agujero de gusano. La chica y su carruaje constituían a todas luces un mal menor.

—Umm… S…, sí —masculló—. Sí, es adonde iba.

—¡Decidido, pues! Ahora mismo la llevamos Hampton y yo, y de paso seguro que le encontraremos algo para que se cambie. ¡Está empapada! ¡Aunque el vestido es precioso! ¡Empapada, pero preciosa! Dios mío, ya no sé qué me digo… Vamos, Hampton, no sea que lleguemos tarde.

Adelle cojeó hacia el carruaje del brazo de los dos desconocidos, y suspiró de alivio cuando, ya a resguardo del frío en el asiento trasero, se cerró la puerta, impidiendo que la vieran los de las túnicas, que acababan de dejar atrás el monumento para bajar a la calle. Se arrellanó para que no la vieran por la ventanilla.

Después de que la joven se sentase enfrente, como en un mar de enaguas y sedas, el carruaje empezó a alejarse de la plaza con una sacudida.

«¿Qué estoy haciendo? Tengo que encontrar a Connie…»

Se restregó las manos por la cara, angustiada y perpleja. No hacía más que ver y oír cosas increíbles, pero las pruebas que la rodeaban eran irrefutables.

—¡Qué modales los míos! ¡No solo estamos a punto de arrollarla en medio de la calle sino que se nos olvida presentarnos! Moira se escandalizaría. Ella, que siempre me acusa de ser ruda y poco delicada… Sintiéndolo mucho, debo reconocer que no hago sino darle la razón. —La joven sacó un abanico del pequeño bolso que llevaba en la muñeca y empezó a darse aire a gran velocidad—. Me llamo Orla Beevers. ¿Y usted es…?

Adelle se quedó sin palabras. Por supuesto. Por supuesto que era Orla. Respondía punto por punto a la descripción del libro: Orla

Beevers, la mejor amiga de Moira, tonta de remate, para más señas. Era un personaje que a Connie le parecía insoportable, mientras que Adelle había acabado por tomarle simpatía a esa secuaz de cabeza hueca pero buenas intenciones.

Lo principal, no obstante, era que había pronunciado la palabra mágica: Moira. Estaba pasando de verdad. Había pasado.

«He viajado en el tiempo para entrar en mi libro favorito, y mi mejor amiga está perdida en algún lugar de la novela.»

La gala del solsticio. Iban al baile, donde estarían Moira, Severin y todos los personajes que obsesionaban a Adelle. Era increíble, casi demasiado para asimilarlo. Sin embargo, cabía la posibilidad de que Connie, sintonizando con los planes de su amiga, hubiera buscado a los protagonistas de la novela, en cuyo caso acabaría en la órbita de Moira, y tal vez la hubiera visto alguno de los asistentes a la fiesta. Con su chándal seguro que destacaría.

—Adelle —soltó de golpe, pensando que al menos podía aprovechar el atropello para justificar su confusión y su ignorancia—. Adelle Casey. Mucho gusto, Orla.

—No hace falta que le diga que preferiría haberla conocido en circunstancias más agradables. —La joven se rio, nerviosa. Tenía los dientes marrones y torcidos, aunque lo disimulara todo lo posible con el abanico—. De todas formas, me alegro de haberla rescatado de las calles. Hoy en día es demasiado peligroso que una dama se desplace a pie. Nunca se sabe qué acecha entre las sombras, ni qué nuevos horrores pueden surgir de las profundidades.

8

Bailaron. *Bailaron hasta que les dolían las costillas y no podían ni apoyar los pies. En sus brazos, Moira estaba fulgurante. Una noche perfecta. Miró a su madre de reojo doce veces o más, segura de que le parecería mal e intentaría separarlos, pero la anciana se abstenía de pisar la sala de baile, de modo que eran libres. Por fin estaban juntos.*

—Nunca me separaré de ti —susurró él, apretándole la mano—. Eres mi principio y mi final.

Pronto amanecería y tendrían que despedirse. Moira, aterrada por la perspectiva, tenía una conciencia angustiosa del tiempo que pasaba, del tictac del reloj que los aproximaba hacia un final inevitable, pero aún le quedaban algunos instantes para unir su mejilla a la de él y deleitarse en la promesa de su mano en la cadera y sus dedos enlazados. No sabía cuándo volverían a verse. A él le había costado mucho entrar sin ser visto

por la puerta de servicio, que Moira había dejado con la cerra-
dura abierta.

—Severin, no quiero que se acabe esta noche —contestó en
voz baja, con los ojos llorosos—. No soporto que te vayas. Ahora
que están al corriente de nuestro secreto, mis padres harán cuan-
to puedan para separarnos.

—No, Moira —dijo él, tomándola con algo más de fuerza
entre sus brazos—, no es ese nuestro destino, je te promets. *Con*
lo valiente que has sido… Entre los dos lo hemos cambiado
todo, ya verás. Nada es lo mismo que antes, Moira. Estaremos
juntos, y se hará realidad cuanto desees. Confía en los sacrificios
que hemos hecho, mon coeur, *y ten fe.*

Moira, capítulo 15

La residencia de los Byrne estaba un poco apartada de la calle, entre
dos mansiones más pequeñas, y cuya intimidad quedaba asegurada
por un alto seto y una verja ornamental. Adelle reconoció la zona por
las descripciones de la novela y por las correrías que había hecho en
su propia época por la ciudad. Quedaba a un tiro de piedra del Public
Garden. Era un barrio de casas majestuosas, aunque en esos momentos estaban casi todas oscuras, como cascarones vacíos.

Las únicas ventanas con luz, como promesa de vida, eran las de la
residencia de los Byrne.

Una larga y ordenada procesión de carruajes esperaba el momento
de llegar a la entrada de la mansión. Los pasajeros se apeaban con
prisa e, internándose en la niebla, llegaban a la puerta por un camino
pulcramente empedrado. La mitad inferior de la casa era de piedra

clara y lisa, mientras que la superior estaba hecha de ladrillo rojo, y tenía ventanas con hastiales. La entrada estaba enmarcada de hiedra.

—¡Llegamos puntuales! —dijo alegremente Orla, dando varias palmadas—. ¡Qué bien! ¡Antes de que suene el primer vals habrá tenido usted tiempo de asearse y ponerse otro vestido!

Adelle se inclinó en su asiento. Aún le dolía el costado derecho por el golpe, pero se le olvidó enseguida. Tenía ante sus ojos algo impresionante: una aglomeración de mujeres vestidas de seda y hombres con sombrero de copa que iban cruzando la puerta entre dos imponentes figuras con capuchas de cuero y largas túnicas, que parecían custodiarla.

Estuvo a punto de gritar.

—¿Ocurre algo? ¡Ah! ¿Es por la herida? Llamaremos al señor Vaughn, que de dolencias sabe mucho. Pura afición, se comprende, pero, al no estar ya con nosotros el doctor Addleson, si el señor Vaughn no puede ayudarnos seguro que sabrá...

Adelle no la escuchaba.

—¿Quiénes son esos dos hombres? —preguntó, señalando a los encapuchados—. ¿Por qué van vestidos así?

No recordaba que en el libro hubiera nada parecido, y eso que se lo sabía casi de memoria, y el baile estaba recreado con el máximo detalle. Por lo visto, hasta un humilde sándwich de pepino era digno de formar parte de la descripción, pero no unos personajes con extraños atuendos rituales, los cuales, por cierto, eran como los de los hombres del estanque. Llevaban unas máscaras horribles, de cuero marrón remendado, que les tapaban toda la cara, aparte de un agujero mal cortado para cada ojo.

—Pero, querida, ¿cómo puede no saberlo?

Orla la miró con suspicacia.

—Es que… llevo poco tiempo aquí.

Se notó enseguida que no era la respuesta indicada. Tapándose la boca con las manos, enfundados en guantes, Orla se apoyó en el respaldo del asiento como si le hubieran dado un puñetazo.

—Temo que el daño sea más grave de lo que nos pensábamos. ¿Se ha dado un golpe en la cabeza? En esta ciudad hace muchos meses que no llega ni se marcha nadie, querida. Los caminos son intransitables, tanto de entrada como de salida, y solo los más avezados navegantes se atreven a acercarse al puerto. Pero bueno, ¡nosotros estamos a salvo! La chusma no, naturalmente, pero a usted se le nota a la legua que es de buena cuna, de modo que no debe alarmarse.

Adelle se mordió el labio mientras asentía.

—Tiene razón, debo de haberme dado un golpe en la cabeza. Perdone. Es que ahora mismo me parece todo muy…, esto…, confuso.

—La culpa es de Hampton, por supuesto, que como cochero es un desastre. Sin embargo, al no poder contar con Simpson no dispongo de otra ayuda. ¡Pobre! ¡Su cabeza! ¡Pobrecilla! —Orla se inclinó, casi llorando, y tomó las dos manos de Adelle—. Son salmodiantes, querida; nos mantienen a salvo de los rufianes y los malhechores que pretenden robarnos todas nuestras pertenencias. También nos protegen de llegar a un mal fin en las aguas del mar. Hacen sus sacrificios y nos proveen de nuestros elixires e infusiones protectoras. Reconozco que su aspecto es algo… —Miró un momento por la ventana a los salmodiantes en cuestión, algo severo, pero no tiene nada que temer de ellos; está usted conmigo, señorita Casey, y por consiguiente es una amiga.

—¿Cómo lo sabe? —preguntó Adelle con cautela, buscando posibles indicios de recelo en la expresión de Orla—. ¿Cómo sabe que no formo parte de la chusma? ¿Y a qué se refiere con las aguas del mar? ¿Qué tienen de malo?

—Para empezar, por lo limpia que va usted —dijo Orla con una risa aguda—. La tal McClaren y sus detestables rodadores siempre parece que acaben de caerse por una chimenea. También por su vestido, que es precioso. ¡Qué maravilla de tela! ¿De veras no recuerda nada? ¿Ni tan siquiera el mar?

Se abrió la puerta. Tras desplegar a toda prisa la escalera, Hampton tendió un brazo.

—¡Hampton, eres un necio! ¡Le has dado un golpe tan fuerte a la señorita Casey que a punto ha estado de perder la cabeza! ¡Vergüenza debería darte!

El cochero palideció.

—Mi…, mis más sinceras disculpas, señorita Casey.

—Ahora entraremos y le curaremos las heridas —le dijo Orla a Adelle, invitándola por señas a salir del carruaje. Después miró otra vez a Hampton, suspirando—. Reza por que no esté tan mal como parece, Hampton. Te juro que de lo contrario no te daré de comer en todo un mes.

Cuando estuvieron las dos en suelo firme, Adelle vio desgajarse de la multitud a otra figura con capucha y túnica que se acercó a la puerta principal y empezó a hablar con los otros dos, formando un oscuro cúmulo de tres cabezas. Se quedó rígida de miedo. El tercer hombre tenía en la mano su mochilita de encaje. Adelle notó que se le iba toda la sangre de las venas. Seguro que se le había caído al chocar con el carruaje y quedarse tirada por la calle. ¿Qué había dentro? Su móvil, su monedero, su carné de estudiante...

No pintaba bien.

Lo que menos quería era despertar sospechas y que se la llevasen esos horribles personajes con túnicas. Mientras Orla la acompañaba hacia la casa, captó algunas palabras de lo que se decían los tres hombres en voz baja. «Chica extraña», oyó, y «merodeando cerca del desgarrón».

Giró la cabeza hacia Orla y se apoyó en ella con una sonrisa falsamente efusiva.

—Está siendo usted muy bondadosa. Soy yo, en realidad, quien no debería haber estado en medio de la calle. No se lo reproche a Hampton.

—Estad muy atentos —oyó decir al tercer salmodiante cuando pasaron cerca de él—. Esta noche, ojo avizor.

—¡Pero qué cosas dice! —Orla se pasó una mano por el pelo—. Hampton siempre ha sido un incompetente. Lo que ocurre es que no puedo elegir. El resto del personal se metió en el mar o se escapó para unirse a los rodadores. Es un desastre, pero me consuelo pensando que es leal.

¿Meterse en el mar? ¿Qué había querido decir?

—Permítanos unas palabras, señorita Beevers.

Adelle se estremeció. Eran los salmodiantes, que se habían fijado en ella y se disponían a intervenir. El que tenía en la mano la mochila ya estaba muy cerca, dominándola con su estatura. Aunque Orla asegurase lo contrario, a Adelle esos encapuchados no le parecían nada amigables. ¿Cómo explicaría su móvil a personas del siglo XIX?

¿Y cómo justificaría su presencia, o que el conjuro de un viejo la hubiera metido en una novela? Seguro que la brujería recreativa no era un concepto que pudieran aceptar y perdonar fácilmente los bostonianos de 1885.

La buscaban, y estaba resuelta a que no la encontrasen.

—¿En qué puedo ayudarlos, caballeros?

Orla había empezado a llevarla hacia los salmodiantes, que olían fatal, a sardinas y humo rancio.

—¡Aaay! —Adelle se inclinó teatralmente hacia la puerta con una mano en el muslo izquierdo—. ¡Mi pierna! ¡Mi pierna! Tengo que sentarme... ¿Han encontrado mi bolso? Es que... ¡no puedo vivir sin él!

Sofocando un grito, Orla le arrebató la mochila al más alto de los salmodiantes sin pensárselo dos veces y se la acercó a Adelle.

—Señorita Beevers...

Él intentó recuperarla, pero era demasiado tarde.

—Disculpe, pero no es el momento. Mi invitada está herida, y debo cuidarla. ¡Gracias a Dios que han dado con sus pertenencias! Eso sí es una suerte. Tranquilos, que ahora está a mi cargo. No se preocupen, caballeros, que ya encontraremos el momento de atenderlos. Tal vez después del postre... Vamos, señorita Casey, apóyese en mí, si es necesario...

El hombre se quedó atrás, vencido por el entusiasmo de Orla.

Adelle supuso que no era la primera vez que alguien se quedaba sin poder deslizar una sola palabra entre las de la joven. Con la mochila apretada contra el pecho, suspiró aliviada y fingió cojear agarrada del brazo de su acompañante, exagerando el dolor del muslo, que sí era real. Se había salvado por poco. El corazón le latía con tal fuerza que estuvo segura de que también lo oían los demás. Se sentía observada por los salmodiantes, como si le estuvieran clavando los ojos en el cogote mientras se mezclaba con la multitud en compañía de Orla.

—Bueno, ya casi estamos en la puerta —le dijo dulcemente esta última.

En efecto, lo estaban. Nada más cruzarla, Adelle se sintió más a salvo. Aunque no estuviera en su propia casa —ni en su propia época, dicho fuera de paso—, al menos dentro había luz, y gente, y en el vestíbulo resonaban los suaves y alegres acordes de un cuarteto de cuerda.

Había un chico de gesto serio, vestido con un traje oscuro, que iba mirando las caras y cotejándolas con una lista.

—Esta es la señora Casey —se limitó a decirle Orla—, que me honra con su compañía.

Él no protestó.

De momento, lo que más familiar le estaba resultando a Adelle de todo ese mundo tan extraño era la casa. Después de dedicar al libro tantos días de su vida, y de soñar tantas veces con el hogar de la familia de Moira, ahora entraba en ella de verdad, y lo que veía superaba con creces incluso su imaginación. La música, el calor, el suntuoso papel de pared rojo, los tupidos cortinajes, las majestuosas columnas de madera, los espléndidos cuadros al óleo… Todo relucía con la intensidad de un sueño, de un recuerdo al que hubiera insuflado nueva vida una palabra o un olor.

Al otro lado de la puerta había un vestíbulo con las paredes rojas y las alfombras del mismo color, una sala impresionante: era como estar dentro de un corazón. A la derecha se subía a los aposentos de la familia por una escalera curvada con barandas de madera. Ese detalle lo recordaba del libro. Los invitados, un río de gasas, chismorreos y risas, seguían avanzando hacia la izquierda, más allá de la escalera, y se metían por un ancho pasillo, que terminaba en un gran arco por el que se accedía al comedor reconvertido en salón de baile. Una joven menuda, con uniforme completo de doncella, recogía los abrigos y las capas y se los llevaba a una galería lateral.

Junto a la escalera de madera oscura había un joven alto, frente al que la multitud se dividía en dos como para encauzar al modo de una flecha la visión de Adelle. Esta lo reconoció enseguida, pero lo que no le resultó tan fácil fue asimilarlo: en definitiva, seguía viendo una versión viva de lo que siempre había considerado una ficción. Sin embargo, dado que a esa fiesta asistía el grueso de los personajes principales de *Moira,* tarde o temprano los conocería a todos. Ahí estaba el primero.

«No le hiciste justicia, Robin Amery.»

En el libro, la autora pasaba un poco por alto el atractivo físico de Kincaid Vaughn, caracterizándolo como el soltero menos deseable, el chico afable y amante de la lectura con quien en principio debía casarse Moira, pero con quien no se casaba; nada que ver con Severin, salvaje, apasionado y algo peligroso. Kincaid, o Caid, como lo llamaba la mayoría de los personajes, era la elección segura, de buena familia, con casa en el mejor barrio de la ciudad.

Les sacaba una cabeza al resto de los jóvenes que llenaban la sala. Tenía la camisa arremangada hasta los codos y manchas visibles de tinta en los dedos. Sobre su nariz, unas gafas de estudioso suavizaban dos ojos de mirada intensa; gafas que, nervioso, iba tocándose mientras se apoyaba en uno u otro pie, rodeado de gente. Al verlas a ellas se le iluminó la cara con una sonrisa de alivio, cuya intensidad era como la de un faro en mitad de una tormenta. Adelle pensó que era de lejos su máximo atractivo. En unas pocas zancadas se plantó ante ellas y, tras una mirada llena de curiosidad a Adelle, meneó la cabeza, dirigiéndose a Orla.

—Llegas espantosamente tarde —la reconvino, pero sin dejar de sonreír—. Tiene la casa revolucionada. Arriba es como un campo de batalla, con joyas, enaguas y mil cosas tiradas hasta el último rincón la mansión. —Se sacó un pañuelo del bolsillo y se lo pasó por la frente como si tuviera fiebre, mientras miraba a Adelle con cara de vergüenza y el ceño fruncido—. N…, no es que yo haya visto nunca unas enaguas de mujer, por supuesto que no… Ha sido… una manera de hablar. ¿Quién te acompaña, Orla?

Hablaba con formalidad de empollón. No era como se lo habría esperado o imaginado Adelle: se le trababan las palabras al hablar de ropa interior con chicas, como a cualquier cerebrito de su edad moderno, y su piel morena se había puesto a sudar tanto por los nervios que hasta se le estaban empañando las gafas. Adelle no podía creerse que estuviera mirando al Kincaid Vaughn de *Moira*, un personaje que siempre le había parecido prescindible, un aburrido obstáculo en el camino a la felicidad de Moira y Severin. Y, sin embargo, qué sonrisa… Era radiante. No le hizo pensar para nada en la palabra «obstáculo». Por otra parte, se le veía tan ajeno como Orla a la insólita presencia de unos encapuchados vigilando la casa. ¿Cómo podía parecerles tan normal?

Por lo visto, lo era, y nada deseaba tanto Adelle como disimularse entre la multitud, más que nada por su seguridad.

—Te presento a mi nueva amiga —respondió alegremente Orla mientras tomaba a Caid por el brazo para llevarlo a la escalera—. Resulta que Hampton, viniendo hacia aquí, ha estado a punto de atropellarla con el coche.

—¡Qué dices!

Caid subió y bajó la vista, haciendo que Orla apartase la suya.

—Estoy bien —insistió ella, mascullando—. Solo tengo la pierna… un poco dolorida.

—Y encima se ha empapado desde la cabeza hasta los pies. No la mires así, Caid, que eres muy descarado. A las damas no les gusta que las vean así en público. No descansaré hasta que se encuentre cómoda entre nosotros. Es lo mínimo que le debo. ¡Las pataletas de Moira tendrán que esperar a que nos hayamos ocupado de la señorita Casey!

Orla se embarcó en otro de sus discursos mientras arrastraba a Adelle por la escalera, sin tomar en consideración su pierna.

—¡Ay!

Quizá sí estuviera peor de lo que se pensaba. Un esguince, o como mínimo un morado de los gordos. Adelle quiso aferrarse a la baranda sin mirar, pero donde se cerró su mano fue en algo igual de fuerte y firme: el antebrazo de Caid Vaughn.

—Madre de Dios —dijo él en voz baja, sujetándola. Tenía las manos tan calientes que Adelle las notó a través de su vestido negro empapado—. Pues nada, ya que ha sido declarada amiga nuestra, permita que la ayude.

Cargó con ella en brazos, mientras Orla los miraba entre risitas nerviosas por detrás de sus guantes.

—¡Qué buena pareja hacéis! —dijo con un suspiro, antes de abrir mucho los ojos—. ¡Uy, pero qué mala soy! ¿Qué diría tu prometida si me oyese, Caid?

Adelle gimió interiormente. Si era la gala de solsticio de la novela, Moira y Kincaid Vaughn estaban prometidos, pese a la tórrida y secreta relación entre ella y Severin.

«Y ahora estoy yo aquí, en el meollo.»

—Ya puedo yo sola —murmuró—. No hace falta que me lleve.

—Tonterías —contestó él sin dar muestras de tener que esforzarse lo más mínimo mientras la llevaba hasta el rellano, y después por otro tramo de escaleras—. La señorita Beevers tendrá la bondad de guardarse sus comentarios. ¿O acaso un caballero no ayuda siempre a una se…, señorita desvalida?

—Lo decía en broma, Caid.

—Odio las bromas —dijo él en voz baja, demasiado para que lo oyera Orla, que se había adelantado—. Sobre todo las tuyas.

—Gracias —le dijo Adelle cuando llegaron al segundo piso, pero él no la dejó en el suelo, sino que siguió en pos de Orla por un pasillo iluminado con velas y decorado con un suntuoso *chintz* azul y blanco, en llamativo contraste con el rojo de las alfombras.

—No me puedo creer que haya estado a punto de atropellarla. Su cochero es un peligro para la sociedad.

Caid acompañó el comentario con una sonrisa irónica. Olía de maravilla, a libros antiguos y romero, pero Adelle se exhortó a no pensar en ello. A fin de cuentas, Caid no era real. Nada de lo que estaba pasando era real. Aunque sí parecieran muy reales, debajo de su mano, la anchura y dureza de sus hombros…

«Tonta, que a lo que has venido es a encontrar a Connie.»

—Son los dos muy amables —empezó a decir, a pesar de que Orla no parecía muy atenta—, pero la verdad es que he venido en busca de una amiga. Creo... —«Venga, piensa, haz el favor. ¿El verano pasado no pagaste para ir a ese campamento tan ridículo de improvisación? Pues a ver si te aprovecha.» Era como cuando había ido con Connie a la feria renacentista: solo tenía que fingir y esperar que no se dieran cuenta de la cremallera escondida en el encaje de su mochila, ni de que la tela de su vestido negro contenía poliéster—. Creo que... podría estar aquí. Es que... nos peleamos, y quería pedirle perdón. Me urge encontrarla.

«Ya está. ¿Tan difícil ha sido? Tú ve soltando trolas y disimula hasta que la encuentres...»

—Orla conoce a todo el mundo —le dijo Caid al depositarla suavemente ante una puerta lacada—. No le quepa duda de que podrá ayudarla a encontrar a la persona a la que se refiere.

—¡Naturalmente que sí, pero solo si nos ayudas tú a curarle la pierna a la señorita Casey, o a buscar a alguien que pueda curársela!

—Yo no poseo los conocimientos necesarios —murmuró Caid—, pero traeré a alguien con algo más de experiencia. ¿Le duele mucho?

Adelle quiso hacerse la valiente.

—Solo un poco.

Orla dio unos golpes en la puerta, sin respuesta.

—De todas formas, lo primero es que se seque y beba algo caliente. ¡No permitiré que siga ni un momento más en este angustioso estado de *mojamiento*!

«Esa palabra no existe.»

—Eso no es ninguna palabra, Orla —dijo Caid con un suspiro de resignación.

A Adelle se le escapó la risa, como si Caid le hubiera adivinado el pensamiento. Cuando se miraron, vio brillar al otro lado de sus gafas algo extraño, emocionante. Orla no se había dado cuenta.

—¿A qué se dedica todo el día esa institutriz tan cara que tienes? —preguntó él.

—Pamplinas, querido. Yo no necesito un gran vocabulario. ¡Solo necesito un marido con una gran herencia! Vaya, vaya… Parece que no está la señorita Byrne, el tifón irlandés… —Orla giró el pomo y entró en lo que resultó ser un dormitorio muy suntuoso, decorado como en cien tonos de verde distintos—. Podemos ponernos cómodos en espera de que aparezca. Seguro que estará en algún sitio abusando de su poder sobre la pobre Elsie, que se estará destrozando los dedos de tanto coser…

—Se nota que le gusta el verde —musitó Adelle, atónita al ver ante sus ojos el dormitorio con el que llevaba soñando toda la vida.

Caid, que estaba al lado de ella, carraspeó.

—Claro, ¿cómo no va a gustarle el verde, si es irlandesa? —añadió ella, ya recuperada.

—¡Pase, pase, señorita Casey, no vaya a pillar un resfriado mortal y se estropee la velada! —Orla hizo un gesto teatral hacia el acogedor sillón que había cerca del armario—. Caid, cielo mío, ve a buscar a Elsie, o a Greta, o a quien ande por ahí. Necesitamos que le traigan chocolate a la señorita Casey. Ahora le curaremos la pierna. ¡Y, si está suficientemente bien para aguantarse en pie, la vestiremos inmaculadamente para el baile, por supuesto!

9

—¡Boston en primavera! ¡Boston en primavera! ¿Hay algo más perfecto?

Impregnada de sol, y de la dicha de ser joven y estar enamorada, Moira se admiraba de todo en voz alta, abriendo mucho los brazos bajo la sombrilla. Orla, que iba a su lado, se paró a agacharse y respirar profundamente el aroma de una flor, una peonía grande y encarnada cuyo tallo sujetaba con dos dedos. Era todo tan perfecto, tan luminoso, que Moira casi no tenía recuerdos de antes de la fiesta, como si su vida hubiera empezado al conocer a Severin; una vida que, tras haber pasado la velada entre los brazos de su amado, se hallaba en el momento de más absoluta plenitud.

—Lo único más perfecto es Severin —suspiró, apartando la cara del sol, y se internó por el jardín con ligereza, agachándose como si jugara a tocar todas las flores: en su joven corazón parecía que todo floreciese por ella, por ella y nadie más.

—No hables tan alto —le dijo Orla con excesivo tono de reproche para el sol que hacía—. El acuerdo con los Vaughn sigue en pie, y como se entere tu madre...

—No se enterará —le aseguró entre risas Moira—. ¡No lo sabrá! Al menos hasta que tenga que saberlo. Porque algún día tendrá que saberlo. Nuestro amor triunfará, Orla, y me quitaré de encima a Kincaid Vaughn. Es como tiene que ser. ¡Tiene que serlo, sí!

Moira, capítulo 8

Una rata rozó el pie de Connie, que estuvo a punto de gritar. Las cuevas de debajo de la iglesia apestaban a sudor, humedad y levadura.

Había un pasadizo largo y estrecho practicado en la piedra, con una sola y sucia antorcha en la pared, cuya luz llegaba con dificultad hasta donde el pasadizo confluía en otro túnel más ancho. Se estremecía cada vez que notaba en la espalda la presión de la pistola de la vaquera. Apretó el paso con ganas de ver esos extraños túneles que discurrían debajo de la iglesia. Llegaron a una gran avenida bajo tierra que le sorprendió que la hubieran acondicionado unos críos.

«Las primeras perforaciones del metro —pensó—, o unas catacumbas que han ampliado.»

Al llegar a la bifurcación se dio cuenta de que la construcción acababa justo a su derecha, pero al girar a la izquierda se le reavivó la admiración, junto con la curiosidad. Era como una ciudad en miniatura escondida debajo de la iglesia. Dentro de un espacio lo bastante ancho y alto como para ser un túnel ferroviario, los rodadores habían conseguido levantar una especie de mercado con carretillas y cajas de manzanas robadas. Hasta habían construido pequeñas chozas y cabañas con listones desiguales de madera. En algunas, ponía con tiza: ALIMENTAZION, MEDICAMENTOS, MUNIZION.

Su escaso dominio de la ortografía quedaba de sobra compensado por su ambición y su amplitud de miras. Empezaron a aparecer niños y adolescentes, toscas siluetas salidas de sus escondrijos. De vez en cuando se encendía un farol que alumbraba otra parte de la ciudad de túneles. A la izquierda había un café destartalado, con su barra y todo. Parecía que estuvieran en la Corte de los Milagros de *Nuestra Señora de París,* lo cual, por otra parte, tenía su lógica, ya que en *Moira* la flor y nata de la sociedad estaba convencida de que los rodadores solo trataban con ladrones, asesinos y gente de la peor ralea.

—Vigílala —espetó la vaquera a su acompañante.

El chico, que tenía la cara embadurnada de suciedad y medio escondida por el pañuelo, se acercó con el arma a punto.

—¡Se han cargado a Alec! —La vaquera dio rienda suelta a su furor, mientras los rodadores que tenían vigilada a Connie seguían a su jefa a una distancia que parecía indicar que era mejor no cruzarse en su camino—. ¡Los chillones de mierda se han cargado a Alec, desgraciados del carajo! Estaban fuertes esta noche. Igual les da fuerzas el solsticio. ¿Cómo narices voy a saber yo algo de esto? El mundo ya no tiene sentido...

Fueron apareciendo cada vez más faroles, retales de luz que al ir superponiéndose completaban la imagen de la ciudad del túnel. Poca gente se atrevía a acercarse, salvo algunos valientes que se abrieron paso por las filas de chozas y curiosos para ir al encuentro de la vaquera. En algún sitio se oyó un grito, pero a Connie le pasó casi desapercibido. Se había quedado pensando en la palabra «solsticio». En el libro había varios acontecimientos claves que ocurrían durante el solsticio, o poco antes o después. Era la primera pista que le parecía bastante concreta como para orientarla dentro de la historia.

—¡Ha vuelto Missi! —oyó—. ¡Ya están aquí!

—¡Despertaos, que está aquí Mississippi!

—¿Qué nos has traído, Missi? ¿Algo bueno?

Connie se fijó en el bar, donde había oído encender de un golpe seco una cerilla. Tenía que encontrar una manera de salir del extraño laberinto, pero de momento no pasaba frío y no había monstruos, al menos que ella viera.

«Hasta con los malos se puede razonar.»

—¡Maldita sea!

La vaquera fue al bar, pisando fuerte, y se subió a un taburete, desde donde estampó su sombrero en la barra.

Detrás de la cerilla recién encendida se oyó una voz profunda. La luz amarilla bañó a un hombre alto y peludo, con físico de antiguo boxeador, que encendió una hilera de velas convertidas en masas informes de cera sobre platos viejos y descascarillados de porcelana. Luego apoyó sobre la barra unas manos que eran como codillos de cerdo.

—Esto, Mississippi McClaren, es una casa de Dios. —Intimidaba por su corpulencia y el tamaño de su torso. La joven pelirroja, mucho más menuda, le mereció una mirada de desprecio. Era un hombre de unos sesenta años, a quien se le había concentrado todo el pelo en la cara: tenía mucho más poblada la barba que el cuero cabelludo, medio calvo—. Vigile usted su lengua, señorita —añadió con un acento británico que sorprendía por su refinamiento.

—¡Ja! —Los dos rompieron a reír—. Cállate, viejo sinvergüenza, y ponme algo tan fuerte que hasta el diablo se sonroje. Vamos a brindar por Alec, y por todos los que se han marchado antes de tiempo.

—Amén. —El hombre sacó una botella de aguardiente y un vasito de madera, mientras su mirada pasaba de la pelirroja a Connie y ya no se apartaba de ella—. Vaya, vaya… ¿A quién tenemos aquí?

Mississippi McClaren lanzó una mirada severa por encima de los flecos de su hombro.

—Un cabo suelto. La hemos encontrado al lado del nuevo desgarrón del parque, y aún no sé si es una ruidosa o es que es tonta de remate.

—¡Eh!

Connie dio un paso demasiado rápido y notó que el niño de al lado le clavaba el cañón de su rifle.

El hombre del bar se retorció el bigote, negro y engrasado, y le hizo señas de que se acercara.

—Déjame echarle un vistazo. Yo a los ruidosos los reconozco a cincuenta metros, aunque no con esta porquería de luz.

A Mississippi se le unieron en la barra otras dos jóvenes, una morena, con pecas y el pelo largo y plateado, y la otra de tez aceitunada, con dos trenzas muy enrevesadas que le llegaban por debajo de los hombros. Connie no entendía que a una chica de esa edad se le pudiera haber puesto todo el pelo blanco. Las dos llevaban su pañuelo a cuadros en el cuello. El hombre del bar les sirvió la bebida en silencio.

El chico de detrás de Connie la hizo caminar, hasta que estuvo a poco más de un metro de los taburetes. Connie estaba nerviosa. ¿Qué verían? ¿A una chica como ellas o a una forastera? No había manera de disimular el chándal, ni la bolsa de nailon. Se puso a temblar.

De repente parecía todo tan real… ¿Le harían daño? ¿La encarcelarían? Lo que notaba en la espalda no era un arma falsa. Había visto cómo hacía boquetes en monstruos voladores, y, después de tanto entrenar para el biatlón, sabía lo peligrosa que podía ser un arma de fuego entre unas manos torpes.

—Pero bueno, ¿cómo se te ha ocurrido que pueda ser una ruidosa? —preguntó el hombre del bar con un bufido de desdén—. Eso ya es demasiado hasta para ti, Missi.

—¿Ah, sí? Pues a ver si me resuelves deprisa el acertijo, forastera. —Missi giró en el taburete y clavó en Connie una mirada hostil—. ¿Qué narices hacías perdiendo el tiempo tan cerca de ese desgarrón? A esas cosas no se acerca nadie en su sano juicio, solo los tontos de los ruidosos para adorarlas.

Connie se puso aún más nerviosa. El verano pasado, Adelle la había convencido de que se gastara un pastón en una chorrada, un campamento de improvisación, y Connie, a quien nunca le había gustado ser protagonista de nada, lo había pasado fatal. Por otra parte, como tampoco le gustaba quedar entre las últimas, había conseguido ganarse a los monitores y aprender un par de cosas. Uno de los trucos que les había enseñado el profesor, un jipi cuarentón, se repetía sin descanso desde hacía un rato en su cabeza, por encima del zumbido de los nervios.

«Da igual lo que hagas sobre el escenario; lo importante es venderlo.»

Nunca se le había dado bien mentir, pero quizá pudiera venderles la verdad.

—Estaba mandando un mensaje —dijo finalmente. En el túnel ya no hablaba nadie. Todos escuchaban con gran atención a la desconocida, o sea, ella. También la observaban unas cuantas docenas de siluetas desde la penumbra, y debía de haber mucha más gente escondida en las chozas, escuchándola—. Como es un sitio donde había estado muchas veces, he ido a intentar avisar a mi familia.

El hombre del bar se acarició el bigote.

—A mí me parece razonable, Missi. Deberías darle una oportunidad. Tampoco es que nos sobre gente y la vayamos reclutando por la calle.

—¡Además, tiene muy buena puntería! —soltó el mismo chico que, irónicamente, la tenía encañonada.

El hombre del bar sonrió.

—¿Lo ves?

—¿Y por qué ibas justo ahí? —Mississippi se acabó el vaso de un solo trago y miró con mala cara a Connie, sin hacer caso a nadie—. Es peligroso del carajo. A mí me parece el típico sitio adonde irían los tontos de los ruidosos.

—No ha sido siempre así —dijo Connie, arriesgándose. Necesitaba creer que el mundo en el que estaba no había sido siempre tan horrible, ni siquiera en el libro. A fin de cuentas, a juzgar por los diarios de la chica de la panadería, todos los problemas, todos los trastornos, parecían algo nuevo, reciente—. El caso es que lo elegimos y ya está.

—¡Insolente, encima! —El hombre del bar se rio por lo bajo—. Me cae bien.

—Pues a mí no —murmuró Mississippi—. Para nada. Sois todos demasiado crédulos. Por eso estamos perdiendo. ¡Miradla! —Puso una pierna en el suelo, bajó del taburete y se acercó a Connie con andares chulescos. Después, con un bufido, le estiró el cuello del chándal—. ¿Qué ropa es esta, a ver? ¿La última moda en armaduras salida de lo más profundo del infierno? ¿Lo habéis sacado del desgarrón tú y tus amigos?

Connie respiró profundamente, sintiendo en la barbilla el aliento de la vaquera. Al tenerla tan cerca se dio cuenta de que la cicatriz que corría muy roja por toda su mejilla no era igual de profunda en toda su extensión. El hombre del bar tenía razón: Connie se había insolentado. Estaba furiosa. Su única intención había sido ayudarlos, y ahora esa chica tan tonta y tozuda ni siquiera la escuchaba.

Ya había aguantado bastante. Empezaba a perder los estribos.

—Es mi ropa —replicó—. Yo no soy vuestra enemiga. Os he ayudado a ganar a los monstruos, ¿no? No quiero problemas. Yo lo único que...

Se desinfló de golpe. Estaba tan cansada y tenía tanta hambre... Solo le apetecía tumbarse y comer algo, lo que fuese. Suspiró, mirándose los pies, pero como sus entrenadores siempre le habían prohibido mostrarse vencida levantó la barbilla e hizo el esfuerzo de mirar a Mississippi a los ojos.

Entre las dos saltó un chispazo, un chisporroteo de calor, como un relámpago. Connie sabía reconocer a sus némesis en el campo de fútbol cuando ni siquiera había empezado el partido. Las jugadoras problemáticas siempre se hacían notar. La pose altiva, la mirada de aburrimiento, los tics debajo de los músculos que desmentían su arrojo y su agresividad... Si la tal Mississippi iba a ser su rival, al menos era guapa, guapa de verdad. De hecho, con su melena pelirroja y su mirada tan llena de vida, casi estaba a la altura de la descripción de Moira...

«Por ahí no vayas. En este lío te has metido por eso, por las fantasías y las tonterías de Adelle.»

Echó los hombros para atrás como señal de tregua.

—Solo intento volver a mi casa. Lo único…, lo único que quiero es irme a casa y ver a mis amigos, mi familia… Echo de menos a mis papis.

La pelirroja apretó los labios, y en ese momento a Connie le recordó a otra persona. Se le había suavizado la expresión hasta volverse casi dulce. En su frente habían aparecido arrugas comprensivas. Era como si la palabra «papis» hubiera tenido el efecto de un conjuro. Mississippi se mordió la mejilla por dentro, antes de encogerse de hombros y retroceder un paso.

Lo siguiente lo dijo tan bajo que solo lo oyó Connie.

—Te vigilo.

Connie no contestó.

—Bueno. —La vaquera se giró, volvió a su taburete y le pidió al de la barra que sirviera otras dos copas. Connie se preguntó si la segunda podía ser para ella—. Así que quieres irte a casa, forastera. ¡Pero si no sé ni cómo llamarte, carajo! —Se señaló a sí misma—. Yo soy Mississippi McClaren. Seguramente habrás oído hablar de mí. Este de aquí es Joe el Desvelado, y el de detrás, con pinta de cadáver, Dan sin Sueños.

Joe era el de la barra, pero Connie ni siquiera se había fijado en que hubiera alguien detrás. El individuo en cuestión parecía dormir profundamente, con la cabeza apoyada en la pared. Acto seguido, Mississippi señaló con la cabeza a las dos jóvenes que la rodeaban, primero a la del pelo blanco y luego a la de las trenzas.

—Esta es Farai y esa Geo. Somos las que dirigimos esta pandilla de inadaptados, aunque lo más seguro es que también hayas oído nuestro nombre en voz baja y entre insultos: los rodadores.

Había pronunciado el nombre de Geo con la ge aspirada.

Connie asintió con la cabeza.

—Me llamo Constance Rollins, pero podéis llamarme Connie.

—Bueno, pues por algo se empieza. —Mississippi cogió la segunda bebida, servida en otro vasito de madera, se la llevó a Connie y esperó a que la cogiese. Connie, consciente de que no podía rechazarla, hizo chocar el vaso con el de la vaquera—. Os presento a Connie, que lo único que quiere es irse a su casa, para que lo sepáis. Bueno, y ¿dónde está tu casa?

Connie respiró profundamente y se acercó el vaso a la barbilla. Olía igual que el alcohol del botiquín.

—Aquí —dijo.

Era un riesgo, un riesgo enorme, pero sobre eso Mindy, su entrenadora, también tenía una máxima. Cada vez que un biatlón salía de pena, le decía: «No quieras estar al nivel de tu rival. Márcate el tuyo».

«Pues venga, a jugar a mi nivel.»

Mississippi se rio, desconcertada, con el vaso delante de los labios.

—¿Aquí?

—En Boston —añadió Connie. «Cuenta tu historia y véndela.»

Se bebió de un solo trago el inmundo brebaje e hizo un gran esfuerzo para no vomitarlo de inmediato, ya que tenía el estómago vacío. «Véndela. Vende tu verdad»—. En Boston —repitió—. He mentido. Antes, al decir que no era una ruidosa, he mentido. Lo era, pero ya no quiero serlo. Si me aceptáis, quiero ser una rodadora.

ADELLE FRUNCIÓ EL CEÑO AL verse en el espejo alto. Le distorsionaba y retorcía las facciones, como si la piel no se estuviera quieta. Acercó una mano al cristal y dio unos golpecitos, pero solo sirvió para hacer ondular aún más el reflejo.

Se le cortó de golpe la respiración. Tenía detrás a una criada joven que, a petición de Orla, le estaba apretando los lazos del corsé sin compasión. Un estirón más y saldrían volando los pequeños bocadillos que acababa de zamparse.

—Ya... —No le salía la voz—. ¡Ya está bastante ajustado!

—¡Ni hablar! —dijo alegremente Orla, recostada en una *chaise longue* con un pequeño plato de tartaletas de carne picada apoyado entre su muñeca y su pecho—. Ahora están de moda las cinturas muy estrechas. Yo nunca consigo estrechármela tanto como Moira.

El médico enviado por Caid para examinar a Adelle parecía demasiado joven para ejercer como profesional. Tenía cara de niño, y su estatura apenas superaba la de Adelle. A pesar de su denuedo por dejarse barba, parecía que se hubiera pegado mechones sueltos por la cara. Orla se había lamentado de que no quedara ninguno de los médicos de antes, unas verdaderas eminencias. Al preguntarle Adelle qué quería decir, se había limitado a responder que se habían metido en el mar, como el resto. Adelle estaba segurísima de que eso en la novela no pasaba (a Kincaid se le moría un hermano en circunstancias trágicas, pero la culpa era de la escarlatina), así que llegó a la conclusión de que le urgía conseguir respuestas.

—¿A qué se refiere con meterse en el mar? —le preguntó en voz baja a Orla mientras el médico hurgaba en su maletín de piel.

—Ya me entiende —murmuró Orla—. Bueno, no, supongo que no... ¡Pobre, su cabeza! Pues eso, que muchos se han ido caminando al mar. Antes de que tuviéramos la medicina de los salmodiantes, muchos se iban por los sueños. El propio Kincaid perdió así a toda su familia. Es un milagro que él no los acompañara.

Adelle no daba crédito. Una cosa era la escarlatina y otra muy distinta que toda la familia de Kincaid se hubiera metido en el mar. Ya sabía que algo iba muy mal en ese mundo; tanto, que tuvo ganas de creer que Orla se lo inventaba todo. Era difícil asimilar tanto horror, incluso en un mundo ficticio. En cuanto a Kincaid..., ¿era el único superviviente de toda su familia? Debía de ser espantoso.

El libro se abstenía de profundizar en la vida interior de Kincaid Vaughn, pero ahora que lo conocía, a Adelle —si podía usarse la palabra «conocer» en referencia al encuentro con un personaje de ficción— le dolía en el alma que hubiera pasado por un suplicio así.

«Te recuerdo que no es real.»

El «médico» dictaminó que no tenía la pierna rota, aunque Adelle no dio mucha credibilidad a su diagnóstico. En resumen, que ya se le iría el morado, y que le convenía descansar. Le dejó un frasco alarmantemente grande de láudano, «por si el dolor se vuelve insoportable».

No, si aún tendría que darle las gracias por no haberle ofrecido cocaína…

Dejando el láudano en su sitio, cerca de la *chaise longue,* en una delicada mesita, pidió un poco de hielo para la pierna, pero por lo visto estaban usando todo el que tenían en la fiesta. Hacía un tiempo que el hielo escaseaba; su precio se había puesto por las nubes, y al parecer tenían más importancia los helados aromatizados servidos como postre que los morados que pudieran salirle a una invitada.

Resolvió hacerse fuerte e ignorar las molestias. Abajo la esperaba todo un salón de baile lleno de testigos, y seguro que alguno había visto a Connie. Esperó incluso, contra todo pronóstico, encontrar a su amiga entre los asistentes.

«¿Y entonces, qué? ¿Cómo volveremos a casa? Necesitamos el libro, pero estamos dentro de él.»

Borró la mueca de su cara. Cada cosa a su tiempo. Lo primero era encontrar a Connie, y después ya vería.

Greta, la doncella encargada de vestirla, estaba famélica, pero tenía unas manos de una fuerza feroz. Tras un último y salvaje estirón, decidió que ya la había torturado bastante y ató las cintas en el centro del corsé. Lo siguiente que le puso fue un cinturón acolchado, seguido por un cúmulo de enaguas de algodón bordado.

—¡Qué suerte que nos parezcamos tanto! Moira me había pedido este vestido viejo para descoserlo y hacer otro, porque le encantaba el

estampado, pero por fortuna aún no ha empezado. ¡Qué alegría!
—Orla se comió otra tartaleta y miró el espejo que las reflejaba, a
Adelle y a ella, sonriendo con migas en la boca. Estaba radiante,
feliz. Adelle trató de asentir con el mismo entusiasmo. ¿Cómo podía
estar tan pizpireta y desenvuelta Orla cuando había familias enteras
que se perdían en el mar? No quería pensar mal de alguien tan bon-
dadoso, pero le resultaba difícil no extrañarse—. Yo me lo habría
vuelto a poner, pero Moira dice que no hace juego con mis ojos. ¡Qué
seductor le quedará a usted el violeta, querida!

Greta fue a buscar el vestido violeta en cuestión y se lo pasó a Adelle
por los brazos. Después de ajustárselo, empezó a abrochar una infinidad de botones en la espalda. Con el polisón, las enaguas y el corsé,
el vestido de seda violeta era como una armadura, y pesaba casi igual. El
polisón le hacía el trasero enorme, pero en cierto modo la favorecía. La
modista de Orla había decorado la parte delantera con cintas y cuentas
negras, y en las estrechas mangas, que casi se caían de los hombros,
había cosido ramos de flores de tela moradas y negras. En la cintura
también había flores, para levantar la seda violeta y dejar a la vista una
combinación escalonada y una cascada de encaje de color crudo.

Adelle, que no apartaba la vista del espejo, vio que Greta le retorcía el pelo amarillo para formar una especie de pequeños cruasanes,
fijados en su sitio con pedrería y cintas. Apretándose el estómago con
las dos manos, intentó visualizar dónde estaban sus vísceras, porque
con ese vestido parecía tan lisa y curvilínea como un jarrón.

La puerta se abrió de manera tan brusca que Adelle dio un respingo y Orla, levantándose de golpe, dejó el suelo perdido de migas y de
tartaletas.

—¡Orla, qué atrocidad! ¿Pero qué haces llevando este pegote plateado? Hasta un dólar de plata en el bolsillo de un pordiosero brillaría más que este horror que te has puesto.

Adelle se quedó de piedra. Estaba viendo en el espejo a su ídolo de tantos años. ¿Cuántas veces había terminado la novela soñando con tener los amores, el pelo, la vida, el romanticismo y el tipo de Moira? Pues ahora la tenía delante, distorsionada por las aguas del espejo.

Había irrumpido en su propio dormitorio con un brillo de rabia en sus ojos verdemar; un dormitorio con el que, por cierto, armonizaba a la perfección su vestido, un modelo de terciopelo esmeralda que dejaba a la altura del betún a cualquier pastel de bodas de la época de Adelle.

En comparación, el que había alquilado ella para la fiesta del colegio parecía un andrajo con borlas.

—Creía que te gustaba —murmuró Orla, inclinando la cabeza.

Una sola pulla de Moira había bastado para deslucir su buen humor.

Adelle, embobada, habría querido salir en defensa de Orla, pero era consciente —con una agudeza que no la dejaba respirar— de que tenía delante a una celebridad. Moira, para colmo, era tan guapa como la había descrito Robin Amery, una auténtica muñeca de porcelana, de proporciones perfectas, tez de un blanco lechoso y labios como pétalos de rosa. El espectacular recogido de su lustrosa cabellera solo dejaba sueltos dos tirabuzones, uno a cada lado de la cara. Y qué ojos… Por cuchillos menos afilados había muerto más de un hombre.

—Ah, la intrusa… Ya me ha comentado Elsie que has atropellado a una vagabunda y la has metido en casa.

Moira se contoneó hacia Adelle con una sonrisa altiva, sujetando entre sus dedos, a través de la tela del guante, un abanico hecho de encaje verde. Al tenerla delante, la miró de los pies a la cabeza. «¡Pero bueno! Ya empiezo a cansarme de que me mire todo el mundo así.»

—¡Orla, tontita, deberías haberla dejado tirada en el charco! Lo más seguro es que te quite a todos los pretendientes y te quedes para vestir santos.

Hizo una reverencia muy somera, entre risitas socarronas.

Adelle intentó copiarla, a sabiendas de que no podía competir con su elegancia.

—Moira Byrne. —Su voz era como de humo, con un toque dulce y cantarín de acento irlandés—. ¿Y usted es…?

—A…, Adelle Casey —tartamudeó Adelle, patosa y asustada. Tenía delante a Moira. No se había esperado que intimidara tanto, pero bueno, tampoco se había esperado entrar en el libro donde vivía el personaje—. Gracias por dejarme asistir a su fiesta. Es usted muy amable.

—Qué va, cariño, si la amable ha sido Orla, no yo. De hecho, ni me lo ha consultado. ¿Verdad que no? —Moira echó la cabeza para atrás y se rio. Acto seguido se acercó rápidamente a Orla y le dio un golpe bastante fuerte en la barbilla con la punta del abanico. Orla hizo una mueca de dolor, pero debió de pesar más la necesidad de complacerla, porque no protestó—. Lo único que tiene Orla dentro de su cabezota es algodón. Ella siempre va a lo suyo, y se cree que todo el mundo comparte sus simpatías hacia los menesterosos. Dígame, ¿a qué familia Casey pertenece? A los de Haverhill no, porque me sonaría de algo…

A Adelle no se le pasó por alto el insulto. Por otra parte, le escocía ver tratar a Orla de ese modo tras haber disfrutado de su inmensa bondad.

Lo principal, no obstante, era que sabía el secreto inconfesable de Moira: se había enamorado hasta las trancas de un chico pobre, y su plan era darlo a conocer a todo el mundo en esa misma fiesta.

—Mi familia es de Back Bay —contestó enseñando los dientes.

A ver si algún dentista de 1885 podía competir con los aparatos, el retenedor y el blanqueamiento a los que la había sometido su ortodoncista, el doctor Laghari. En cuanto a Back Bay... Bueno, era donde vivía, y esperó que en 1885 les sonara de algo. A juzgar por la cara de sorpresa de Moira, la respuesta era que sí: la sonrisa de suficiencia se borró de golpe, sustituida por una expresión inescrutable, como de muñeca.

—Vaya... Bueno, por algo se dice que las apariencias engañan, ¿no? —Soltó una risa nerviosa. Adelle hizo el esfuerzo de quedarse callada—. Démonos las tres la mano y seamos amigas, ¿de acuerdo? Era un juego. ¡Un juego! —Moira encogió sus hombros de pájaro—. Nosotras siempre jugamos así, ¿verdad, paloma? —Volvió a darle un golpe de abanico a Orla, pero esta vez con suavidad—. ¿Sí o no?

—¡Sí, sí! —contestó Orla con los labios tensos—. Es que Moira es tan ingeniosa que me cuesta seguirla.

—Es verdad, paloma, pero tienes muchas virtudes, y seguro que la señorita Casey también; unas virtudes que no me cabe duda de que la harán acreedora a las miradas de todos los galanes. ¡Bueno, ya estamos todas vestidas, perfumadas, ceñidas y apretadas!

Moira empezó a dar vueltas por puro capricho, creando un precioso remolino de tela.

Cuando paró de girar, sus ojos verde claro adquirieron un brillo travieso.

—¿Qué, vamos a divertirnos?

—¿Señorita Beevers? —dijo Adelle sin saber dónde poner las manos, ni si recogerse el vestido o, sencillamente, dedicarse con todas sus fuerzas a no cojear como un pirata con una pata de palo.

—Dígame, querida.

Orla se había prendido de su brazo; más que prendido, aferrado. Adelle tuvo la clara sensación de que intuía en ella un refugio seguro de la tormentosa Moira. Se quedaron esperando al final de la escalera, entre sorbitos de clarete. Adelle, tonta de ella, había pedido una cerveza, pero le habían contestado sin medias tintas que en una fiesta de esa magnitud no se podía ver tomar cerveza a una señorita. Aunque hubiera leído tantas novelas victorianas, se le estaba dando muy mal mimetizarse con el ambiente.

Al no estar segura de si le gustaba el clarete, se limitó a sujetar la copa de cristal mientras veía bailar el vals al pie de la escalera. Se apoyó discretamente en la baranda, confiando en aliviar un poco la presión en su pierna.

—Quería preguntarle por mi amiga —susurró. Como todas las jóvenes hablaban en voz baja, había decidido imitarlas. A ese ritmo, si volvía alguna vez a un campamento de improvisación, triunfaría—. No sé si se acuerda de que la estoy buscando, y, como el señor Vaughn ha dicho que usted conoce a todo el mundo…

—¡Ya no me acordaba de lo que agota esto de vestirse!

A diferencia de Adelle, Orla bebía clarete en abundancia, hasta el punto de que ya iba por la tercera copa cogida de las bandejas de los camareros. A Adelle le había llamado la atención que ni el servicio ni los músicos fueran mayores que ella. De hecho, a los segundos parecía que les fuera enorme la ropa de etiqueta, como si estuvieran disfrazados de lo que no eran. Por otra parte, tocaban bastante mal, desafinando de forma sistemática y atroz.

A decir verdad, en toda la sala había tan pocos adultos que podría haberlos contado con los dedos de las manos. Era como la fiesta de principio de curso, pero sin gimnasio, bola de discoteca ni cócteles sin alcohol. «Pues al final sí que estoy en lo de Sadie Hawkins.» Le estaba dando una impresión muy rara. En principio debería haber sido todo una explosión de belleza, una belleza abrumadora, con luz de velas, gente bebiendo alegremente champán en copas altas, música de cuerda, un vals, el embriagador susurro de las faldas, miradas coquetas y llenas de promesas de una punta a otra de un salón abarrotado... Sin embargo, lo veía mortecino, como borroso. No faltaba ninguno de los ingredientes —baile, música y risas—, pero era como un grupo de niños precoces jugando a vestirse de mayores. Se preguntó si Orla o Caid también lo veían así o eran imaginaciones suyas.

—¿Querida? ¿Querida? ¿Señorita Casey?

Saliendo de sus elucubraciones, volvió a mirar a Orla y pensó que le sentaba muy bien el vestido plateado, aunque Moira opinara lo contrario.

—Mi amiga... se llama Constance, pero la llamamos todos Connie, Connie Rollins —explicó. Ante la dificultad de describirle un chándal a alguien del siglo XIX, se ciñó a los hechos más inamovibles—. Es muy alta, con el pelo negro, largo y ondulado. Casi siempre se hace una trenza o una coleta. Ojos marrón claro, que a veces parecen verdes, y pecas. Pecas por toda la nariz y los mofletes, incluso más que yo. Ah, y se la ve… muy fuerte… —Buscó una manera de describir como atlética a una mujer de esa época, pero dudaba que Orla hubiera visto unas pesas en su vida—. Vaya, que… le gusta montar a caballo… y es una chica activa, saludable…

El mero hecho de estar describiendo a su mejor amiga ya le llenaba de tristeza el corazón. Se había dejado tantas cosas… Como esas cejas tan pobladas y arqueadas que tenía Connie, como si se pasara el día descifrando los secretos del universo, y esos mofletes tan rojos… Mofletes de Papá Noel, decía su padre con cariño. A Connie le daba tanta rabia que se sonrojaba, con el resultado de que se le ponían aún más rojos.

—Tengo que encontrarla —confesó, desviando otra vez la mirada hacia los bailarines, pero sin fijarse en ellos—. Hace…, hace mucho que no estamos juntas.

La verdad era que no, pero a ella se le estaba haciendo eterno. Su único deseo era asegurarse de que su amiga estaba sana y salva, de que no le había pasado nada malo a causa de la absurda situación en la que se encontraban por su culpa.

Orla se puso un dedo doblado en la barbilla y apretó los labios, pensativa.

—Podría ser hija de Quincy Rollins, aunque creo que solo tiene cinco varones. Siempre podría equivocarme, pero lo dudo. En Weymouth también hay una familia con el mismo apellido, aunque dudo que pudieran llegar a la ciudad, porque las carreteras y el puerto ahora mismo están intransitables. ¡Ah! —Se le iluminó la cara y se le pusieron rosadas las mejillas—. Malachy Moulton estuvo prometido con una tal Rollins, aunque no duró mucho. Quizá sepa algo más. Lo que ocurre es que, por lo que me han contado, la cosa no acabó nada bien. —Dio unas palmadas de entusiasmo en la mano de Adelle—. Voy a ver si está el señor Moulton entre los presentes. Yo diría que aún lo tenemos entre nosotros. ¡Si es así, quizá encontremos la respuesta! ¡Cómo me gustan los enigmas!

Se marchó sin que Adelle hubiera tenido tiempo de intervenir para explicarle que era muy poco probable que *su* Connie Rollins estuviera prometida con Malachy Moulton, y la dejó sumida en un mar de desconcierto, preguntas y esperanzas, con la copa de clarete intacta. Quedarse de repente sin nadie con quien hablar, después de haberlo hecho largo y tendido sobre Connie, le dio una sensación de soledad abrumadora. Desde que Orla y ella habían entrado en la habitación de Moira, Caid no había vuelto a hacer acto de presencia. En cuanto a Moira, se había ausentado por tercera vez para empolvarse la nariz, convencida de que le brillaba demasiado.

El reloj del salón de baile dio las nueve, desgranando otras tantas campanadas que a Adelle, inevitablemente, la hicieron pensar en la escena de la novela: esa noche, la aparición de Moira, con su vestido de terciopelo verde, era un auténtico espectáculo. Tras impactar con su belleza a cuantos invitados la veían descender por la suntuosa escalera, se abría paso con arrojo por un mar de admiradores y, al no poder encontrar a su prometido, decidía bailar con un joven a quien no reconocía nadie y que estaba fuera de su ambiente natural.

A Adelle y Connie les parecía una escena de un romanticismo arrebatador, pero solo podría suceder si Moira dejaba de cuidarse la nariz. Adelle suspiró y decidió ir en busca de Orla por la pista de baile abarrotada. La reconocería sin problemas gracias al vestido plateado. Dio un paso hacia la escalera con la esperanza de que nadie se fijase en su torpe aparición. Distaba mucho de ser Moira, con sus pasitos delicados. Se le había enganchado el vestido en la suela de la bota. Lo estiró con fuerza, pero tenía un hilo enroscado en el tobillo.

—¡Venga!

Se estiró con más fuerza el borde del vestido con la mano izquierda, a la vez que entraba tropezando en el centro del salón. Las notas del vals, desafinadas hasta el punto de que daba grima oírlas, se aceleraban y desaceleraban como por puro azar. Al siguiente estirón, Adelle notó el impacto de su codo con algo blando y caliente.

—¡Mi nariz!

Al girarse se topó con Moira. Le salía sangre por los orificios nasales, y tenía manchados de rojo los guantes de raso blanco con los que se tapaba la cara; una cara que ya no estaba llena de luz, sino de sangre y moratones.

—¡Cuánto lo siento! —exclamó Adelle, lanzándose en su ayuda.

Moira sacudió la cabeza, con un zarandeo de tirabuzones. Tenía los ojos llorosos.

—¡Lo has estropeado! ¡Me has estropeado la fiesta! ¡Nos has estropeado…! La odio. ¡La odio!

—Ha sido un accidente. Venga, que la ayude. Tal vez no sea tan grave…

Moira le dio la espalda, ignorándola, y al girarse se le abrió la falda como una gran rueda. Al irse corriendo dejó un reguero de sangre en el pasillo.

¿Era como los viajes en el tiempo? ¿Pasaría algo horrible ahora que Adelle había cambiado el curso de la velada? Con la música tan fuerte y tal abundancia de bebidas, no parecía que se hubiera dado cuenta nadie. Se giró de golpe hacia la escalera y las parejas que bailaban, pero todo seguía sin cambios. Primero el carruaje, y ahora... Parecía incapaz de mantener un perfil bajo, limitándose a buscar a Connie. Tenía que contárselo a Orla. Alguien tenía que ir a consolar a Moira, y Adelle, aparte de ser casi una desconocida, acababa de partirle la cara.

Bajó por la escalera a toda prisa, recogiéndose la falda lo justo para no provocar otro accidente. Rodeada por un vertiginoso mar de bailarines y perfumes, se abrió paso con educación entre faldas y faldones, buscando desesperadamente a Orla. Había perdido de vista el vestido plateado, y ahora, a la deriva entre parejas que giraban y reían, su estatura no le permitía buscar nada. Empezó a verse arrastrada por la multitud. Le dolía la pierna. Sus oídos captaban retazos de conversaciones, gritos ahogados, disculpas por haber pisado un pie o el borde de un vestido.

—¿Usted no prefiere con mucho el vals vienés?

—¿Has visto a Arthur? ¡Después de la cuadrilla ni siquiera ha acompañado a Vivienne a su asiento!

—¡Tenga un poco de consideración con mis zapatos!

—¡Por favor! —suplicaba a la gente, cada vez más acalorada, pero sin escapatoria. Alguien la asió por las muñecas y después por las manos, un hombre a quien no reconoció—. Por favor, que no quiero bailar...

Al mirarlo a la cara se sobresaltó. Tenía la piel de un blanco cadavérico, y los ojos muy grandes y negros. Tuvo la impresión de que carecía por completo de nariz y orejas. Lo que la miraba sonriendo era una simple máscara. Se sumaron al baile, mientras el estómago de Adelle se retorcía de miedo y náuseas. Temió vomitar si el hombre la hacía girar demasiado deprisa, y fue exactamente lo que hizo, darle vueltas y más vueltas con la mano sobre su cabeza, como una bailarina bajo una campana de cristal.

—¡Pare! Pare…, que me mareo demasiado, por favor…

El desconocido, sin embargo, se limitó a reírse de ella con la boca muy abierta, un hueco negro sin dientes ni lengua que amenazaba con tragársela. Y de ese hueco brotaban susurros que esta vez le dieron náuseas de verdad, temblores repentinos e invencibles a los que se sumaba una fuerte presión en la cabeza, como si el cerebro le hubiera crecido demasiado, apretándole el cráneo.

—Ya falta poco, muy poco. Casi te tengo. Servirás.

Era la misma voz que había oído justo después de que el señor Straven formulara su conjuro, y también más tarde, al aterrizar en ese extraño mundo. Retrocedió bruscamente, se soltó de golpe las muñecas de las garras del desconocido y levantó los brazos para no perder el equilibrio mientras ejecutaba una torpe pirueta, hasta que el mundo dejó de oscilar. La vorágine de bailarines la había empujado hacia la otra punta del salón de baile. Desde ahí, la suntuosa escalera se veía tan pequeña que era casi cómica, como de casa de muñecas. Al mirar por encima del hombro ya no vio al hombre de antes, sino a un caballero de lo más normal, con barba puntiaguda, que la miraba compungido, torciendo las cejas como si acabara de asistir a una conducta injustificable.

Delante de Adelle estaba la mesa de los refrigerios, y a su izquierda, por detrás, los músicos, que no dejaban de tocar. Había varias hileras de sillas para que los bailarines tomaran asiento al final de cada pieza. Entre las mesas cubiertas de comida y bebida había un solo joven, inmóvil y caído de brazos. Llevaba traje y guantes oscuros, y el pelo negro peinado hacia atrás, con un brillo como de petróleo. Quizá pudiera ayudarla a encontrar a Orla, o como mínimo darle alguna indicación sobre su paradero.

—Disculpe… —Adelle se acercó con cautela, consciente del volumen de sus faldas—. ¿Me podría ayudar?

El joven no contestó ni se movió. Seguía completamente inmóvil, mirando hacia otra parte. En otras circunstancias, el olor de las tartas, *mousses* y jaleas podría haber resultado tentador, pero al ser tan dulzón solo sirvió para agravar las náuseas de Adelle, que se acercó con precaución al hombre y le dirigió educadamente la palabra por segunda vez.

—¿Le importa que le haga una pregunta? Es que he perdido de vista a mi amiga…

Desde más cerca se fijó en que la textura negra y oleosa de su pelo no se detenía en las sienes, sino que se extendía por todo su rostro. Ahogando un grito, se movió a su alrededor con suma lentitud, pero por mucho que avanzase en esa trayectoria circular seguía teniéndolo de espaldas; la cabeza del hombre seguía siendo una perfecta y brillante bola negra, mientras que sus manos, cerradas, no se orientaban en su dirección, y sus pies apuntaban en todo momento lejos de ella.

Estaba volviendo a marearse, así que se paró y retrocedió, presionando con las palmas las ballenas de acero del corsé para apretarse la barriga. ¿Por qué no veía bien? Volvió a mirar al hombre, y vio que por fin hacía el esfuerzo de girarse hacia ella. Cuando vio orientadas hacia ella las puntas de sus pies, miró hacia donde debería haber estado la cara, y toda la sala se desmoronó a su alrededor.

No había nada, solo un agujero; un agujero como el desgarrón, una ventana a un lugar entre lugares. Dentro no brillaba estrella alguna; solo era un vacío, la atracción primigenia de un más allá sin nombre. No había nada, nada... No, nada no: algo, algo cruel; el lugar en que nacían los horrores, y el crisol de todas las pesadillas.

Ya no podía mirar más. Corría el riesgo de que la atrajese como la gran boca abierta de su horripilante pareja de baile.

—Ya falta menos. Mira dentro. Mira... Fíjate en cómo nace, en cómo entra en vuestro mundo.

Adelle sintió ceder el suelo y se desplomó sin poder recuperar la compostura, despojada de toda su vitalidad, y de la fuerza de voluntad necesaria para mandar sobre su propio cuerpo. Parpadeó una sola vez. Cuando volvió a abrir los ojos, el horrendo personaje ya no estaba. Lo cual no impidió que siguiera cayéndose.

A sus espaldas, alguien se movió como un relámpago, tendiendo los brazos para sujetarla. Adelle sintió en su espalda la pared de un pecho humano, y luego la firmeza de dos manos que se cerraron en la piel de gallina de la parte superior de sus brazos, la seductora franja al desnudo entre las mangas y los guantes largos. Su salvador la enderezó. Adelle respiró profundamente, sintiendo que se había disuelto el nudo de su estómago, aunque no el miedo.

—¡Tenga cuidado, señorita! Procuremos que esta noche no haya damas heridas.

Antes de verle la cara, Adelle ya supo quién era. Había escuchado mil veces su voz, soñando despierta: una voz sonora, matizada de humor y embellecida por residuos de acento francés. Severin Sylvain. Cuyos brazos la tenían firmemente sujeta.

Se puso derecha por su propio impulso, aunque él no la soltó. Lo que hizo fue sonreírle con un solo lado de la boca, mientras sobre uno de sus ojos caía el toque canalla de un mechón negro y rizado. Al principio, Adelle no supo si podría hablar, deslumbrada por tanta belleza. Era algo sobrenatural.

—¿Busca a alguien? —preguntó Severin—. La veo perdida, en el baile o en sus sueños. Sea cual sea el caso, tiene que decírmelo. Soy un chismoso irremediable.

Adelle bajó la vista al suelo, cohibida. Pero qué difícil se le hacía respirar… Tanto como mirarlo. Se preguntó si era lo que se entendía por amor a primera vista. Severin tenía algo invernal: el blanco de su piel, como de mármol, el gris tan dulce y tenue de sus ojos, como el cielo antes de que caigan los primeros copos… Sin olvidar su sonrisa asimétrica. Ahora entendía que Moira le dedicase poemas y se arriesgara a ser desheredada, cuando no a algo peor, con tal de hacerlo suyo.

—Estoy buscando a alguien —murmuró—. Es que… no encuentro a mi amiga.

Severin Sylvain tendió la mano, inclinándose por la cintura. Si en algún momento la miró, fue solo por detrás del travieso mechón.

—Podríamos buscarla juntos, *mademoiselle*. Me tiene a su entera disposición.

11

—¿Y tú qué harás mientras estamos juntos Severin y yo? —preguntó Moira.

Acababa de urdir una mentira: había dejado en su casa una tarjeta en la que informaba a su madre de que Orla y ella volverían tarde porque habían quedado en ir a ver a Anthony Harte y su señora. Dado que los Harte vivían en el lado oeste de la ciudad, lo previsible era que tardaran bastante en volver a la residencia de los Byrne, según explicó con elocuencia, entre abundantes disculpas. Sin embargo, añadía en la nota, la señora Harte acababa de recuperarse de un ataque de histeria derivado del parto, y necesitaba compañía femenina que la consolase.

Moira no tenía la menor intención de ir a ver a la insulsa hermana de Orla, ni de consolarla por ningún motivo. Lo que había hecho era darle una generosa propina a Simpson, el cochero de Orla, que las llevaría a India Street pensando que iban *a un almuerzo. En cuanto llegasen, Moira se encontraría en secreto con Severin, sin que se enterase su familia.*

—Di, Orla, ¿a qué dedicarás el tiempo?

Se lo preguntó otra vez, porque su amiga estaba como absorta, mirando por la ventanilla con los ojos vidriosos. Quizá estuviera preocupada por su hermana. Orla siempre había sido demasiado sensible.

—Ah… —dijo finalmente en voz baja, entre el ruido de los cascos, mientras Hampton cruzaba con ellas la ciudad—. Pues se ve que no muy lejos de donde estaremos hay un espectáculo de caballos del Oeste. —Sacó de su bolsito naranja con flecos un folleto doblado y arrugado—. Mira, aquí pone que es «explosivo, pura dinamita, para no perdérselo».

—Suena a cosa de bárbaros —se escandalizó Moira, lanzando otra mirada a su compañera.

—Bueno, para emociones las que tendrás tú —siguió diciendo Orla, como si no la hubiera afectado la desaprobación de su amiga—. A mí me encantaría ver algo explosivo y que fuera pura dinamita. ¿Ves esto de aquí? ¡Sale una chica con pistolas! Increíble, ¿verdad? ¿Tú crees que para mí será demasiado ruidoso y chocante?

—No me cabe la menor duda. —Sin embargo, Moira sonrió—. ¿Puede ser peligroso?

—No, no, le diré a Hampton que venga.

—Pues entonces, mientras lo mantengas en secreto, no creo que le hagas daño a nadie —dijo Moira, sintiéndose magnánima y de lo más reformista—. A fin de cuentas, Orla, eres joven

y soltera. Dicen que el Oeste curte a los hombres, pero dudo que
cambie a mejor a las mujeres.

Moira, capítulo 8

Mississippi McClaren hizo el gesto de pedir otra copa, con los ojos y la boca muy abiertos.

—¡Por mis pistolas! ¡Nada menos que una espía entre nosotros!

Connie, sin embargo, no sonrió. Lo que necesitaba era un refugio donde poder comer y dormir hasta que encontrase a Adelle y volvieran a casa, un sitio relativamente seguro, y la extraña ciudad construida bajo tierra por los rodadores le venía al pelo. Los chillones se habían llevado a un adolescente como si tal cosa. A menos que hubiera un buen motivo, a ella no volverían a verla sola por la superficie.

—Lo digo en serio. Estaba intentando mandar un mensaje porque... —Se sentía el centro de todas las miradas. Más le valía inventarse una mentira convincente y sólida—. Porque los ruidosos se han llevado a una amiga. No quiero saber nada más de ellos. No tienen ningún vínculo con mi familia, y a partir de ahora yo con ellos tampoco. Dejadme que me una a vosotros.

—No es algo que se oiga muchas veces —rezongó el hombre del bar, Joe el Desvelado, que había cogido una pinta de cristal para pasarle un trapo, aunque daba la impresión de hacerlo más por costumbre que por necesidad real—. La lealtad de los ruidosos es absoluta. Espero que entiendas nuestro escepticismo, porque nunca había pasado nada así.

—Por supuesto. —Connie se encogió de hombros—. Lo que pasa es que me habéis tomado prisionera, y, como quiero que me soltéis, estoy poniendo todas las cartas sobre la mesa. Lo único que quería era que me dejaran los ruidosos en paz y volver a mi casa, pero si no puede ser al menos me gustaría luchar en el bando de los buenos.

—Demuéstralo.

«O no.»

Mississippi hizo girar su pistola, la enfundó y apoyó el codo en una pierna con una sonrisa de burla.

—¿Que lo demuestre? —dijo Connie, cambiando de postura.

—Lo que oyes. No debería costar mucho. Una barbaridad como la que acabas de soltar se tiene que poder demostrar sin problemas. Si quieres dejar la vida de ruidosa para ponerte a robar y vivir aquí abajo con lo puesto, entre nosotros, tendrás que ganártelo. Enséñanos algo *incontroversible* y verás que atiendo a razones.

«Eso lo dudo.»

Connie optó por ser buena y no meterse ni con ella ni con su vocabulario.

—Antes habéis dicho que es el solsticio…

—El 20 de junio —dijo Joe el Desvelado, asintiendo—. ¿Qué importancia tiene eso?

Connie parpadeó. Ah, claro: en su realidad era noviembre, pero lo lógico era que hubieran saltado a la estación del año en la que transcurría en esos momentos la novela. En cualquier caso, le podía ser útil. El solsticio. Había sobrevivido bastante tiempo para ver que a los personajes del libro les pasaban muchas cosas, y existía la (remota) posibilidad de que pudiera usar el argumento de la novela para convencer a los rodadores de que como buena espía tenía información.

—Esta noche hay un baile —dijo con aplomo—. Moira Byrne ha organizado una fiesta para celebrar el solsticio.

—Ajá. —Missi se inclinó hacia delante con los ojos entornados—. Te escucho. Dinos algo más.

«Robar y vivir con lo puesto...» Un simple vistazo era suficiente para que Connie se diera cuenta de que los rodadores no vivían precisamente en la abundancia. En las fiestas del libro salían mesas kilométricas, llenas de exquisiteces de todo tipo y de comida suficiente para alimentar a un grupo de chavales hambrientos y escondidos.

—Tendrán provisiones para los invitados —explicó procurando no dar la impresión de que se lo estaba inventando sobre la marcha.

—Sí, y estará lleno de ruidosos. Ya sabes que se pegan a los ricos como las moscas al estiércol —observó Geo, la chica de las trenzas—. No hay nada que hacer.

—Hay una entrada de servicio secreta —contestó Connie. Era la que usaba Moira para infiltrar a su enamorado secreto, Severin—. Lleva directamente a las cocinas.

—No está mal —murmuró Joe el Desvelado enroscándose la guía del bigote en el meñique—. Podría sernos de mucho provecho.

—A condición de hacerlo con inteligencia —insistió Missi, aunque no le quitaba la vista de encima a Connie—. Hoy hemos perdido a Alec, y la mayoría de los nuestros están agotados. Tendríamos que ir pocos y entrar y salir rápidamente, sin armar escándalo.

La chica que tenía al otro lado, Farai, sacudió la cabeza.

—Entonces no podremos cargar con mucho peso. Si apostamos tan fuerte, tiene que valer la pena.

—Pues entonces robamos un carruaje, lo cargamos de comida y nos lo llevamos al sur. Hay un túnel de entrada, pero hasta aquí no podrán seguirnos —propuso Geo, hablando cada vez más deprisa hasta que se levantó, arrastrada por el entusiasmo—. Soy la más indicada para la misión. A mí me escuchan los caballos. Les encanto. Se fían de mí. Tengo mucha mano con los animales.

—Porque una vez tu abuelo cuidara los caballos a Santa Anna en El Álamo ya eres Billy el Niño, ¿no? —se burló Mississippi, dándole unas palmadas en la espalda.

Geo se encogió de hombros, pero se la veía satisfecha de sí misma, sin ganas de discrepar.

—Bueno, la verdad es que me gusta la actitud —añadió Missi—. Y en un carro nos cabría mucha comida…

—Me parece que está naciendo un plan.

Joe el Desvelado sonrió de oreja a oreja al ver que Farai, Geo y Mississippi se interrumpían para conseguir que su planteamiento fuera el mejor.

—Pero tendremos que darnos prisa —señaló Connie—. El baile no durará toda la noche. Habría que entrar mientras aún están todos distraídos.

Mississippi se adelantó con una gran sonrisa y cogió el sombrero de la espalda para encasquetárselo.

—Pues nos encargamos nosotras. ¿Farai? ¿Geo? Preparaos para montar. Tú… —Hizo señas a Connie para que se acercase—. Tú, acompáñame, que tienes que entender un par de cosas.

—Usamos los velocípedos porque no hacen nada de ruido, y tampoco hay que darles de comer. Los caballos son caros y ruidosos. Las velas están hechas con el sebo de todos los caballos muertos, y con... otras cosas muertas que se quedan tiradas por ahí. Para comer, y como munición, tenemos todo lo que podamos encontrar, robar o cultivar, que no es gran cosa, aunque a las setas les gusta la humedad, o sea, que espero que no tengas nada en contra de comerlas.

Mississippi caminaba en zigzag entre las chozas, carretas y tiendas de lo que llamó varias veces «la Congregación», señalando lo más importante, aunque no había gran cosa que ver. Las criptas de debajo de la iglesia habían sido ampliadas hacia el túnel, creando espacio de sobra para la ciudad de los desharrapados. Aparte de Joe el Desvelado y del hombre inconsciente que había detrás de él, al otro lado de la barra, Connie no había visto a un solo adulto.

—¿Dónde están todos los mayores? —preguntó con cautela.

—¿Qué te pasa, que eres tonta? —dijo Missi con un bufido—. Están en el mar, igual que mi papá y que todos los papás y mamás del carajo, y todos los demás. Un día se levantaron de la cama y se fueron. Ahora estamos nosotros aquí, lidiando con las consecuencias y haciendo lo que podemos. Tienes suerte de no haber perdido aún a los tuyos.

Suspiró y se paró en la entrada de una pequeña habitación excavada en la roca. Estaba al final de la Congregación, apartada del resto de las tiendas y chozas.

—Los sueños les llegaron a ellos primero. Eso fue antes de que a Farai y Geo se les ocurriese lo de la infusión. Los ruidosos tienen su magia y sus monstruos, ¿no? Pues también nosotros tenemos nuestra magia. Geo aprendió de su padre, que había aprendido del suyo. Que ella recuerde, siempre fueron curanderos en México. Farai entró de aprendiz con una señora que arreglaba huesos, pero un día se metió en el mar sin haber acabado de formarla. Aun así, entre las dos prepararon una infusión que por la noche nos mantiene a salvo. Es amarga de narices y sabe fatal, pero nos impide soñar y evita que nos vayamos caminando hacia el mar.

Connie no sabía qué decir. Sonaba todo tan triste, tan desesperado... Qué horrible manera de vivir. No quería hacer muchas preguntas obvias, para que no pareciera que no tenía nada que ver con ese mundo —ya tenía suficientes dudas de que fueran a colaborar con ella—, pero sí que quería saber más, mucho más. Se acordó de la panadería y del diario de la niña; por lo visto, cuando habían empezado a torcerse las cosas en el mundo de *Moira* alguien o algo había convencido a la gente de que se metiera en el mar, caminando sonámbula. Si los ruidosos tenían alguna manera de impedirlo, tal vez los más ricos de Boston estuvieran pagando por que les brindaran algún tipo de protección. Pensó que quizá esa voz fría y sibilina que se había dirigido a ella estuviera haciendo lo mismo con todos los demás. Quizá estuviera dando instrucciones a los ruidosos, y empujando a la gente hacia el mar.

Pero ¿por qué?

Volvió a oír la voz, como una pesadilla recordada a medias: «Servirás».

Desde entonces no había vuelto a oírla, y tenía la esperanza de que su negativa a servirla la hubiera cabreado bastante para que no la molestara nunca más.

En el cuartucho cortado en roca viva, al otro lado de una cortina apolillada, vio a tres críos (dos niños y una niña) acurrucados para darse calor. Una adolescente algo mayor, que le recordó a Adelle —rubia, corpulenta y vestida toda de negro—, les ofreció un caldo aguado en un cuenco de madera y un puñado de fresas secas.

Los niños tenían el cuerpo lleno de morados, de aspecto profundo y doloroso. A uno le sangraba el cuero cabelludo, y bajo el pelo escaso se le veía algo así como una espuma roja. Al ver la comida, el estómago de Connie empezó a hacer mucho ruido, a pesar de que su olor no era ni remotamente apetitoso. Estaba famélica.

—Agatha. —Mississippi tendió la mano. La adolescente se giró. Tenía los ojos de un azul deslavazado, como terciopelo viejo. Había visto demasiado para su edad—. Un pequeño alivio para nuestra amiga, si tienes la bondad.

Agatha le ofreció unas cuantas fresas pequeñas y arrugadas en la palma de la mano, pero Connie sacudió la cabeza.

—No, por mí no te preocupes. Guárdalas para los niños, que lo necesitan más.

—Vale, pero antes de irnos tendrás que comer un bocado. Necesito que estés fuerte, y el hambre desconcentra. —Missi la llevó a otro sitio—. A muchos de los pequeños, si no se los llevan los sueños o los monstruos, se los lleva el escorbuto, pero bueno, supongo que eso ya lo sabes. Antes de tu milagrosa conversión debías de disfrutar pensándolo, como todos tus amigos los ruidosos.

—Yo no soy uno de ellos —le aseguró Connie—. De esto… —Qué flacos y desnutridos estaban los niños… Finalmente logró apartar la vista—. De esto no sé nada.

Era verdad. La autora de *Moira* había preferido no entrar en detalles sobre las vidas de los rodadores más allá de la enrevesada subtrama de secuestro del primer acto, centrada en la mejor amiga de Moira; subtrama que se resolvía casi toda ella al margen del relato, porque en comparación con el amor de Moira y Severin no tenía ninguna importancia. Teóricamente, ese episodio ya había pasado, aunque a Connie le costaba conciliar las descripciones de la novela con ese grupo de andrajosos apenas salidos de la infancia. Los personajes del mundo subterráneo eran los olvidables, los carentes de glamur y de romanticismo, los que se limitaban a sobrevivir por puro milagro en una ciudad grande y llena de contrastes, capaz de devorar a cualquiera. Se preguntó si Robin Amery se había parado a pensar en alguno de esos personajes, y si había llegado a considerarlos como algo más que un sórdido telón de fondo. Sin embargo, eran reales y sufrían; aunque fueran pobres, estuvieran sucios y delinquieran, no se merecían morir de inanición en las oscuras y húmedas profundidades que se ocultaban bajo las calles de Boston, infestadas de monstruos.

De repente notó todo el cuerpo pringoso, como si hubiera recibido un baño de grasa.

—Seguro que nos encuentras patéticos. Aquí no hay nada de carne, salvo en lata. Pescado sí comemos, cuando lo hay, aunque ahora casi todos los peces llegan muertos a la playa por la aberración esa del puerto. —Mississippi se encogió de hombros—. Para entrar o salir de la ciudad solo hay un barco, el de los ruidosos: uno para llegar y otro para irse. ¿Cómo funciona? ¿Cómo puede navegar, si el resto de los barcos se quedan varados en los bajos?

Connie se dio cuenta de que la acusaba a ella, en concreto —o a las personas con las que decía haber estado compinchada—, de ser la causante.

—No lo sé —dijo sinceramente—. No sé cómo funciona nada de eso.

—Lógico. —Missi se paró al lado de una carreta de manzanas donde no había ninguna, solo una decena de latas de almejas ahumadas y sardinas, junto a un montón de paquetes envueltos en papel. Le tiró uno a Connie—. Vuestros caballos..., sus caballos comen mejor que nuestros niños.

—Siento lo de los niños y lo de vuestro amigo —murmuró Connie—, ese al que se han llevado. Siento mucho todo esto, pero yo intento ayudar. Quiero ayudar.

Vio que a la vaquera se le tensaba el cuerpo de rabia, y que luego volvía a relajarse. Lo único que seguía crispado era el puño, como si en cualquier momento pudiera asestarle un puñetazo a Connie.

—Eres de las buenas. Procuraré acordarme. —De repente, con más rapidez de la que pudiera haber tenido cualquiera de los contrincantes de Connie en el campo de fútbol, la agarró por la muñeca y la atrajo hasta que las narices casi se rozaron—. Pero como sea una trampa, como hagas que maten a alguna de mis chicas... Entonces acabar contigo se convertirá en algo personal.

A Connie le tembló el labio.

—No, Mississippi, no es ninguna trampa. Si tienes que acabar conmigo, hazlo, pero no soy ninguna mentirosa.

Era verdad, al menos hasta cierto punto: no mentía sobre el baile, ni sobre la entrada de servicio, y podía imaginarse la cantidad de comida que había en la cocina para alimentar a todos los invitados de Moira.

Dios... Moira. Su corazón dio un vuelco, o quizá un suspiro. Se preguntó qué estaba viendo Adelle. Seguro que eso no. No era romántico, ni el tipo de cosa por el que se arriesgaría Adelle a hacer magia negra. Eso eran los cimientos podridos en los que se sustentaba el refulgente y delicado mundo que bailaba el vals encima de ellos.

Mississippi la soltó y expulsó aire por la boca como si acabara de participar en una carrera. Luego dio tres pasos muy largos hacia atrás. Era como si se hubiese apoderado de ella algún tipo de locura o manía, de la que a continuación se hubiera desprendido. Se apretó los ojos con los puños y soltó una risa seca.

—Espero que digas la verdad, porque a otra mentirosa guapa no sé si sobreviviría.

Se alejó dando zancadas hacia el bar, y Connie se quedó escuchando el ruido que hacían los niños al tomar el caldo, mientras su protectora, Agatha, se desvivía por ellos en todo momento.

Aturdida, contempló el paquete que tenía en la mano hasta que rompió el envoltorio y descubrió un pequeño montón de galletas saladas, secas, quebradizas. En cuanto se puso una en la boca se le convirtió en papilla, una especie de serrín salado. Hizo el esfuerzo de tragárselo. Tenía que encontrar a Adelle lo antes posible. Tenía madera para muchas cosas, pero no para eso. Al menos aún conservaba sus pertenencias. Los rodadores le habían confiscado la mochila, pero después de un rápido registro se la habían devuelto, una vez seguros de que no contenía armas ni comida. Consideró una suerte que no se hubieran molestado en examinar la novela que esperaba dentro de la bolsa el momento de dejarla en evidencia. Pensó que no podía ser demasiado difícil hacerse con el material para el conjuro, porque a su alrededor todo eran velas. El cuenco o vaso podía robarlo en el bar, y la piedra recogerla fuera, en el suelo. Pero ¿y el incienso? ¿Dónde lo encontraría?

Mientras seguía masticando, recorrió con la vista el largo camino de regreso al bar, donde Missi conversaba con sus dos lugartenientes, Farai y Geo.

«Los ruidosos tienen su magia ¿no? Pues también nosotros tenemos nuestra magia.»

Al pensarlo, atisbó una chispa de esperanza. Si sobrevivía a esa noche, era posible que las chicas que habían hecho escarceos con la magia supieran dónde encontrar incienso. Cerró los ojos y se metió en la boca otra galleta salada, imaginándose que era una de las crepes de su madre, dulces, esponjosas e impregnadas de jarabe de arce. En algún sitio, detrás de una puerta alta y oscura, estaba su casa. Solo tenía que sobrevivir lo suficiente para dar con ella.

—Siéntese, por favor. —Severin tiró suavemente de ella hacia la hilera de sillas. Adelle intuyó la fuerza de sus manos, aunque no estaba siendo usada en su contra: tan perceptible como la firmeza con que la sostenía el joven era su ternura. En algo así pensaba la gente al usar la palabra «caballero». Él le dirigió una sonrisa deslumbrante—. Parece que le hayan dado un susto. ¿Cómo puedo serle de ayuda? A menos que sean mis malos modales los que le hayan chocado… —Se tocó los labios con un dedo doblado, riéndose entre dientes—. ¿Puedo saber su nombre? El mío es Severin Sylvain.

«Ya lo sé.»

—Adelle. Adelle Casey.

Mientras trataba de sentarse en la silla, con el estorbo del polisón, los rellenos y la falda, su corazón se puso a dar brincos en el pecho. Como habría dicho Orla, estaba completamente «revuelta».

—¿Y su amiga, cómo se llamaba? Quizá se tranquilice usted si la encontramos, señorita Casey.

—Orla… —«Connie, Connie Rollins. ¡Ha desaparecido! Tiene que estar por aquí cerca. Yo he venido por ti, pero ahora no sé qué hacer»—. Orla Beevers.

Estuvo a punto de añadir «¿la conoce?», pero era obvio que sí: Orla Beevers lo sabía todo sobre Moira, y no le parecía nada bien lo que sentía esta última por Severin, miembro de una familia de pobres pescadores, no de los acaudalados clanes de la alta sociedad con los que se daba por supuesto que entroncaría Moira. Poco sospechaba Orla que su amiga estaba dispuesta a llegar al extremo de convertir el enamoramiento en compromiso, seguido por una boda secreta que escandalizaría a toda la ciudad.

¿Pero podía escandalizarla más que toda clase de monstruos y de sectas? Adelle se preguntó si se quedaría bastante tiempo en el libro para averiguarlo.

—Lleva… un vestido plateado.

Le costaba articular las palabras. Acababa de experimentar el triple sobresalto de ser arrastrada por la pista de baile por un personaje terrorífico, encontrarse con un joven sin rostro, mientras oía susurros salidos de ninguna parte, y caer en brazos del hombre más perfecto del mundo. A consecuencia de ello, su cabeza daba vueltas como un tiovivo. De no ser por el riesgo de quedar como una loca, se habría dado palmadas en su propia espalda.

—Los que bailan me han empujado hacia donde no quería. Estoy… Perdone, pero es que estoy muy mareada.

—No se preocupe, que aquí estoy yo para ayudarla. —Severin hizo el gesto teatral de ponerse la mano cerrada a la altura del corazón, haciendo reír un poco a Adelle. Se estaba esforzando muchísimo—. Si lo que desea es encontrar a la señorita Beevers, la encontraremos.

Aturdida por el desconcierto, Adelle se puso los dedos en la sien mientras miraba una y otra vez el espacio que había ocupado el extraño muchacho, como si el lugar en sí no fuera de fiar.

—Bueno, yo creo… —«¿Qué creo? Pero si no puedo ni pensar… Ahí está el problema»—. Yo creo que sería mejor que respirase un poco de aire fresco.

Severin hizo una inclinación, sin soltarle la mano, y señaló la entrada de la sala, con su precioso arco lacado que llevaba a la puerta, situada a la derecha de la espléndida escalera.

—*Bien sûr.* Está usted muy pálida, *mademoiselle.* Se le pasará con aire fresco. Acompáñeme, que descubriremos adónde van a desmayarse las damas elegantes.

En cualquier otra circunstancia le habría parecido entrañable, pero Adelle tenía miedo. Todo la asustaba, incluso Severin. Llegaron sanos y salvos al otro lado del espacio en que bailaban las parejas, gracias a la firmeza de que hizo gala Severin al apartar a varios bailarines y juerguistas achispados, despejando el camino hacia la escalera. Moira no había hecho acto de presencia. Sin querer, Adelle se estremeció: en principio tenía que ser su gran noche, pero era ella a quien tomaba de la mano el amado de Moira, nada menos que para alejarla del festejo. Si aparecía Moira, no lo encontraría.

Nada estaba yendo como tenía que ir. Adelle estaba reescribiendo su libro favorito en tiempo real. Sin embargo, al mirar a Severin, que la guiaba suavemente para no chocar con nadie, no tuvo fuerzas para impedirlo. ¿Desde cuándo deseaba algo así? ¿Cuánto tiempo hacía que ese joven era solo un sueño?

Un sueño que no estaba a la altura de la realidad. Severin era tan guapo de perfil como de frente. Tenía una nariz preciosa, aguileña, y unos labios tan bien dibujados que habrían provocado la envidia de cualquier gurú actual de la moda. Por otro lado, a pesar de ser pobre —como le constaba a Adelle que era—, llevaba el traje de etiqueta con una naturalidad de la que no podía presumir ningún otro de los ocupantes del salón de baile.

Mientras subían, Adelle apoyó la pierna lesionada en la punta del pie, para que Severin no se diera cuenta de que caminaba mal. No estaba segura de que su orgullo fuera capaz de soportar que en un solo día la llevasen en brazos, se desmayase en los de un desconocido y luego este último cargase con ella por segunda vez. Además, las enaguas, las ballenas y el relleno aplicado con cintas al trasero debían de añadir unos diez kilos a su peso, excesivos tal vez para alguien de porte tan esbelto como Severin. Este no hizo ningún comentario acerca de su leve cojera, pero no por falta de cosas que decir.

—Me cuesta creer que nunca hayamos coincidido, señorita Casey. —Ya iban por el rellano del tercer piso, pero siguió subiendo—. Me acordaría de unos ojos tan extraordinarios.

—Ah… —Adelle se mordió el labio—. Es que suelo mimetizarme con el papel de la pared.

Así lo demostraba su incapacidad de conseguir pareja para ninguna de las últimas fiestas oficiales de la escuela, que era la causa de que lo hubiera elegido a él (o a su equivalente imaginario) como acompañante. Normalmente, Connie tampoco quería ir, y al final podían pasarse toda la noche, hasta el amanecer, riéndose, viendo películas y encadenando cuencos y más cuencos de palomitas de microondas hasta que se quedaban fritas sobre un montón de sacos de dormir.

—Imposible. —Severin hizo chasquear la lengua—. A menos que la calidad del papel de las paredes de la residencia de los Byrne supere la de cualquier otra gran mansión.

—Pues entonces es un misterio —concluyó Adelle con la esperanza de evitar cualquier pregunta sobre su inexistente estilo de vida victoriano.

O sus modales victorianos. O sus conocimientos sobre la época.

—¡Otro misterio! Magnífico. No esperaba terminar esta velada en compañía de una mujer misteriosa. Ah, *nous sommes arrivés.* A ver si estas vistas son un buen remedio para sus dolencias, *mademoiselle Mystère.*

Parecía tan relajado, tan a gusto… También él debía de estar perfectamente cómodo con esa versión de Boston en proceso de derrumbe. ¿No le preocupaban los hombres de las túnicas? ¿Ni el desgarrón en el cielo? ¿Por qué no parecía darse cuenta nadie de los de la fiesta?

Finalmente, soltó la mano de Adelle, que echó enseguida en falta su calor. La escalera seguía, pero más estrecha, como si por encima solo hubiera un desván. Delante de ellos, dos altas puertas con cristales grabados, detrás de cortinas recogidas con cordones de terciopelo, daban a un balcón corrido que se extendía por toda la mansión.

Sylvain se adelantó de un salto para bajar el tirador dorado de la puerta y dejar que entrase un aire frío y tonificador.

—Usted primero —dijo, sonriendo.

Adelle se quedó quieta. Si la hubiera visto su madre a solas con un desconocido durante una gran fiesta y saliendo a altas horas de la noche a un balcón donde nadie pudiera encontrarla, le habría dado un infarto. Era un ejemplo de manual de que no había que fiarse de los desconocidos.

«No, si lo conozco. Para mí, en realidad, no es un desconocido.» Fuera no se veían las estrellas, tapadas por la niebla de siempre, densa como sopa de guisantes. La fachada de la casa de Moira daba al sur. Boston estaba casi completamente a oscuras, salvo algún que otro tímido farol en un mar de negros edificios de ladrillo, mercados, iglesias y calles. Solo en las manzanas contiguas a la casa se veían, como era de esperar, velas en las ventanas, aunque en la calle no había nadie. Bajando la vista hacia la explanada de hierba de delante de la casa, donde daban la vuelta los carruajes, vio a los salmodiantes patrullando con sus túnicas blancas, que les daban aspecto de fantasmas flotando a la deriva por la bruma.

Al este, las olas rompían de manera rítmica en el puerto. Le pareció increíble oírlas desde tan lejos, pero en toda la ciudad reinaba el silencio de un mausoleo. Siguiendo el ruido de las olas, se acercó de puntillas, medio cojeando, al final del balcón, y apoyó casi todo su peso en la baranda. Le había llamado la atención algo raro en el agua, algo que la atrajo con la fuerza de un imán.

Con lo que había visto y sentido desde su llegada, debería haber sido más prudente, pero no pudo evitarlo: la llamaba con su intenso palpitar. Era el único punto de luz en toda la extensión del agua, salvo el faro de Deer Island, inquietantemente verde.

—¿Qué es eso? —preguntó con un hilo de voz, sintiendo una presión en el pecho.

—¿A que es maravilloso?

Severin, que acababa de llegar a su lado, se apoyó tan tranquilo en la baranda para contemplar aquella cosa horrible que flotaba en el agua.

—¿Maravilloso? Es… —Adelle se había quedado sin palabras. No sabía qué era, ni cómo describirlo. ¿Cómo era posible que a Severin le pareciera bien? —. Es horrible.

—Explíquemelo —murmuró él de espaldas al mar, sin apartar la vista de ella—. Explíqueme qué ve.

«Ha nacido.»

Era la voz de antes, la del Emporium y el desgarrón, que regresaba para hincarse en su cerebro como un gélido cuchillo.

—Un… monstruo, creo, pero no se mueve, ¿no? A menos que respire… Parece vivo, de carne, como un órgano; como un círculo de órganos gigantes vueltos hacia fuera, sin gota de sangre. O…, o un calamar gigante, pero abierto por el medio. —Tuvo un escalofrío. No podía apartar la vista—. ¿Cómo puede decir que es maravilloso? ¿Qué es?

En ese instante, tuvo un miedo atroz, como si tras dormir profundamente se hubiera despertado en una cama que no reconocía. Seguro que eso no salía en el libro. Se habría acordado de una masa palpitante de oscuros tentáculos amoratados que se abría en el puerto como una boca hinchada.

Una vez se le había enquistado un pelo de la axila. Se acordaba de que al afeitarse dentro de la ducha le dolía como una picadura de avispa. Al principio solo era un bultito, pero había ido creciendo, hasta que al final Adelle se había armado de valor y se lo había sacado con unas pinzas. No paraba de salir, como un ovillo de una roncha ensangrentada. En el momento de sacarlo casi le había dado una arcada. Viendo la cosa del agua, un engendro colosal varado junto al muelle, de cósmica fealdad, tuvo el mismo escalofrío de asco. Se le fue la vista hacia Severin. Tal vez no lo conociese, a fin de cuentas; ni a él ni al resto de lo que pasaba. Tal vez no supiese nada en absoluto de ese sitio.

Se agarró con más fuerza a la baranda, por miedo a estar cayendo.

—La mayoría de la gente lo llama la Herida —le explicó Severin con un respeto religioso—. Los salmodiantes están intentando apaciguarlo, porque creen que a partir de un momento, cuando se haya llevado a cierto número de personas, se saciará y se marchará. Es como lo explican ellos. Es como explican que se haya metido tanta gente sonámbula en el mar.

Orla había dicho algo de que el mar se llevaba a la gente, como a la familia de Caid, por ejemplo. ¿Se trataba de algún tipo de sacrificio? Miró muy fijamente a Severin.

—En cambio usted no lo ve así.

—No —reconoció él, apartándose el pelo de la cara, y le dio la espalda para contemplar el palpitante horror de la Herida—. Yo no creo que se sacie nunca. No es un pozo sin fondo, sino una puerta.

—Y toda la gente a la que se ha referido, los que han entrado… —contestó despacio Adelle—. ¿Cree que cruzan la puerta?

Severin descartó la pregunta con un gesto.

—No, no, los que se van no tienen ninguna importancia. Lo que importa es lo que pueda entrar por la puerta desde el otro lado.

A Adelle no le gustó que lo dijera con tanta admiración y entusiasmo, como si estuviese impaciente por verlo con sus propios ojos.

—¿Cómo lo soportan? ¿Cómo pueden seguir viviendo como si no pasara nada? ¿Por qué no tienen miedo?

—Al principio no seguíamos viviendo como si no pasara nada —le explicó él—. Hubo revueltas, y todos los que estaban dispuestos a atacarlo (la marina, las milicias, voluntarios…) lo hicieron, pero sus armas de fuego y sus espadas no le hacían mella, y todos los barcos enviados contra ella acabaron hundidos. —Era la primera vez que ponía cara de pena y de cansancio—. Luego vino la niebla y nos encapsuló, haciéndonos perder la orientación. Al final nos quedamos completamente solos, y no parece que haya nada que hacer. Se quedará hasta que quiera irse. El miedo acaba diluyéndose, y la vida pasa a ser esto, todo esto.

—Qué miedo habrán tenido… —susurró Adelle. Severin se estaba mostrando muy franco, efusivo incluso, sobre cosas que ya deberían haber obrado en conocimiento de su interlocutora. A Adelle le dio un vuelco el estómago. Quizá ya se hubiera dado cuenta de que estaba fuera de lugar. Pero entonces, ¿qué sentido tenía mostrarse tan solícito, tan amistoso?—. Debo de parecerle una tonta y una ignorante —añadió por miedo a haber levantado demasiadas sospechas—. Es que tengo patas arriba la memoria. El choque con el carruaje debe de haber sido más fuerte de lo que me pensaba…

—No, si a mí no me molesta hablar sobre estos temas —contestó él, con un tono que a Adelle le pareció profundamente compasivo—. Aunque un poco tristes sí que sean. ¿Sabríamos qué es la alegría si no conociésemos también el miedo y la desazón, señorita Casey? No se puede vivir siempre con terror. —Su tono era de resignación tranquila—. Por eso ahora nos limitamos a vivir como tenemos que vivir.

Ya no se lleva a tantos, y los salmodiantes aseguran que pueden controlar quién se queda y quién se va. Yo no sé si es cierto, pero la flor y nata de Boston está convencida de que sí, cosa que le da valor de ley. Los ricos están a salvo y satisfechos. Vaya, que supongo que la vida sigue, ¿no?

Su pena era palpable. Adelle habría querido brindarle algún consuelo, diciéndole «al menos tienes a Moira, y estáis juntos», pero teóricamente lo desconocía todo de su historia de amor, su pobreza o cualquier otro dato acerca de los dos. Casi habría preferido que así fuera.

—¿La oye? —preguntó él en voz baja—. ¿Oye a la Herida?

Adelle se tambaleó con más presión que antes en el pecho, y un dolor en la cabeza que latía al mismo ritmo que su corazón.

—Susurros —dijo—. Mil susurros a la vez. No entiendo lo que dicen, pero me llaman.

—Sí, canta: una música nocturna bellísima y fantasmagórica. Promesas, tentaciones. —Severin sacudió la cabeza y suspiró—. A menudo me paro a pensar, y me digo: es increíble que viva en esta época y pueda verlo.

Se quedaron un momento callados, un momento que se prolongó hasta que Adelle perdió el sentido del tiempo y de la identidad.

—¿Adelle? ¿Señorita Casey?

—Falta poco, muy poco. Cada vez menos… Acéptanos. Acéptanos…

Adelle no oía a Severin ni percibía su presencia. Toda su atención se enfocaba en la Herida, luminosa y grotesca, dotada de luz propia, cuyos tentáculos, siempre en movimiento, la llamaban como dedos largos y húmedos. Tenía que ir. Las instrucciones estaban en sus párpados, como si se las hubiera grabado un relámpago, y le quemaban insistentes. ¿Cómo podía llegar? Caminando. Caminando sin parar. Como pudiera. Lo único que sabía era que tenía que ir. Se lo exigía la Herida.

Los tentáculos no eran dedos, no, sino anzuelos, que se habían clavado muy hondo.

Levantó la rodilla y la apoyó en el metal fresco y resbaladizo de la baranda para subirse a ella. Al otro lado había un trecho de azotea, y luego la caída hasta el patio. No pasaba nada. Seguiría caminando, y si se le rompían las piernas llegaría a rastras a la playa. Los susurros estaban dentro de ella, extendiéndose hasta el último resquicio, encajándose en la punta de su nariz y en los dedos de sus pies. Y todos decían lo mismo: era el momento de irse.

Alguien la retuvo; alguien pronunció su nombre, pero fue como si la llamaran desde otro planeta. Los anzuelos seguían tirando de ella. Se soltó, bajó las piernas y aterrizó en el tejado con un golpe seco.

«Ay —pensó como de lejos—, qué daño... Bueno, da igual.»

Fue moviendo los pies hacia el este. Detrás de ella, una voz sorda dijo algo incomprensible en un idioma que no supo ni quiso descifrar. Justo después hubo un destello rojo, y notó el peso de una mano en el hombro. De repente, ya no se oían los susurros.

Cuando volvió el silencio a su cabeza, se sintió vacía, abandonada.

Se dejó caer de rodillas. Alguien —no, alguien no, Severin— la hizo girarse y la ayudó a ponerse otra vez de pie. Adelle se apoyó en él con todo su peso, sin importarle que fuera un desconocido.

—No me gusta —le dijo, sintiendo frío en todo el cuerpo—. Quiero volver a entrar. Orla... Tengo que encontrarla. Me está ayudando a buscar a una amiga. Necesito… necesito alejarme de esa cosa. ¿Podemos volver dentro, por favor?

—Debe usted tener cuidado, señorita Casey —dijo él muy serio mientras la ayudaba a cruzar de nuevo la baranda. Le temblaban las manos—. Si puede evitarlo, no mire la Herida. Me ha dado un susto.

—Me lo he dado a mí misma —murmuró ella—. ¿Podemos darnos prisa, por favor?

—A la cocina —proclamó Severin, tomándola por el brazo y acariciándole la mano—. Con un buen chocolate caliente se le pasará. A mí siempre me sienta bien. Cuando me hacía un rasguño de los gordos, *maman* me ponía sobre su rodilla, al lado de la chimenea, y me daba una taza de chocolate, que disipaba todas mis preocupaciones.

—Por mí, perfecto. —Adelle tuvo un escalofrío—. Suena bien. Con tal de alejarme de eso me va bien cualquier cosa.

Antes de cruzar la puerta se giró otra vez, sin poder evitarlo. La Herida. «Lo que importa es lo que pueda entrar por la puerta desde el otro lado.» Pensó en el desgarrón que había visto en el parque, junto al sitio donde tanto les gustaba ir a leer, y en la cosa muerta con escamas que había rozado accidentalmente entre la hierba.

Severin creía que la Herida era una puerta, y que algo podía utilizarla. «En realidad, ya la ha cruzado algo —pensó Adelle sin soltarlo—. Ya está aquí.»

—¿Tenéis algún rifle? —preguntó Connie al ver que Mississippi cargaba su pistola, Slick Rose, y se ponía otro revólver de seis tiros en el cinturón—. Es que con rifle disparo mejor.

—Complácela, Farai.

Mississippi se tapó la nariz y la boca con su pañuelo a cuadros. Estaban otra vez arriba, dentro de la iglesia propiamente dicha, sacando armas y munición de una puerta escondida en la base del púlpito. Mientras Farai buscaba una vieja escopeta de caza, Geo abrió el confesionario de al lado, del que habían quitado la mampara y los asientos para poder guardar las bicicletas altas, los velocípedos. Todas las mujeres llevaban pantalones de pata ancha por debajo de las faldas arremangadas. Geo trajo una bicicleta para Connie. Luego se pasó las dos trenzas por detrás de los hombros y se ajustó el pañuelo. Llevaba un abrigo viejo de hombre, muy holgado, y una blusa negra la mar de elegante, con una chalina por debajo. Ninguna de las chicas iba tan llamativa como Mississippi. Aun así, Connie vio que Geo llevaba un collar con la Virgen de Guadalupe, fácil de reconocer para una católica.

Las muñecas y el cuello de Farai estaban adornados con pulseras de cuentas azul marino, pero toda la ropa que llevaba era negra, con manchas de trabajo; ropa resistente y práctica, a conjunto con las botas altas de cuero que llegaban hasta el borde de su falda acortada.

—¿Qué historia hay detrás? —preguntó Connie, señalando a Mississippi con la cabeza—. De lo de ir de vaquera, digo.

Farai y Geo se miraron, sonriendo burlonas.

—Venga ya, por favor… No hagas como si no hubieras oído hablar de mí —replicó de mal humor la propia Mississippi, que cogió su bicicleta por los manillares y se la empezó a llevar por el pasillo central de la iglesia.

—No hago ver nada. Te aseguro que no he oído hablar de ti.

Geo, que iba detrás, también con su bicicleta, hizo el típico silbido de «esto se va a poner incómodo».

O violento.

—Mi papá era Tulsa McClaren, y yo su ayudante. Teníamos el espectáculo de tiro más famoso a este lado de Nueva York.

Missi se quitó el sombrero de vaquero para ponérselo a la altura del corazón.

—¿Qué lado? —preguntó Connie sin poder evitarlo.

Farai, que iba más lejos, resopló por la nariz.

—¡Este, caramba! —replicó Missi—. ¡El norte!

—No creo que haya mucha competencia entre aquí y Canadá…

—Me parece que me cae bien, esta ruidosa —añadió Geo—. Es descarada.

—¿Os queréis callar, que estoy intentando contar algo?

Llegaron a la entrada de la iglesia, donde había un niño en cuclillas, al lado del mismo perro grande, negro y peludo que había visto Connie al llegar. El niño les pegó un buen repaso y se quedó mirando a Connie antes de abrir la puerta para que salieran.

En el silencio de la calle, mientras se ponían en fila y se subían a las bicicletas, Missi bajó mucho la voz. Connie tuvo que hacer varios intentos, pero aprendía deprisa cualquier cosa relacionada con el deporte, por remotamente que fuera, y en un par de manzanas ya no se tambaleaba.

—Teníamos un truco: papá se ponía tres latas apiladas sobre la cabeza y yo las hacía saltar una por una. Con los ojos vendados. Vinimos de Kansas para que vieran algo que no habían visto nunca: ¡un espectáculo del salvaje Oeste como el de Bill Hickok! Pero en mejor, obviamente. ¡Explosivo, pura dinamita! —Missi iba muy erguida, pedaleando sin cogerse al manillar, mirando el cielo y suspirando con tristeza—. Le habíamos puesto de nombre «Guillermo Tel-odije». ¡Ja, ja! Estuvimos todo un mes con lleno hasta la bandera, y si no se hubiera ido todo al carajo habríamos viajado hasta California con el espectáculo.

—Me gustaría verlo alguna vez, el truco —dijo Connie—. Dicho así parece impresionante.

—Pues chica, no será esta noche, por desgracia. Solo sacamos las armas si aparece un monstruo, o si se ponen muy desagradables los ruidosos.

—Solo para defendernos —recalcó Farai—. Llama demasiado la atención.

—La entrada de servicio es un antiguo túnel de contrabandistas que pasa por debajo de la casa de al lado —dijo Connie como en un aparte—. Sobre la trampilla hay un gallinero, pero está vacío.

Geo, que había estado asintiendo, soltó una palabrota en voz baja.

—Túneles... ¡Qué asco! Como nos pillen dentro será una escabechina. No habrá manera de esconderse.

Mississippi, que iba delante, las hizo girar por una calle secundaria, a tres manzanas al norte de la iglesia.

—Pues entonces no nos pillarán.

—Mientras vosotras estáis dentro buscaré transporte para la vuelta —dijo Geo, haciendo el gesto de dar un latigazo mientras le dirigía a Connie una sonrisa diabólica—. ¡Esta noche robamos a lo grande!

Connie iba lo más pegada que podía a la bicicleta de Missi. En las calles no había luz y, al estar las estrellas tapadas por la niebla, no se veía casi nada. Al menos, el fleco blanco de Missi facilitaba seguirla. Pronto estuvieron fuera del barrio de la iglesia, yendo hacia el norte y un poco hacia el este. Las casas fueron volviéndose más grandes, y las calles más lisas, con menos desniveles entre los adoquines. Connie, que se conocía Boston de cabo a rabo por haberla recorrido en bicicleta, corriendo, en autobús, en coche y durante sus entrenamientos, intentó aprovecharlo para situarse. Ella habría apostado por que la Congregación se escondía debajo de King's Chapel, pero solo podría estar segura cuando volviera a verla a la luz del día.

En las casas de ladrillo menudeaban más y más las torres, balcones y entradas de carruajes. Procuraban evitar siempre la luz, sobre todo cuando se encontraban con alguna casa llena de velas y faroles, cuyo resplandor se proyectaba en la calle. Missi empezó a ir más despacio hasta que frenó en un cruce. Connie oyó música y risas al fondo de la calle que tenían a la izquierda. Por toda la manzana se extendía una hilera de carruajes negros, con caballos nerviosos que hacían chocar los cascos con el suelo. En la acera había grupos de cocheros que fumaban y hablaban en voz baja. Delante, entre dos mansiones a oscuras, la residencia de los Byrne lucía todo su festivo resplandor. A la derecha de la última casa había un jardín modesto, protegido por una cerca de hierro. El gallinero, pintado de blanco en los bordes, estaba justo donde confiaba encontrarlo Connie.

—No está mal, ruidosa —oyó que susurraba Geo.

«Ven por el acceso secreto que te describí, amor mío. Me da igual que lo prohíba mi familia. Allá nos reuniremos, y la luna del solsticio presidirá nuestros besos, y podremos intercambiar las más bellas declaraciones de amor, ratificadas a la luz de las estrellas.»

O sea, que Moira y Severin estaban dentro, dedicándose a eso, a ratificar. Connie sabía que era estúpido y peligroso querer verlos de lejos, pero se atrevió a albergar esa estúpida y peligrosa esperanza. El conjuro que la había alejado tanto de su casa tenía como causa el libro de Moira, y ahora Connie estaba a punto de entrar en casa de esta última. Era tan ridículo, tan absurdo, que se le escapó la risa.

Missi desmontó y le clavó un poco el codo en la pierna.

—¿Te hace algo gracia?

—No, es que me he atragantado.

—Pues a toser y santas pascuas. Serénate, ¿vale?, que empieza el espectáculo.

Cruzó la calle a pie, deprisa, empujando la bicicleta. Las demás se apresuraron a seguirla. Connie, que iba con el grupo, vio que Missi saltaba la cerca y le pedía por señas a Farai que le pasara la bicicleta. Fueron haciendo lo propio con todos los vehículos, difíciles de manejar. Missi los escondió en un lado de la casa vacía, protegidos por la hiedra y los arbustos. Luego las hizo reunirse junto al gallinero y bajó la voz al máximo.

—Entramos, echamos un vistazo y nos hacemos una idea de dónde está todo. Luego sacamos lo que podamos, lo dejamos aquí, entramos a por más y dejamos que Geo busque el carruaje. No vale la pena arriesgarse a un tercer viaje.

—Bajad las tres sin mí —contestó Geo, que ya se alejaba hacia la cerca—. Quiero ver si puedo pillar un coche en Hawkins. Así tendré la oportunidad de despistarlos antes de volver.

Missi le dio una palmada en el hombro y volvió al gallinero.

—Vale, pues ya está decidido.

No hubo discursos sentimentales, ni aspavientos; solo un despliegue general de tropas, o la salida al campo de un equipo a las órdenes de su entrenadora. Esa energía, Connie la entendía, y le sentaba de fábula. Era una tensión que conocía bien, una concentración con mucho de instintivo. La primera en entrar en el gallinero fue Missi, seguida por Connie, y esta, a su vez, por Farai. Con un chirrido de bisagras y un susurro de arbustos entraron, mientras Geo desaparecía en la noche.

—¿Cómo puede estar vacío y seguir oliendo a gallinas? —se quejó Farai.

—Hay olores que duran para siempre —contestó Connie.

—Venga, menos cháchara, que tenemos que entrar en el túnel haciendo el menor ruido posible.

Missi se puso de rodillas y pasó las manos por la superficie regular de la trampilla de madera, buscando los bordes. Alguien ya había apartado la paja que la tapaba, acumulándola en los rincones del gallinero. Severin.

Connie cambió de pie de apoyo, humedeciéndose los labios. En casa (en su vida real) no tenía por costumbre infringir las reglas, mientras que aquí se estaba viendo envuelta en un robo. El cual, para colmo, era idea suya.

Missi levantó la trampilla y, al bajar por la escalera, sacó la lengua en una mueca de asco.

—Abajo no huele mejor, señoras —dijo con voz sibilante.

La siguieron por el pasaje secreto. No era nada glamuroso, y apestaba como el pavimento después de la lluvia, como a gusanos. Ninguna de las tres era baja, y casi tocaban el techo con la cabeza. Missi se paró, frunciendo el ceño. Luego señaló las velas que había por el suelo, a intervalos regulares, y que al derretirse habían dejado charquitos luminosos en la piedra.

—Por aquí ha entrado alguien —susurró—. Estad atentas.

Connie intentó tragar saliva sin que la delatase el ruido. Sabía perfectamente quién había usado el pasaje y por qué. Se dijo que daba igual. Seguro que Severin estaba en la fiesta, disfrutando y bailando sin parar con Moira, mientras la madre de ella rabiaba en un rincón, tramando la manera de separar a su hija de ese chico tan vulgar disfrazado con ropa de gala.

Recorrieron con sigilo una distancia equivalente a una media manzana, mientras la inclinación del pasadizo aumentaba poco a poco. Al final, las esperaba otra escalera por la que se subía a una trampilla cerrada. Connie esperó que fuera practicable. El libro no especificaba si podían trabarse las puertas.

Mississippi empujó la trampilla con el puño, y con un poco de insistencia consiguió moverla. No era cuadrada y con bisagras, como la del gallinero, sino redonda y encajada en un surco, como la tapa de una alcantarilla. La apartó sin hacer ruido y salió. Connie miró de reojo a Farai y supo por qué arrugaba tanto la frente. Farai resopló, haciendo que se le levantara de la frente el pelo blanco, o plateado. Era el momento de la verdad.

Vieron que arriba se movía una mano, indicándoles que podían subir. Por la escotilla se accedía a una despensa oscura, fría y silenciosa, con estantes desde el suelo hasta el techo, llenos de cajas de frutas y verduras. También había un jamón ahumado, colgado de un gancho cerca de la puerta que Connie supuso que sería la de la cocina. Missi se puso un índice en los labios. La puerta en cuestión estaba un poco abierta, y en el suelo de la despensa se proyectaba en diagonal una peligrosa esquirla de luz.

Farai se puso a abrir cajas de inmediato, con sumo cuidado, y a hurgar sin hacer ruido en su interior, mientras que Missi se acercó de buenas a primeras a los ramilletes de hierbas aromáticas colgados al lado del jamón, tan bonitos que parecían de adorno. Cogió todos los que pudo, y luego cargó con una caja de patatas.

—Las ciruelas —articuló casi sin voz un par de veces hasta que Connie lo entendió.

Ya habían cogido todo lo que podían llevarse en un solo viaje. Farai bajó otra vez al túnel, transportando en el hombro un saco de patatas del tamaño de un bebé. El peso del botín hizo más arduo el trayecto de vuelta, pero fue Connie la primera en llegar al gallinero, aprovechando su buena forma física. Después de subir por la escalera, les hizo señas a las otras de que fueran entregándole lo que llevaban. Una vez que estuvo todo amontonado en un rincón del gallinero, se reunió en el pasadizo con Farai y Mississippi.

—Espero que Geo no se haya metido en ningún lío —murmuró Farai.

—No tenemos tiempo para preocuparnos. Si no llega con el coche, encontraremos solas el camino de vuelta —contestó Missi, yendo por el túnel.

—¿La dejarías? —preguntó Connie.

—Ella haría lo mismo con cualquiera de nosotros. Esta comida salvará vidas, muchas vidas. Las ciruelas valen su peso en oro.

Connie visualizó a los niños, tan escuálidos, bebiendo caldo y comiendo pan negro, y se preguntó si lo que habían robado podía marcar la diferencia entre la salud y la muerte. Fue entonces cuando tuvo muy claro que el botín tenía que llegar a cualquier precio a esos niños medio muertos de hambre.

En el segundo viaje, cuando salieron a la despensa, algo había cambiado. La primera vez, lo único que llegaba de la habitación de al lado era el suave crepitar de un fuego, mientras que ahora se oían voces. Mississippi fue directamente a por el jamón, como si le diera igual. Gruñendo por el peso, se lo entregó a Connie, que lo levantó como un bebé. Debía de pesar unos diez kilos, y con el estómago tan vacío le olió a gloria, el paraíso de la carne. Con eso, la Congregación tendría comida para varios días.

«No es un Pigmalion, pero mal no irá.»

Farai birló otro saco de verdura —nabos, esta vez—, mientras que Mississippi eligió una caja de latas de sardinas. Se hacía difícil creer que lo conseguirían. Missi ya estaba señalando la trampilla con movimientos frenéticos de su cabeza, para que se dieran prisa en volver al túnel, y no hizo falta que insistiera. Desde que habían encontrado el gallinero, a Connie le había latido tan fuerte el corazón que en ningún momento le había dejado respirar satisfactoriamente. Fuera como fuese, la despensa estaba más que saqueada. Lo habían conseguido. Connie arrastró los pies en dirección a la trampilla, cargada con su enorme pata de cerdo y soñando con cenar jamón con patatas antes de acostarse. Fue cuando la oyó.

Una risa. Risita, mejor dicho.

La conocía.

Se quedó paralizada por la imposibilidad de oír ahí esa risa, y más paralizada aún por que pudiera ser posible. Sin embargo, la habría reconocido en cualquier sitio y cualquier realidad, tanto en la suya como en esa desquiciada dimensión literaria. Se giró de golpe sin poder pensar nada coherente, hipnotizada por la esperanza, mientras la curiosidad, tirando de sus hilos de marioneta, la llevaba hasta la puerta.

Necesitaba saberlo. ¿Se habían encontrado por casualidad? Claro, cómo no. Cómo no iba a haber elegido justo ese sitio y ese momento para caer dentro del libro…

—¡Constance! ¡Eh! ¡Eh, ruidosa! ¿Se puede saber qué haces? ¡Ven, que hay que darse prisa! No me obligues a dejarte.

Las voces de al lado de la puerta se callaron, seguidas por pasos furiosos. Cuando se abrió de par en par la puerta de la despensa, Connie se topó con el rostro angelical de un hombre delgado y de pelo moreno.

—¡Constance, imbécil! —oyó que gritaba Missi.

—¿Qué significa esto? —exigió saber el joven, cuya mirada saltó, llena de rabia, de Connie a las dos chicas situada detrás de ella y agachadas en torno a la trampilla secreta—. ¡Dios mío, pero si habéis venido a robar!

Connie necesitaba saberlo.

Lo apartó con el hombro. Detrás de él, con un vestido violeta de volantes y encaje, estaba su mejor amiga. Adelle soltó su taza con un grito ahogado, y el suelo se llenó de trozos de porcelana.

—¡Connie!

El puño del joven se estampó en la mejilla de esta última, pero daba igual. Ahora ya lo sabía.

No era un menú normal, sino la viva imagen del derroche; más que la simple generosidad de un anfitrión para con sus invitados, era una celebración, y Moira se sabía su destinataria. Su compromiso. El corazón de Moira no albergaba amor alguno por Kincaid Vaughn; de hecho, estaba segura de que Kincaid jamás podría suscitar en ella nada más que tibios sentimientos de amistad, pero su madre se negaba a creerlo, o, en caso de que lo creyera, a atribuirle algún tipo de importancia.

En suma, que el menú de la fiesta del solsticio reflejaría la dicha que le provocaba a la señora Byrne el inminente enlace de su hija. Tan vasto era este gozo que incluía estofados de ostras y tortuga, ostras en salmuera, rosbif, buey à l'anglaise, pata de ternera, ternera de Malakoff, codorniz (deshuesada y asada), jamón ahumado, lengua de buey ahumada y un surtido de patés y ensaladas de pollo y bogavante, sin olvidar los postres:

helados, por supuesto, bizcochos —de almendra y vainilla—,
lady cake, pound cake, dame blanche, gelatinas y cremas, más
una selección nada desdeñable de vinos y champanes.

Lo que podría abarcar semejante festín eran los sentimientos
de Moira hacia Severin. En cuanto a la pasión que le inspiraba
Kincaid Vaughn, no era tan siquiera un resto pasado de croqueta.
«Bon appétit», pensó, sintiéndose con hambre y enamorada,
una mezcla peligrosa como pocas.

Moira, capítulo 14

Adelle se dejó caer de rodillas junto a Connie y la protegió estrechándola con fuerza entre sus brazos.

—¡Es mi amiga! —le gritó a Severin, que estaba mirando cómo se frotaba Connie la barbilla en el suelo, descansando sobre un brazo. Connie tenía apoyada en la cintura una enorme pata de jamón ahumado—. No me lo puedo creer, Connie. ¡No me puedo creer que te haya encontrado de verdad!

Se abrazó a ella, mientras Connie se dejaba caer contra su amiga con palpable alivio.

Adelle se apartó y la miró atentamente, fijándose en su cara, su ropa y su pelo. Era Connie, sí, pero se le hacía tan difícil creerlo… Se puso tan histérica que le rodaron lágrimas por las mejillas, mientras se acumulaba en su garganta una mezcla de risas e hipo.

—¿Pero por qué llevas un jamón?

—¿Quién es? —quiso saber Severin al lado de las dos.

—Mi amiga Connie. No vuelva a pegarle, por favor, que para mí es como una hermana.

Adelle lo miró con mala cara. El Severin que conocía ella nunca habría pegado a una mujer. No le fue de gran consuelo pensar que lo había hecho para protegerla. Connie era su mejor amiga, la mejor cómplice de sus delitos, su alma gemela platónica. Se fijó en las otras dos chicas que había detrás de ella, agazapadas en la oscuridad.

—No creo que esta pandilla de rufianas haya venido de visita —protestó Severin sin querer apartarse.

—Anda, pero qué listo es el gabacho —dijo una pelirroja con un traje ridículo de vaquero. Lo que no era tan ridículo eran las dos pistolas con que los apuntaba—. No se te escapa nada, ¿eh? Bueno, con tu permiso, te estábamos robando hasta los calzoncillos.

—¿Lo ve? —Severin estaba indignado—. Adelle, no es un tipo de mujeres con el que le convenga relacionarse, y tampoco le conviene a ninguna amiga suya.

La pelirroja puso los ojos en blanco y se burló.

—¡Severin, por favor! Que hayas cambiado los anzuelos por faldones de seda no te hace mejor que nosotras.

—No te esfuerces, Missi —dijo la otra chica, alta y estrecha, con la piel morena y un llamativo pelo blanco o plateado—. No es el momento. Tenemos que huir.

—Dadme una buena razón, una sola, para que no dé la voz de alarma —las avisó Severin.

Al oírlo, Adelle se levantó, ignorando una punzada de dolor en la pierna.

—Porque…, ¡porque no se lo permitiré! Connie nunca se relacionaría con malas personas, Severin. Tiene que creerme. Fíese de mí, que la conozco.

—¿Ah, pero las malas somos nosotras? —dijo con desdén la vaquera—. Pues aquí Connie dice que es a ti a quien retienen en contra de tu voluntad.

—No es verdad —le aseguró Adelle, que se giró hacia Severin—. Que nadie pierda la calma, por favor.

«Connie tiene una media de 4.25. Como salgamos de este lío, será la graduada con mejores notas del curso. Una de las capitanas del equipo de fútbol, clasificada para las eliminatorias estatales de biatlón, no ha tocado un cigarrillo ni una cerveza en su vida...» Suspiró, exasperada y furiosa, por la cantidad de cosas que no podía gritarle a Severin.

—Lo siento —murmuró este último, sacudiendo la cabeza mientras volvía a la cocina hecho una furia—, pero no puedo quedarme cruzado de brazos mientras se comete un delito flagrante.

La vaquera amartilló sus pistolas.

—¡Un momento! —Adelle se acercó lo más deprisa que pudo a Severin, cojeando, y se colgó de su brazo derecho. Tenía que haber una manera de frenarlo. «Lo conoces. Lo sabes todo de él»—. Antes ha dicho que estaba a mi disposición, que su intención era ayudarme. ¿Era mentira?

Severin caminó más despacio, hasta que se paró del todo y se giró para observarla. Connie, que ya se había recuperado del puñetazo, se estaba levantando con la ayuda de la pelirroja, que había soltado una caja de comida enlatada.

—*Mademoiselle* —susurró Severin, mirando a Adelle a los ojos—, sinceramente, debo protestar.

—No, quien protesta soy yo. Esta es mi mejor amiga, la mejor del mundo —dijo Adelle—, y, si usted está a mi disposición, si quiere resolver mi misterio, permitirá que se vaya. Me ha traído aquí para que me aliviara tomando un chocolate. Pues sepa que verla, y saber que se encuentra sana y salva, es más eficaz que todo el chocolate del mundo.

Severin arqueó una de sus oscuras cejas.

—Juega usted la carta de la ingenuidad y el rubor, pero encuentra la manera más diabólica posible de zaherirme. —Miró a las chicas de la despensa por encima del hombro de Adelle—. Confieso que es al mismo tiempo frustrante e intrigante. —Levantó la voz para dirigirse a las demás—. Está bien, pequeñas ratas, meteos corriendo en vuestra ratonera. No llamaré al gato, pero a condición… —Se giró otra vez hacia Adelle—… de que usted permanezca a mi lado.

Adelle tuvo la sensación de que le explotaría la cabeza. ¿Cómo iba a quedarse, si justo a su lado estaba Connie? Miró las pistolas amartilladas y se acordó de cuánto le había dolido el choque con el carruaje de Orla. Si en ese mundo podían lesionarse, también podían morir. No podía permitir que les pasara a ninguna de las dos.

—¡Adelle!

Connie estaba siendo arrastrada por las otras dos chicas hacia la trampilla del suelo de la despensa. Se soltó y volvió tropezando. Adelle corrió hacia su amiga y le cogió las manos, apretándolas con fuerza. Percibía la tensión entre la pelirroja y Severin, como un cable eléctrico a punto de provocar un incendio. Si algo no quería era que la chica apretara el gatillo, porque en ese espacio tan pequeño podía darle a cualquiera.

—Tengo el libro —susurró Connie—, pero tengo que ayudar a estas personas, aunque solo sea esta noche. Me necesitan, Delly. Ven con nosotras y te lo explicaré más tarde.

—No puedo. Por favor… Pigmalion —le dijo Adelle, muy seria, mirándola a los ojos: Connie sería la única capaz de descifrarlo—. A mediodía.

Connie, tan consciente como ella de que las observaban, asintió despacio.

—Ten cuidado —articuló Connie casi sin voz. Luego se apretaron otra vez las manos, y Adelle se dijo (o se prometió) que al día siguiente volverían a estar juntas.

La vaquera se acercó corriendo, cogió a Connie por la parte trasera de su chaqueta de chándal y le dio un estirón.

—Recoge el jamón y vámonos —rugió—. Muchas gracias, Severin, hijo de la gran ramera.

Adelle y Connie no dejaron de mirarse ni un momento a los ojos mientras la segunda regresaba a la oscuridad y Severin soltaba una larga carcajada.

—Siempre es un placer, señorita McClaren.

Y, metiéndose las manos en los bolsillos, se balanceó sobre las suelas de sus lustrosos zapatos mientras las chicas desaparecían en el túnel secreto. En cuanto estuvo en su sitio la tapa redonda, el corazón de Adelle se partió un poco.

«Corre, ve con ella. ¿A qué esperas?»

El brazo de Severin se deslizó por dentro del de ella, y Adelle reiteró su promesa: solo era un contratiempo temporal, un rodeo necesario. Al día siguiente encontraría a Connie en la ubicación de su hamburguesería favorita, y a partir de entonces no habría nada que las separase; a fin de cuentas, Connie tenía el libro, o sea, que iban a volver a casa. Solo era cuestión de esperar y aguantar un poco más.

En cuanto a lo que había querido decir Connie con que la necesitaban la vaquera y otra gente, eso ya no podía saberlo…

—Gracias por quedarse. Sé que es amiga suya, pero siento decirle que se ha juntado usted con gente de la peor calaña. Me estremezco solo de pensar que pudiera compartir su destino. En fin… El caso es que he dejado que robasen. ¿Cómo debo castigarla por inducirme a cometer semejante maldad?

Adelle bajó la cabeza, sintiendo en su brazo una presión superior a la prevista.

—Solo es un poco de jamón. Seguro que Moira puede prescindir de él. Cara de pasar hambre no tenían los invitados.

—No, si poder puede —le aseguró Severin a la vez que le ponía el pulgar en la barbilla y la empujaba hacia arriba para que lo mirase—, pero no querría. Usted, señorita Casey, es generosa de corazón, cosa rara en esta época.

Adelle no supo cómo se recuperaría de la impresión de encontrar a Connie, volver a perderla y ser mirada con tanta dulzura por Severin Sylvain, como si acabara de ver al primer gorrión después de un duro invierno. «No te quedes tan pasmada, que ha pegado a tu amiga. No es como te crees. Nada de esto es como te creías.»

—Bueno…, mío no era, el jamón —logró decir—, o sea, que no sé si es tanta generosidad…

—¿Y si fuera suyo? —preguntó él—. ¿Y si le hubieran saqueado a usted la despensa?

A pesar del leve tono de curiosidad, y del calor de su mano en la cara, Adelle no podía perder la compostura. Tenía que recordar que Severin no era real, ni un perfecto caballero; que el papel de ella era solo eso, un papel, algo que interpretar en espera de que Connie y ella encontrasen la manera de volver a casa. Ahora que lo pensaba, la vaquera llevaba un pañuelo blanco y negro, a cuadros, y en el libro salía una ladrona, una secuestradora, que respondía a la misma descripción: eran los rodadores, a los que Severin, en la novela, calificaba de «ratas». Pasaban casi desapercibidos entre los espectaculares altibajos de la historia de amor entre Severin y Moira, pero Adelle sabía que eran pobres y aficionados al secuestro.

—Cualquier persona se merece ser tratada amablemente —contestó.

Severin sonrió.

—No me diga. Parece un milagro que haya sobrevivido usted durante tanto tiempo en un mundo tan cruel y frío. —Suspiró—. Un mundo que se ha vuelto loco. No me extraña que sea amiga de la señorita Beevers, otra alma que aún no se ha encallecido, como la de usted.

Detrás de ellos se oyeron pasos rápidos por la escalera, seguidos por el agudo grito de Orla al irrumpir sin aliento en la cocina.

—¡Ah, están aquí! ¡Dios santo! Está toda la casa revolucionada. Alguien ha robado un coche. Se ha acabado la fiesta cuando ni siquiera había aparecido Moira. ¡Ha sido un fiasco total!

—Hablando del rey de Roma... —murmuró Severin, que soltó la barbilla de Adelle y carraspeó—. ¿Robado? ¡Qué raro!

Por lo visto no era Adelle la única que hacía teatro; ya eran dos, al menos de momento. Casi se le había olvidado la gran declaración de Moira al mundo entero. Severin se había pasado prácticamente toda la velada con ella, reescribiéndola de cabo a rabo.

«Esto no puede ser nada bueno.»

—En fin, pues supongo que antes de irme tendré que despedirme de la señorita Byrne y su madre.

Severin dio unos pasos hacia la escalera.

—¡No, no! —Orla se retorcía las manos mientras su mirada iba saltando de Severin a Adelle, que se notó calientes las mejillas por la confusión—. No quiere ver a nadie. Ha pedido que se marchen inmediatamente todos los invitados.

—Ah, pues entonces acompañaré a la señorita Casey a su casa, si ella no tiene inconveniente.

Adelle miró de reojo la despensa. Lo que quería ella era correr tras su mejor amiga, sin pensar más en esa absurda farsa, pero tanto la mirada de Severin como la de Orla eran de súplica, y se conmovió sinceramente al verlos tan preocupados. Además, sola y de noche era imposible que encontrase a Connie, y, a juzgar por el tono de su amiga, era verdad que tenía cosas que hacer.

«Tiene el libro, Adelle. Pronto os iréis a casa.»

¿Pero adónde le diría a Severin que la llevase?

—Es que…

Orla, acudiendo rauda en su rescate, se acercó para cogerla por el brazo.

—He pedido que la señorita Casey pase el resto de la velada con nosotras. Se ha llevado un susto muy grande con el atropello, y ya que anda suelto un ladrón de carruajes estaré más tranquila si se queda aquí dentro con nosotras.

Severin se limitó a encogerse de hombros, antes de ir a la escalera con paso desenvuelto y apoyarse en el arco.

—*À votre guise.* En tal caso, les deseo buenas noches a las dos. Ha sido… decepcionante, pero con sus distracciones.

Tras una reverencia, desapareció en la oscuridad. Adelle se hizo la inevitable pregunta de cómo saldría de la casa, ya que había entrado por el pasadizo secreto. Tal vez usara la puerta principal sin hacerse notar, aprovechando el caos.

Orla se giró enseguida hacia ella, apretándole las manos.

—Podría preguntarle qué hacía en la cocina con Severin, a solas.

Podría, pero no lo haré.

—Es que fuera he visto algo que me ha sobresaltado —se apresuró a explicar Adelle—, y Severin ha pensado que se me pasaría con un chocolate. Le aseguro que ha sido todo de lo más inocente.

A Orla se le frunció el ceño.

—No es a mí, querida, a quien debe convencer. Vamos, que Moira necesita toda la dulzura y atención femenina que podamos ofrecerle. Para ella, la velada ha sido una sucesión horrible de infortunios. Tomaremos té, nos descargaremos de toda esta seda y lo arreglaremos con unos cuantos cotilleos.

Adelle palideció, consciente de que era la culpable de la gran mayoría de los infortunios de Moira.

Volvieron a la parte noble de la casa. A Adelle se le había pasado un poco el dolor de la pierna, e iba bastante ligera para no quedarse rezagada mientras cruzaban el vestíbulo —lleno aún de invitados boquiabiertos que intentaban llegar hasta la puerta—, subían al segundo piso y recorrían el pasillo hasta la mística alcoba verde de Moira. Aún le chocaba verse rodeada por colores tan intensos. Era como penetrar en una esmeralda tallada.

La última vez que se habían visto, Moira había proclamado su odio hacia Adelle. Las horas transcurridas, sin embargo, la habían calmado un poco. Estaba sentada en el borde de un banco, al pie de su cama con dosel, con un camisón rosa claro decorado en las mangas con bullones de un encaje tan ligero y dulce como el algodón de azúcar. No apartaba la vista de la ventana. Un morado se extendía desde su nariz hasta la parte superior de las mejillas.

Adelle se quedó consternada.

—¿Ya se han ido? —preguntó Moira con tono de exasperación.

Tenía en la mano una taza de té a la que daba sorbos sin hacer nada de ruido, como tampoco lo hizo al dejarla en el plato.

—Seguro que Elsie y las demás se encargarán de que no quede nadie en la casa y de cerrar bien con llave —le dijo Orla, que había soltado a Adelle para acercarse corriendo a su amiga—. No he visto a tu madre.

—Estará desmayándose con elegancia en algún sitio —contestó Moira antes de mirar a Adelle, pero moviendo solo el cuello, con un gesto tan lento y mecánico que fue como si se le hubiera despegado el cráneo del resto del cuerpo: que aprendiera Regan, la de *El exorcista*.

—¿Se ha ido todo el mundo?

Moira había enarcado una de sus cejas pelirrojas, finas y perfectamente dibujadas.

«No, pero con esa mirada me dan ganas de desaparecer.»

—¿Todos los…? —Moira se quedó un momento indecisa, mientras Adelle la observaba en un silencio avergonzado—. ¿Todos los caballeros?

—El señor Vaughn ni siquiera ha pisado la pista de baile —la informó Orla, dándose unos toquecitos en la cara con la punta de una manga plateada—. Y…, y he visto fugazmente al señor Sylvain, aunque también se ha ido. Le he informado de que querías la casa vacía, y de que no podía quedarse nadie, ni siquiera él.

Moira asintió y volvió a beber con primor de su taza, adornada con flores azules.

—¿Y cómo ha reaccionado al saber que no quería verlo?

Estaba claro que no se lo preguntaba a Orla, sino a Adelle, borrando del aire las palabras de Orla antes de que hubiera podido contestar. Adelle, consciente de lo mal que se le daba mentir, buscó algo que al menos fuera parcialmente cierto.

—Ha dicho… que estaba decepcionado.

Orla le sonrió por encima del hombro de Moira, apretando los labios.

—¡Decepcionado! —se burló Moira, mordiéndose un nudillo, y se puso de pie para ir y volver con paso imperioso desde la ventana hasta el espejo—. Pero no tanto como para insistir en verme.

—Bueno, es que Orla le ha pedido que se fuera —señaló Adelle.

Cuando Moira se apartó de la ventana e hizo chocar la taza con el plato, sus ojos eran dos llamas verdes.

—Es evidente que no sabe usted nada de los juegos amorosos de la juventud. —Se echó por encima de un hombro la gran masa de rizos de color rojo oscuro que se había dejado suelta—. Debería haber luchado por que le dejaran verme. ¡Debería haber hecho gala de su caballerosidad! Se ha echado todo a perder.

—Es verdad —murmuró Orla mientras se quitaba flores y plumas de seda del pelo y se giraba hacia el espejo.

—Pues a mí me parece una muestra de respeto —soltó Adelle de sopetón, aunque se arrepintió enseguida.

Moira se acercó como una pantera a su presa, deslizando por el suelo sus puntiagudos pies, con la cabeza baja y una mirada penetrante de depredador.

—Que te escuche un chico… tampoco es tan frecuente, ¿no? Está bien que le haga caso —dijo Adelle con la esperanza de estar escarbando hacia la luz, no hundiéndose más en la tierra—. Significa que la toma en serio.

Moira se paró y perdió de golpe toda su expresividad, pasando de pantera a gata doméstica.

—No se me había ocurrido pensarlo. Kincaid siempre me trata con respeto, y es bastante aburrido. En cambio para Severin es una novedad, no se puede negar. Qué imprevisible… Y lo imprevisible siempre es emocionante. —Se acercó a la cama con desenvoltura, dejó la taza en una mesa estrecha y se arrellanó sobre las mantas, verdes y mullidas—. Debo reconocer que me ha dado usted en que pensar, señorita Casey, y que me apetece perdonarla. Un poco.

—Ha sido un accidente. —Adelle se miró los pies—. No era mi intención darle un golpe en la nariz. Es que se me ha enganchado el borde del vestido en el tacón y he tropezado.

—Si dejo que se quede, me interesará saber si hace usted algo más que tropezar, caerse y desmayarse, señorita Casey.

Adelle sabía reconocer una sonrisa falsa, y la de Moira tenía el típico olor a nuevo, penetrante y plasticoso. El pestañeo no hizo más que subrayar el barniz de mezquindad.

En ese momento entró Elsie, la doncella, con un servicio completo de té. A Adelle no le interesaba lo más mínimo. Orla, en cambio, se levantó para que Elsie le desabrochara el vestido por detrás y señaló el refrigerio. La doncella le dio una taza de la que salía humo, para que fuera dando sorbitos mientras se dejaba desvestir.

—Lo siento muchísimo, señorita Byrne, de verdad —dijo Adelle. Aún se le hacía raro pronunciar el nombre—. En ningún momento he querido estropearle la fiesta.

—No, mujer, si ya habrá otras. —Moira hizo el gesto de quitarle importancia—. ¡Y aún más a lo grande! ¡Por todo lo alto! No se dé tanta importancia, señorita Casey, que no pasa de ser una simple molestia. Para mi cumpleaños podremos organizar algo que deje estupefacta a toda la ciudad. Entonces ya no se acordará nadie de esta tontería.

A Orla casi se le atragantó el té, aunque disimuló.

Tampoco Adelle se lo creía. A fin de cuentas, Moira se había marchado como una furia después de recibir un codazo en la cara, le había dicho a Adelle que la odiaba y se había pasado el resto de la fiesta de morros en su habitación, cuando en principio tenía que ser el momento culminante en que ella y Severin, jugándose el todo por el todo, harían público su amor. ¿Cómo iba a superarlo tan deprisa? ¿Cómo iba a ser tan voluble? A pesar del morado en la nariz, seguía siendo la más guapa de cualquier salón. Parecía ridículo quedarse encerrada toda la noche. Adelle aún se acordaba, con una mezcla de vergüenza y admiración, de cuando había cumplido doce años. Lo que no recordaba era a quién se le había ocurrido bajar por la escalera con sacos de dormir. Ella había acabado en urgencias, con un esguince en el tobillo, y la señora Casey al borde de un ataque de nervios, pero al cabo de unas horas Connie y ella ya estaban otra vez en casa, para el pastel y una maratón de películas, riéndose juntas del incidente.

Se notaba que Moira, en cambio, no era de las que olvidaban las cosas con facilidad. Como se enterase de que Adelle había pasado casi toda la velada a solas con Severin, quizá no pudiera ponerse otra sonrisa de cartón piedra mientras planeaba mentalmente su gran fiesta de cumpleaños. Orla se quitó el vestido, desapareció detrás de un biombo de papel decorado, al lado del espejo, y volvió a salir con un sencillo camisón amarillo ranúnculo. Ahora le tocaba a Adelle volver a convertirse en calabaza. Elsie la acompañó a la mampara y le desabrochó los botones con una rapidez alucinante, mientras Orla y Moira seguían conversando en voz baja encima de la cama. ¿Quién había quedado en evidencia por lo mal que bailaba? ¿Quién había robado el carruaje? Qué emocionante, ¿verdad? ¡Pero qué horror, también! ¿Cómo estaba Severin con frac de seda, perfecto, angelical o las dos cosas a la vez?

«Las dos cosas», pensó Adelle, sintiéndose un poco superior, aunque Elsie se lo estropeó enseguida a base de empujones, giros bruscos, manoseos y apretones, hasta que, libre al fin de sus trescientos kilos de volantes y adornos femeninos, a Adelle le tocó ser embutida en un vestido blanco ligero, lo bastante vaporoso e informe como para caberle prácticamente a cualquier mujer joven.

La doncella se fue por la puerta con una montaña de vestidos en los brazos, y en el rostro una expresión sempiterna de neutralidad absoluta que habría sido la envidia de un robot. En cuanto Adelle salió de detrás de la mampara se encontró con Orla, que la obligó a coger una taza de té.

—Gracias —murmuró—, pero he pensado que mejor me acuesto. —Fue a depositar la taza y el platillo en la bandeja que les había dejado Elsie—. Estoy agotada, y el té a veces me da insomnio.

Moira abrió la cama y se deslizó por debajo de las mantas, mientras ahuecaba a golpes sus blandos almohadones.

—No, no, tiene que tomar usted un poco.

Orla, que no daba su brazo a torcer, fue en busca del té y se lo ofreció a Adelle hasta que esta, resignada, se mojó los labios con la amarga infusión. A partir de entonces decidió no bebérselo, sino fingir. Tenía cierto regusto a… Se pasó la lengua por los labios, intentando identificar el sabor. Era raro, distinto a cualquier té que hubiera probado. ¿Era lo que bebían en la época victoriana? Era intenso. Sabía a… ¡Exacto, ya lo tenía! Le vino a la memoria una de las veces en que su padrastro, Greg, había intentado hacerles una cena vegetariana a ella y a su madre, y le había salido un sushi que solo sabía a arroz pasado y nori. Ese era el culpable, el nori. El té era como agua muy caliente con algas en remojo.

Se sentó con la taza al borde de la *chaise longue* y fue tomando más sorbitos hasta que Orla se alejó para meterse en la parte vacía de la cama de Moira. Cuando le pareció que ya se había dormido, vertió el té en la maceta del helecho de al lado de la ventana y se acurrucó en el suave terciopelo del sofá. Sobre un reposabrazos había una manta fina, con textura como de tapete, que una vez desdoblada le sirvió para abrigarse, aunque no mucho.

En la mesita de noche de Moira había una vela con la llama muy baja.

«Estoy durmiendo en el cuarto de Moira, y ella está aquí al lado. No puede ser, pero he visto a Connie. Estamos las dos aquí y pronto volveremos a estar juntas.»

Mientras le iba entrando sueño, como era inevitable, se quedó mirando a Moira y Orla, muy pegadas. ¡Cuántas veces habían dormido así ella y Connie, fritas después de ver por enésima vez la miniserie de la BBC *Orgullo y prejuicio*, la de 1995, seis horas de un tirón, recitando los diálogos a la vez que los actores, y de sucumbir al sueño debajo de la manta polar de los Red Sox de Connie, con la poesía de Austen en los labios!

Tenía delante una imagen deformada, como de espejo de feria, de su amistad, aunque no se habría atrevido a asignar el papel de Moira a ninguna de las dos. Qué raro haber llegado tan lejos, conocer por fin a su heroína y descubrirla tan ruin y tan superficial... Era como aterrizar en Pemberley y que Elizabeth Bennet resultara ser una *barbie* con mirada de pez y aversión a los libros.

La que era simpática era Orla. A Adelle le caía bien. En cuanto a Severin... Cerró mucho los ojos. De él no sabía qué pensar. Pasaba de un momento a otro de ser como lo había soñado a parecerle raro, frío y violento.

Al apagarse la vela se quedó pensando a oscuras.

«Mañana nos veremos, Connie, te lo prometo. Ya te he encontrado una vez, y puedo volver a encontrarte.»

Eʟ ᴄᴀʀʀᴜᴀᴊᴇ ᴛʀᴀqᴜᴇᴛᴇᴀʙᴀ ᴄᴜᴇsᴛᴀ ᴀʙᴀᴊᴏ a una velocidad de vértigo, mientras los caballos echaban espuma por la boca al deslizarse por los adoquines.

Entre risas locas de alegría, Geo los hizo girar a la derecha y meterse por un barrio que parecía consistir todo él en una oscuridad sin fondo. Encajada en un rincón del coche, al lado del jamón, y compartiendo la banqueta con cajas y sacos, Connie miraba fijamente por la ventanilla, recibiendo sin cesar miradas hostiles de Mississippi, que ni siquiera parpadeó cuando el carruaje frenó de golpe, entre fuertes relinchos, y las mandó —a ellas, al jamón y a varias patatas— volando por la cabina.

Farai aporreó la madera que las separaba de la silla descubierta del cochero.

—¡La próxima vez avisa, pedazo de animal!

—¿Y qué gracia tendría? —se oyó contestar en sordina a Geo, cuyos ojos marrones aparecieron a continuación por el hueco que había abierto al deslizar una pequeña puerta, como la ranura de un buzón—. ¿Ha habido víctimas? Por favor, decidme que el jamón se ha salvado.

—Tardaré varias semanas en caminar otra vez de manera normal —se quejó Missi, que empujó la puerta con el pie y saltó al aire frío de la noche, seguida por Farai.

La última en bajar fue Connie, no sin antes apoyar con suavidad, en el asiento acolchado donde había estado sentada, la pata de cerdo obtenida por medios ilícitos.

—Ayudadme con los velocípedos —dijo Missi.

Después de haber visto que apuntaba con una pistola a Adelle y Severin, Connie no pensaba presionarla más en todo lo que quedaba de noche. Volvió la vista con pesar hacia el camino por donde habían venido, sabiendo que después de tantos giros bruscos no le sería nada fácil encontrar de nuevo la casa de Moira, que era donde quería estar, no subiéndose a un carruaje para descargar las bicicletas pesadas e inmanejables que habían sujetado con correas a la parte superior de su medio robado de huida.

Era un trabajo arduo, que incluso en una noche tan fría las hizo sudar. Mientras Connie y Missi bajaban los velocípedos, Farai y Geo trasladaron la comida a la iglesia abandonada.

Lo hicieron en silencio, aunque Connie adivinó que Mississippi tenía mucho que decir.

A ella le daba igual. En cuanto hubieran entregado la comida y viera llegada su oportunidad, dejaría a los rodadores y encontraría la manera de llegar a su punto de encuentro con Adelle. El plan de

Connie iba encajando pieza por pieza, minuto por minuto. Su intuición no le había fallado. Ahora tenía que encontrar el incienso que les permitiría realizar el conjuro y volver. Faltaba un solo ingrediente, pero no descansaría hasta haberlo conseguido.

—Ya está vacío el coche —les dijo Geo mientras ella y Farai saltaban por encima de la valla para recoger sus bicicletas—. Los corredores ya esperaban abajo, en los túneles. Ahora podemos irnos a casita, a disfrutar del fruto de nuestros esfuerzos.

—Espero que el camino no sea tan accidentado —le dijo Farai en broma.

—Vosotras dos, adelantaos —les ordenó Missi—. Ahora os seguimos Connie y yo.

El pelo plateado de Farai brillaba un poco en la oscuridad.

—No, Missi, no te quedes sola con ella, que esta noche casi hace que nos capturen.

Mississippi se rio y le dio una palmada en el hombro.

—Exacto, por eso necesito tener unas palabras con nuestra nueva amiga, para…, pues para comprobar que estamos en la misma onda, como quien dice, ¿no?

A pesar de la falta de luz, Connie vio que a Farai se le iban los ojos hacia las pistolas enfundadas en el cinturón de Missi. La vaquera sabía cuidarse sola.

—Dile a Joe el Desvelado que me espere despierto —añadió Missi antes de acercarse a la parte delantera del carruaje y darle una palmada en la grupa al caballo que tenía más cerca, con el resultado de que se puso en movimiento todo el tiro, y el coche se alejó a gran velocidad—. No tardaremos.

Farai y Geo cogieron sus bicicletas. Una vez montadas en los altos sillines, se giraron una sola vez cada una y pedalearon hasta que las engulló el vacío del barrio sin luz.

—Vamos a dar tú y yo un paseo —propuso, o mejor dicho ordenó, Missi, señalando la capilla con la cabeza—. Tenemos que dejar algunas cosas claras.

Si a Farai la incomodaba dejar sola a Missi con Connie, a esta última tampoco le hacía ninguna gracia quedarse a solas con Mississippi. Detrás de ellas, la iglesia era como un mudo centinela en medio de la niebla. Farai y Geo habían dejado las dos bicicletas restantes apoyadas en la cerca de hierro.

Connie las miró de reojo, pero a Missi no se le pasaba nada por alto.

—Si te escapas solo conseguirás que sospeche aún más. Ven. —Echó a caminar hacia la cerca, que cruzó haciendo bascular una puerta baja y medio rota—. Quedarse aquí fuera es peligroso.

Connie se metió a regañadientes en el patio, y luego siguió a Missi al interior de la capilla. Últimamente lo hacía mucho, lo de seguir a alguien sin estar convencida. Sin embargo, se acordó de las penurias que había pasado hacía poco, cuando a duras penas se valía por sus propios medios, escondida en la panadería, alimentándose de migas. Era preferible aguantar otra noche a Mississippi, y tener donde dormir y comer, que probar suerte sola por la calle. Además, aún necesitaba algo de ella.

«Quedan diez minutos de partido —pensó—. Se mantiene el empate. Solo hay que aguantar hasta que se acabe el tiempo, y luchar por ir ganando por un gol cuando suene el pitido.»

Dentro, los corredores que habían acudido a llevarse la comida a la Congregación se habían dejado algunas velas medio consumidas en los escuálidos candelabros distribuidos por la iglesia. Había mucho polvo, y hacía frío. Se respiraba ese ambiente inquietante de los sitios hechos para reunirse cuando están vacíos. En el espacio entre los bancos flotaban los rezos desoídos de gente perdida y desesperada. Mississippi no dijo nada hasta que llegaron al fondo de la iglesia. Después de rodear un arco abierto se metió por una estrecha escalera que daba muchas vueltas sobre sí misma hasta desembocar en una puerta blanca, con el tirador roto. La empujó: era la del campanario. Connie pasó una mano por la enorme campana de bronce, y notó que vibraba como un gong recién tocado. Era una resonancia llena de poder, como si un solo golpe de nudillo pudiera propagar su sonido al mundo entero.

Missi pasó al lado de la campana para sentarse en el marco de una ventana alta que había perdido hacía mucho tiempo su cristal. Luego metió la mano en su chaqueta blanca de flecos, sacó un puro fino y un librillo de cerillas, lo encendió y exhaló un suspiro de humo hacia las nubes.

—No sé qué pensar, Rollins. O tienes la cabeza más vacía que esta iglesia, o no es verdad que hayas roto con los ruidosos, y estás aquí para espiar.

—¿A ti?

Connie se apoyó en la ventana de al lado, respirando el olor denso y amargo del tabaco.

—A nosotros. —Missi apagó la cerilla, pero el fuego se mantuvo en sus ojos azules—. Soy consciente de que tu amiga aún está con el enemigo, pero tienes que decidirte.

Connie sacudió la cabeza.

—Te das cuenta de que has apuntado a mi amiga con una pistola, ¿verdad?

—No. —Mississippi, que llevaba el sombrero en la cabeza, se lo echó para atrás hasta que lo retuvo la cuerda por el cuello—. He apuntado con una pistola que no pensaba disparar al bocazas y arribista del francés que te ha dado un puñetazo en la mejilla. Si hubiera dado la voz de alarma lo habríamos tenido crudo, tú incluida. Te das cuenta, ¿no?

Adelle se las había ingeniado para encontrar a Connie, y el impacto y la euforia del momento habían hecho que esta última se olvidara de su tapadera. De eso y de todo lo demás. A través del tiempo y de la realidad había llegado un poco de su mundo hasta ella, que se había lanzado sin reservas.

Se miró los pies, mordiéndose con fuerza el labio inferior. Claro, como que Mississippi iba a entender su situación, aunque solo fuera una pequeña parte...

—El gabacho no tenía ni idea de quién eras —afirmó rotundamente Missi—, y tu amiga dice que no la retienen en contra de su voluntad. Tú no eras ruidosa. No lo has sido nunca. Se te acumulan las mentiras.

El respingo de sorpresa de Connie la delató.

Missi soltó otra voluta de humo y se frotó la frente con el pulgar y el índice.

—A ver, maja, que yo de tonta no tengo un pelo. Mira, me estoy esforzando al máximo por confiar en ti. Tienes garra, y eres lista, y alta y bien formada, que reconozco que es una de mis debilidades.

A Connie se le calentaron de golpe las mejillas. ¿Estaba... tonteando con ella?

Mississippi siguió con su discurso.

—Pero el numerito que nos has montado en la despensa nos ha puesto a todas en peligro, y sé que me mientes. Dame algo, Rollins.

Échame un cabo, aunque sea, para que pueda arrastrarme hasta la orilla. Tengo a demasiadas personas a mi cargo para perder el tiempo con alguien que es un lastre.

Connie se rascó la nuca mientras sopesaba sus opciones. Missi le había dicho tantas cosas que no sabía por dónde empezar, sobre todo con lo de la chimenea, pero una cosa sí sabía: estaba cansada de mentir. Cansada a secas, de mentir y de todo.

—No puedo decirte quién soy de verdad.

Mississippi se irguió más, apoyando la mano del puro en la rodilla.

—¿Y por qué no?

—Porque… —«¿Pero qué haces? Una cosa es estar cansada y otra estar mal de la cabeza…»—. Porque no sé cómo explicártelo sin que parezca que estoy completamente loca.

—Mira —dijo Missi suspirando, y señaló la oscuridad de Boston con la punta encendida del puro—: de locura vamos más que sobrados.

Connie aspiró ruidosamente. La apuesta era muy alta. Sin embargo, ahora que había visto a Adelle le parecía posible regresar a casa. Solo necesitaba los materiales, y aún faltaba un ingrediente esencial.

—Si te cuento la verdad —dijo con cuidado—, tendrás que hacerme un favor.

Missi mordisqueó la punta del puro.

—¿Qué tipo de favor?

—Uno pequeño —contestó Connie—. Solo información.

Al principio estuvo segura de que Missi no accedería. Había que reconocer que era un pacto muy vago. Sin embargo, Mississippi escupió y dio un pisotón en el suelo de madera con su bota.

—Maldita sea mi curiosidad, que es peor que la de un gato muerto de hambre. Tú ganas, Rollins. Venga, cuéntame esa verdad tuya y me esforzaré al máximo por ayudarte.

Connie apoyó su rifle en la pared y se descolgó del hombro su bolsa de nailon. Era de esas bolsas ligeras de deporte, con dos cordones que se pasan por los brazos. Después sacó su móvil, se lo dio a Missi y esperó su reacción. El libro no pensaba enseñárselo. Una cosa era dejarla alucinada y otra desmontarle toda su realidad. Missi se echó encima del teléfono y habló con el puro colgado de la comisura de sus labios.

—¿Y esto qué narices es?

—Un teléfono —le dijo Connie, dando gracias por que en esa época ya estuviera inventada la tecnología de base, al menos en su forma más rudimentaria.

—De eso nada.

Se sonrió al ver que Missi toqueteaba y giraba el aparato como un cavernícola rompiendo un coco con una piedra.

—Sí que lo es. En el sitio de donde vengo, sí.

—¿Qué sitio? —Missi se rio—. ¿La Luna?

—No, pero en mi época ya ha habido gente que la ha pisado. —Connie vio que abría mucho los ojos—. Hemos estado en el espacio, lo que llamáis vosotros el cielo. Estas cositas nos sirven de teléfono. Con ellas se puede acceder a todo: información, música, películas…

—¿Películas?

—Es… —Connie puso los ojos en blanco, admirándose de ser tan tonta—. Es como ir al teatro, pero puedes ver la misma función todas las veces que quieras; como si solo hubieras hecho un truco una vez, y alguien pudiera verlo cien veces en esta cosita.

Missi examinó el móvil desde todos los ángulos, llegando hasta a olerlo.

—¿O sea, que tengo que creerme que eres del futuro?

—Eso.

—¿Y cómo de lejos, en el futuro?

Al final tocó el botón que lo encendía, y la pantalla se iluminó bastante para que apareciera el símbolo de batería baja y el nombre de la marca. La fecha también.

—Madre mía del amor hermoso —susurró—. ¿Es hoy? ¡No puede ser!

—Pues sí: ciento treinta y tres años —murmuró Connie—. Más o menos.

Missi le devolvió el teléfono con muchísimo cuidado, riéndose.

—Te ha pegado más fuerte de lo que me pensaba, el gabacho.

—Tiene poco gancho en la derecha —dijo Connie, frotándose el morado de la mejilla—. Estoy todo lo lúcida que pueda estar después de haber retrocedido en el tiempo.

En el tiempo y en alguna otra sustancia, aunque eso de momento no hacía falta que lo supiera Missi.

—Supongo que debería servirme de consuelo. —Mississippi dio una calada al puro, pensativa—. O sea, que la ciudad sobrevive. Aunque yo ya lleve mucho tiempo muerta, sobrevive. Dime que sí.

Connie asintió con la cabeza.

—Yo he pasado mi infancia no muy lejos de aquí. Boston es muchísimo más grande, y muy moderna, y está la mar de bien.

—Lo que no ha cambiado es ese acento tan penoso —dijo Missi para tomarle el pelo.

—Mira quién habla, Buffalo Bill.

Al oírlo, Missi estuvo a punto de caerse al vacío desde el marco de la ventana.

—¿La gente aún sabe quién es? Pues eso es que el futuro no está nada mal.

—¿O sea, que me crees? —preguntó Connie, impresionada.

Guardó otra vez el móvil en su bolsa.

—Todavía no lo sé. Descabellado lo es, y mucho —reconoció Missi—. De locos, pero quiero creérmelo. Quiero creerme que igual una sofisticada dama del futuro sabe cómo enfrentarse a la oscuridad que se está apoderando de la ciudad. Puede que seas nuestra salvadora. Te aseguro que es muy tentador pensarlo.

Connie cerró los ojos, sintiéndose culpable. Había tantas diferencias respecto a la novela que no tenía respuestas para Mississippi.

—Ayudaré en todo lo que pueda, como he intentado hacer esta noche, pero necesito el favor que te he comentado, y no puedo quedarme siempre.

—Me da pena haberme perdido los gritos que habrán pegado en la Congregación cuando les han traído tanta comida. —Missi se giró hacia el puerto con una sonrisa abstraída—. Bueno, mientras digiero el medicamento que me acabas de dar, ¿por qué no me explicas qué información necesitas?

—Como te podrás suponer, me gustaría irme a casa —dijo Connie mientras se apoyaba en la ventana rota, perdiendo también ella la mirada en la negra oscuridad—. No tengo ni idea de si en mi mundo está pasando el tiempo. Yo espero que no, pero si es que sí mi familia estará medio loca de preocupación, o sea, que tengo que volver lo antes posible, y me parece que sé cómo. Lo primero que necesito es incienso.

—¿Eso que usan los curas en la misa? —preguntó Missi. Se rascó la barbilla con la mano libre—. A veces Farai va a ver a una mujer, aunque le da repelús. Vende cosas rarísimas, y Farai jura que tiene la Visión.

—¿La Visión?

—Vaya, que lo que te predice… se acaba cumpliendo —dijo Missi, bajando la voz—. Antes Geo también iba, pero le da demasiado miedo volver. Ellas dos saben dónde vende la mercancía, y te podrán explicar el camino, aunque dudo que estén dispuestas a acompañarte, ni siquiera medio camino. Geo se pegó un susto de los gordos.

Connie se encogió de hombros. De sustos sabía un rato largo.

—Puedo ir yo sola. A mí no me da miedo.

—Me lo imaginaba. —Missi sonrió de oreja a oreja—. Si en la ciudad hay alguien que tenga lo que necesitas, será ella. ¿Pero cuando tengas el incienso podrás hacerme tú un favor?

Connie vio que apagaba el puro, y que la ceniza se iba flotando por la oscuridad como una nube gris.

Missi se levantó y se acercó a Connie, apoyando un poco la mano izquierda en la gran campana de la iglesia, la tercera y silenciosa presencia de la torre. Su mirada se volvió distante. Aunque de noche no se viera bien, Connie habría jurado que la dura vaquera estaba a punto de llorar.

—Si sabes cómo se sale de este maldito sitio, si hay alguna posibilidad, por pequeña que sea, te lo ruego, Rollins: llévame contigo, por favor.

16

CUANDO LAS PÁGINAS EMPEZARON A deshacerse entre sus manos, convirtiéndose en ceniza, Adelle supo que era un sueño. Durante un rato estuvo hipnotizada por lo que veía, aunque durmiese. Cada vez que arrancaba una página del libro se oía otra nota de una canción rítmica: chis-raaaaas-chis-raaaaas. En cuanto soltaba el papel, se encendía una pequeña llama que se iba extendiendo a partir de la base, una boca roja y hambrienta que devoraba las palabras y solo dejaba vagos restos que se posaban al lado de sus pies.

Cuando apareció él, Adelle se quedó quieta, estrujando entre sus dedos el borde superior arrugado de la siguiente página. Hasta entonces había estado sentada ella sola en un círculo de luz, con las piernas cruzadas. Severin invadió ese círculo de un solo paso y la miró con la cabeza ladeada, sonriendo de forma traviesa.

Adelle arrancó otra página, pero al ver que Severin daba un respingo paró y se levantó con el libro colgando de la mano izquierda.

El beso se anunció en los pasos largos y seguros que dio él para acercarse, en las manos que elevó para ponerle una en cada lado de la cara y en cómo se quedó mirando su boca antes de lanzarse en su conquista. Adelle sintió la frescura de sus manos, manchadas de pintura, y se acordó de cómo describía Moira sus dedos en el libro: «de pintor».

Severin le dio un beso en la comisura de los labios, y luego la abrazó de verdad. A Adelle solo le pareció real en el momento en que él emitió un gemido gutural, un gemido con un toque de dolor al que tuvo ganas de corresponder y responder. Abrió un poco los ojos y vio que las páginas del libro se arrancaban por sí solas. Habían subido flotando una por una, y ahora se agitaban, incendiándose y formando un círculo de fuego alrededor de los dos. Severin retrocedió sin dejar de sonreír y, tras ponerse dos dedos en el labio inferior, desapareció del circulo de luz antes de que Adelle hubiera podido llamarlo.

Había dejado algo en los labios de Adelle, una mancha que primero le pareció caliente, y luego peligrosamente fría, un trozo de hielo seco que le quemaba la piel al deshacerse. Empezó a darse bofetadas sin aliento, pero la sensación abrasadora no dejó de propagarse por su lengua hasta llenarle la garganta de un calor asfixiante.

«Me ahogo. Dios mío, que me ahogo.»

De su boca brotó una masa negra que no llegó a caer del todo. Eran tentáculos negros y gelatinosos que se agitaban sin cesar y se desparramaban por el suelo, inclinándola a ella con su peso. Lo que le había dado Severin, lo que había dejado en sus labios, la estaba consumiendo, estaba invadiéndola, aprentándole el paladar con tal intensidad que deseaba no estar consciente. Se le escurría por la nariz. Adelle lo envolvía como si ella fuera un calcetín.

—Ven, Severin, ayúdame —intentó decir.

Se le metieron los ojos hacia dentro, y el libro explotó en una nube de chispas.

«Ya falta muy poco.»

No veía nada. Los tentáculos se le clavaban en las órbitas. Todo era oscuridad, sin espacio dentro de ella para *ser*, a secas. Se oía una especie de ruido de sierra, tenue, rítmico, aislado. Era lo único a lo que aferrarse en la sorda oscuridad.

Shhk… shhk… shhk…

Le cayó una pluma en la palma de la mano. Se despertó de golpe por la sensación de estar dando patadas.

Lo que tenía en la mano no era ninguna pluma, sino un mechón cuadrado de pelo, amarillo, como el suyo. Como el suyo…

Parpadeó muy deprisa, desorientada por la pesadilla, y al cerrar los dedos con fuerza alrededor del mechón oyó un grito ahogado que en su aturdimiento le pareció un auténtico alarido.

—¡Moira! ¡No! ¿Qué has hecho?

En el dormitorio había una luz turbia y gris. Adelle se incorporó de golpe, apartando una mano. Era una de las de Moira. Volvió a mirar el pelo que tenía en la palma. Era suyo. Lo tenía por todas partes, pegado a los párpados y en la parte frontal del camisón.

Moira estaba a su lado, de pie. Con esa luz tan tenue se le veían los ojos de un extraño color negro, y tenía unas tijeras en la mano levantada.

Orla se subió a la *chaise longue*, junto a Adelle, y al hacerlo se cayeron por el suelo largos tentáculos de pelo rubio.

—Oh, no… ¡Pero querida! Tranquilícese; estese tranquila y quizá encontremos la manera de… ayudarla o… arreglarle el…

Adelle dijo lo primero que se le ocurrió.

—Pero chica, ¿a ti qué te pasa?

Era un desastre. Se llevó las manos a la cabeza, y se le saltaron las lágrimas al darse cuenta de cuánto pelo le faltaba. Moira no se había andado con contemplaciones. Se había puesto a cortar sin ton ni son. Moira se agachó y tuvo la crueldad de abrir y cerrar las tijeras en las propias narices de Adelle.

—Me he enterado de tus aventuras de ayer por la noche. ¡Te he oído decir su nombre en sueños! ¡Orla me lo ha contado todo!

—¡Por favor! —Orla acariciaba a Adelle como a un cachorro inquieto—. ¡Tiene que perdonarme! ¡Perdóneme! La ha oído susurrar su nombre mientras dormía, y entonces me ha acorralado, exigiéndome que le contase todo lo que sabía sobre la noche pasada. ¡Me ha amenazado con que si no lo hacía me pondría los pies dentro de la chimenea!

Adelle no tuvo reparos en creérselo. Lo que le costaba más creer era que hubiera seguido dormida a lo largo de toda la debacle. Se levantó de un salto y corrió al espejo, apartando a Moira. Era peor de lo que se esperaba. Ya no tenía el pelo largo, como antes, sino cortado de cualquier manera, dejando mechones que apuntaban de forma absurda en cualquier dirección. El estropicio no tenía remedio, aunque Moira le hubiera dejado intentarlo, y no parecía buena idea tratar de arrancarle unas tijeras afiladas a una chica celosa.

—Recoge tus cosas —dijo Moira dando vueltas furibunda delante de la cama sin soltar las tijeras, que apretaba peligrosamente entre sus dedos—. ¡Orla, ayúdala! ¡No quiero tenerla delante!

Y Adelle que había pensado que le costaría irse de la casa para reunirse con Connie... Humillada, se esforzó por no llorar. No quería por nada del mundo que Moira tuviera la impresión de haber salido victoriosa en algo. ¡Qué persona tan insoportable!

«No conozcas nunca a tus ídolos», pensó mientras buscaba a toda prisa su mochila. Greta o Elsie le habían traído su ropa limpia y bien doblada, y se la habían dejado junto a la mampara de papel. Después de quitarse el camisón por la cabeza, sin importarle lo que vieran, se apresuró a ponerse el sujetador.

—No me odie, por favor. —Orla la siguió entre murmullos y sollozos—. ¡No sabe lo que es cuando se pone así!

—¡Ahora sí que lo sé! —le contestó Adelle en voz alta.

—Eso, llévate tus cosas. —Indignada y con los brazos cruzados contra el pecho, Moira no parecía haber prestado oídos a la conversación—. ¡Llévatelas y vete!

Adelle corrió a su encuentro, pero se frenó al ver que aún le colgaban las tijeras de la mano.

—¿Qué pasa, que si no me clavarás las tijeras?

—No sabes lo tentada que estoy —se rio Moira, aunque sin poder disimular el dolor y desesperación de su mirada: era un animal herido, salvaje y capaz de cualquier cosa—. Fea del todo no eres, está claro, y no se puede negar que tienes unos ojos bastante enigmáticos, ¡pero un joven del buen gusto y el refinamiento de Severin nunca te juzgaría superior en belleza! ¡Quítatelo de la cabeza! ¡Bórratelo ahora mismo! ¡Dime que no volverás a pensar en su nombre!

Lo que más quería Adelle era quitársela de encima, así que estuvo encantada de mentir.

—¿Pensar en quién?

Moira consiguió sonreír un poco.

—Muy bien, así me gusta. No pienso dejar que me estropee mi felicidad una... —Adelle pasó de largo, empujándola un poco, y Moira, entorpecida por la rabia, tropezó—. ¡Una fresca rechoncha y manipuladora!

Orla sofocó un grito. Adelle abrió la puerta con tal fuerza que la hizo chocar con la pared.

—¡Vete! ¡Sal ahora mismo de mi casa!

Ya había recorrido la mitad del pasillo, sin saber adónde ir ni qué hacer hasta las doce, cuando vio llegar a Orla, que se había tapado pudorosamente con un chal de punto rosa.

—Por favor —suplicó la joven con lágrimas en sus mofletes redondos, estirándole la ropa para que parase—, no me odie.

—En esta casa solo podría odiar a una persona —contestó Adelle, intentando respirar acompasadamente a pesar de sus ganas de gritar y volver corriendo al cuarto de Moira para prenderle fuego.

—Qué buena es usted —murmuró Orla mientras le ponía en las manos un chal de lana gris. Adelle supo enseguida para qué era: para no llamar la atención con la chapuza que le habían hecho en el pelo—. Preste atención, señorita Casey, porque en cualquier momento aparecerá y se me echará encima con sus tijeras: mi casa está bastante cerca, en el número setenta y cinco de Joy Street. Creo que de momento lo mejor será que Moira no crea que estamos en buenas relaciones. Le pediría a Hampton que la llevase, pero entonces Moira creería que estamos confabuladas en su contra. Además, Hampton es un inútil. Ahora mismo me visto y quedamos en mi casa.

—Gracias, Orla —dijo Adelle en voz baja mientras se tapaba la cabeza con el chal y se hacía dos nudos en el cuello para que no se le cayese.

—No, soy yo quien le da las gracias, señorita Casey. Dígame que aún somos amigas.

Adelle sacó aire por la nariz.

—Aún somos amigas.

—¡Bien!

La cara de Orla, tan expresiva por naturaleza, parecía a punto de explotar de entusiasmo.

—¡¡Orla!!

La voz de Moira casi hizo temblar los cimientos de la casa. Mientras Orla regresaba al dormitorio, con el chal bien cogido, Adelle salió de la casa escondiendo la cara y la mochila, por si fuera se encontraba con algún salmodiante y, sin Orla cerca para interceder, el repulsivo personaje le pedía cuentas.

En confirmación de sus temores, al pie de la corta escalinata que bajaba de la puerta principal esperaban dos salmodiantes con máscaras de cuero y túnicas blancas. Viéndolos tan quietos, a pesar de los chillidos de enfado de Moira que se oían a través de la ventana del segundo piso, Adelle se quedó vacilando en el primer escalón.

«Para ellos debe de ser el pan de cada día.»

Había que pensar deprisa. A juzgar por la escasa luz que se filtraba por la niebla en la que estaba envuelta la ciudad, aún era muy temprano. No habría más remedio que aceptar la oferta de Orla y matar el tiempo en su casa hasta la cita con Connie. Frente a la mansión de Moira, la calle estaba vacía y desolada, con jirones de niebla llegados del este.

Al oír otro grito de angustia en el segundo piso, decidió utilizarlo.

—¡Suban, deprisa! —Bajó corriendo al encuentro de los enmascarados, procurando que no se le viera mucho la cara—. ¡La señorita Byrne está en peligro! ¡Ha visto a un intruso dentro de la casa!

—Maldición —murmuró el de la derecha.

Ahora que se habían girado, Adelle vio que eran dos chicos jóvenes y de tez pálida, con ojeras muy pronunciadas y el cuerpo flaco como un árbol joven. El que había hablado era el más alto, aunque no por mucho, y estaba un poco jorobado.

—Ve tú —murmuró el otro.

Adelle casi oyó cómo se le ponían los ojos en blanco.

—No, esta vez te toca a ti ocuparte de ella.

—Bueno, vale, idiota.

El más alto subió corriendo hasta la puerta y la cruzó. Adelle había tenido la esperanza de que se fueran los dos. Aun así, se la jugó y bajó hacia la calle, resuelta a no pararse por nada.

—¡Un momento, señorita, tengo que hacerle unas preguntas sobre el intruso! ¿Señorita? ¡Señorita!

Le pareció una victoria ser llamada «señorita» a pesar de su cojera y de la bufanda gigante que le daba aspecto de abuelita, con la mochila apretada contra el pecho. Dado que esto último le impedía balancear los brazos para no perder el equilibrio y aprovechar mejor el impulso, se pasó la mochila por encima del hombro y esperó que la ventaja inicial le permitiera mantenerse unos pasos por delante del salmodiante.

No hubo suerte. Las botas de su perseguidor hacían resonar los adoquines del camino de entrada. En cuanto llegó a la calle, Adelle oyó su respiración entrecortada y notó que se le echaba encima.

Movió los brazos más deprisa, con un grito de miedo, mientras se le caía el chal a los hombros, dejando suelto su pelo destrozado.

Luego estuvo a punto de caerse de bruces en una hilera de matojos, ya que el muchacho la desestabilizó al coger su mochila y tirar con fuerza.

Sin embargo, no se paró. Ya no llevaba la mochila. El salmodiante había tenido el tiempo justo para verle la cara y el pelo mal cortado.

—¡Tú! —exclamó el muchacho con los ojos muy abiertos y una mueca muy seria de reconocimiento—. ¡La del parque!

Dentro de la mansión se oyó otro grito: la pataleta de Moira iba *in crescendo*. Gracias a la distracción, Adelle tuvo tiempo de llegar a la calle y girar a la izquierda y luego a la derecha, por el estrecho hueco entre dos casas. No llegaba a ser un callejón, sino el lugar idóneo para que se acumulase basura, ratas y agua de lluvia.

Moira ya la odiaba. Lo que encontrasen en la mochila no podía perjudicar más su reputación. Además, no tenía intención alguna de volver a esa horrible casa. Dentro de unas horas estaría con Connie, y encontrarían la manera de escaparse del mundo del libro. Los móviles y los carnés de estudiante se podían sustituir.

Esta vez su perseguidor no se rindió tan fácilmente. Oyendo el eco de su voz a sus espaldas, en la boca del callejón, Adelle cojeó a la mayor velocidad posible con la duda de si le había empeorado el dolor de pierna por haber dormido en mala postura o bien por la tensión. Tampoco la ayudaba tener tanta hambre y no haber olido siquiera un café, cuando ella sin café no era nada.

Al salir dando tumbos a la siguiente calle, y torcer a mano izquierda, vio más grupos de casas entre las que podía haber algún otro hueco o callejón que le sirviera de escondrijo. Los pasos del salmodiante cobraron más fuerza al lanzarse por la siguiente callejuela, más ancha y limpia que la anterior. Adelle vio que la calle del fondo se ensanchaba para convertirse en una gran avenida. Si era Cambridge Street, quizá estuviera yendo en la dirección correcta.

Cada vez respiraba más deprisa por el pánico. No era fácil orientarse por Boston sin móvil, sobre todo cuando estaba todo tan cambiado, pero se fio de su intuición. Tenía una idea bastante clara de dónde estaba Joy Street, porque Connie y ella habían estado varias veces por la zona; se comía muy buen sushi y había un restaurante coreano muy famoso.

«Ten confianza en ti misma y sigue. Pase lo que pase, tú sigue.»

No podía ni pensar en que la cogieran. Se negaba a volver a casa de los Byrne; cuanto antes perdiera a Moira de vista, mejor que mejor.

El salmodiante estaba recortando distancias, y acababa de meterse por el mismo callejón. Adelle apostó otra vez por girar a la izquierda, hasta que llegó a la alta verja de un jardín. Estaba abierta, así que la cruzó y se acurrucó al otro lado, esperando que el salmodiante pasara de largo. Con los ojos cerrados, aguzó el oído y, mientras se mordía el labio, oyó el chirrido de una puerta, mucho antes de que volvieran a escucharse los pasos de su perseguidor. No había sido la verja del jardín.

Abrió un ojo y vio que en el porche había alguien que había salido a mirarla, una mujer robusta, con un vestido negro y severo, cofia y delantal. La casa, alta y estrecha, pero bonita, era de ladrillos rojos, con adornos blancos y una verja baja de hierro forjado antes de la puerta, que estaba por detrás de la fachada. El parecido entre la mujer y Orla era indudable: la misma cara redonda y arrebolada, los mismos ojos chispeantes y la misma boca pequeña y despierta, sonriendo con perpetuo nerviosismo.

—Aquí fuera solo hay oscuridad y frío, querida. Entra. ¡Venga, date prisa!

Adelle se levantó para cumplir su petición, y llegó a la puerta justo cuando irrumpía por la verja el salmodiante. La mujer se interpuso entre él y Adelle, impidiéndole verla.

—¿Ha pasado por aquí una chica? ¿Rubia, con el pelo raro y un vestido negro? Con mucha prisa —preguntó él, sin aliento.

—Fuera de mi porche, muchacho, que a los de tu calaña no los quiero en mi casa —replicó con aspereza la mujer.

—Cuidado, vieja, que los que deciden quién se salva y quién camina son los salmodiantes.

—Tú no decides nada —le espetó ella—. ¡Ni siquiera la ropa que te pones! No me puedo creer que haya sido decisión tuya llevar eso tan feo en la cabeza y pasearte con un camisón sucio. De lo único que puedes salvarme es de tu presencia. ¡Venga, vete!

—Si ves a la chica que digo —le advirtió él, suavizando el tono mientras se alejaba—, que sepas que la buscan los salmodiantes, y que no queremos hacerle nada, solo unas preguntas.

—Que te vayas, te he dicho.

La mujer empujó a Adelle hacia el interior de la casa con un suave empujón y entró en el recibidor, cerrando la puerta. Por dentro era casi tan cómoda como la de Moira, pero mucho más discreta, como si casi no la hubieran tocado desde tiempos coloniales: una casa acogedora y de buen gusto, pero en la que reinaba un triste silencio; una morada espaciosa, pero sin ocupantes.

—¿Es usted la señora Beevers? —preguntó Adelle, intentando esconderse el pelo con el chal—. Su hija me ha dicho que nos encontrásemos aquí.

—Sí, soy su madre. ¿Y tú?

—Adelle —contestó, acordándose de hacer una inclinación—, Adelle Casey. La noche pasada conocí a su hija en el baile, y nos hemos quedado las dos a dormir con la señorita Byrne.

La señora Beevers se irguió. Su pelo, oscuro y con canas, se le rizaba mucho por detrás de las orejas. El resto lo escondía una cofia negra sujeta con agujas. Aunque tuviera las manos agrietadas, y le temblaran, su porte era muy digno, y su mirada penetrante, como demostró al observar el pelo mal cortado de Adelle, arqueando una ceja.

—Ah. ¿Y esto es obra de la señorita Byrne? A mi Orla la ha amenazado muchas veces con lo mismo, y con cosas peores.

Se acercó para tocar un mechón esquilado.

Adelle se puso roja y se miró las botas.

—No hemos… empezado con buen pie.

—Con ella nadie lo hace. —La señora Beevers suspiró—. Lo que puede madurar el sentido común a menudo lo estropea la belleza. Como nunca le ha faltado de nada, no ha aprendido a ser amable. ¿Has comido?

Adelle fue consciente de que le habían brillado los ojos al oírlo. No podía evitar que la familia Beevers le estuviera cayendo cada vez mejor.

—No, Moira me ha echado de buenas a primeras.

—Pues voy a poner agua a hervir, y después del desayuno veremos qué se puede hacer con tu pelo antes de que llegue mi hija —dijo con voz vibrante mientras daba media vuelta y se llevaba a Adelle al silencioso interior de la casa—. ¡Ven conmigo!

Adelle la siguió por un pasillo en cuyas paredes había un papel azul marino que tenía marcas rectangulares, señal, pensó, de que alguna vez había albergado una hilera de retratos. Al fondo del pasillo, justo después de los huecos en el polvo, vio un cuadro de Orla. Contó los que faltaban: cuatro. Al volver a mirar a la señora Beevers, y fijarse en su solemne vestido negro, se le cayó el alma a los pies. Acababa de juntar las piezas: estaba de luto.

Se esforzó por no quedarse rezagada, esperando poder llenar el vacío de la casa con algo más que fantasmas familiares, aunque fuera tan solo de manera fugaz.

Connie tapó el libro que tenía en el regazo con el borde de la manta que le habían prestado e intentó ponerse cómoda, mareada por el alud de preguntas (como novecientas) que le había hecho Mississippi durante el trayecto de vuelta.

«¿Qué tipo de armas hay en el futuro? ¿En la Luna hay animales? ¿Oklahoma llega a ser un estado? ¿Cuántas presidentas ha habido?» (A Connie le dolió contestar a la última, aunque Missi se había quedado alucinada cuando se enteró de que había habido una vicepresidenta.) «¿La gente vive en castillos flotantes? ¿Si yo viviera en uno podría tenerlo en propiedad? ¿Cuánto se tarda en cruzar el océano? ¿A las mujeres las dejan votar?» (Se sintió mejor al responder esa pregunta.)

Connie dio todas las explicaciones que le permitió su cerebro, medio licuado de cansancio. Ante la profundidad y soltura de sus respuestas, Missi estaba cada vez más convencida de que decía la verdad, aunque seguía insistiendo en que convenía resolver lo de los castillos flotantes. Cuando llegaron a su destino, Connie tenía la sensación de haber dado un curso completo de introducción a la política, la ciencia y la cultura contemporáneas.

La guarida subterránea de la Congregación le recordó unas catacumbas, aunque algo más alegres. Los toques hogareños que habían intentado dar eran como tirar purpurina a un ataúd abierto. Mississippi le había ofrecido dormir cerca del bar improvisado, donde ya no había nadie. Cuando llegaron ya era tarde, y a Missi se le escapaban los bostezos mientras la llevaba a un sitio fabricado con cuatro tablones mal clavados. Hasta la mayoría de los perros le habrían dado la espalda, aunque, a decir verdad, Connie vio unos cuantos chuchos merodeando en busca de algún cuerpo que les diera calor durante la noche.

A pesar del agotamiento, no podía conciliar el sueño. Joe el Desvelado había apagado las velas cuando cerró el bar hasta el día siguiente. Sin embargo, en la entrada, donde unos chicos se turnaban para montar guardia, había unas cuantas antorchas encendidas. Connie hurgó en su bolsa y encontró el ejemplar de *Moira;* tenía que comprobar si habían estado equivocadas. ¿Cómo el libro podía diferir tanto de la realidad?

Geo se acercó con un vaso de madera y un resto de vela clavado en un soporte, y Connie se apresuró a esconder la novela debajo de la manta.

—¿No puedes dormir? —preguntó Geo mientras se ponía de rodillas.

Había juntado en una sola sus dos lustrosas trenzas negras, atándolas con un trozo de tela.

—Es que no estoy acostumbrada a tener a tanta gente a mi alrededor —contestó sinceramente Connie.

Geo le tendió el vaso con una sonrisa burlona.

—Yo prácticamente no dormí durante el primer mes —dijo—. Ahora los ronquidos y los ruidos son como una nana. Hacen que me sienta menos sola.

Su mirada recaló en el libro parcialmente oculto en el regazo de Connie. Dejó en el suelo el candelero y lo empujó hacia ella.

—Toma, igual así puedes dormirte leyendo, pero no te olvides de tomarte la infusión, ¿vale? Ayuda a no soñar. Y ahuyenta el peligro. —Miró por encima del hombro hacia Farai, que estaba apoyada en la barra, vigilando a sus pupilos, todos dormidos—. La preparamos entre Farai y yo con clavo, agalla de roble y puede que un par de ingredientes secretos, no te digo que no. Sabe a rayos, pero ayuda a vivir. Los ruidosos creen que somos brujas por hacerlo, pero bueno, que piensen lo que quieran, los muy imbéciles. No me extraña que les parezca mágico que sobrevivamos. Con todo lo que han intentado para tratar de exterminarnos...

Connie asintió, cogió el cuenco caliente y se lo llevó a los labios, intentando no fijarse en el sabor del líquido que le quemaba la garganta.

—Ya, ya lo sé —dijo medio escupiendo—. En una panadería encontré el diario de una niña. Toda su familia se había ido al mar, y ella estaba tratando de llegar hasta aquí para ponerse a salvo.

Geo se rio, arrugando la nariz.

—¿La panadería Wallace, al lado del mercado?

—Creo que sí.

—Pues sería el diario de Sonja. Consiguió salvarse. Estaba como un palo de flaca, y con un miedo espantoso, pero se salvó.

A Connie le sorprendió sentirse tan aliviada al saber que la niña se había salvado. La panadería y la casa abandonadas de los Wallace le habían permitido pasar varios días a salvo, aunque ellos no lo supiesen, y les estaba agradecida.

—Me alegro.

—Tómatelo todo —le indicó Geo—. Mañana… Escúchame bien: dice Missi que mañana quieres ver al oráculo. Te explicaré cómo encontrarla, pero que sepas que no me parece buena idea.

—Es demasiado importante —insistió Connie—. Necesito que me ayude.

Geo miró a su alrededor, estirándose con nerviosismo las puntas de las trenzas y pasándose la lengua por los labios.

—Lo entiendo, de verdad, pero soy de una familia muy ligada a la medicina, y la llevo en la sangre. Mi padre me enseñó a encontrar las enfermedades en el cuerpo solo con palparlo, a base de simples toquecitos, experiencia y conocimientos. Sé reconocer la buena medicina, y la que practica esta mujer no ayuda a nadie. Es peligrosa, ¿me oyes? Ha estado en contacto con cosas oscuras.

—¿Te quedarás más tranquila si te digo que tendré cuidado?

Se le dibujó una sonrisita en los labios.

—Sí, pero escúchame otra vez, aunque sea la última: querrá echarte las cartas, y hacerte alguno de sus trucos. Tú no la dejes, ¿vale?

Connie ladeó la cabeza con curiosidad.

—¿Por qué?

—A mí una vez me echó las cartas —dijo Geo—, y todo lo que predijo se ha cumplido. No se puede vivir sabiendo qué tienes por delante. O vives al momento, o lo que haces es guiarte por el mapa de otro. Es una mujer muy rara, rarísima. No quería que me fuera. Yo creo que está muy sola, o que es muy peligrosa, o las dos cosas a la vez, no sé.

Tocó el hombro de Connie y se levantó.

—Mañana te diré cómo encontrarla. Bueno, amiga, que disfrutes de tu libro y que duermas sin sueños.

—Antes de que te vayas... —dijo Connie, carraspeando un poco—. ¿Adónde hay que ir para...? Ya me entiendes... Para ir al aseo.

Geo señaló el fondo oscuro del túnel, que era como una cueva.

—Al final hay un pozo. —Viendo que Connie ponía cara de no entenderla, se encogió de hombros—. No es un hotel de cinco estrellas, pero ¿qué te esperabas? Aquí no te vacía nadie el orinal.

Volvió al bar sin decir nada más.

«Gracias, pero creo que me aguantaré hasta que duerma todo el mundo.»

Connie se acabó a la fuerza el infecto mejunje mientras veía cómo se alejaba Geo. Cuando estuvo segura de que no había nadie, sacó el libro de debajo de la manta y lo estudió junto a la débil llama de la vela. Tenía grabada permanentemente en su memoria la frase inicial de la novela, cincelada por las muchas relecturas que habían hecho Adelle y ella en los últimos años. No le parecía bien estar acurrucada debajo de la manta, en el mundo de *Moira,* y leer el libro sin Adelle a su lado, pero necesitaba saberlo.

«Me lo sé de cabo a rabo, ¿no?»

Cada vez se fiaba menos de recordarlo bien, pero de lo que no dudaba era de la primera línea: «Moira Byrne no creía en el destino».

Lo abrió por esa página y encontró la frase que esperaba, pero justo cuando la miraba las letras se pusieron borrosas y empezaron a redistribuirse. Boquiabierta por el susto, soltó el libro con un escalofrío en todo el cuerpo, mientras un nuevo párrafo inicial ocupaba el lugar del de siempre.

Todo empezó con los malos augurios, como la caída sucesiva de varias grandes casas. El mayor de la familia Kennaruck se levantó de golpe de la cama y falleció por una extraña enfermedad del corazón. Al día siguiente, todos sus hijos —para ser exactos, hasta el último vástago de su linaje— se cayeron redondos al suelo. Los criados, atónitos, salieron gritando a la calle, y cuando llegó el forense tuvo que taparse la boca con el sombrero para no llorar. Cuando abrió los cadáveres, en el frío de su cripta, bajo el hospital municipal, encontró los corazones ennegrecidos y encogidos, como una oscura masa de venas enredadas.

La siguiente familia en sucumbir a una nueva e incomprensible plaga, esta vez de índole mental, fueron los Vaughn: una noche de verano más cálida de lo normal se levantaron todos de la cama, salvo el hijo mayor, y se metieron caminando en el mar, lentos, resueltos, en perfecto orden. Las olas nunca devolvieron sus cuerpos a la costa. Más adelante se encontraron agujas al lado de la puerta, y se descubrió que antes de salir en procesión se habían cosido piedras a los bolsillos. Esa misma semana de indecible tristeza aparecieron en la playa montañas de peces, altas como niños. Su hedionda proliferación fue hallada por un marinero observador que hizo lo mismo que el forense

con los Kennaruck y los Vaughn: seccionar algunos peces, unos
diez o doce, y descubrir que solo contenían ojos.

Connie, estremecida, se pasó una mano temblorosa por la cara. El libro se palpaba caliente, como si tuviera sangre, vida propia. «¿Cómo puede pasar esto? —se preguntó, cerrándolo de golpe—. ¿Qué hemos hecho?»

Si bien la protagonista de nuestro relato es sin disputa Moira Byrne, no podemos describirla sin hacer también lo propio con su inseparable compañera Orla Beevers. La señorita Beevers, menor de cuatro hermanos, no pertenecía a una familia que destacase por sus logros o su buena cuna. Se habría podido decir que era como un percebe empecinado en no despegarse de la proa del barco de Moira, aunque a ojos de la interesada la comparación no habría parecido demasiado envidiable. Sin estar dotada de especial inteligencia, al menos era consciente de sus virtudes, que eran muchas. Pese a su falta de ambición y talento era una persona afable, bien recibida en cualquier grupo por tener la suerte de poder lucir el buen humor y el buen carácter de un seter gordon. Canina era también la lealtad con que seguía a Moira a todas partes, y bien que lo necesitaba, dado lo propensa que era su amiga a meterse por los más sinuosos

vericuetos en busca de aventuras y amoríos. Muy buena amiga
había que ser para atreverse a acompañarla en esas correrías,
pero Orla Beevers hacía siempre gala de fidelidad y constancia
y, en buena lógica, habría sido acreedora a una historia de amor
propia, si es que las jóvenes como ella despertasen alguna vez el
interés del lector medio.

Moira, capítulo 1

—No hace falta que te pongas nerviosa, cariño, que a mis hijos les cortaba el pelo cada mes; además, peor no puede estar, si me permites que te lo diga.

Adelle intentó no moverse mientras tomaba sorbitos de té, con la barriga repleta de gachas. De por sí, el ruido metálico de las tijeras en su pelo ya le daba dentera. No podía parar de llorar, aunque sin saber por qué.

—Sácalo todo —dijo detrás de ella la señora Beevers, empeñada en salvar su atroz corte de pelo tras sentarla en una silla de la antecocina y taparle los hombros con una sábana doblada—. Te hacía sentir guapa y protegida, y es normal que llores por su pérdida.

—Tan superficial no soy —murmuró ella, secándose las lágrimas con una manga—. Si no me lo hubiera hecho mientras dormía, no creo que me molestara tanto. Es como si me hubiera robado algo.

—Te lo ha robado. —La señora Beevers suspiró—. Ojalá que Orla se diera cuenta de que Moira es una mimada, pero mi hija solo ve lo bueno de la gente. Debería ser motivo de orgullo para mí, pero cualquier cosa puede convertirse en un defecto si no se mantiene en su justa medida.

Adelle ya no tenía ganas de seguir pensando en lo horrible que tenía el pelo. Se apoyó la taza en la barbilla para que le transmitiera su calor. La amabilidad de la señora Beevers era tan desarmante como la de su hija, algo que, teniendo en cuenta la frialdad de Moira, le resultaba incomprensible.

—¿Por qué le ha gritado al salmodiante para protegerme? —preguntó—. Orla me dijo que velaban por ustedes..., por nosotros, vaya. ¿No están..., no están de nuestro lado?

Al cabo de un rato, la tranquilizó la suavidad con que le tocaba la cabeza la señora Beevers. Le recordaba los lejanos tiempos en que su madre la sentaba en el suelo, delante del sofá, ponía un DVD de *Everwood* y le desenredaba el pelo rubio con un cepillo.

La madre de Orla chasqueó la lengua.

—Dímelo tú, paloma, que a ti te perseguían.

—No sé qué he hecho para que se ensañen conmigo —contestó sinceramente Adelle.

—Te contestas tú sola. —La señora Beevers le quitó un poco de pelusa rubia del hombro—. Solo se protegen a sí mismos. Además, ¿cómo vamos a fiarnos, tú, yo o quien sea, de gente que adora esa cosa del puerto? La humanidad se mide toda por el mismo rasero: Dios y el demonio son invisibles, pero ¿cuántos devotos se pondrían del lado de Satanás si se les apareciese?

Adelle frunció el ceño.

—¿Considera que solo lo adoran porque está? ¿Y si lo ayudan?

—Yo creo que son débiles —dijo sin rodeos la señora Beevers—. Intentan apaciguarlo porque tienen miedo, y por eso se acobardan y arrodillan, porque es más fácil que luchar. Le dan lo que quiere para que no los castigue a ellos. Mi marido no perdió un brazo luchando por la Unión porque fuera fácil, sino porque combatir era lo justo.

Se quedaron calladas. Adelle no se podía ni imaginar el dolor que llevaría dentro la señora Beevers después de que su marido volviera lisiado de la guerra y luego la Herida le arrebatase a la mayoría de su familia. No tuvo el valor de preguntarle si se habían metido todos en el mar o alguno había muerto por causas naturales. Sos ojos se volvieron a empañar, y en lo siguiente que dijo le tembló la voz.

—Gracias, señora Beevers. Desde que me... Quiero decir que han sido muy amables, tanto usted como su hija.

—Ahora mismo el mundo está lleno de maldad. —La madre de Orla suspiró—. De ahí que sea tan difícil, y tan esencial al mismo tiempo, optar por la amabilidad. Bueno, yo creo que así está mucho mejor. Compruébalo tú misma.

La señora Beevers le ofreció la mano. Adelle la cogió y se levantó para seguirla otra vez al recibidor, cruzando la cocina, y girar a la derecha por un arco que llevaba al salón de la planta baja. La estancia estaba presidida por un piano y un sofá de terciopelo azul, bajo una impresionante lámpara llena de telarañas. Cerca del piano, y de las ventanas, había un espejo de cuerpo entero sobre un soporte. Adelle se quitó la sábana de encima de los hombros, hizo una bola con ella y levantó la mano para pasarse los dedos por los rizos, cortados por partida doble. Estaban mucho mejor, más regulares y dúctiles, con más de Audrey Hepburn y menos de He-Man.

—Me van a tomar todos por un chico —se quejó.

La señora Beevers le puso las manos en los hombros y sonrió a su reflejo.

—Vuelve a crecer.

Adelle consiguió reírse y se sorbió la nariz.

—Con la que está cayendo, eso es el chocolate del loro. —La señora Beevers levantó una ceja—. —Es una..., umm..., una expresión que usamos en mi familia.

—Pues me gusta. —Apartó las manos y las juntó con elegancia delante de la cintura—. Chorradas, en efecto.

La puerta de la casa se abrió y volvió a cerrarse. Al cabo de un momento, entró flotando Orla, con un discreto vestido color malva, y se acercó a las dos con una mueca de preocupación, a la vez que se quitaba los alfileres del sombrero.

—¿Te has ocupado de ella, mamá? —preguntó, mirando bien a Adelle.

—Lo mejor que he podido —le dijo su madre—. ¿Pero qué pasa? ¿Por qué traes esta cara de preocupación?

—Fuera hay mucha gente rodeando la casa —contestó Orla mientras las llevaba a las ventanas. En efecto: había un nutrido grupo de salmodiantes que rodeaba la finca—. ¡Mamá, dime que no has vuelto a regañarlos! Nos protegen, pero su aguante tiene un límite.

La señora Beevers miró con mala cara a través de la ventana, apretando con firmeza la mandíbula.

—Muy atrevido me parece, hasta para ellos.

—Ya sabes que ahora ya no tienen resistencia, mamá. —Orla se echó en brazos de su madre—. Te dije que no te enfadaras con ellos. Ahora la ciudad es suya.

La señora Beevers le acarició la espalda.

—Espero que cuando no esté lo remediéis vosotras dos —se limitó a decir—. Por eso tenéis que subir ahora mismo.

—Mamá…

La mujer del pelo oscuro y el vestido negro echó las cortinas y, dando la espalda a la ventana, tomó de la mano a Orla y a Adelle.

—No seas tonta, Orla. He sido demasiado indulgente contigo. Ahora tienes que aprender a quitarte tú sola toda esa tontería. Ya sabes a qué han venido, Orla. Sabes muy bien qué significa. No, nada de lágrimas. No pienso consentirlo.

Después de darle un beso en los labios, la estrechó fuertemente con un solo brazo. Adelle tuvo que esforzarse para no quedarse rezagada. Se oyó el impacto de algo en la puerta principal, y Adelle oyó cánticos al otro lado de las cortinas cerradas. Las palabras no las entendía, porque era un lenguaje que nunca había oído, algo gutural, expectorado, con más de enfermedad que de idioma.

—Vamos, chicas, subid. Haz caso a tu madre, Orla.

La señora Beevers se acercó con determinación a la chimenea de detrás del sofá azul para coger el atizador y blandirlo como un garrote. Orla se había quedado paralizada. Adelle pensaba a toda prisa. Fuera, los cánticos ganaban fuerza.

—¿Pero qué quiere decir? —preguntó a la señora Beevers con tono de súplica.

La madre de Orla aspiró profundamente, sin apartar la vista de su hija.

—Quiere decir que nuestra relación está a punto de verse trágicamente interrumpida. Quiere decir que en adelante tendrás que cuidar tú de Orla y ayudarla a ser fuerte. —Se giró para reunirse con su hija en el centro de la sala—. Ven aquí… —Volvió a estrecharla, esta vez con los dos brazos, y a mecerla mientras le apartaba el pelo de la frente. Después de susurrarle algo, la apartó con suavidad—. Venga, vete. ¡Ya!

Una piedra chocó con la ventana que tenían detrás, provocando una lluvia de esquirlas afiladas. Adelle agarró a Orla por la muñeca y se la llevó corriendo hacia el recibidor y la escalera. Al mirar por las ventanas estrechas que enmarcaban la puerta, vio que en el porche había más túnicas blancas.

—No puedo dejarla sola —susurró Orla, trastabillando por los escalones.

—Ya la has oído —contestó Adelle. Su cojera las hacía ir más despacio. Sin embargo, Orla se negaba a subir un paso más. Abajo se rompió otra ventana—. Venga —la animó Adelle, pasando un brazo por el de su amiga, y empezó a subir uno a uno los peldaños.

En la planta baja se oyó a un hombre gritando de dolor. Adelle esperó internamente y deseó con todas sus fuerzas que que la señora Beevers se los hubiera cargado a todos con su atizador. Orla estaba al borde del desmayo, y sus sollozos se volvían más fuertes a cada escalón. Al llegar al final de la escalera, Adelle se giró hacia ella en busca de ayuda.

—¿Ahora adónde vamos? —preguntó, mirando fijamente la escalera. Se les acababa el tiempo—. ¡Orla!

—La…, la despensa del servicio, al fondo del pasillo. Desde fuera cuesta mucho ver la ventana.

Adelle no supo qué era peor, los gritos de agonía de la planta baja o que se hubieran parado de golpe. En medio del silencio siguieron resonando fuertes pasos por la escalera que llevaba hasta la planta donde estaban ellas, detalle más que suficiente para descartar cualquier opción de retirada. Por la ventana del jardín habían visto al menos a cuatro salmodiantes, a los que se añadían otros tantos delante de la puerta principal. Si tenían la casa rodeada, significaba que no podían bajar de la docena, cantidad capaz de reducirlas sin la menor dificultad.

Fue Orla quien dio con la puerta indicada, la abrió de golpe y la cerró de nuevo, con ellas dos dentro. Luego se apoyó en la puerta, sin aliento, mientras Adelle se abría paso hacia la ventana rota entre sacos de harina vacíos, telarañas y excrementos de ratón. Más que una habitación, era un armario con dos estanterías grandes en cada pared, todas vacías. Quitó el cierre, introdujo la mano por uno de los cristales que faltaban y presionó hacia arriba con la palma. No se movía.

Detrás de Orla, una fuerte patada hizo temblar la puerta, arrancándole un grito.

—¡Echa el pestillo! —exclamó Adelle mientras hacía otro intento en la ventana.

—¡No hay! ¿Qué hacemos? ¿Qué hacemos, Dios mío?

—¡La estantería! ¡Ayúdame a empujarla!

Adelle volvió corriendo desde la ventana. Orla esperó hasta el último momento para despegarse de la puerta y lanzarse al otro lado de la estantería, donde estaba Adelle. Tiraron las dos a la vez, gruñendo por el esfuerzo. La puerta se abrió bruscamente hacia adentro justo cuando cedía y se partía la madera de la base de la estantería, haciendo que se derrumbase sobre la pared de enfrente la estructura de baldas polvorientas. El salmodiante que las había alcanzado se echó para atrás. Los escombros le habían cerrado el paso, al menos de momento.

—Rendíos —dijo, sacudiendo amenazadoramente el borde de un estante—. Os hemos visto la cara. Ya sabemos a quién le toca que le llamen.

—¡Vete al diablo! —gritó Orla.

Cogió un puñado de caca de ratón y se lo tiró. Adelle volvió a la ventana y empujó con más fuerza que antes. Finalmente el marco se soltó, y un suspiro de alivio se fundió con un chorro de aire fresco.

—Venga, fuera —le dijo a Orla—. ¡Deprisa!

—En cuanto soñéis vendremos a buscaros —las avisó el salmodiante de ojos grises y mirada penetrante tras la repelente máscara de cuero.

El resto de sus palabras se las llevó el viento mientras Orla pisaba con cuidado la estrecha repisa de madera, seguida, con pasos igual de inseguros que los de ella, por Adelle, que dio una última patada a la ventana para que se cayera, por si acaso, y se deslizó a la izquierda, donde Orla había encontrado un adorno de piedra al que subirse.

Cuando estuvieron las dos en el tejado, Adelle corrió hacia el lado este, donde estaba el puerto, y descubrió que el tejado de al lado estaba cerca, pero no a una distancia cómoda.

—La casa de los Gardener lleva un mes vacía —le dijo Orla—. Se han ido todos.

—Tenemos que saltar —musitó Adelle con el corazón en la garganta. También se le había tensado más el nudo del estómago, como si le apretara las tripas una soga—. La estantería no los retendrá mucho más tiempo.

—La manera de entrar es por el observatorio.

En el tejado de los Gardener había una caseta de cristal en miniatura, una construcción decorativa con varias macetas de estilo griego en cada esquina. Los cristales sucios del observatorio estaban intactos, pero eso era fácil cambiarlo.

—El hueco es demasiado ancho —murmuró Orla—. ¡Tanto no puedo saltar!

—Pues tendrás que hacerlo.

Adelle sintió rebrotar sus energías con una fuerza insospechada. Desde el tejado se veía el agua, y en la primera luz de la mañana le pareció aún más inquietante el aspecto de la Herida. Por alguna razón, le había parecido una presencia puramente nocturna, como si al llegar la luz del día, y con ella una mayor serenidad, la Herida fuera a desaparecer como esas pesadillas de las que se ríe uno por la mañana, pero no: ahí seguía, blanquecina, palpitante, mayor que un sumidero, moviéndose al final del muelle y dispuesta a engullir a quien se dejara caer por el borde. Las nubes negras que se habían juntado sobre ella acentuaban el efecto de Monte del Destino.

Fue una imagen que la horrorizó, pero que también le dio una idea: haría como Frodo. Iría hacia el peligro, venciendo su propia resistencia.

Cogió la mano de Orla y la apretó.

—Si conseguimos bajar a la calle podremos intentar llegar al mar antes que tu madre.

A Orla le brillaron los ojos.

—Sí… La obligarán a beber algo para que se duerma y, en cuanto sueñe, oirá la llamada y se pondrá a caminar. ¡Podemos intentar interceptarla!

—Está claro que tenemos que intentarlo.

—Lo malo es que no funcionará. —Orla intentó apartar la mano, pero Adelle no la soltó—. Ya ha habido mucha gente que ha intentado impedir que sus parientes y amigos fueran hasta el mar. ¡No hay nada que funcione! Es imposible detenerlos.

—Bueno, pero tenemos que intentarlo.

—Sí. Sí, tienes razón. Mi madre nos ha pedido que luchemos, ¿no? Pues lucharé, pero antes daré el salto.

—¡Orla!

Demasiado tarde: ya se había puesto a correr, con pasitos de chica que no ha hecho deporte en toda su vida ni pensado en hacerlo. Aun así se empleó a fondo y saltó por el hueco de más de un metro con los brazos muy abiertos, hasta aterrizar en el otro tejado con un golpe sordo. Sus elegantes botas se quedaron colgando por el borde. Moviendo las piernas como loca, consiguió ponerse a salvo y se quedó tumbada de espaldas, gritando de alegría.

—¡Lo he conseguido! ¿Has visto? ¡Lo he conseguido!

De haber visto Connie la distancia que intentaban cruzar, seguro que se habría reído; Adelle nunca había sido muy propensa a las hazañas deportivas, y menos a las que llevaban asociado el riesgo de una caída de cinco pisos.

«Tenemos que intentarlo.»

Consciente de que si fuese su madre la que estuviera en peligro haría cualquier cosa con tal de ayudarla, corrió lo más deprisa que pudo, saltó justo al llegar al borde de piedra del tejado y aterrizó con la misma torpeza y euforia que Orla. De lo que prescindió fue de la celebración. Prefirió ir cojeando hacia el observatorio, donde Orla, que a todas luces estaba descubriendo que era más intrépida de lo que se pensaba, había recogido del suelo un trozo de maceta rota y la estaba arrojando hacia el cristal que tenía más cerca.

También esta vez gritó de alegría, aunque llorando al mismo tiempo.

Después de ayudarla a meterse por el hueco erizado de trozos de cristal, Adelle intentó consolarla con palabras solemnes en voz baja.

—La encontraremos, Orla. Lucharemos.

—Toma, mira lo que te he encontrado.

Connie levantó la vista de su desayuno: pan lleno de tropezones y un queso que apestaba lo bastante como para ahuyentar a todos los ocupantes de una sala. En el taburete vacío de al lado aterrizó un montón de ropa amarillenta. Mississippi se cruzó de brazos y se apoyó en uno de los postes irregulares que delimitaban el rudimentario espacio del bar.

Al menos había café, aunque más flojo que las ganas de Connie de seguir despierta. El té había cumplido su función de ahuyentar los sueños, pero no le había permitido dormir de un tirón.

Se frotó un ojo cansado con el nudillo y cogió la primera prenda del montón: una falda de algodón arrugada, teñida de azul marino.

—Para que te muevas mejor entre nosotros, ya me entiendes —añadió Mississippi guiñándole un ojo.

La sonrisa de Connie se borró enseguida. La noche antes le había hecho a Missi una promesa que probablemente no podría cumplir. Se le hizo un nudo en el estómago mientras miraba furtivamente a su nueva amiga.

—Gracias, te lo agradezco mucho, de verdad. Esto y todo.

—Aún no estás en casa. No me lo agradezcas hasta que estemos lejos de este pozo.

«Hablando de pozos...»

Se levantó, engullendo el resto del pan y cogiendo la ropa que quedaba.

—Necesito ir al lavabo y cambiarme.

—Vale, pues quedamos luego arriba, que quiero enseñarte algo.

Tomaron direcciones opuestas: Missi volvió hacia el túnel, mientras Connie regresaba a su cubil, donde recogió sus cosas y se puso la ropa prestada. Vestida así tenía la sensación de ir disfrazada, mucho más que con cualquier ropa que pudiera llevar normalmente. Nadie se fijó en que se hubiera quedado en ropa interior. Además, estaba acostumbrada a pasearse casi desnuda por los vestuarios antes de los entrenamientos de fútbol. Aparte de la falda azul, que le llegaba bastante por encima de la cintura, Missi le había dado unos pantalones negros de pata ancha, una blusa de cuello alto de color marfil y una chaqueta entallada que en sus tiempos había sido de una pana violeta de muy buena calidad, pero que en los codos y el cuello se había puesto blanca por el desgaste.

Al final del todo, la tiradora había puesto un pañuelo a cuadros blanco y negro. Connie lo tuvo un momento en la mano, pasando el pulgar por la tela gastada. Era un gesto emocionante, como decir: «Ahora eres de los nuestros».

El chándal lo guardó en la bolsa de nailon de deporte, con la novela y el móvil al fondo. Antes de ir al váter volvió furtivamente al bar y le pidió un poco más de café a Joe el Desvelado. Aprovechando que estaba distraído, se lo bebió de un trago, haciendo una mueca por lo amargo que estaba, y se guardó el cuenco en la bolsa, junto con el triste trozo de vela que esperaba el momento de que lo quemasen al borde del mostrador.

Estaba a un tiro de piedra del exterior, y del incienso que le permitiría echar el conjuro para volver a su casa. Mientras hacía sus necesidades en el pozo, se distrajo formulando un plan. Aún no estaba segura de que pudieran viajar todas con un solo conjuro. En vista de que Adelle y ella habían llegado cada una por su cuenta, tenía pensado que la siguiente vez sería mejor procurar hacer el viaje juntas, para evitar desajustes como el sufrido cuando habían entrado en el libro.

En cuanto a su promesa a Missi…, eso ya era harina de otro costal. «No es real. Aunque dé la impresión de serlo, y aunque parezca una amiga, solo es un personaje de un libro.»

Se abrió camino por la Congregación, alejándose del pozo, que olía a cuernos. Con el pañuelo a cuadros en el cuello nadie la molestó ni la detuvo en su camino de regreso por el túnel que llevaba a la escalera, y a la iglesia.

En las ventanas había cortinas hechas con sacos de patatas. Como no encajaban bien, en la capilla se filtraba un poco la tenue luz matinal. Connie había ido una vez a King's Chapel en una excursión del colegio, y la recordaba suntuosa y formal, con dos pisos, tribuna y columnas blancas clásicas. Los bancos, de intenso color rojo, le daban un aire regio, mientras que los candelabros dorados vertían una luz cálida y sacra sobre el pasillo central de mármol. Ahora los bancos estaban sucios y rotos, y los candelabros los habían descolgado para llevarse las velas.

—Sí que has tardado —se burló Missi, que esperaba al lado de uno de los bancos, intentando sacar un clavo con el índice—. Ya tenía miedo de que te hubieras caído. ¿Te dan miedo las alturas?

—No.

—Mejor. —Hizo revolotear los flecos al girarse y llevar a Connie al otro lado de la iglesia, donde había una escalera empotrada en la pared—. Tú ya me has explicado tu plan de huida. Ahora te enseñaré yo el mío.

Después de algunos tramos de escalones peligrosamente empinados, se metieron por otra escalera aún con más pendiente y sucia que daba vueltas hasta el delirio por el interior del campanario. Connie se acordó de que durante la excursión algunos niños se habían negado a subir, porque les daba pánico una escalera tan pequeña.

Estaban en lo más alto del campanario de King's Chapel. Rodeando la enorme campana, que para ellos era moderna pero para Connie antigua, Missi se acercó a un saco de patatas que tapaba una ventana. Como habían quitado los listones a patadas, se podía pasar directamente a una precaria plataforma con andamios que había levantado alguien por el exterior del campanario, fijándola a la estrecha galería de piedra que discurría unos cinco metros más abajo.

Al salir a gatas y notar que la plataforma se movía, Connie se pegó un susto, y lo que acababa de desayunar se le subió peligrosamente a la garganta.

—Solo hay que subir por la escalera. Falta poco.

Missi lo hizo con facilidad acrobática y se sentó al borde del tejado, con las piernas colgando.

Aguja propiamente dicha no tenía la iglesia, aunque el tejado del cuerpo principal era muy apuntado. En cambio, el del campanario era casi plano, lo cual había permitido que alguien, cabía suponer que Missi, plantificara algo encima y lo tapara con una especie de lona enorme hecha de mantas y sacos cosidos de cualquier manera.

Connie suspiró de alivio al llegar al final de la escalera y pisar suelo más firme. Luego se puso de rodillas y miró con el ceño fruncido el objeto del centro del campanario. La luz brumosa del amanecer le permitió formarse una idea más clara de dónde estaban, y ver mejor a Missi.

—¿Llevas maquillaje? —preguntó a bocajarro.

Habría jurado que la joven se había aplicado pasta rosa en las mejillas, dibujando unos círculos de una perfección casi cómica, como los lunares simétricos de las muñecas.

Missi se frotó con fuerza la cara.

—¿Qué? No. ¿Por qué, queda ridículo? Como anoche me dijiste que las mujeres del futuro se ponen todo tipo de cosas en la cara... Pero no, ni se me ocurriría. Estás loca. Mira, mira...

Connie sonrió de oreja a oreja. Missi estaba más roja que nunca, ruborizada desde el cuello hasta las raíces de su melena rizada y pelirroja.

Después de retirar la enorme manta con la habilidad de un mago, se puso una parte de la tela contra el pecho, hecha una bola, y esperó la reacción de Connie con los ojos muy abiertos y brillantes.

—¿Es...? —Connie se rascó la punta de la nariz—. ¿Es una cesta?

Missi puso los ojos en blanco.

—Es un globo. ¿Qué pasa, que en el futuro son tan tontos que esto no lo tienen?

Connie se dio una palmada en la frente.

—Sí, sí que lo tenemos, pero me parece que falta lo que es propiamente el globo.

—Estamos en ello —explicó Missi mientras dejaba la manta en su sitio y acariciaba con veneración la trama, grande y algo irregular, de la cesta cuadrada—. Joe y yo nos dedicamos a hacerla por la noche, y sobornamos a unos cuantos niños para que nos ayuden. Con dedos pequeños se cose mejor.

—¿Es tu plan de huida? —preguntó Connie.

Tenía que reconocer que era imaginativo; casi ridículo, pero valiente.

—Hemos probado todas las maneras de salir de esta maldita ciudad, excepto por el aire —contestó Missi con tono decidido—. Antes de tenerme a mí, mi padre estuvo en Londres, y de ahí me viene la idea. Conoció al gran James Glaisher, el hombre que sobrevoló Londres. —Suspiró, fijando en el cielo una mirada soñadora—. Papá me contaba muchas anécdotas sobre él y lo genial que era. Me regaló todo un libro con ideas de Glaisher sobre los viajes y los globos. Viendo las calles desde arriba, Glaisher las comparó con «una línea de brillante fuego».

Cerró los ojos, y se le dulcificó la expresión por una sonrisa tierna y triste.

—Una línea de brillante fuego. Que se pueda ver así algo tan tonto como una calle… Yo también quiero ver el mundo de esa manera.

Quiero tener un último pensamiento bonito y agradable sobre esta ciudad antes de alejarme y no volver nunca.

—¿Crees que funcionará? —preguntó Connie.

Más disparatado que un conjuro mágico no era.

—Joe lo ve posible, aunque mucho peso no podrá llevar. —Missi gruñó al empezar a tapar el globo. Connie se levantó para ayudarla y levantó uno de los bordes húmedos—. Yo me he ofrecido a ser la primera en subir. A Farai tampoco le da miedo probarlo. Así solo faltaremos dos si…, pues si pasa lo peor.

Missi se quedó callada, mirando más a Connie que la manta que estaban volviendo a poner en su sitio.

—Te parece una tontería, ¿no?

—Lo que me parece es atrevido —dijo Connie.

«Como tú.»

Esta vez fue ella quien se puso roja, aunque Missi no se dio cuenta, ocupada como estaba en asimilar el cumplido.

—Toma, de premio por lo que has dicho —contestó cuando el globo quedó otra vez tapado y escondido.

Se había sacado del bolsillo un papel doblado y sucio. Al abrirlo, Connie vio que era un tosco mapa de Boston donde salían sobre todo las calles que rodeaban la iglesia, y las más importantes para ir a ver a la vidente.

—¿Qué pasa, que si el globo me hubiera parecido una tontería te lo habrías quedado? —preguntó, levantando la vista.

—No, pero igual habría dejado que te pusieras un poco nervio-sa… —Mississippi señaló la escalera con un gesto de la cabeza—. Antes de irte… Ten cuidado, ¿vale? No me fío ni un pelo de la mujer esa.

No tenemos a nadie más valiente que Farai y Geo, y lo que les da miedo a ellas también me lo da a mí, ¿me entiendes?

Connie asintió.

—Muy bien. Venga, ve a por lo que necesitas y vuelve sana y salva.

—Estás preocupada por mí —observó, constatando que no le molestaba que Missi se pusiera roja y le diera un puñetazo de broma en el hombro.

—Ojo, que te quito el mapa —la avisó la vaquera, ladeando la cabeza y levantando un dedo.

—¿Entonces cómo te sacaría de aquí?

Connie lo dijo sin pensarlo, y se arrepintió enseguida. La sonrisa de Mississippi se le clavó en el corazón.

«No le des falsas esperanzas, monstruo, que no sabes si podrá acompañarte.»

—Bueno…, me…, me tengo que ir —masculló, apartándose a la fuerza para bajar por la escalera.

No soportaba estar mirando ni un minuto más a la vaquera y ver reflejadas tantas esperanzas en su cara, cuando lo único que podía ofrecerle ella eran promesas incumplidas.

20

ADELLE NO VEÍA EL MOMENTO de salir de la casa de los Gardener.

Orla y ella iban del brazo, muy pegadas, evitando las paredes. Lo ocurrido a la familia, fuera lo que fuese, no había sido pacífico. En cuanto llegaron al segundo piso se encontraron con un caos intencionado en los pasillos y las habitaciones. La casa estaba a oscuras, pero algunas ventanas sin tapar dejaban filtrarse rayos de luz mortecina. Adelle casi habría preferido una oscuridad total. En medio de los pasillos había sillas en extrañas configuraciones. A algunas puertas les faltaban los pomos, que aparecieron en otro lugar, formando un círculo. El papel de la pared estaba cubierto de palabras escritas con tinta, heces y sangre.

Lo peor de todo fue que vio fragmentos de frases que le sonaban de algo y que le tensaron la columna de pánico.

Almas que no solo unía el matrimonio, sino un lazo irrevocable,
el del hilo del Hado. Si los separaban, sangrarían, porque no

podía negarse que amar era sufrir: el corazón de Moira sentía
un ansia dolorosa por el objeto de sus deseos, que obtendría a
cualquier precio.

Mientras bajaban por la escalera del segundo piso, sin separarse ni un momento, Adelle mantuvo la mirada fija en la pared, con las sienes cubiertas por un sudor frío. Escritas con sangre negra endurecida y arañadas con las uñas, las floridas descripciones de la novela ya no parecían tan encantadoras.

Si los separaban, sangrarían. SANGRARÍAN. Si los separaban.
Separaban.
SEPARAR Y SANGRAR. SEPÁRALO DE MÍ.
SEPÁRALO DE MÍ Y SANGRO.

—Pobre señora Gardener —susurró Orla con voz temblorosa—. Y pobre señor Gardener.

—¿Tenían hijos? —preguntó Adelle, tragándose el miedo como una agria y nauseabunda bola.

—S..., sí, dos niños pequeños y... —Orla la miró fugazmente, pálida como un cadáver— un bebé.

—Creía que la gente iba al mar caminando. —Adelle ya no quería seguir viendo lo que estaba escrito en el papel de la pared, pero algo la obligaba a mirarlo. A partir del rellano, los garabatos se hicieron aún más frenéticos, y la *pintura* pasó a ser una mezcla pastosa inconcebible—. Es lo que dice todo el mundo, que solo caminan...

«Esto no tiene pinta de que caminen.»

—A veces…, a veces la gente se resiste —balbuceó Orla—. Intentan no escuchar los sueños, pero lo pasan cada vez peor, y al final ceden. Me da una pena enorme que intentaran no ir. Cielo santo… Eran una familia tan agradable…

Adelle apretó el paso. Quería salir de la casa. Cerca de la planta baja las palabras se volvían más borrosas.

un lazo irrevocable, el del hilo del Hado
HILO HILO LOS HE COSIDO CON UN HILO
CONTÉSTAME HADO
CONTESTA
LLAMAS Y YO CONTESTO
HA NACIDO
VIENE
ESTÁ AQUÍ

—Tenemos que salir de aquí —murmuró con un malestar físico.

No era solo el olor, ni el ambiente palpable de terror, maldad y muerte que flotaba en la casa. Habría jurado que cuando ella apartaba la vista las palabras se despegaban de la pared para seguirlas, reptando como serpientes negras en su persecución. Estaba segura de que querían meterse en su cerebro y asfixiarla, como había visto en sueños…

—Tenemos que irnos ahora mismo —susurró, echando a correr.

Sabía que las palabras iban a por ella, que le estaban dando caza.

«*Sí, tan cerca que lo notas.*»

La voz. Manteniendo a duras penas el contacto con los dedos de Orla, la arrastró por la casa hasta entrar a trompicones en el recibidor.

Sobre las ventanas había algo extraño, amarillo, tenso como el cuero. Abrió la puerta de golpe, negándose a seguir mirando y formarse una idea de lo que podían ser esas cortinas.

Fuera, el aire borró las negras serpientes de palabras que intentaban meterse en su cabeza. La puerta ya estaba cerrada. Ya estaban fuera, pero antes de que Adelle tuviera tiempo de dar gracias mentalmente, Orla se pegó otra vez de espaldas a la puerta, sofocando un grito.

En la calle había un salmodiante que las vio enseguida.

—¿Qué hacemos? —susurró Orla.

El salmodiante cogió el arma que llevaba colgada de su cinturón, un garrote envuelto en papel de periódico y cubierto con pintura o sangre (Adelle prefería no saberlo).

—A la casa no podemos volver —respondió Adelle—. Tenemos…, tenemos que salir corriendo o enfrentarnos con él, o…, —No podía pensar—. O… O…

Una especie de trueno hizo temblar el suelo debajo de las dos. Orla chilló y se refugió en Adelle, pero el origen del ruido se dio inmediatamente a conocer: por la calle, a la derecha, hacia la casa de los Beevers, llegaba un carruaje que rodaba por los adoquines con la imparable rapidez de un tren sin frenos.

El salmodiante se echó a un lado con el garrote en alto, y su boca emitió un grito ahogado de sorpresa antes de que el tiro de caballos chocara con su espalda y lo arrojase de bruces a la alcantarilla. Los caballos piafaron al frenar de golpe el coche.

El cochero se protegía la cara del polvo con una bufanda negra, pero se la apartó para decirles algo.

—¡Hampton! —Orla temblaba tanto que casi perdió el equilibrio, pero al final logró corretear hasta el carruaje para estrechar la mano del cochero—. ¡Pero qué tonto y qué guapo y qué útil! ¡Nos has salvado!

—De ahora en adelante —dijo él con una risita nerviosa, mientras se pasaba la mano por la cara llena de granos—, prometo no atropellar a nadie a quien no deba atropellar.

De repente se abrió la puerta del carruaje, para sorpresa de Orla, que chocó con Adelle, igual de sorprendida que ella. Lo primero que vieron fueron unas gafas, seguidas por un rostro de facciones agraciadas y una mano tendida para ayudarlas.

—¡Caid! ¿Qué haces tú aquí?

A Orla se le pasó de golpe la sorpresa y corrió a su encuentro.

—Al ver la casa rodeada he ido en busca de ayuda —explicó Hampton— y he encontrado al señor Vaughn de camino a la residencia de los Byrne.

—Iba a ver a Moira —dijo Caid, que le ofreció la mano a Adelle después de que subiera Orla. Nada más cogerla, Adelle se sintió un poco más segura—. Pero esto es más importante. Si nos damos prisa, puede que lleguemos a tiempo de ayudar a tu madre, Orla.

—¿Has visto a mamá? ¡Gracias a Dios!

Orla clavó las uñas en el cojín del asiento, mientras Hampton se ponía nuevamente en marcha.

Adelle se sentó al lado de Kincaid. Fueron los bruscos tumbos del carruaje los que decidieron por ella, haciéndola caer en el sitio vacío, desde donde estuvo peligrosamente a punto de rozar con una mano la rodilla del joven.

—Sí, señorita. He estado vigilando desde el fondo de la calle —contestó Hampton en voz alta—. Si no las hubiera visto salir, habría ido yo mismo en busca de la señora Beevers.

—Muy heroico por tu parte, Hampton. Con lo abominablemente mal que te hemos tratado...

—No pasa nada, señorita. Tenga en cuenta que atropellé a la señorita aquí presente.

—¡Sí, fue horrible, pero fue un accidente! Por supuesto que sí. Ahora te tendremos siempre en nuestros corazones. Sigue, por favor. Espero que no lleguemos tarde.

A pesar de que Caid no decía nada, exudaba una calma tranquilizadora como la de una taza de té entre las manos, a la temperatura justa. O la de un edredón recién traído de la lavandería. La parte externa de su muslo izquierdo presionó el muslo derecho de Adelle, que se esforzó por no apartar la vista de la falda de Orla.

No pareció que Caid se diera cuenta de que se tocaban. Adelle sí, perfectamente.

—Gracias por venir —dijo Orla, inclinándose para tomar entre sus manos las de Caid, aunque en comparación parecían diminutas. Los bordes de la camisa de él y su chaqueta de vestir marrón claro tenían manchitas de tinta—. Se agradece tanto tener la sensación de no estar solas...

—No faltaría más —contestó él—. Me doy cuenta de lo que estarás sintiendo.

A Adelle le llegaron al alma sus palabras. Él, que había perdido a tantos familiares... Debía de ser muy duro intentar impedir que se tirase al mar la madre de otra persona.

—¿Y si va con salmodiantes? —se preguntó en voz alta Adelle.

—Pues los atropella Hampton —dijo Caid sin inmutarse.

Adelle miró a Orla de reojo.

—Creía que en principio protegían a la gente. Es lo que me dijiste ayer por la noche, Orla, cuando intentaron pararnos a la entrada de la fiesta.

—A mi familia no la protegieron —murmuró Caid—. No entiendo que en esta ciudad se fíe alguien de ellos.

—Sí que ayudaban. —Orla se toqueteaba la falda, nerviosa y con un matiz de súplica en su voz—. Han ayudado. Últimamente no desaparecen tantos de los nuestros...

Adelle se quedó extrañada al oír «los nuestros». Con lo vacías que estaban las calles, y en ausencia de Connie —salvo el fugaz encuentro con las rodadoras—, parecía que hubiera desaparecido toda la ciudad. La velada de la noche anterior, en cambio, había sido de lo más animada. Quizá a quienes se refería Orla era a los ricos y privilegiados que vivían en el barrio de Moira.

—Pero es que mamá..., nunca se ha mordido la lengua, ni le han caído nunca bien los salmodiantes. —Orla levantó la vista con los ojos llorosos—. Tú estabas, Adelle. ¿Los ha provocado?

—Un poco dura sí que ha estado —admitió Adelle, con la sensación de tragarse una chincheta—. Intentaba alejarlos de mí. Es todo culpa mía.

—¿Y qué había hecho usted para enfadarlos? —preguntó Caid.

—¡Nada!

Huir de ellos, por supuesto, pero es que en ningún momento habían estado amables, y su manera de vestir no era precisamente acogedora.

—Pues entonces el castigo no se corresponde con el delito —fue la conclusión de Caid—. Solo se protegen a sí mismos.

Hampton conducía con cuidado hacia el suroeste por calles cada vez más llenas de carretas, coches y bicicletas volcados, y una capa de barro que llegaba a la altura del tobillo. Adelle se tapó la nariz, aguantándose una arcada. La peste a podrido, basura y agua fétida era insoportable, y hacía que le picase la garganta.

—Irá por el Muro —les dijo Hampton—. Es por donde va la mayoría.

—¿El Muro? —preguntó Adelle, olvidando sus esfuerzos por parecer una más.

Eran cosas que debería haber sabido. Sin embargo, se dijo que cualquier pregunta que les extrañara podía justificarse por el accidente.

—Sí, querida —dijo solemnemente Orla, con los ojos aún más llorosos que antes—, el Muro de las Cien Caras, aunque yo diría que a estas alturas ya deben de ser mil o más. Cada vez que alguien entra en el mar aparece su cara en la pared de los antiguos almacenes del muelle, como si…, como si se quedaran atrapados para siempre en las piedras. Es una imagen atroz. Prométeme que no mirarás. Es demasiado horrible, demasiado. Yo no miraré. No…, no puedo.

Adelle miró aturdida por la ventanilla. Tanto Orla como Kincaid debían de tener parientes cuyo rostro podía aparecer en el muro en cuestión, obligándolos a revivir el horror de su pérdida.

¿Cómo se había vuelto tan retorcido y peligroso el Boston de *Moira*? Echó un vistazo al sol, intentando calcular de cuánto tiempo disponía hasta que la esperase Connie. Cuando hubieran encontrado a la señora Beevers tendría que inventarse alguna excusa e irse. Todo lo que había visto y presenciado le daba más ganas de volver a casa.

Justo entonces, sin embargo, miró a Orla, que temblaba de miedo en el asiento de delante, con las uñas en carne viva de tanto mordérselas mientras iban por el puerto a gran velocidad para interceptar a su madre. ¿Cómo iba a dejarla así?

«Ya tiene a Caid y a Hampton —alegó una voz sensata—. Y a Moira. Tiene amigos y no te necesita. ¡Pero si el lío en que se ha metido su madre es culpa tuya! Y eres tú la que está distanciándola de Moira. Tú, que no eres ni de aquí...»

La voz se hizo más cruel, menos sensata. Adelle se apretó el puente de la nariz mientras se le cerraba la garganta por el pánico, como si pudiera taponársele del todo. Los ataques de pánico no eran nada nuevo, aunque la primera vez que le había dado uno en el colegio se la habían llevado a urgencias por temor a que fuera un infarto. Normalmente solo los tenía cuando se le acumulaba un estrés brutal, y solían suceder cuando su madre viajaba por trabajo. Sin su madre cerca siempre se sentía más vulnerable. Antes de la aparición de Greg habían estado tan pegadas que casi parecían siamesas.

Connie también había tenido alguno, antes que Adelle, incluso, por lo que solía ayudarla cuando se anunciaban, pero en esos momentos no estaba cerca para consolarla.

Puso en práctica uno de los ejercicios de respiración de Connie, pero era demasiado tarde: ya se le había formado una espiral de pensamientos y temores, y la chispa prendió antes de que hubiera podido darse cuenta y sofocarla. Habría dado lo que fuera por tener a su madre en el carruaje, y que le rascara suavemente la nuca con las uñas, que era lo que hacía para tranquilizarla cada vez que los nervios amenazaban con convertir a Adelle en una madeja de interrogantes y preocupaciones, reales o imaginarias.

¿Qué estaría pensando su madre? ¿Y si para ella también pasaba el tiempo, como en la novela? ¿O le parecería a su familia que no había pasado ni un segundo, en caso de que Adelle lograra regresar? Si era cierto que Connie y ella habían desaparecido de la realidad, a esas alturas su madre ya debía de haberse dado cuenta de que pasaba algo. Bueno, más que su madre, Greg, que la habría llamado para explicarle que Adelle no había vuelto a casa después de la fiesta. Entonces, Brigitte Casey, sentada en una habitación de un hotel de Phoenix, Arizona, habría recibido varios mensajes de texto de Greg en el móvil. Adelle cerró los ojos y apretó los párpados. Era como si lo viera: recién salida de la ducha, en bata blanca, con la melena rubia recogida en una toalla, sentada en la cama del hotel con las piernas tendidas y mirando *Crímenes imperfectos* mientras se tomaba un *gin-tonic* del minibar, su madre le contestaría a Greg algo en plan: «Adelle no hace esas cosas».

Por la mañana, como su hija seguiría sin dar señales de vida, Brigitte volvería del congreso en el primer avión, y todos se quedarían muy decepcionados de que la insigne *doula* de la muerte tuviera que cancelar su importante seminario para que la policía le hiciera preguntas sobre la pobre Adelle, que nadie sabía dónde estaba.

«¿Qué les dirás a tu madre y Greg? ¿Cómo se lo explicarás? Bueno, suponiendo que vuelvas a verlos… ¿Y si no vuelves nunca más y se pasan el resto de la vida intentando digerir tu desaparición?»

—Señorita Casey… ¿Señorita Casey?

Casi se había caído contra la ventanilla del coche. De golpe, abrió los ojos y se oyó respirando con dificultad, resistiéndose al ataque con todas sus fuerzas con la cara de Caid a escasos centímetros de la suya.

—¿Se encuentra bien? —preguntó él con tono de preocupación.

—Mis nervios…

Adelle confió en que sonara victoriano.

Orla metió la mano debajo de su asiento para abrir un cajoncito del que sacó un frasco de cristal. Una vez destapado se lo entregó a Caid, que lo pasó un par de veces por debajo de la nariz de Adelle.

—Sales, querida —le dijo Orla—. Seguro que así se te pasa.

El chorro de amoníaco le dio con tal fuerza en la nariz que la hizo ver las estrellas.

—Ha sido sin… —Adelle dejó la frase a medias—. Es todo muy apabullante.

—Pues ármese de valor, señorita Casey —dijo Caid, suspirando—, que ya estamos cerca del puerto. Si prefiere quedarse en el coche, puedo acompañar yo a la señorita Beevers y velar por su seguridad.

Adelle sonrió un poco. Decididamente, Caid era como un tazón de té caliente, una manta en la que cobijar el ánimo. Ningún chico la había mirado nunca con tanta preocupación. Lo encontró tan agradable que tuvo ganas de acostumbrarse.

—¡Ahí está! —El grito de Hampton tuvo un efecto igual de estimulante que las sales—. De aquí no se puede pasar, pero acabo de verla aparecer al fondo, por State, cerca del almacén…

Se apretujaron contra la ventanilla para intentar ver algo a través de la espesa niebla que envolvía la ciudad y sobre todo el puerto, donde era una auténtica miasma, teñida de un verde enfermizo.

El cruce estaba lleno de ratas que corrían tan tranquilas de un lado para el otro. A ambos lados del carruaje, en la calle abandonada, se erguían edificios de piedra gris, y todo estaba igual de sucio y abarrotado que en el resto del trayecto. Se habían acercado al agua. Adelle miró con atención los edificios, en busca de alguna referencia, y llegó a la conclusión de que estaban cerca del acuario, probablemente en Long Wharf. La proximidad del mar se olía en al aire que entraba por la ventanilla abierta del cochero: peces muertos y marea baja, la combinación más fétida posible.

La señora Beevers se acercó por la niebla con la cabeza erguida y la mirada fija. Cuando la tuvo cerca, Adelle vio que estaba inexpresiva, con la boca un poco fofa y los brazos caídos.

—Salmodiantes —gruñó Caid—. Son seis.

—Igual puede distraerlos Hampton —propuso en voz baja Adelle—. El carruaje es grande y hace ruido.

—Estoy de acuerdo —dijo Caid—. Por lógica es lo que puede darnos más posibilidades de interceptar a la señora Beevers o hacerla cambiar de rumbo. Vamos, Hampton. —Quitó el seguro de la puerta sin hacer ruido y la empujó con una bota—. Que den palos de ciego.

Adelle lo miró con una sonrisita, sorprendida de que fuera tan antigua la expresión. Caid puso la misma cara de extrañeza que ella.

—¿Qué pasa? —Se apeó y levantó los brazos para ayudar a hacer lo propio a las señoras—. Es de Shakespeare.

—Bueno, señor Vaughn, ya tendrá tiempo de deslumbrar a la señorita Casey con sus conocimientos literarios. Ahora debemos ser tan sigilosos y hacer tan poco ruido como un gato callejero a medianoche. ¡Vamos!

Orla bajó de un salto, antes que Adelle, y Caid y ella la ayudaron a apearse con cuidado, para no hacerse daño en la pierna.

Hampton esperó a que estuviesen a una distancia prudencial para chasquear el látigo y, sin molestarse en disimular su presencia, llevó el coche en línea recta hacia la procesión, girando un poco a la izquierda para no embestir a la señora Beevers.

Ellos tres, mientras tanto, daban pasos largos y torpes por el barro, que les impedía caminar deprisa. A Orla, que iba con la falda recogida casi hasta los muslos, se le mancharon enseguida las enaguas y las calzas de un negro verdoso y muy inquietante. En cabeza iba Caid, que las llevó al otro lado de la calle antes de rodear el depósito gris. El agua se distinguía con dificultad detrás del grupo, bajo una película de niebla. Era completamente negra, como si hubieran cambiado toda el agua del puerto por tinta.

Adelle sintió la Herida al acecho, entre la niebla, esperando.

«Falta poco.»

—¡Mi vestido! —susurró desesperada Orla—. ¡Se me ha ensuciado todo el borde casi un palmo!

—Sigilo y silencio, no lo olvides —la reprendió Caid, que se giró a mirar por donde habían venido sin apartarse de las piedras.

—No hay nada que hacer —suspiró Orla contemplando su falda—. Tendré que quemarlo.

Oyeron otro latigazo en medio de la niebla, seguido de un disparo.

—Que Dios lo proteja —murmuró Orla mientras esperaban en una oscuridad cada vez más impenetrable, tomando a los otros de la mano—. Que Dios proteja a mi madre y nos proteja a todos.

21

—Me has descolocado —dijo Severin, estrechando a Moira contra el pecho.

No tenían mucho tiempo. Si Moira no reaparecía pronto, el cochero de Orla se preocuparía, y ser pillados en flagrant délit acabaría con cualquier esperanza que pudiera albergar de que algún día su familia viera su amor con buenos ojos, como algo decoroso. Y Severin tenía que ser suyo. Se había convertido en el lema que hacía latir su corazón, con la misma constancia con que percibía el de Severin en su mejilla: «¡Tiene que ser mío! Tiene, tiene...»

—Antes tenía mi pintura —dijo él. Sintiendo sus caricias en el pelo, Moira notó que la invadía una especie de sosiego—. Un cuadro... puede modificarse en cualquier momento: un toque de color, otra sombra... Siempre puede adquirir nueva vida y convertirse en algo nuevo. —Se apartó para mirar atentamente a

Moira, hasta el último detalle de su rostro—. Nuestro amor no es
un cuadro, sino un libro; está escrito, y no puede cambiarse. Las
palabras ya están elegidas y en su sitio. Si me abrieras lo verías
impreso en mi corazón, lleno de vitalidad y luz, escrito en sangre.

Moira, capítulo 9

—Deprisa, rodadores, que hay movimiento de ruidosos en los muelles.

Al levantar la vista de la novela que tenía apoyada en su regazo, Connie vio que Farai iba deprisa al bar, atándose una tira de tela como si fuera una cinta para el pelo. Al tercer puñetazo en la barra, Joe el Desvelado cedió y le puso algo de beber.

—Es nuestra oportunidad —les dijo a Missi y a Geo, pero bastante fuerte para que la oyeran tanto Connie como el pequeño grupo de niños a los que ella y Geo habían estado haciendo una demostración sobre cómo se limpiaba bien un rifle.

—¿Oportunidad? ¿Para qué? —preguntó Geo, apoyada en un taburete, mientras bromeaba con un niño rubio poniéndole una mano sobre la cabeza.

Connie había intentado dormir, pero en vista de que no podía había optado por buscar en la novela todos los cambios que pudiera detectar. De momento, la recomposición se extendía a casi toda la primera mitad, que ahora reflejaba el mundo donde estaba Connie, más oscuro y extraño. Lo que más miedo le daba, sin embargo, era la aparición de nuevos personajes designados con nombres como «la Forastera» y «la Intrusa».

«Somos nosotras —pensó, y se aguantó las ganas de tirar el libro para no llamar la atención—. Nos está metiendo a nosotras en el libro.»

El hecho de que la segunda mitad permaneciese intacta era una indicación aproximada de a qué altura del argumento se encontraban. Le habría gustado poder hacer trampa y saltar al final, para ver cómo acababa, pero ahora sabía que no podían fiarse de la novela. A lo sumo les daba una vaga orientación.

«El final aún no está escrito. Esperemos que sea feliz.» Lo guardó otra vez en su bolsa de nailon y se la colgó en los hombros. No pensaba arriesgarse a dejar la novela al alcance de cualquiera.

—La oportunidad de averiguar cómo llega y se va el barco de los ruidosos —contestó Missi con su típica mueca de concentración, a la que Connie ya se estaba acostumbrando, y que significaba que estaba preparando un plan.

—Exacto. —Farai dio una palmada y se frotó las manos—. Lo más seguro es que ahora mismo estén trayendo un cargamento. Aunque no podamos robarles sus secretos de navegación, podemos hacer nuestras sus provisiones.

—Aún no es mediodía. —Connie se dio cuenta de que Missi la miraba fijamente entre la multitud reunida alrededor del bar—. ¿Tú qué dices, recluta?

Connie había echado un vistazo al mapa que le habían facilitado Farai y Geo para preparar el trayecto desde la iglesia hasta la vidente, pasando por Burger Buddies. De todas formas, para reunirse con Adelle tendría que ir hacia el este, y el puerto no le suponía un gran rodeo. También era una manera de mantenerse ocupada y no dejarse absorber de nuevo por el libro, una idea que le daba escalofríos. Hasta habría preferido no llevarlo encima. Lo sentía vivo, como una serpiente enroscada dentro de su bolsa, a punto de salir y estrangularla.

—Esta vez no me equivocaré —dijo desde el fondo. Farai y Geo la miraron con escepticismo—. Os lo prometo.

Era una promesa fácil de cumplir. No se imaginaba otro encuentro fortuito con Adelle en los muelles, a menos que a lo largo del último día hubiera ingresado en algún club, como ella.

—¡Estupendo! ¡Jacky, espabila, que nos acompañas! —dijo Missi al bajar del taburete, dándole un codazo a un chico que se dedicaba a tallar algo, apoyado en la barra.

Connie lo recordaba del ataque de los chillones: era el que la había acompañado hasta el escondite con los ojos vendados.

La cara de Jacky se iluminó al saber que lo habían elegido.

—Necesitamos a alguien que vigile las bicicletas.

Se desinfló de golpe.

—Creía que esta chica era el enemigo, pero ahora os la lleváis a todas partes. ¿Eso qué tiene de justo?

Se acercó rápidamente a un niño para quitarle el rifle de las manos.

—Tiene de justo que lo digo yo —declaró Mississippi con su tacto habitual—. Además, la operación es más que nada de vigilancia. De exploración, podríamos decir; lo que pasa es que al ser territorio ruidoso de primera tomamos precauciones.

Las precauciones en cuestión consistían en armarse hasta los dientes, hasta el punto de que Connie vio que Jack se metía en el cinturón un cuchillo de caza del tamaño de una barra de pan.

—Espero que no vuelvas a fallarnos —dijo Geo, poniéndose a la altura de Connie cuando abandonaron el túnel para salir a la calle.

También apareció Farai al otro lado, acorralándola.

—Ahora mismo estoy de muy buen humor, porque tengo que robar un coche, ¿vale?, pero los errores como ese yo no los olvido.

Connie miró a su alrededor, buscando el apoyo de Missi, pero se había adelantado con Jack, dejándola a merced de sus lugartenientes.

—Creía que nos habíamos librado de ti —dijo Farai, pegándole un repaso—, y que te ibas a ver a la bruja. ¿Qué pasa, que te lo has pensado mejor?

—No, sí que iré —contestó Connie, mirando hacia delante—. Gracias por el mapa. Es un detalle.

Farai y Geo se rieron de ella sin disimular y apretaron el paso hasta dejarla atrás. La luz de las antorchas del túnel se mezclaba con el rectángulo de luz de una trampilla, la de la escalera de la iglesia. La primera en subir fue Farai, seguida por Geo, que al apoyar el pie en el primer peldaño se giró hacia Connie.

—No nos des aún las gracias, forastera, que el que va a ver a esa mujer no vuelve a ser el mismo.

Aunque pasaran las horas, el cielo seguía del mismo gris verdoso, como si estuvieran dentro de un acuario sucio. Connie seguía el sinuoso recorrido que marcaban con sus velocípedos Farai y Geo. En todas las calles había una capa de barro y aguas residuales pobladas de pequeños animales muertos que se habían quedado atascados en el lodo, algunos medio erguidos, como los fósiles en ámbar de la prehistoria.

Se tapó la nariz con el pañuelo, para no notar tanto la peste. Las montañas de carbón gastado y basura eran como dunas grises que donde más altura alcanzaban era en los cruces. Todos los edificios que las rodeaban estaban en desuso, pero cuanto más se acercaban al agua mayores y más ominosos eran el deterioro y la suciedad. De vez en cuando se veía sobresalir de alguna montaña de basura una de las efigies de papel y madera que había visto Connie, entre un revoloteo de serpentinas empapadas de lluvia y cubiertas de mugre.

—¿Por esta zona vive alguien? —preguntó.

No faltaba mucho para Burger Buddies. Sin embargo, la idea de tener que ir sola, sorteando basura, huesos y estiércol bajo la mirada vigilante de las ventanas, órbitas vacías y negras como pozos, le daba escalofríos.

—¿Cerca del agua? No, es demasiado peligroso. Donde más se cebó la locura fue en los muelles y depósitos. Fue desde donde se extendió. —Mississippi pedaleó hasta ponerse a su lado y siguió la misma senda marcada en la basura—. Al principio todo el mundo se pensaba que era una simple enfermedad, pero luego se volvió… más raro. En todas las ciudades hay gente que desaparece, pero no así.

—Yo esta zona la conozco —respondió Connie en voz baja. Con tanto silencio no se atrevía a levantarla—. Es muy céntrica, y está muy limpia, muy bonita, llena de gente que pasea y va a comer o a trabajar. La verdad es que da pena verla así.

—Bueno, limpia nunca ha sido esta parte de Boston. —Missi soltó una risa siniestra—. Pero no daba tanta grima verla. No nos quedaremos mucho. A algunos de nuestros niños, los que vienen por aquí a escarbar, les ha parecido ver a un ser que no saben cómo llamar. Si lo hubieran visto de verdad, lo más probable es que no hubieran vuelto.

Geo, que iba delante, silbó mientras frenaba. Connie y Mississippi se reunieron con ella y Farai, seguidas por Jack.

La niebla acumulada en las calles por el efecto embudo de los edificios casi no les permitía ver el agua. Ni el agua ni nada.

—He visto algo —susurró Geo, desmontando y señalando hacia el fondo de la calle. Acababan de pasar al lado de la fachada de ladrillo rojo y el tejado a dos aguas de Old State House—. Mirad, ¿lo veis?

Dejaron las bicis. A Connie no la habría sorprendido que la suya se hubiera quedado de pie, solo por la cantidad de barro pegado a las ruedas.

—Tú quédate aquí, Jack —dijo en voz baja Missi—. Da la vuelta a los velocípedos, que igual tenemos que salir corriendo.

Jack refunfuñó y apretó los labios, pero obedeció, mientras Geo, Farai, Missi y Connie se internaban con mucha precaución por el cruce, escrutando en silencio la niebla.

—Dios mío… ¿Pero qué están haciendo?

Geo se acercó a la forma grande y oscura que se dibujaba en la bruma.

Al disiparse poco a poco el blanco sudario que flotaba encima de la calle, quedaron a la vista un tiro de caballos negros y un carruaje. La niebla se movía como humo a su alrededor, de manera que se habrían podido confundir con los últimos restos de un devastador incendio. Esos caballos tan negros y elegantes y ese coche tan lustroso estaban fuera de lugar, como una joya en medio de un montón de estiércol. En comparación con su belleza e intensidad, el resto del mundo parecía aún más inerte.

Las tres chicas avanzaron juntas, lentamente, mientras Missi sacaba la pistola de su cinturón. Geo se puso en cabeza con los brazos muy abiertos, acercándose a los animales con cuidado y haciendo chasquear la lengua para tranquilizarlos, porque habían empezado a encabritarse y piafar. Los cascos salpicaban barro a todas partes, y detrás de las anteojeras sus ojos saltones reflejaban auténtico terror. El de la izquierda resopló agitando la cabeza, como si quisiera quitarse el arnés que lo ataba al carruaje.

Connie se quedó rezagada, con una sensación tensa y amarga en el estómago. Desde donde estaba, a cinco metros, ya se olía el pánico de los caballos. Geo, en cambio, se acercó sin miedo y murmuró a los animales con dulzura hasta que estiró la brida del de la izquierda, para que acercara más su hocico, y apoyó la frente en su rostro salpicado de espuma. Después le hizo unas caricias en el cuello lustroso, para apaciguarlo.

—Esto no me gusta —susurró Missi, mirando a su alrededor—. ¿Se puede saber qué hacen aquí? ¿Y el cochero, dónde está?

—O los pasajeros —añadió Connie.

La puerta del lado derecho del carruaje se había quedado muy abierta, en un ángulo extraño, como si estuviera doblada.

—Exacto. Madre de Dios… Apártate, Geo, que tenemos que seguir.

—Están asustados por algo —dijo Geo, mirándolas por encima del hombro.

Connie señaló hacia todas partes con un gesto vago.

—Hay donde elegir.

Farai, que había rodeado el coche, estaba de rodillas, examinando las ruedas.

—Se han caído en un socavón. Lo más probable es que la rueda se haya hundido demasiado para continuar.

—Geo —dijo Mississippi con un grito ahogado—, tus manos.

Geo levantó las palmas, que estaban mojadas de sangre. Connie se quedó de piedra. Tenían que dar media vuelta. Se le erizaron los pelos de la nuca.

—Amigas mías… —Farai se había apartado del carruaje para adentrarse por la niebla, que ahogaba su voz—. Esta sangre no es de los caballos.

Geo y Missi se acercaron corriendo para ver qué había encontrado. Connie las siguió a regañadientes. Un carruaje en medio de la calle, dejado como a posta… Parecía una trampa, estaba claro. De por sí, ellas tres ya formaban un grupo vulnerable, y ahora, con el susto en el cuerpo, todavía más. El carruaje había dejado una estela de cadáveres, máscaras de cuero y túnicas blancas teñidas de marrón por el barro de la calle.

—¿Esto lo…, lo han hecho los caballos? —tartamudeó Geo.

—Espero que sí —murmuró Missi.

Connie se apartó y se apretó el pañuelo que le tapaba la boca para sofocar las náuseas. Mirando hacia State Street a través del velo de niebla, vio que algo daba tumbos por el cruce. El ritmo de sus pasos —pum, patapum, pum, patapum— hacía temblar el suelo.

—Missi. Missi…

Le tiró de la chaqueta con todas sus fuerzas, pero la silueta desapareció justo cuando Mississippi se giraba. En la memoria de Connie quedaron su tamaño y la sensación de que no era ningún coche o persona, sino un ser tan alto y ancho como un elefante que caminaba erguido.

—Aquí hay algo. Te…, tenemos que irnos…, por ahí, hacia el agua —susurró y, sin aguardar una respuesta, se puso a saltar por el barro con un ruido de succión, apartando la vista de los cadáveres que tapizaban el suelo.

—¡Connie, espera!

No estuvo segura de cuál de las tres lo había gritado, pero no esperó. El toque de alerta que sonaba en su cabeza era muy nítido. No sabía qué había visto, aunque tampoco pensaba quedarse para averiguarlo. El suelo volvió a temblar, pero esta vez con la fuerza de un terremoto. Hizo una pausa, intentando calcular si era más prudente seguir hacia el agua o dar media vuelta. Un viento que soplaba a rachas desde el puerto, trayendo olor de mar, despejó fugazmente la niebla que tenía Connie delante. Sin embargo, solo vio un tramo de adoquines todavía más vacío, un desolado barranco de almacenes de piedra gris.

Le resultaba todo enormemente familiar, pero impregnado de tinieblas y desesperanza. Entornando los ojos no costaba mucho imaginarse los kebabs, bares y parrillas, y las casas históricas reconvertidas en apartamentos, bistrós y cafés.

Todo ello, sin embargo, estaba por llegar, si es que llegaba alguna vez. Se arriesgó a seguir por el centro de la calle, donde el carruaje había dejado un surco en la masa pringosa, como de caramelo, que la revestía. Bajo sus pies, la ciudad vibraba casi sin interrupción, un temblor de bajo nivel que no sonaba a pasos, sino a terremoto puro y duro. Avanzó a la mayor velocidad posible, sintiendo pinchazos en las piernas. Era como abrirse paso por un grueso manto de nieve, un esfuerzo que la hacía sudar, y agradecer su formación de atleta.

Se descolgó el rifle del hombro, no para apuntar a ningún sitio, sino para tenerlo a punto. Otra ráfaga de viento se llevó un jirón de niebla. Traía consigo el inconfundible aliento del mar, con un toque de pescado putrefacto. Connie dejó atrás McKinley Square, donde los edificios empezaban a espaciarse por la aparición del puerto en sí, con sus embarcaderos que se proyectaban en el agua sin que se distinguiera su final a causa de la niebla.

Si le latía tan deprisa el corazón no era solo por el esfuerzo de impulsarse por el lodo, sino por cómo se estremecía debajo de sus pies el suelo. La niebla impedía ver el fondo de las calles, y también lo que tenía Connie a sus espaldas, sumiéndola en una bruma que le hacía perder la orientación. Así las sombras parecían más grandes, como si las proyectara una máquina invisible. En su mayoría acababan resultando simples árboles sin hojas, estáticos, o nuevas y fantasmagóricas efigies. Detrás de Connie, una iglesia medio en ruinas lograba perforar las miasmas extendidas sobre la ciudad.

Una vez se había dejado en la taquilla su ejemplar de los *Cantos de antes del alba* de Swinburne, y al salir del entrenamiento de fútbol se había dado cuenta de que el colegio estaba cerrado. Vio a un bedel que se iba a casa y lo convenció de que la dejara entrar. Una emergencia, por supuesto; un trabajo importante que tenía que entregar al día siguiente. El señor Dean sacó un cigarrillo y, antes de que Connie subiera corriendo al primer piso, le dijo que no se lo contara a nadie. Solo estaban encendidas las luces de emergencia del techo. En los pasillos, recién encerados y brillantes, se oían los ecos de un vacío kenopsiano. Se respiraba un ambiente raro y tenso, como de casa encantada.

Las sombras y rincones parecían más oscuros de lo normal. A Connie le llamaron la atención cosas en las que nunca se había fijado: el chirrido agudo de sus zapatos, los sutiles dibujos de los azulejos, que siempre le habían parecido de un azul uniforme… Cuando llegó a su taquilla, en la más absoluta soledad, estuvo segura de que algo la observaba por detrás. Quizá solo fuera su imaginación, o el remanente de los miles de alumnos y profesores que habían recorrido esos pasillos.

El ruido que hizo la taquilla al cerrarse fue como un disparo. Connie se puso a correr, y al salir dio gracias por haberse librado de un sitio conocido donde de repente hacía mucho frío.

Era lo mismo que sentía ahora, caminando por el esqueleto de una ciudad rota, ensangrentada. Le castañeteaban los dientes, y, lejos de sentirse poderosa como un alma que hace frente llena de valor a los apocalípticos despojos de una invasión zombi, o de un cataclismo nuclear, solo se sentía pequeña, terriblemente pequeña y sola, vulnerable, como si también ella pudiera venirse abajo en cualquier momento, sumándose a los cadáveres esparcidos por toda la manzana.

Se oyeron los ecos de un grito sobre el agua. Parecía una chica. Connie oyó acercarse a las demás, atravesando el cruce a trancas y barrancas hasta el principio de la bajada hacia Long Wharf.

—Alguien tiene problemas —les dijo, contenta de que al menos en el puerto, fuera de las calles, no hubiera tantos montones de basura y residuos humanos.

La mayor parte de Long Wharf estaba ocupada por un edificio rojizo, alto, ancho y compacto.

—¿Qué pasa, que ahora corremos hacia los problemas? —preguntó Missi, poniéndole una mano en el hombro para detenerla.

—Los ruidosos están muertos —terció Geo—. No hay nada más que ver. Será mejor soltar a los caballos y volver a la Congregación.

Llegó otra voz a través de la niebla, distorsionada por el agua.

—¡Orla! ¡Espera, Orla!

—¿Orla? —De golpe Missi abrió mucho los ojos—. ¿Orla Beevers? Pues parece que sí, que vamos hacia los problemas. ¡Qué narices! Fijo que de esta me arrepiento.

Fue ella, esta vez, quien tuvo la imprudencia de apartarse del grupo a toda prisa. Connie le pisaba los talones, pero el manto de niebla le impedía ver si Geo y Farai también venían. De todas formas daba igual, porque Missi no es que caminara decidida, es que iba como si luchase contra el viento, con la cabeza inclinada, la frente contraída y los labios blancos de tanto apretarlos.

También Connie había reconocido el nombre. En la novela, Orla Beevers era la mejor amiga de Moira, una de las damiselas de la alta sociedad que se pasaban el día haciendo costura o tocando el piano, y que, siempre a la última, siempre delicadas, cuando no estaban en un té estaban en un baile. No habría sabido decir qué hacía una chica así en un muelle sucio y peligroso.

—Ahora me cuadra lo del coche —dijo en voz baja Missi, como hablando sola—. Bueno, al menos un poco. Ya me había parecido que me sonaba de algo.

—¿Conoces a…? —Connie se calló justo a tiempo, acordándose de que por lo que le había dicho a Missi no tenía por qué saber quién era Orla. Por otro lado, le impactaba que Missi también la conociera—. ¿Quién es Orla?

—Una vieja amiga. —Missi se pasó una mano por la sien, mojada de sudor—. Un viejo amor.

22

SE LE HABÍAN ESCURRIDO DIEZ veces los dedos, pero Adelle insistía en apresar de nuevo esa mano fría y fofa que ya parecía la de un cadáver.

—¡Párate, mamá, por favor! Tienes que parar… ¡Por favor! ¿No me oyes? ¡Tienes que despertarte y escucharnos!

Las súplicas de Orla eran roncas, por los sollozos que le constreñían la garganta. Caminaba de espaldas al mar, acompasando su paso al de su madre, cuyo persistente y firme impulso por acudir adonde la llamaban empujaba lentamente a su hija por el muelle.

—¿Qué hacemos?

Adelle se paró, tropezando. Ya iban por la mitad de la pasarela de piedra que se internaba en el agua negra. A pesar de sus esfuerzos, y los de Orla, la señora Beevers no daba su brazo a torcer. Si se le ponían delante, se plantaba en el suelo y seguía empujando contra la pared formada por sus cuerpos. Si Caid la obligaba a dar la vuelta, ella se giraba por enésima vez y continuaba hacia su destino.

Si intentaban arrastrarla, ella resistía hasta que no tenían más remedio que soltarla, por miedo a romperle los brazos.

Respirando con fuerza, Caid se puso a su lado, con los pies bien plantados en el suelo, y se encogió de hombros con un gesto de impotencia, levantando los brazos. Tras ellos, adosado a un largo depósito de ladrillo gris, el Muro de las Cien Caras miraba el agua en una silenciosa y convulsa agonía. Adelle dio gracias por que estuviera medio tapado por la niebla. Le daba escalofríos la idea de volver a verlo. Orla le había hecho prometer que no lo miraría, pero había sido más fuerte que ella. Justo después se había arrepentido de haber incumplido la promesa.

En los pilotes rompían suavemente olas de poca altura. No se oían gaviotas, ni sirenas de cargueros. Más allá de donde terminaba el muelle palpitaba la Herida en algún sitio. Adelle aún no la veía, pero le constaba su presencia. La sentía a la espera, con la misma energía oscura que poseen las mentiras. Cuanto más se acercaban, más se le enturbiaba la cabeza. Aún era capaz de conectar ideas entre sí, pero no sabía hasta cuándo. Construir una frase coherente ya era como amontonar arena.

«Cógela…, cógela en brazos. Cógela en brazos y llévatela.»

Debería haber sido una obviedad, pero Adelle entendía la razón de que aún no lo hubieran probado: por la posibilidad de hacerle daño a la señora Beevers o hacérselo a sí mismos. Sin embargo, se estaban quedando sin opciones.

—Ayúdeme —le dijo a Caid con un hilo de voz, como si estuviera hablando dentro de un sueño—. Ayúdeme a levantarla.

Se agachó y, sin esperarle, pasó un brazo por debajo de la falda negra de la señora Beevers. Palpó la masa de enaguas y volantes hasta encontrar su pierna derecha. La intervención de Caid resultó decisiva. Fue él quien levantó del suelo a la señora Beevers, mientras Orla, alarmada, daba un grito.

La señora Beevers se quedó muy quieta, como en *rigor mortis*, y por un momento Adelle estuvo segura de que funcionaba: si seguía así podrían llevársela y meterla en un armario bajo llave hasta discurrir la manera de que no siguiera caminando. Su alivio, sin embargo, fue de corta duración. Las piedras que pisaban empezaron a temblar prácticamente en el momento en que se despegaba de ellas la madre de Orla. Adelle no había vivido nunca un terremoto, pero se imaginó que daba el mismo miedo. Se le licuaron las piernas de golpe, y perdió por completo el equilibrio. También Caid se cayó de rodillas con un grito ahogado, mientras Adelle lo hacía de lado. En cuanto a la señora Beevers, aterrizó en el suelo con la inquietante precisión de un gato y siguió por el muelle sin vacilación alguna.

—¿Y ahora?

Al apoyar las palmas en el suelo, Adelle palpó la superficie rugosa y cortante de los adoquines sin pulir.

Caid recogió y limpió las gafas, que se le habían caído. Mientras volvía a ponérselas, se giró a mirar a la señora Beevers, que seguía alejándose.

—¿Qué nos queda por probar? —preguntó sin aliento.

—¡Algo! —A pesar del cansancio y de la frustración, Adelle se levantó. Los temblores habían perdido fuerza. En comparación con la sacudida que los había hecho caer, ahora eran como un hipo—. ¡Lo que sea!

Orla, que no se había rendido, adelantó a su madre y se plantó otra vez delante de ella. Tras defender hasta el último centímetro, y perderlo, apoyó la cara en el hombro de la señora Beevers y se abrazó entre lágrimas a ella, intentando que frenara.

Adelle tendió una mano, aunque a decir verdad Caid no la necesitaba. Aun así, la cogió y echaron a correr hasta alcanzar a Orla. La alcanzaron y descubrieron que la niebla se estaba disipando, y que en medio del mar ennegrecido se veía la Herida, rodeada de barcos hundidos y embarrancados, como por una corona de espinas. Era incluso más grande de lo que había pensado Adelle en un primer momento: tenía la anchura de una piscina pública, pero sin fondo. Los dedos carnosos que la bordeaban seguían una ondulación errática al compás de un ritmo que a Adelle se le escapaba.

—Más cerca. Así, más cerca. Ahora te veo. Ahora te tengo. Este mundo será mío, y todos los que vengan también. He nacido. He llegado. Servirás.

Sacudió la cabeza para no escuchar la voz, e hizo el esfuerzo de apartar la vista, pero no podía. Era horrible, hipnotizante, y la señora Beevers iba derecha hacia ella.

Casi estaban al final del espigón. Solo quedaban unos metros. Se les habían acabado las oportunidades. Orla se estaba viendo empujada peligrosamente hacia el borde.

—Tenemos que frenarla —murmuró Adelle con las ideas cada vez más confusas. En algunos momentos le dolía hasta el mero hecho de parpadear, como si no pudiera tolerar ni la luz turbia que lograba filtrarse por las nubes y la niebla. Eran punzadas como de migraña que le dejaban dolorida la mandíbula—. Me refiero a Orla. No podemos perderla también a ella.

Caid la tomó del brazo con los ojos vidriosos, señal de que quizá tampoco fuera inmune a los síntomas de estar tan cerca de la Herida. ¿Hablaba con él? ¿Lo provocaba? Haciendo un esfuerzo de concentración, Adelle fijó la vista en la señora Beevers, que avanzaba por la escollera con su vestido negro y los andares seguros y orgullosos de una novia.

—¡No! —Orla levantó los brazos al ver que se acercaban—. No pienso irme. ¡No puedo dejarla!

Detrás de ellos se agitaba la Herida, con largos zarcillos como tiras de papel que ondulaban junto a los brazos hidrostáticos, aunque también estos últimos tenían la palidez del pergamino; de hecho, parecían envueltos en eso, en pergamino, con palabras impresas y todo: papel que resbalaba sobre músculo, como una piel mojada y suelta. Aparte del ruido del agua, Adelle percibió un inquietante sonido de succión. Se asomó temblando al borde de piedra y vio que debajo de los tentáculos había orificios de los que, con cada pulsación, salía una tinta que teñía el mar totalmente de negro.

El vacío absorbente del centro giraba a la manera de un tornado. Desprendiéndose de sus horquillas y sus lazos, la cabellera de Orla se puso a revolotear alrededor de su cara surcada por las lágrimas. Ella y su madre estaban cara a cara, sin espacio ya por recorrer. El tacón de Orla resbaló en el borde, haciéndola agitar los brazos y chillar.

—¡Orla! —gritó Adelle—. ¡Espera, Orla!

También Caid dijo algo, pero Adelle no lo oyó. Dando un gran salto con los brazos extendidos, encontró la mano de Orla y tiró de ella. No por ello caminó más despacio la señora Beevers, que, tras dar plácidamente un paso en el vacío, se quedó un momento como si flotara, con el cuerpo suspendido en el aire, antes de desplomarse en el negro y convulso corazón de la Herida.

Todo ello se produjo simultáneamente, pero la euforia que sentía Adelle al apartar a Orla del borde no tardó mucho en disiparse. Arrastrada por el mismo impulso que le había permitido alejarla del peligro, fue ella quien se vio lanzada hacia delante y, después de que las puntas de sus pies sintiesen un momento la fricción de la piedra, de pronto no hubo nada bajo ellas, nada en absoluto.

Al levantar la vista, vio los brazos tendidos de Caid y Orla, pero era demasiado tarde. Detrás de ellos, en la niebla, las formas se volvieron más oscuras. Lo siguiente fue una horrible sensación de latigazo cervical. Al principio creyó haberse dado un golpe en la cabeza con el borde del muelle, como un nadador equivocándose de cálculo en un salto mortal, pero no, por alguna razón seguía en el aire, y un brazo le estrujaba el abdomen con la fuerza de un torno de carpintero.

Agitando los pies, como si pudiera volar, fijó la mirada en sus botas, y luego en el pozo negro y sin fondo del centro de la Herida. A la señora Beevers ya se la había tragado la oscuridad. En cuanto Adelle bajó los brazos, dejando de moverlos, tocó lo que la tenía agarrada por el medio. Entonces se puso a darle golpes como loca, sabiendo de antemano lo que era sin haberlo mirado.

La había atrapado uno de los brazos fuertes y viscosos de la Herida, que empezó a aplastarla sin darle tiempo ni de gritar.

La pitonisa de Salem tenía razón: «Desapareces en la oscuridad».

«Dios mío —pensó sin gota de aire en los pulmones—, ya me tiene.»

—¡Delly!

Connie vio que el monstruo se había apoderado de su mejor amiga y la levantaba sobre el agua como un trofeo. Ella, mientras tanto, ya estaba apoyándose el rifle en el hombro.

—¡Cuidado al apuntar! —le dijo Missi, que también estaba preparando su pistola—. ¡Puede que se caiga ella dentro, aunque aciertes!

—No fallaré. —A Connie se le subió todo el pulso a la cabeza, llenándola de adrenalina y de un ruido atronador—. Déjame disparar primero a mí.

No fallaría. No podía. La intuición o la casualidad la habían llevado justo en ese instante al malecón, y estaba decidida a no fastidiarla. Al final del muelle había otras dos personas, pero parecían inofensivas. Además, sus gritos de alarma solo podían significar que querían a Adelle sana y salva.

Se aisló de todo lo demás: del impacto de haber visto al monstruo en el agua, repulsivo y ondulante, y de las otras voces. En el muelle estaban solo ella, el rifle y el blanco. En peores biatlones había participado, aunque sin jugarse nunca tanto.

«Controla la respiración y busca la ventana de oportunidad. Aprieta suavemente, sin movimientos bruscos. Los brazos firmes y la mirada fija. Busca la ventana.»

Lo que sujetaba a Adelle, una especie de tentáculo de calamar, la estaba matando por asfixia. Connie se fijó en que la piel de su amiga estaba cada vez más pálida, y su cara más azul. Viendo que dejaba sueltas las manos en los lados, temblorosas, supo que no había un momento que perder. Ya no podía seguir apuntando ni dudando. Aunque no fuera el disparo ideal, era el único que podía hacer. Había una pequeña posibilidad de que Adelle cayera sana y salva al agua, pero solo si Connie elegía el momento perfecto para disparar.

—¿Missi? —murmuró.

Por suerte Mississippi la oyó.

—¿Qué?

—Prepárate para tirarte al agua y rescatarla.

—Cuando tú digas, Rollins.

Tras un gesto casi imperceptible de la cabeza, Connie echó aire por la boca, se quedó inmóvil y disparó. La primera bala dio en la base del tentáculo. En cuanto pudo recargar disparó la segunda, pero para entonces el brazo del monstruo ya se había quedado tieso, inmóvil, en una vertical perfecta. En ese momento volvió a temblar el suelo y Connie se dejó caer de rodillas.

—¡Missi!

—Estoy lista. En cuanto la cosa esta…

«La cosa», sin embargo, ya había soltado a Adelle. No por ello cesaron los temblores, que hacían castañetear los dientes de Connie. Ya no se oía el pulso en la cabeza. Se le había parado el corazón y no podía respirar. Una vez libre, el cuerpo de Adelle cayó como una piedra al pozo, al interior del monstruo.

Connie chilló, sintiendo en la cara el calor repentino de las lágrimas, y recargó; torpemente, pero recargó. Acto seguido dejó caer el rifle en su hombro y volvió a disparar. Missi también. Por desgracia, ya había pasado todo.

Adelle ya no estaba, y Connie no podía respirar.

Adelle no podía respirar. Durante un segundo de ingravidez, entre la presión asfixiante del tentáculo y la caída, había oído una voz familiar. Las formas en la niebla se volvieron más nítidas.

«Connie.»

No, Connie no se merecía verlo. No se merecía ver morir a su amiga. Sin embargo, Adelle no podía luchar contra la gravedad. Lo raro fue que el resto de los brazos de la criatura le dieron la impresión de querer apartarla antes de que desapareciese entre sus fauces, aunque al final se la tragaron.

«Demasiado cerca, pero ya veremos…»

Se preguntó si era así morir. Verse arrancada del mundo, y transportada a *Moira,* había sido una experiencia horrible, sobrecogedora, pero lo de ahora era mucho peor, mucho mucho más lento.

El duro impacto que esperaba no llegó a producirse. Se deslizó por una oscuridad total, envuelta en un capullo de gelatina ni caliente ni frío, sino a la temperatura exacta de su piel. Se agarró con fuerza la garganta, porque aún le costaba respirar. Tenía el abdomen como si se lo hubieran golpeado con una docena de martillos, dolorido y sensible, y no podía parar de temblar. Se preguntó, parpadeando, si acabaría todo así, si se quedaría para siempre donde estaba, ciega, magullada y suspendida en el aire, prisionera de un perpetuo limbo.

Pensar que había tenido justo delante a Connie, que el reencuentro definitivo había estado al alcance de su mano... No entendía que estuviera en el puerto. Aun así procuró guardar la calma, aunque el miedo le estrujase la garganta con la misma fuerza que la falta de aire.

«Al menos he podido verla una vez más, y ahora sabe que puede intentar volver a casa sin mí.»

La calma no surtía efecto. Se dejó caer llorando contra la prisión de gelatina que la rodeaba. Su madre siempre había intentado prepararla para la muerte. A fin de cuentas, formaba parte de su trabajo.

«¿De qué tienes tanto miedo? ¡Pero si nos pasa a todos!», le decía siempre que soltaba algún presunto dato especialmente truculento acerca de la muerte durante la cena, o en el centro comercial, o en presencia de cualquier persona de quien intentara Adelle hacerse amiga. Su casa estaba llena de animales disecados, la única afición que compartían madre e hija. A pesar de ello, el día en que Adelle le había planteado la posibilidad de estudiar taxidermia después del instituto, Brigitte Casey había perdido los estribos.

—¡Pero qué dices! ¡Con lo aprensiva que eres! Además, irás a Yale —se había puesto a decir, levantando la voz. A su madre le habían puesto Brigitte por Brigitte Bardot, la actriz francesa, y hasta se parecía un poco a ella, pero cuando le daban esos arrebatos, a Adelle le parecía horriblemente fea—. Connie quiere ir a Yale. ¿No erais tan inseparables?

Siempre funcionaba: el nombre de Connie era un recurso infalible para que Adelle bajara la cabeza y no insistiera con lo de la taxidermia. De hecho, era verdad que Connie quería ir a Yale, y con su inteligencia y sus dotes atléticas seguro que la aceptarían. Adelle nunca les había dicho a ninguna de las dos que ella ni siquiera se había descargado el formulario ni se había planteado hacer cursos de pregrado ni había hecho lluvia de ideas para la redacción de la solicitud.

Bueno, ahora se estaba muriendo, así que daba igual.

¿Qué decía siempre su madre? Le estaba costando pensar y hacer memoria, como si la gelatina le chupase la energía mental.

«La vida es agradable, y la muerte tranquila. Lo problemático es la transición.»

Era lo que repetía su madre sin descanso. En realidad, la frase era de Isaac Asimov, pero no paraban de atribuírsela erróneamente a su madre en artículos de revistas y blogs, señal de lo mucho que le gustaba. Siempre que se la oía decir, Adelle se ponía de los nervios. Le irritaba que su madre —y Asimov— tuvieran razón: el agobio de pensar en cómo morirás, o en cuánto vivirás, puede quitarle toda la gracia a vivir. Era como se sentía ella durante los ataques de pánico, como si la alegría de vivir no solo estuviera lejos, sino al otro lado de una pared, y como si a su alrededor todo fuera sufrimiento, una invasión de sufrimiento.

Pues nada, ahora ya lo sabía. Ya sabía cómo era morirse. Empezó a llorar un poco menos al darse cuenta de que no tenía miedo. Lo que sí estaba era arrepentida, y de muchas cosas. Quizá les pasara a todas las personas jóvenes que abandonaban el mundo a destiempo.

Tanto potencial, tanto por hacer, y lo único que tenía por delante era esa oscuridad neutral.

Hasta que empezó a resbalar.

Se estremeció, asqueada. «¿Es la sensación que se tiene al nacer? Pues qué asco.» La masa pegajosa que la rodeaba se hizo más resbaladiza. Luego desapareció la parte de los pies, y empezó a deslizarse lentamente hacia abajo. Se rodeó el cuerpo con los brazos, asustada. Justo ahora que se acostumbraba a su destino, iban y se lo cambiaban.

Ingresó en otro compartimento donde se quedó flotando, como si en la panza del monstruo no hubiera gravedad. Era donde le parecía estar, en un espacio orgánico, un estómago, cavidad o lo que usaran los pulpos para digerir. «Seguro que Connie lo sabría.»

—¿Sabías que las estrellas de mar pueden sacar el estómago hacia fuera para comerse lo que tienen al lado? —le había dicho Connie una vez en el colegio, mientras se comían un par de pizzas para llevar. La única reacción de Adelle había sido quedársela mirando mientras se caía un trozo de salchicha de la porción que tenía en la mano.

—Es lo más asqueroso que he oído en mi vida —había murmurado.

—Qué alucinante, ¿no?

Connie lo había visto en el zoo, al ser invitada a participar en un campamento de fin de semana para alumnos de biología brillantes.

Dentro de la cavidad estomacal había un vago resplandor rojizo, como el de un farol que va apagándose. Era un espacio inmenso, prácticamente insondable, grande en plan «por dentro es más grande» de *Doctor Who*.

Y no estaba sola.

De vez en cuando, las lejanas paredes del monstruo brillaban con más fuerza, como si se iluminasen al compás de un ritmo cardíaco somnoliento, haciendo aparecer un mapa enrevesado de venas, cada una de las cuales tenía el tamaño de una carretera. Al ver el primer cuerpo estuvo a punto de gritar. Luego, al percatarse de cuántos había, se tapó la boca, horrorizada. Flotaban junto a ella, aunque ninguno parecía consciente. Al intentar mover los brazos descubrió que casi podía nadar por la atmósfera interna del estómago, evitando chocar con los cuerpos fofos y mudos que pasaban flotando como astronautas echando la siesta en una estación espacial.

Al reconocer no muy lejos a la señora Beevers, gruñó y se impulsó nadando por la nada hasta poder girar suavemente a la madre de Orla y situarla de cara. No tenía ni idea de si estaba viva o muerta. Los seres humanos de la cavidad parecían hallarse en una especie de éxtasis atemporal, como en conserva.

«¿Cómo estoy respirando?», se preguntó. A menos que no respirase… Quizá estuviera muerta y fuera todo una ilusión. En ese caso, casi seguro que era la peor parte del más allá.

La cavidad volvió a iluminarse, coincidiendo con el «pum pum» amniótico casi tranquilizador que emitía al latir el corazón del monstruo. Dejando atrás a la señora Beevers, Adelle nadó a lo perrito en dirección a una de las paredes, esquivando en lo posible a las demás personas. En cuanto estuvo cerca lamentó haberlo hecho. Lo sentía: sentía su presencia, y que se había fijado en ella.

—No era donde quería tenerte.

La voz la envolvió, zarandeándola. Estaba dentro de ella. La fuerza con que le sacudía el cuerpo casi asfixiaba a Adelle, que movía los pies sin avanzar mientras veía extenderse la trama de venas por la carne roja y pulposa de la cavidad, cuya luz propia, blanquecina, no iluminaba solo sus entrañas, sino algo que estaba más allá, fuera del cuerpo.

—¿Dónde...? —Le costaba formar las palabras. No sabía si hablaba en voz alta o solo pensaba—. ¿Dónde me quieres?

—Aquí, no. Aquí no me sirves de nada, viajera. ¿O debo llamarte Precursora? No importa, servirás.

—¿O sea, que aún estoy viva? ¿Estar dentro de esto no me ha matado...?

—No, Precursora, no estás muerta. Aquí, no. Ahora veo que tienes que vivir. Tienes que seguir adelante y medrar.

Adelle no se podía creer que estuviera hablando con la cosa, fuera lo que fuese.

—¿Pues por qué oía todo el rato tu voz? —preguntó—. ¿Por qué no parabas de pedirme que me acercase, si no era para... devorarme? ¿Para matarme?

Una pausa. Notó que el monstruo ordenaba sus ideas sin apartar la vista de ella. El estómago volvió a quedarse a oscuras. Adelle se dio cuenta de que así era peor. No le gustaba no saber dónde estaban los otros cuerpos, ni dónde estaba ella. De pronto, el corazón volvió a latir, un aviso como un tambor lejano, y en las paredes, y en los ojos de Adelle, ardió otra vez la luz.

Al ver lo que había al otro lado, primero se quedó de piedra, y luego sintió que la desesperanza le estrujaba el corazón como una mano helada, hasta arrancárselo.

—No..., no... ¿Qué es eso? ¿Qué es esto?

Al otro lado de las paredes de la cavidad se extendía un paisaje urbano, un antiguo laberinto de altas torres y pináculos sin fin, con escaleras que no llevaban a ninguna parte, balcones con vistas al infinito y mares que atravesaban la Tierra y se fundían con el espacio. De esta ciudad solo vio la silueta, pero le bastó. Después se movió algo entre las torres. Adelle lo había confundido con una de las informes fortalezas. Su forma correspondía aproximadamente a la de un hombre con los hombros caídos, el cuerpo envuelto en niebla negra y la cabeza llena de tentáculos, como un gran calamar. En su espalda se abrían dos enormes alas. El pensamiento de Adelle se rebeló al ver que la cosa se giraba a buscarla con ojos cuyo color rojo era el de un infierno que ningún ser humano habría sido capaz de inventar o soñar.

Sabía que no era Boston; por no ser, quizá no fuera ni la Tierra, pero al margen de dónde se encontrase, estaba demasiado cerca. Aunque aguardase en el extremo mismo del universo, estaba demasiado cerca.

—Ya está decidido el camino. Irás y volverás. Sí, Precursora, volverás. La puerta se abrirá.

Sacudió la cabeza, sabiendo, sin embargo, que era inútil. Los ojos, tan tan rojos, se iluminaban un poco con cada palabra, y Adelle, debilitada mentalmente, incapaz de soportar su mirada, empezó a gemir. Luego lloró y apretó los brazos contra el cuerpo, deseando poder irse flotando, como el resto de los ocupantes de la cavidad.

Con la siguiente respiración, sintió que se le deslizaba hacia abajo por el cuello algo frío, blando y sin sabor. Dentro de ella se encendió una luz, pero no iba acompañada de ningún calor.

—Irás. Cruzarás la puerta, Precursora. La Ciudad del Soñador se está preparando.

Las mujeres tienen muchos rasgos en común con los niños: un sentido moral deficiente y un talante vengativo, celoso y propenso a venganzas de refinada crueldad. En los casos normales, estos defectos se ven neutralizados por la devoción, la maternidad, la falta de pasión, la frialdad sexual, la debilidad y una inteligencia sin desarrollar.

Cesare Lombroso, 1835-1909

Connie esperaba entre la niebla. Esperaría todo lo que hiciera falta. Adelle había desaparecido más allá de las fronteras mismas de la realidad.

—He perdido igual a más de uno —dijo Mississippi. Los demás también esperaban, solemnemente sentados hacia la mitad del espigón. Hasta ahí no podía llegar el monstruo, cuyo nombre, como acababa de averiguar Connie, era la Herida—. Mucha gente. Mi padre, amigos, chicos de la Congregación…

Las presentaciones entre Connie, por un lado, y Orla Beevers y Kincaid Vaughn, por el otro, habían sido breves. Kincaid se había quitado el abrigo para ponerlo sobre los hombros de Orla, que temblaban. No hacía frío especialmente, pero estaban todos destemplados.

—Ya, ya lo sé —replicó Connie—, pero esto es diferente. Lo es y punto.

Missi le puso una mano en el hombro. Connie se sorprendió a sí misma no apartándola. Nunca había llevado bien la pena ni el luto. A los nueve años, después de encontrar muerto por la calle a su primer gato, había estado dos días sin comer, rezando en su cuarto hasta clavarse las cuentas del rosario en la palma de la mano mientras le prometía a Dios hacer lo que le pidiera con tal de que le devolviese a Bella.

Geo y Farai montaban guardia en silencio a sus espaldas. De Jack no se sabía nada, ni tampoco del cochero, por quien había expresado Orla su inquietud mientras decía sollozando la palabra «mamá».

—Ya sé que parece distinto porque era amiga tuya, pero todos podemos ayudarte. —Missi hizo un ruido ahogado, clavándole las uñas en el hombro—. A menos que…

Se miraron fijamente. Missi señaló con la cabeza el agua negra.

—A menos que fuera como tú —susurró.

Connie tragó saliva, pensando que ya no tenía sentido mantener nada en secreto. Todo era un desastre. Había fracasado, y el fracaso era algo que sobrellevaba tan mal como la muerte.

—Sí —dijo entre dientes—, lo era. También era mi mejor amiga, y ahora…

—Que Dios nos ampare —murmuró Missi con los ojos cerrados, inclinando la cabeza.

Geo se acercó a las dos, mordiéndose el interior de la mejilla.

—Compartimos tu dolor, pero no podemos quedarnos. Estamos en el epicentro de los ruidosos. Este es su dios, y esto su territorio. Lo siento mucho, pero tenemos que irnos.

—Marchaos vosotros —les dijo Connie, aturdida—. Yo me quedo.

—¿También quieres morir? —Geo suspiró—. ¿De qué serviría? ¿Quieres vengarte? Pues ayúdanos a luchar contra esa cosa.

Connie se encogió de hombros.

—Yo como lucho es así, quedándome.

—¡Geo, no es momento de hablarle así! —se quejó Missi—. ¡Si se hubiera caído Farai nadie estaría pidiendo que te fueras!

—¿Y la Congregación?

—Pues…, la Congregación la metes en un saco y la tiras rodando por una montaña, ¿vale? Está intentando hacer su duelo. No insistas, Geo.

—Como no estás en tu sano juicio, me olvidaré de lo que he oído.

Geo se giró para volver con Farai y hablar con ella en voz baja, aunque a Connie le dio igual lo que dijeran: pensaba quedarse hasta el anochecer, o hasta la mañana siguiente, y luego seguiría el mapa hasta donde estaba la bruja, conseguiría el incienso y se iría a su casa. Al menos podría darles una explicación a los padres de Adelle. Era lo mínimo.

Justo cuando Kincaid acababa de ayudar a levantarse a Orla, que tiritaba por debajo de su chaqueta marrón, el muelle experimentó una nueva sacudida, que esta vez provocó la aparición de una grieta en la parte central.

—¡No, otra vez no! —exclamó Mississippi, cogiendo a Connie.

Se sujetaron mutuamente mientras los temblores se repetían con más fuerza. Orla cayó de rodillas, gritando. Las olas que hasta entonces habían roto contra el muelle en una suave ondulación empezaron a estrellarse con la suficiente fuerza como para salpicarlos.

Connie enfocó la vista en las embravecidas aguas negras que se abalanzaban contra el malecón en olas gigantescas, levantadas por el terremoto, dejando a su paso una alfombra de espuma. Después de varias olas sucesivas de especial virulencia, le llamó la atención un bulto al final de la escollera. Se movía. Tiritaba. Era un cuerpo. El terremoto fue perdiendo intensidad, hasta que el agua volvió a mecerse con la misma placidez que antes. Connie corrió con todas sus fuerzas por el muelle y se agachó al lado del bulto.

Pelo rubio. Más corto de lo acostumbrado, pero rubio. Vestido negro empapado y botas victorianas de gótica. A pesar de la torpeza que imprimían a sus movimientos la incredulidad y el estupor, puso a la persona boca arriba. Sí, era ella. Era verdad. Adelle había vuelto viva, y ahora estaba tumbada en el suelo, respirando deprisa.

—¿Te has hecho daño? —Limpió la cara de su amiga, cubierta por gotas de un agua negra como la tinta—. Adelle, ¿me oyes? Por favor, ponte bien...

Los demás se acercaron corriendo por el muelle.

—Madre de Dios —susurró Geo, santiguándose—. Es un milagro. Nunca había vuelto nadie. Nadie.

Adelle tosió y, al incorporarse como para hacer abdominales, un espasmo recorrió todo su cuerpo y agitó sus piernas. Connie le sujetó la cabeza, apoyó la parte superior del tronco de su amiga en su regazo y le introdujo un dedo en la boca para que expulsara el agua o la espuma de más que pudiera haberse tragado.

—Estoy... Puedo respirar —resolló Adelle sin dejar de toser—. Por cierto, tu mano tiene un gusto horrible.

—Dios mío... Dios mío... Estás aquí. Estás aquí.

Después de estrecharla en un abrazo sofocante, Connie se acordó de que acababa de estrujarla un brazo o tentáculo gigante, y le habían pegado un tiro, y la habían tirado a un pozo, así que alivió un poco la presión.

—Por favor —murmuró Adelle con otro espasmo—, ¿podemos alejarnos de esa cosa? Por favor...

Connie se agachó y la ayudó a levantarse con cuidado, dejando que apoyara casi todo su peso en ella. Antes de que hubiera podido decir nada más tuvo a su lado a Kincaid Vaughn, que se limpió las gafas de agua negra y tendió las manos.

—Déjeme ayudarla —dijo sin levantar la voz.

Connie se fijó en su amago de sonrisa, y luego en su camisa. La chaqueta se la había prestado Kincaid a Orla al darse cuenta del frío que pasaba, sin que ella tuviera que pedírselo. Aun así, Connie tuvo la sensación de que Adelle era una carga demasiado valiosa para correr el riesgo de ponerla en otras manos. Ahora que la había recuperado, no pensaba apartarse de ella.

—Es de fiar —le dijo Orla.

—Tranquila —intervino Adelle con voz ronca, apoyando la frente en la mejilla de Connie—, que no será la primera vez que me lleve.

Iban por la mitad del espigón, con Adelle a salvo en brazos del joven, cuando Connie soltó una carcajada de alivio y miró a su amiga con los ojos empañados.

—¿Cómo que no es la primera vez que te lleve? Me lo vas a tener que explicar.

—¿Cómo lo has hecho? —Orla frenó tan bruscamente que estuvo a punto de tropezar consigo misma. Se arrebujó los hombros con la chaqueta—. Creo…, creo que tendría que quedarme. ¿Y si también vuelve mi madre?

—Pare, Caid —le pidió Adelle. Los demás se giraron, y Connie se dio cuenta de que a su amiga le estaba costando decir algo. Tenía muy mala cara, incluso para alguien que había estado a punto de ahogarse—. No creo que vuelva, Orla. Hace un rato, dentro de la cosa…, yo estaba despierta y lo veía todo, a toda la gente que ha entrado en la Herida.

Orla abrió mucho los ojos, llenos de esperanza.

—Lo que pasa es que estaban todos dormidos, creo, o… idos. No he podido despertarlos. He visto a tu madre y…, y tampoco he podido despertarla. Lo siento. Lo siento mucho, Orla. Ojalá hubiera podido llevármela. No sé por qué ha dejado que me fuera, pero la verdad es esa.

A Orla le tembló el labio inferior. Dijo una palabrota.

—¿Pues entonces por qué no la has salvado?

De pronto se giró y se fue corriendo por el espolón, pero a los pocos pasos se dejó caer llorando.

—Ya me ocupo yo. —Mississippi volvió a quitarse el sombrero con el ceño fruncido—. Llévate a tu amiga a algún sitio donde se le pase el frío.

—Mi taller no queda lejos —propuso Kincaid—, un poco más al norte y al oeste, cerca de Old North Church.

Connie la conocía: era la iglesia más antigua de Boston, y una referencia difícil de pasar por alto. Como caminata no estaba mal.

Más cerca que el escondite de la Congregación quedaba, eso seguro. Lanzó una mirada a Geo y a Farai, que no propusieron ninguna otra solución. Como era de prever, la decisión final recayó en Mississippi.

—Vale, pues llévatelas y haz que repongan fuerzas con algo en el estómago. ¿Os parece bien si os vais con Vaughn?

Connie asintió con la cabeza.

—Yo lo único que necesito es quedarme con Adelle.

—Pues ya está. —Missi silbó un poco por lo bajo—. ¡Menudo día! Cuando tenga resuelto lo de Orla, igual os la mando. Dudo mucho que quiera volver a una casa vacía. Demasiados malos recuerdos.

—Es más que bienvenida —dijo Kincaid con una curiosa formalidad.

Connie no se podía creer que fuera el mismo Kincaid Vaughn pretencioso y sabelotodo de la novela, un personaje que parecía construido desde la primera página como el contrapunto sin gracia de Severin. A quien estaba descubriendo ella era a todo un caballero, un joven de buenos modales, gafas encantadoramente torcidas y galantería innata. No recordaba que en el libro fuera negro, pero bueno, apenas salía. El padrastro de Adelle siempre acusaba a *Moira* de anacrónica. En todo caso, a Connie se le estaban desmontando todas sus previsiones sobre el mundo de la novela. Tal vez el universo de *Moira* fuera más amplio e inclusivo de lo que pretendía la autora. Tal vez hubiera adquirido vida propia.

—Vosotras dos volved a la Congregación, y a ver si de camino encontráis a Jack, que no es de los que suelen irse porque sí.

Geo y Farai se alejaron del muelle a toda prisa, claramente aliviadas por las órdenes de Missi. No sería Connie quien se lo reprochase, porque ella también se moría de ganas de estar en cualquier otro sitio. Mississippi volvió con Orla. Lo hizo con paso decidido, sin despedirse. Connie decidió no analizar la presión en el pecho que le provocó esto último.

Tardaron poco más de veinte minutos en llegar al taller de Kincaid Vaughn, por calles vacías y sin rastro de ruidosos ni de monstruos. Al llegar al almacén de cuatro plantas, Connie era consciente de que no habían caminado ni dos kilómetros, pero su sensación era de haber corrido veinte.

—El resto del camino ya puedo hacerlo sola —les aseguró Adelle cuando llegaron a la puerta.

—¿Está segura, señorita Casey?

Kincaid se sacó del bolsillo una llave antigua, pero la puerta estaba abierta. Al no verlo alarmado, Connie no le dio importancia.

—Sí, me irá bien estirar las piernas —contestó Adelle—. Me duele el cuello, pero la cosa esa no me ha matado. No sé por qué, pero no me ha matado.

Una vez depositada suavemente en el suelo, se apoyó en el brazo de Kincaid para recuperar el equilibrio y dio unos pasos por la sala de entrada al almacén, muy espaciosa. El aire era fresco, y la luz abundante, gracias a la presencia de abundantes ventanas y una claraboya. Guiados por Kincaid, tomaron el primer pasillo a la derecha. Al fondo había otra puerta, que esta vez sí tuvo que ser abierta con llave.

—Bienvenidas —dijo él al apartarse, manteniéndola abierta—. Es…, bueno, no es nada muy lujoso ni muy espléndido, pero yo estoy muy a gusto.

Adelle entró cojeando en el refugio, Connie corrió a su lado y la agarró del brazo. Frenaron en seco nada más entrar, atónitas y enmudecidas por la laberíntica visión, digna de un científico loco. Era como meterse en el cerebro de Kincaid, con todos sus gustos, intereses y pasiones a la vista.

Al ser tan alto el techo, en la pared de enfrente había toda una hilera de ventanas, y a la izquierda una estrecha escalera, con aspecto de poder plegarse, por la que se accedía a un altillo con vistas a todo el espacio de trabajo. Justo delante de la puerta había dos sofás de cuero, llenos de parches y arañazos, situados el uno frente al otro encima de una alfombra estampada. En medio, un baúl de viaje servía de mesa. A la derecha, Kincaid había acondicionado un jardín interior que era casi un pequeño invernadero, con tres largas mesas en las que se apretaba una gran diversidad de plantas en hileras. Detrás del sofá, Connie vio un telescopio, una mesa de dibujo cubierta de esquemas y mapas y, al pie de las ventanas, una extensa biblioteca que estaba claro que Kincaid pretendía seguir ampliando. Las estanterías, bastante precarias, estaban aprovechadas hasta el último centímetro, y los libros sobrantes se elevaban ordenadamente en pilas. Al lado había otra mesa con herramientas de corte, retales de tela y cuero y fajos de papel en blanco.

Y no acababa ahí la cosa, en absoluto. Todo era una excéntrica acumulación que se extendía por todos los rincones, pero sin dar una impresión de suciedad: un reloj desmontado y con las piezas fuera, a medio reparar, varios cuadernos y, debajo del altillo, junto a un lavabo y una estufa de leña, varios magníficos aparadores cubiertos de polvo.

A Connie le hacían cosquillas los dedos por las ganas de curiosear, como si se hubiera tropezado por casualidad con el rastro más grande de la historia. Lo primero, sin embargo, era Adelle, así que —aliviada por el mero hecho de no pasar frío ni estar mojada— la ayudó a sentarse en uno de los sofás de cuero. Mientras tanto, Kincaid subió por la estrecha escalera y volvió del altillo con una gruesa manta de retales, señal de que arriba debía de haber algún tipo de espacio para dormir.

—Esto es increíble —murmuró Adelle, mirándolo todo, mientras Kincaid le daba la manta a Connie, que la usó para envolver las piernas de su amiga.

—No, señorita Casey, la increíble es usted —contestó él junto a la mesa baúl, con las manos en los bolsillos—. ¿Cómo ha vuelto?

Aunque la expresión inicial de Adelle fue de cansancio, sacó fuerzas de flaqueza y siguió mirándolo todo menos la cara de Kincaid, mientras se mordisqueaba un poco las uñas.

—No tengo ni idea.

Mentira. Adelle mentía fatal. Connie miró de reojo a Kincaid, que solo cambió un poco de postura.

—Disculpe mi mala educación, pero a la señorita Beevers le ha dicho que ha podido ver el interior de la Herida. ¿Cómo era?

Otra vez la misma cara de cansancio de Adelle, que abrió y cerró la boca un par de veces. Kincaid se pasó una mano por la frente y se acercó a la estufa de leña de debajo del altillo.

—¡Pero qué anfitrión estoy hecho! A quién se le ocurre someterla a un interrogatorio sin haberle ofrecido ni tan solo un té…

Connie se sentó en el mismo sofá, al borde de los cojines, contra las rodillas dobladas de Adelle.

—No tienes por qué decirle nada, si no quieres.

—No se lo voy a decir —contestó Adelle en voz baja, atenta a si volvía. Estaba demasiado lejos para oírlas, pero por muy poco—. No puedo contárselo todo. Cuando estemos solas... ¡Ay, Connie! No sé ni cómo describirlo.

Connie vio que tensaba mucho la mandíbula, como el trueno que precede al relámpago. Esforzándose por no llorar, buscó la mano de su amiga y la apretó.

—Ahora estamos juntas —dijo—, y cuando te veas con fuerzas nos podremos ir. Tengo un plan. Podemos conseguir todos los ingredientes que usó el señor Straven para el conjuro que nos trajo aquí, y recrear el ritual para volver a casa.

Cogió su bolsa y sacó el mapa lleno de arrugas y de manchas que le habían dado.

—¿Ves a esta mujer? —dijo, enseñándoselo—. Pues tiene un montón de cosas de brujería, y a las amigas de Missi les parece que también podría tener incienso. El cuenco y la vela ya los he conseguido, y una piedra la podemos sacar de cualquier sitio.

Adelle sonrió, secándose con poca fuerza las mejillas.

—Cuántas cosas has hecho... Y yo lo único que he conseguido es caerme en un agujero y que me corte el pelo una zumbada.

Por Dios, pero qué gusto daba volver a estar juntas... Por fin una presencia familiar, algo sólido entre todas las rarezas y peligros a los que habían sobrevivido. Connie no había querido ni plantearse la idea de intentar volver a casa sola. Detrás de ellas silbó el hervidor.

Dobló el mapa y se lo guardó.

—Por cierto, ¿lo del pelo cómo te ha pasado? Te queda…, umm…

—Dilo, dilo, que no pasa nada —gimió Adelle.

—No es el mejor *look* que te he visto —dijo Connie, burlándose, y se alegró de que a Adelle también se le escapara la risa—. Es tope Príncipe Valiente.

—La señora Beevers me lo ha arreglado lo mejor que ha podido. Es culpa de Moira, que me atacó mientras dormía con unas tijeras porque me había atrevido a decir en voz baja el nombre de Severin. ¡Estaba durmiendo! No tenía ninguna intención de…

Connie intentaba no perderse. Habían vivido cada una por su lado los más insólitos percances, pero iba siendo hora de volver sanas y salvas a su mundo, donde recordarían sus tribulaciones decimonónicas en Burger Buddies, con un buen par de hamburguesas, o pasándose notas en la sala de estudio. Tarde o temprano tendrían que consensuar una versión oficial para sus familias o la policía. De momento, lo único importante era volver.

—La señora Beevers… —Adelle puso cara de consternación—. La he visto dentro. ¡Era horrible, Connie! He visto unas cosas… No sé por qué me ha dejado escapar. ¿Por qué a mí, y no a otra persona?

No pudo acabar. Connie apoyó suavemente el mentón en su rodilla.

—Tómatelo con calma. Ahora puedes descansar un poco. Pronto se habrá acabado todo y podremos volver.

—Umm.

Adelle apartó la vista hacia la estufa de leña.

Kincaid había vuelto con una bandeja de plata, en la que traía tres tazas de porcelana fina y una tetera de la que salía humo.

—*Earl grey.* —Adelle cerró los ojos, encantada—. Mi preferido.

—El mío también —dijo Kincaid mientras ponía una cestita de metal en cada taza y vertía el agua caliente por encima—. Les ofrecería leche o azúcar, pero...

—Ya es una suerte que tenga té —lo interrumpió Adelle, que levantó la taza hasta su pecho y estuvo un momento respirando el humo—. ¿De dónde saca el agua?

Él se sentó enfrente, en el otro sofá, cómicamente desproporcionado respecto a su estatura y corpulencia, pero aun así, como hombre criado en un ambiente de modales rigurosamente controlados, sujetó con elegancia su preciosa taza.

—Recojo el agua de lluvia. No es potable, pero he descubierto una manera de purificarla con una versión modificada del ingenioso sistema de Charles Wilson. ¿Saben que su invento suministró agua potable a toda una localidad minera de Chile? Es admirable lo... —Dejó la frase a medias, como si se escondiera detrás de la taza—. ¿Pero... qué hago desvariando sobre Wilson cuando la señorita Casey ha visto la Herida por dentro y ha sobrevivido para contarlo?

Connie nunca había visto balbucear a nadie con tanta elegancia. No tuvo más remedio que pensar que Kincaid flirteaba con Adelle, sobre todo por cómo la miraba cada vez que pensaba que ella no se daba cuenta.

A menos que fueran simples nervios, ahora que Adelle se había hecho famosa y se la consideraba un auténtico milagro... Quizá se pudiera cambiar el título de la novela por *Adelle*. La novela. A Connie se le cayó el alma a los pies, y más abajo. Tendría que enseñarle a Adelle lo que le estaba pasando a su ejemplar compartido de *Moira*.

Después de un día así, no se podía ni imaginar qué nuevos cambios podían producirse.

—Al principio estaba todo... muy oscuro.

Se dio cuenta de que Adelle medía con mucho cuidado sus palabras, mientras Kincaid se inclinaba hacia ella como hipnotizado, con las gafas empañadas por el vaho del té. Connie tenía que reconocer que ella también estaba impaciente por oír qué había visto Adelle. Ni siquiera parecía real. Había desaparecido en el interior de la Herida durante al menos diez minutos. Cualquier persona normal se habría ahogado.

—Pero a partir de un momento he empezado a ver muchos cuerpos a mi alrededor, flotando. —Adelle bajó la taza y la apoyó en su barriga, fijando la mirada por encima del hombro de Connie; una mirada vidriosa, o desenfocada, como si su ojo azul y su ojo verde se hubieran perdido en las nieblas del recuerdo—. Era una especie de sala gigantesca. He tenido todo el rato la impresión de estar dentro de un estómago, o algo por el estilo. No sé cómo, pero también podía pensar, respirar y nadar. Lo que no podía era despertar a los demás. Era como si estuvieran todos... congelados.

—¿Pero no muertos? —preguntó en voz baja Kincaid.

Su tono de esperanza no pasó desapercibido a Connie, que se acordó de los cambios en el párrafo inicial de la novela: en la nueva y demencial versión, la Herida se llevaba a toda la familia de Kincaid Vaughn.

—Sinceramente, no lo sé. —Adelle cambió de postura sin dejar de mirarlo—. He intentado despertar a la señora Beevers, pero no reaccionaba.

—Lo ha comparado usted con un estómago. —Kincaid se rascó la barbilla, pensativo. Connie se dio cuenta de que se había puesto en modo analítico y científico—. De lo que se deduce que los cuerpos podrían ser comida. —La palabra se le había resistido, y con razón—. ¿Pero estaban intactos, sin señales de degradación?

Adelle sacudió la cabeza.

—Estaban bien. No es que los hubieran empezado a… digerir, ni comer, ni nada. Hasta estaban vestidos.

—Fascinante —musitó Caid, olvidándose del té—. Desconcertante.

—A…, a partir de ahí ya no recuerdo nada —dijo Adelle. Connie la conocía lo bastante como para intuir que había algo más, mucho más. Adelle se estaba guardando algo. Se preguntó si lo hacía para protegerlos a ellos o a sí misma. Le acarició la rodilla para tranquilizarla: más allá de cualquier otra consideración, había pasado por una prueba durísima—. De lo siguiente que me acuerdo es de estar en el muelle, y de que me zarandeaba todo el mundo.

Kincaid había asentido varias veces, dando crédito a un relato en el que Connie adivinaba muchísimas lagunas.

—¿Y usted cómo se encontraba, señorita Casey? ¿Asustada? ¿Confusa?

—Al principio, triste —contestó ella, sorbiéndose la nariz. Kincaid sacó enseguida un pañuelo y se lo dio. Adelle lo aceptó con una sonrisa y lo usó—. Creía que iba a morirme, y me ha dado un ataque de pánico, pero luego me he tranquilizado porque no me dolía nada y…, bueno, es que mi madre… ayuda a la gente a aceptar la muerte. Es su…

En los ojos de Adelle apareció un destello muy fugaz de alarma que a Connie le dio ganas de sonreír. Se acordaba por las clases de historia de que la gente de esa época era bastante morbosa, pero hasta a ellos se les podía atragantar un concepto como el de *doula* de la muerte.

—Trabaja en una funeraria —soltó Adelle, mirando a su amiga de reojo.

—Más o menos, articuló Connie casi sin voz.

—No es un oficio muy común entre mujeres, a decir verdad —contestó Kincaid—, pero en estos tiempos tan extraños debemos ir más allá de las fronteras de lo que considera correcto y decoroso la sociedad. Continúe.

Connie tuvo que reconocer que como cerebrito les daba mil vueltas a Adelle y a ella.

—Total, que he intentado no ponerme nerviosa —siguió contando Adelle—. Me he dicho: si esto es estar muerta, al menos no duele. Además, Constance lo ha visto, o sea, que no tendrá que preguntarse qué ha pasado, y así le será más fácil… —Aspiró entrecortadamente, mordiéndose el labio inferior—. Seguir viviendo.

Ya no bastaba una caricia en la rodilla. Connie le cogió la mano y se la apretó con fuerza, esperando transmitirle todo el alivio, miedo y conmoción interna que la desgarraban. Se habían salvado por los pelos de una auténtica catástrofe. Se prohibió retroceder mentalmente a esos diez minutos en los que creía haber perdido definitivamente a Adelle. La habían asaltado tantos pensamientos a la vez… ¿Cómo se lo diría a los padres de ella? ¿Cómo podía ser todo tan injusto? ¿Cómo podía haber fallado el tiro? ¿Cómo, cómo, cómo?

—Para mí es como una hermana —explicó Adelle.

—Es cierto que las une un vínculo palpable, incluso para un simple espectador. Tienen suerte de haber encontrado una amistad semejante.

Connie sonrió, cada vez más conquistada por Kincaid. ¿En qué parte del libro salía este chico tan íntegro, patoso y demasiado puro para el mundo? A menos que hubiera estado siempre dentro de él, pero al margen, u olvidado. Tal como estaban las cosas, ya no sabía una qué pensar. Encima la novela que lo había creado ya no era de confianza.

—Durante el tiempo que he pasado en el estómago, o lo que fuera, he tenido otros momentos de miedo y confusión, claro. No entendía que no estuviera durmiendo, como el resto. ¿Queréis que os diga la verdad? He pensado que podía estar muerta, y que era el más allá, y que consistía en estar eternamente sola, rodeada de gente pero sin nadie con quien hablar.

Al acabar de contarlo, Adelle bebió un poco de té y se limpió la cara con el pañuelo.

—Me ha dado usted mucho en que pensar. —Kincaid se levantó y, tras dejar la taza en el platillo, miró hacia las ventanas y la mesa de dibujo—. Necesito… tiempo. Para meditar sobre lo que ha explicado. Ustedes dos harían bien en descansar, señorita Casey y señorita Rollins. Ya habrá tiempo de sondear estos misterios cuando estén recuperadas.

Adelle asintió, a la vez que se le escapaba un descomunal bostezo.

Luego se acabó el té y se inclinó para dejar la taza en la bandeja.

—Ya la cojo yo.

Interceptándola, Connie se hizo con la taza y la dejó en la mesa junto con la suya. Luego se giró para ahuecar la manta y se aseguró de que Adelle quedara bien tapada al meterse debajo.

—Gracias —dijo su amiga—. ¿Te quedarás conmigo?

Kincaid había vuelto a la zona donde estaban la estufa y el lavabo. Connie oyó que hacía ruido, y vio que se inclinaba hacia su acogedora biblioteca y volvía con un montón de libros, entre los que se encontraban *Los viajes de Gulliver, La feria de las vanidades, Middlemarch* y *La inquilina de Wildfell Hall.* Connie eligió el único que no había leído, *La feria de las vanidades.*

—Para entretenerse mientras monta guardia, centinela —le dijo Kincaid con una reverencia.

Eran unos libros tan bien encuadernados e impresos que Connie se resistía a tocarlos. En el mundo real, unos tesoros así habrían valido miles de dólares.

—Son increíbles.

—He ido rescatando todos los que he podido de las iglesias y universidades de la zona. Al principio de todo este caos proliferaron los saqueadores. Quizá estos libros no me pertenezcan, pero me gusta pensar que son felices en su nuevo hogar. —Kincaid le dio a Adelle un tubito que llevaba en el bolsillo, y que previamente descorchó—. Para antes de dormirse —le indicó suavemente—. Es una tintura de clavo y agalla de roble que hace que no se sueñe.

A Adelle le temblaron las manos cuando lo cogió, y al respirar su olor hizo una mueca.

—¿Clavo? —preguntó Connie—. Me recuerda la infusión que me hicieron beber los rodadores.

Kincaid recuperó el recipiente, ya vacío.

—Me imagino que emplean un principio similar. Ellos, para que actúen los ingredientes, los infusionan, mientras que yo los destilo. Me inclino más bien por el segundo método, porque se ingiere más deprisa y así se nota menos el sabor, que no es muy agradable.

—Después de todo lo que he visto —dijo Adelle, adormilada—, prefiero no soñar.

Tras comprobar, discreta pero escrupulosamente, que los pies de Adelle quedaran tapados por la manta, Kincaid metió las manos en los bolsillos y volvió a su mesa de dibujo con un entusiasmo febril. Seguro que en sus círculos lo habrían considerado una pequeña falta al decoro, pero a Connie le pareció entrañable.

Para cuando llegó Kincaid a la mesa, Adelle ya casi no podía mantener los párpados abiertos. Sentada en la alfombra, con la espalda contra el sofá donde estaba Adelle, Connie se apoyó *La feria de las vanidades* en las rodillas con veneración, procurando no dejar huellas ni pliegues en un libro tan valioso.

Adelle se inclinó para darle un abrazo furtivo, con un solo brazo.

—Por cierto, le gustas —murmuró Connie.

—No sé qué decirte. Lo más seguro es que solo me vea como un experimento científico.

—Qué va. Le gustas y está buenísimo. Y la que también está buenísima es su biblioteca.

Oyó la risita de su amiga, que hizo crujir el cuero al tumbarse de espaldas.

—¿Pues por qué no te interesa a ti?

Connie se quedó un momento boquiabierta. ¿Qué podía contestar?

Adelle desconocía su atracción por las chicas, y no le pareció el momento más indicado para sincerarse, entre otras cosas porque la oía bostezar constantemente. Tampoco parecía un buen momento para analizar el eléctrico e indiscutible calambre de celos que la había recorrido al oír que Mississippi se ofrecía a quedarse con su «viejo amor».

No se imaginaba a Mississippi McClaren con la pánfila de Orla Beevers, pero bueno, tampoco se sentía con derecho a juzgar. Además, no era de su incumbencia. Ah, y otra cosa: no eran personas de verdad, sino simples creaciones literarias.

No por ello eran menos ciertas las sensaciones que había tenido al enterarse de que Missi no vendría con ellas, o al constatar más allá de cualquier duda que la tiradora se había maquillado para impresionarla al enseñarle el globo aerostático… Como no era menos cierto que echaba de menos a esa pelirroja medio chalada, con su mal genio, sus palabrotas y sus ridículos flecos. Cayó en la cuenta de que Missi y Orla tal vez nunca vinieran a la casa de Caid, y que, si Adelle y ella conseguían el incienso, no volvería a ver a Mississippi. Le dolió mucho más de lo que se esperaba.

Se hizo un masaje por detrás del cuello, porque estaba sintiendo los primeros síntomas de un dolor de cabeza.

—Creo…, creo que podría haber alguien más —dijo finalmente—. No sé, es complicado… Estoy hecha un lío. Seguro que sabes lo que es…

Se giró a mirar a Adelle, que ya dormía profundamente, y se encogió de hombros, centrándose en el libro.

—Otra vez será —murmuró.

O nunca, si no regresaba Mississippi.

¿No hay en todas las vidas capítulos que, sin parecer de ninguna
importancia, inciden en el resto de la historia?

La feria de las vanidades,
William Makepeace Thackeray

—¿Dónde está? ¿Dónde está la señorita Casey? ¡Exijo saberlo!

De encogida como estaba Adelle, durmiendo sin soñar, pasó de golpe a estar sentada, devuelta a la vigilia como los muñecos que en las casas encantadas de las ferias son catapultados desde un ataúd. También el efecto fue el mismo: viéndola saltar desde su manta, Severin empezó a agitar los brazos, manchados de pintura (descuido que se extendía a su revuelto pelo y su arrugada ropa).

—¡Pero hombre, date a conocer antes de matar del susto a nuestra convaleciente!

Era Kincaid, que había aparecido por detrás de Adelle. También

Connie surgió en ese momento de las hileras de plantas de al lado de la puerta, con un rifle en la mano.

—No pretendía sobresaltarla, señorita Casey. Me he dejado llevar por la preocupación. —Severin cerró la puerta, intentó ponerse recta la corbata e hizo una inclinación—. *Je suis désolé.*

Connie corrió hacia los sofás y se interpuso entre el joven y Adelle, que ante la reacción de su amiga al darse cuenta de quién era se preguntó si veía lo mismo que ella. Por algún motivo que Connie nunca había argumentado con exactitud, Severin no figuraba entre sus personajes favoritos, y, aunque la escena fuera en cierto modo un reencuentro, el episodio de la cocina de Moira había sido breve y tenso.

—¿Cómo se ha enterado de que estaba aquí? —inquirió Connie.

—A mí también me gustaría saberlo —intervino Caid, que no se había movido de detrás de Adelle, como por afán de protegerla.

Severin miró por encima del hombro de Connie, cuya reacción fue desplazarse un poco a la derecha, tapándole otra vez la vista.

—No se habla de otra cosa en toda la ciudad. ¡La chica que ha vuelto de la Herida! ¿Es verdad? ¿Ha estado dentro y ha salido?

—Sí, es verdad. —Connie no se movía de su sitio—. Y aún está recuperándose.

—¿Cuánto he dormido? —preguntó Adelle, quitándose la manta de encima de las piernas.

Al intentar levantarse descubrió que se encontraba mucho mejor.

—Casi tres horas —la informó Caid.

—¿No somos amigos? ¿No se me permite verla? —preguntó Severin.

La respuesta de Caid fue pasar al lado de Adelle, dejar atrás a Connie y plantarse frente a Severin para mirarlo con hostilidad a través de sus gafas, que se le habían bajado por la nariz. Con la mandíbula tan tensa parecía que quisiera vomitarle encima.

—Si compartimos este edificio, Severin, es con la condición de respetar mutuamente nuestra intimidad y soledad.

Connie se retiró al sofá con Adelle y la cogió del brazo para mantenerla lejos de Severin. La situación le parecía ridícula. Adelle ya empezaba a estar recuperada, al menos en el aspecto físico. Quedaba por ver cuándo se recuperaría mentalmente de lo que había visto, si es que llegaba a hacerlo.

—Verá, señorita Casey, es que Kincaid y yo somos vecinos. Vecinos y amigos. Solo he venido para preguntar por su salud. He oído tanto ruido, seguido por sus voces… Una grata sorpresa, no le quepa duda, pero me ha desconcentrado. No podía pintar sabiendo el duro trance que acaba de vivir.

—Jamás se nos ocurriría interponernos entre tu arte y tú —contestó Caid.

A Adelle no le pasó desapercibido el énfasis teñido de sarcasmo que había puesto Caid en «arte», ni la dureza general de su tono.

—Deberíamos irnos —susurró Connie—. Estos dos no se aguantan. ¿Puedes caminar?

—¿Queda muy lejos la tienda de la mujer esa? —preguntó Adelle.

El refugio de Caid era tan acogedor, y se ajustaba tanto a sus gustos, que a decir verdad no le gustaba nada la idea de marcharse. Sabía que lo echaría de menos en cuanto cruzara la puerta.

—No, no mucho —dijo Connie—. Un poco más al norte, después de la tienda de restos de *stock* y el campo de béisbol, justo al lado del agua.

—Vale, pues te sigo.

Mientras los dos jóvenes seguían discutiendo, Connie acompañó a Adelle hacia la puerta. Al advertir la maniobra de las chicas, que abrieron la puerta y salieron al pasillo sin prestarles la menor atención, Severin y Kincaid se callaron de golpe.

—La señorita Casey necesita aire fresco —les dijo Connie con toda naturalidad—. No nos alejaremos mucho.

—Les ruego encarecidamente que me permitan acompañarlas.

—Severin hizo otra reverencia que despeinó aún más su ensortijado pelo negro—. Hasta este barrio tiene sus peligros.

—Por mí no se preocupe —contestó Connie, dando unos golpecitos al rifle que llevaba colgado en el hombro.

—Pero señoritas...

—Le he dicho que no se preocupe. —Al mirar a Caid, sonrió con más educación—. Gracias por su hospitalidad. ¿Aún estará aquí cuando volvamos?

Apoyado en la puerta, Caid puso cara de inquietud, pero no se opuso a la decisión de Connie de ser la única que vigilase a Adelle.

—Por supuesto. Dejaré abierta la puerta de la calle. Más tarde, señorita Casey, si no está muy cansada, tal vez esté dispuesta a seguir respondiendo a mis preguntas.

—Descuide —dijo Adelle sin saber a quien mirar.

La observaban los dos con tanta intensidad...

—¡Ajá! ¡Conque está dispuesta a responder a sus preguntas, pero no a las mías! —Severin hizo un mohín, cruzándose de brazos sobre la camisa manchada de pintura—. Qué injusticia. Me ha destrozado el corazón.

Adelle no tuvo que mirar a Connie para estar segura de que había puesto los ojos en blanco.

—Cuando volvamos estaré encantada de explicarle todo lo ocurrido.

Severin, ya más contento, se apoderó de la mano libre de Adelle para besársela en el dorso.

—Le quedaré eternamente agradecido, *mademoiselle Mystère*. ¿No le parece un nombre cada vez más apropiado?

Se notaba que Connie no podía más, porque dio un tirón a Adelle para llevársela al pasillo, lejos de los dos jóvenes. La prisa que tuvo que darse Adelle para no quedarse rezagada le permitió comprobar que ya se le había curado del todo la pierna. Al palpar directamente la zona lesionada aún le dolía, pero no tanto como para cojear. Su abdomen, en cambio, aún se resentía de la fuerza con que lo había comprimido el tentáculo de la Herida. Estuvo segura de que si se levantaba el vestido se encontraría toda la cintura cubierta de morados.

—Tampoco hace falta que lo trates con tan mala educación.

Fuera había empezado a lloviznar. Aún era por la tarde, pero el cielo estaba tan oscuro como si empezara a anochecer. A pesar de todo, siguieron caminando.

—Es que es un pesado —dijo Connie en voz baja mientras apretaba el paso—. Y encima me dio un puñetazo. Flojo, pero el caso es que me pegó. Ni se te ocurra enamorarte de él.

Adelle apartó el brazo de golpe. Tenía ganas de ir sola.

—¿Qué se supone que quiere decir eso?

—Ya lo sabes. Me consta que es tu novio literario número uno, Adelle. Ya me di cuenta de cómo lo mirabas en la cocina. ¡Y no te lo reprocho! Seguro que si yo me hubiera topado con Moira nada más llegar aquí me habría quedado pillada.

Sacó el mapa que llevaba en la mochila sin apartar la otra mano del rifle, y al girar a la izquierda desde el almacén estuvo muy atenta a lo que tenían delante y detrás.

—¡Qué va, si es horrible! —exclamó Adelle—. De lo peorcito que hay. ¡Tú la odiarías! Es una creída, y una egoísta, y una cruel. ¡Mira cómo me ha dejado el pelo! ¡Pero si parezco el hermanito feo del Príncipe Valiente! ¡Lo has dicho tú misma!

Connie sacudió la cabeza, rezongando.

—Un momento, un momento… ¿Por qué ibas a enamorarte de Moira?

—Solo era un ejemplo —resopló Connie.

—¡Vale, pues que sepas, por poner otro ejemplo, que yo no estoy enamorada de nadie! —Adelle no estaba segura de haber dicho toda la verdad, pero no tenía tanta importancia como para distraerla de lo fundamental, sobre todo desde…—. ¿Cómo me voy a enamorar, si lo único que quiero es arrancarme el cerebro y ponerme otro? ¡Tú no sabes lo que he visto, Connie! —Caminó más despacio, acordándose del personaje con alas, y estuvo a punto de caerse de rodillas sobre los adoquines mojados—. Dios mío, pero qué cosas he visto…

—Lo siento mucho. He sido una gilipollas.

Connie la abrazó, evitando que se desplomara.

—¡Qué va, si soy yo la gilipollas! —Adelle le devolvió el abrazo, contenta de que la discusión no fuera a más—. Y lo siento muchísimo. Al verte en la despensa debería haberlo dejado todo para irme contigo, pero tu amiga estaba armada, y no supe qué hacer. Esto es un lío como la copa de un pino. No tiene pies ni cabeza. ¡Ni siquiera el libro es como tiene que ser! No es una novela de amor, sino… una pesadilla.

Connie le tiró de la manga para resguardarse de la lluvia en el primer edificio que encontró. Luego volvió a coger su bolsa, sacó el ejemplar compartido de *Moira* y se lo dio abierto por la primera página.

—Mira —dijo—. Lee.

Al deslizar la vista por las líneas, y no reconocerlas, Adelle estuvo a punto de gritar. La portada, el tipo de letra y el aspecto general del libro eran iguales, pero el texto no se parecía en nada.

—¿Es todo así?

Lo hojeó rápidamente.

—No, solo hasta donde hemos llegado nosotras en el argumento —dijo Connie—. La última mitad está igual, supongo que a la espera de que determinemos nosotras cómo está escrita.

—¿Cómo es posible? ¿Cómo puede estar pasando todo esto?

—No lo sé. —Connie se apoyó en la puerta cerrada del zaguán, levantando una nube de polvillo de carbón—. ¿Qué has visto, Adelle? ¿Qué ha pasado dentro de la cosa? ¿Le da algún sentido a lo demás?

Adelle se apartó el pelo mojado de la frente.

—Lo que os he explicado a ti y a Caid era casi todo verdad.

—¿Ah, porque ahora es «Caid»?

—Cállate. —Adelle le dio un codazo, pero Connie se lo devolvió con una gran sonrisa—. Me he caído por una especie de tubo viscoso, que daba mucho asco, pero lo peor estaba por venir. El tubo desembocaba en una sala enorme, donde cabrían todos los que han desaparecido de la ciudad.

—Madre mía, qué siniestro...

—Estaban... flotando, ni muertos ni vivos. —Adelle se apretó el cuerpo con los brazos mientras le volvía a la memoria hasta el último detalle, como si se lo hubieran grabado en el cerebro—. Por alguna razón, yo no estaba como ellos, porque no me metí en la Herida en plan sonámbulo, como la madre de Orla. Yo estaba despierta.

—Claro. Vaya, que por su propio pie no iría nadie, ¿no? —dijo Connie.

—He intentado despertar a la señora Beevers, pero no ha reaccionado... —Adelle se armó de valor. Ya temblaba antes de haberlo dicho. Se resistía a pensar en cuando había hablado la cosa con ella, con una voz cuya potencia parecía capaz de desencajarle todos los huesos—. Luego he nadado hasta la pared. La sensación era como estar dentro de un corazón enorme. Oía el pulso, y lo notaba. Iluminaba toda la cavidad. He intentado hablar con la cosa, y me ha contestado. He visto..., he visto algo detrás de la pared, una ciudad, y un monstruo gigante caminando por ella.

Connie la miraba con los ojos muy abiertos, sin pestañear.

—La cosa no me quería dentro de la cavidad. Supongo que me quiere muerta, y por eso ha dejado que me fuese. Tiene un plan. Quiere algo. —Ya no podía distinguir entre verdad y engaño. El simple esfuerzo de hablar sobre lo que le había pasado dentro de la Herida le daba ganas de vomitar. Las palabras eran pegajosas, pero no tanto como la verdad—. No sé qué quiere, ni en qué consiste el plan, Connie, pero creo que formamos parte de él.

Habían llegado a la equis grande del mapa, dejando atrás lo que Geo había tenido el detalle de etiquetar como: MIERDA RUIDOSA. PRECAUCIÓN. Sin embargo, Connie no veía tiendas ni casas, solo un campo donde las malas hierbas dejaban paso a arena y piedras conforme se acercaba el mar. El borde norte del centro de la ciudad estaba aislado por una barrera de niebla tan impenetrable como una pared, y de aspecto igual de sólido. Tenía su lógica que los barcos naufragasen a la primera de cambio: aguas así no se podían navegar.

—No entiendo nada. —Connie volvió a consultar el mapa—. ¿Me ha mentido?

—Mira —murmuró Adelle, señalando hacia el fondo, donde se fundía el campo con la barrera de niebla—. En el agua hay algo.

—Si quieres voy yo primero a mirar. A ti ya te han pasado bastantes cosas raras en el agua.

—No, tranquila, vamos juntas. —Adelle dio unos cuantos pasos por las hierbas altas, que rozaron suavemente su falda—. Parece un barco.

Al aguzar la vista, Connie vio que tenía razón: en la orilla, invisible casi entre la niebla, había un viejo ferry de vapor, varado con la proa encima de las rocas. Cruzaron el campo, alargando el paso para pisar lo menos posible la hierba húmeda y espinosa.

—¡Ay! —Adelle tropezó y se llevó la mano al dedo gordo del pie. Al agacharse, recogió un objeto metálico sin lustre, con forma como de conejo: un conejo de latón—. ¿Pero se puede saber...? ¿Qué es, un pisapapeles?

—Hay más por todas partes.

Todo el campo estaba sembrado de ellos, como de minas. Connie encontró uno más grande en forma de león. También vio otras cosas raras escondidas en la hierba: plumillas, cientos de plumines repartidos entre los hierbajos como semillas doradas y plateadas.

—Ten cuidado al pisar —avisó a Adelle—. Y estate muy atenta, que las rodadoras son muy duras y hasta a ellas les da miedo esta mujer.

—Bueno, lo que está claro es que en adornos para el césped tiene un gusto ecléctico.

—Se ve que aún no han inventado lo del flamenco —dijo Connie en broma.

Siguieron caminando —Adelle con el conejo de latón— por el campo plagado de basura, entre algún que otro «¡uf!» por no haber visto un pisapapeles y haberse hecho daño en la punta del pie.

—Como tenga incienso —dijo Connie cuando ya estaban cerca del barco de vapor, en cuyo casco había recortado alguien una puerta—, igual habremos vuelto a nuestras camas antes de que se haga de noche. ¿Te imaginas?

Adelle frunció el ceño.

—¿Y cómo lo compramos, si no tenemos dinero?

—Supongo que por trueque. Por mí, como si se queda mi móvil.

—Yo no tengo mucho que ofrecer.

El tono de Adelle rezumaba tristeza e incertidumbre. Connie no paraba de mirarla con preocupación. En el fondo era normal que estuviera más apagada, porque había salido cambiada de la Herida, pero Connie no podía evitar la sensación de que Adelle no acababa de creerse el plan. Se le debería haber notado más entusiasmo por volver.

—¿Te encuentras bien? Dentro de lo que cabe, me refiero. ¿Estás bien?

Mirando al frente, Adelle infló los carrillos y se arremangó la falda para que no le estorbase al caminar. Ya no llovía, aunque el ambiente se había quedado gélido.

—¿Sabes el final de *El señor de los anillos,* cuando Frodo no se queda en la Comarca? ¿Cuando se va a los Puertos Grises?

—Sí.

¿Cómo no iba a saberlo, si había leído varias veces los libros, y visto infinidad de veces las películas? Al conocer tan bien la saga, su preocupación fue en aumento.

—Nunca lo he entendido —murmuró Adelle, con restos de lluvia brillando en la piel sonrosada de las mejillas—. ¿Por qué no quiere estar con sus amigos? Con todo lo que le ha pasado… ¿Lo normal no sería que le apeteciera quedarse más que nada en casa, vegetando y fumando en pipa?

Connie no respondió.

—Pues ahora sí que lo he entendido. Me noto rara, como si me fallara algo. Como si no tuviera que haber visto lo que he visto, ni ser quien soy. Como si hubiera espiado por detrás del telón, ¿me entiendes? Si hubiera algo como los Puertos Grises, me gustaría ir.

—Lo dices por decir —contestó Connie—, porque estás disgustada.

—No, lo digo en serio. —Adelle le puso una mano en el hombro para tranquilizarla—. No te preocupes, ¿eh?, que volveremos juntas. Eso no ha cambiado. De hecho, tengo más ganas de volver que nunca, aunque no me lo acabo de explicar. ¿Cómo se puede querer algo más que desesperadamente? ¿Hay alguna palabra para describirlo?

—Me alegro, porque si te tengo que llevar a rastras pienso hacerlo, ¿eh?

Adelle se rio, pero paró de golpe y se quedó mirando a Connie, bajo la sombra de la proa del barco.

—Lo siento mucho —dijo—. Es todo culpa mía.

—Yo accedí —respondió Connie—. Si alguna de las dos hubiera sabido lo que pasaría de verdad, no le habría pedido al señor Straven que lo hiciera.

Adelle palideció.

—Tienes razón.

—Mientes fatal, Delly.

—Perdona, pero es que... no me lo imaginaba así. Aunque funcionase la magia, me esperaba cualquier cosa menos esto.

—Esto no se lo podía esperar nadie. —Connie suspiró—. Te perdono, aunque me han venido ganas de estrangularte.

—Me lo merezco —se limitó a contestar Adelle—. Bueno, será cuestión de entrar, porque con estas nubes tiene pinta de ponerse a llover dentro de nada.

El agujero en el casco no dejaba ver nada, ni aportaba ninguna información sobre lo que les esperaba al otro lado. Encima de la puerta había latas y campanas para alertar de la presencia de posibles intrusos. Connie no intentó hacer poco ruido. Prefirió anunciar su presencia en vez de esconderse como dos ladronas.

—¿Hola? —dijo entre el ruido de las latas y las campanillas—. ¿Hay alguien?

Más allá del aspecto exterior del barco, nada hacía pensar que hubieran entrado en un vapor. El interior, muy poco iluminado, estaba lleno de cachivaches y objetos encontrados. La mujer debía de tener una obsesión con los espejos, porque los había de todas las formas y tamaños, apoyados en el interior curvado de madera. Algún que otro ojo de buey dejaba entrar la cantidad justa de luz para moverse sin chocar, y ver la polvareda que flotaba en el aire.

La vidente lo había llenado todo de viejas cortinas que creaban un laberinto de tela. Sobre una mesa inclinada, cubierta de vajilla de porcelana descascarillada, daba vueltas lentamente una lámpara de araña entre absurda y espectacular, compuesta de cucharas, cristales rotos y trozos de espejo. En los platos había trozos de barro y arcilla con restos de hierba, como si fuera una especie de papilla comestible. Avanzaron muy juntas, lentamente. Connie se moría de ganas de tener su rifle en las manos, pero era consciente de que no habrían dado una imagen muy cordial.

—¿Hola? —repitió en voz alta—. No estamos intentando sorprenderla. ¿Hay alguien en casa?

—Connie —susurró Adelle—, el suelo.

Estaba lleno de garabatos mal escritos, casi todos ininteligibles. Al fijarse más en las paredes, Connie vio que también había inscripciones, con partes donde la presión había llegado a rayar la madera. Adelle, la que tenía mejor vista de las dos, se agachó para intentar leer algunas frases, que para Connie habría sido inútil tratar de descifrar.

—Diría que se entreabren las nu…, nubes —leyó Adelle torpemente— y despliegan a mi pista…, no, vista, magnificencias prontas a llover sobre mí; a tal punto que, cuando despierto…

Se le fue apagando la voz. También Connie lo había notado: no estaban solas. Había surgido de la oscuridad una mujer con un vestido negro.

—Lloro por soñar todavía —dijo, terminando el verso con voz ronca—. Es de Shakespeare, pero vosotras dos no sois poetas. ¿Quiénes sois, entonces, si puede saberse?

26

LLEVABA UN VESTIDO NEGRO Y sin gracia que no era de su talla; un vestido de una ostentosidad teatral, pero descuidado, sucio, roto, que le daba un aire a lo reina Victoria, sobre todo por el velo negro que caía desde el pelo gris, aguantándose con una tiara medio rota. En todos los dedos llevaba anillos sucios que los hacían brillar.

—Hola. ¿Es suyo? —Adelle enseñó el pisapapeles en forma de conejo—. Es que fuera hemos encontrado unos cien.

—Deberíais haberlos dejado donde estaban. —La vieja se acercó con una rapidez insospechada para arrebatárselo y ponérselo en el pecho, mientras se apartaba—. Estúpidas. No tenéis ni idea. No sabéis nada de nada sobre este sitio.

Adelle percibió un vago acento francés, diluido por muchos años de uso del inglés.

—No hemos querido molestarla. Yo me llamo Adelle, y esta es Connie.

Estuvo un rato observándolas, y luego, pensativa, dio unos golpecitos al pisapapeles con un dedo nudoso.

—Adelle… Adelle y Connie. Qué nombre más poco común.

—Es una abreviación de Constance —se apresuró a explicar Connie—. ¿Vende algo, usted, aquí?

—Qué ansiosas, cuántas prisas…

La mujer se giró y se metió más en el barco, arrastrando los pies. Adelle miró a Connie, que se encogió de hombros y empezó a seguirla. En el suelo, una mancha difusa de luz dorada permitía leer más palabras escritas a mano debajo de sus pies. Habían rodeado toda la proa de la embarcación. Ahora estaban en el otro lado, donde la mujer de negro había colocado una mesa, cuatro sillas y un farol, que era de donde procedía la inestable luz.

—Sentaos conmigo, chicas, que las visitas siempre son un lujo. —Se giró y señaló las sillas, todas diferentes—. Qué ganas tengo de que venga gente a verme… ¡Ya está la mesa puesta!

—Tampoco parece que dé tanto miedo —comentó Adelle con un solo lado de la boca.

—Dale tiempo —contestó Connie—. Aquí dentro se nota una energía muy en plan *Hansel y Gretel*.

Después de soltar una risita, Adelle se adelantó para sentarse en la silla más cercana a la pared. Una vez sentada, Connie dejó el rifle en el suelo, a sus pies, y se puso la bolsa sobre las rodillas.

La vieja se giró con dramatismo, arrastrando el vuelo de la falda, y se sentó al otro lado del farol. Con esa luz, el velo era completamente opaco, hasta el punto de que si se quedaba quieta parecía mármol negro, más que tela. Adelle se estremeció al acordarse del aterrador muchacho de la fiesta de Moira.

Las manos de la vieja, enfundadas en guantes y cargadas de joyas, se apoyaron en la mesa.

—Nosotras ya nos hemos presentado —observó Adelle—. ¿Cómo tenemos que llamarla?

—Casi nunca doy un nombre. —Adelle se empezaba a irritar por el acento, una especie de incesante culebreo—. Algunos me llaman la Vidente, y otros, viendo el barco, la Pasajera, pero vosotras dos podéis llamarme Chordalia.

«Y le ha parecido raro el nombre de Connie...»

—¿Qué os trae a mi humilde guarida de rarezas y sinceridad? ¿Os leo las manos? ¿Os echo las cartas? ¿Os explico el derrotero que os marcan las líneas de la vida?

Chordalia deslizó la punta del índice por la palma de su otra mano.

Se les iba a hacer largo. Si no hubiera estado tan oscuro el barco, Adelle se habría planteado volver a rebelarse y salir corriendo con el incienso.

—Estamos buscando incienso —le dijo Connie sin rodeos a la vieja—. Se lo podemos cambiar por otra cosa.

—¿Ah, sí? ¿Y qué tenéis que pueda interesarme?

—Más rarezas —probó a decir Adelle—, para su colección.

Chordalia creó ondas en el velo al ladear la cabeza.

—Qué intrigante... De todas formas, lo que me fascina no es tanto lo que podáis tener como vosotras mismas. Os confirmo que tengo lo que buscáis, y estoy abierta a un trueque.

—¿Cuál?

El tono de Connie manifestaba tantas dudas como las que sentía Adelle.

La mujer volvió a enseñar las palmas de las manos.

—Yo expondré una serie de verdades sobre vosotras, y a cambio vosotras me diréis si he acertado. Cuando hayamos terminado os daré el incienso.

Adelle consideró muy justo el trato, y hasta un poco emocionante. Sin embargo, se fijó en que Connie cambiaba de postura, como si no lo viera claro.

—Perfecto —soltó sin pensárselo—. ¿Quién empieza?

—Pues… la A viene antes de la C —dijo Chordalia, como si se burlara un poco de ella—, así que empezaré por Adelle. Acerca las manos, chiquilla, para que sienta tu pasado, tu presente y tu camino.

Adelle intentó que no le temblaran, aunque se notaba rara. Ahora que tenía la certeza de que algunos tipos de magia existían de verdad, no le quedaba más remedio que replantearse su anterior postura sobre la espiritualidad y la adivinación como cosas inocuas. El silencio de la vieja y la inexpresividad del velo le daban repelús. «Venga, que hay que hacerlo. Total, solo es una vieja solitaria en un barco medio en ruinas.»

El contacto entre sus manos y las de la vieja provocó una especie de calambre. Adelle lo había notado con toda claridad. De repente tuvo miedo y cerró los ojos. La última vez que le habían leído el futuro le habían dicho que desaparecería en la oscuridad, y poco le había faltado.

—No escondas la mirada. —La voz de Chordalia había cambiado. Ahora era más lírica, y subía y bajaba al compás de las explicaciones—. Qué ojos más… distintos. Sí. No eres como las demás,

¿verdad? Eres especial, o en todo caso es como quieres verte. Nunca te has encontrado con nadie que vea las cosas como tú. Has sido un pájaro entre peces, un ser al que le gustaría volar, aunque no sepa. Siempre has sido una persona aparte. Por eso te vistes toda de negro, no en señal de luto, sino como una máscara, una palabra raspada, borrada; una actriz enredada en el telón, que no llegará a pisar el escenario. Dices «no me miréis», pero se te rompe el corazón de ganas de ser vista.

Adelle apartó bruscamente las manos, encogiéndose en la silla. Todo lo que decía la vieja era verdad. ¿Cómo podía saber tanto, si cinco minutos antes ni la conocía? Miró a Connie con un escalofrío, y vio que estaba rígida de miedo.

—Aún no había acabado, chiquilla, pero supongo que lo de tu afición a los cuentos de hadas y a la magia es mucho menos interesante. Bueno, ahora tú.

El velo volvió a ondular al girarse hacia Connie, que tuvo que hacer un esfuerzo aún más grande que su amiga para poner las manos en la mesa.

Adelle, hipnotizada, se preguntó si el retrato de Connie sería igual de fiel.

—Manos fuertes —murmuró Chordalia—. Firmes. Tu camino es de piedra, y ya está trazado de antemano. Tú eres la líder, y ella la seguidora. Aquí hay una contradicción: hablas con tu cuerpo, con tus logros físicos, pero también tienes un alma romántica. Y las contradicciones están llenas de secretos, como tú. No eres de aquí. Estás lejos, muy lejos de tu casa. Lo que te separa del lugar en que naciste no es un mar, sino el tiempo… —Lo dijo suavemente, casi con tristeza, como si lo sintiera—. Y un velo, un velo que separa dos planos entre sí. Has cruzado una barrera que no deberías haber cruzado, y ahora vagas por un mundo que no te pertenece.

Connie apartó las manos y las apretó, haciendo una mueca.

—¿Cómo lo sabía? —preguntó—. Todo lo que ha dicho…

—Connie… —dijo Adelle en voz baja, poniéndole una mano en el hombro.

Esperó que bastara para transmitirle todo lo que le quería decir: que había que ir con pies de plomo, y que la vieja podía ser su única esperanza de volver. Necesitaban el incienso.

—¿Cómo? —insistió Connie—. ¿Cómo sabe tantas cosas?

Chordalia levantó las manos y fue quitándose los alfileres con los que se aguantaba el velo sin dejar de hablar.

—Las palabras que usas, tu pelo… —Señaló a Adelle y luego miró a Connie—. Las expresiones que usas tú, tu acento, tu… bolsa de los Boston Red Sox…

Adelle se quedó de piedra, mientras Connie se aferraba a su bolsa deportiva de nailon. Solo llevaba la be roja estilizada del equipo de béisbol, que en 1885 aún no existía. ¿Cómo podía conocerlo la vieja? A menos que… Claro. Sin el velo delante la reconocía. Era como reencontrarse después de mucho tiempo con una amiga, o con un pariente a quien solo se conoce de oídas.

—Es usted —dijo Adelle con un hilo de voz.

—¿Quién? —quiso saber Connie, girándose hacia ella.

Aunque la imagen que tenían delante no fuera exactamente la del libro, Adelle veía el parecido. Había engordado, y llevaba el pelo más largo, pero era ella, seguro. Metió la mano en la bolsa de Connie, sacó la novela y la empujó muy despacio por la mesa, como si fuera una condena a muerte.

—Robin Amery —dijo mientras la abría por la página de la biografía y la foto de la autora—. La creadora de *Moira*.

27

Era como si Connie pudiera ver cómo se posaba el polvo entre ellas. Aunque le hubieran pinchado el brazo con un alfiler, no habría podido moverse. Robin Amery. ¿Cómo era posible?

—Creía que ya no vería nunca a nadie de nuestro mundo. —Los ojos de Robin se empañaron—. No…, no sé qué decir. ¿Sois reales? ¿Sois…? No, no, no sois reales. Me había olvidado de que aquí nada es real. Eso nunca hay que olvidarlo. Nunca.

Se levantó y se apartó de la mesa para dar unos pasos, con la cabeza apoyada en las manos y el cuerpo enfundado en su pesado vestido negro.

—Sí que somos reales —insistió Adelle, levantándose también.

Se lo estaba tomando mejor que Connie. Quizá el haber estado dentro de la Herida hubiera aflojado algún que otro tornillo en su cabeza. A menos que tuviera ella razón: si Connie y Adelle podían entrar en la novela, ¿por qué no la autora, que a fin de cuentas tenía una relación más estrecha, un vínculo más íntimo que nadie con el libro?

—Somos reales —repitió Adelle—, se lo prometo. Connie, enséñale tu móvil. Saca todo lo que llevas en la bolsa.

Los movimientos de Connie estaban tan entorpecidos por el impacto emocional que era como si caminara por melaza. Al levantarse hizo caer la silla, pero ni se fijó. Vació la bolsa de los Red Sox. Tenía que ser real. Tenía que estar pasando de verdad. Si no, ¿cómo iba a conocer una mujer del siglo xix un equipo de béisbol del Boston actual?

—Mire, mire. Esto, y esto… Mírelo todo.

Serenándose un poco, cogió el móvil apagado y lo puso delante de Robin, junto con su carné de estudiante.

Al principio, Robin se resistía a tocarlos. Por su cara corrían lagrimones que oscurecían el encaje al caer en la pechera del vestido.

—¿Cuánto? —murmuró Adelle con suavidad—. ¿Cuánto tiempo lleva aquí atrapada?

A Connie no se le había pasado por la cabeza. Desde su aterrizaje y el de Adelle no había transcurrido mucho tiempo, pero sí bastante para que se hubiera sentido a punto de volverse loca. Si Robin había tenido tiempo de reconvertir un viejo barco de vapor varado, llenarlo de trastos, hacerse famosa como vidente y cubrir todo el casco con su letra, tenía que llevar muchísimo tiempo en ese mundo.

—No…, no tengo la menor idea. —Robin se acercó a uno de los espejos de cuerpo entero y se alisó el corpiño del vestido con las manos—. Cuando llegué acababa de empezar la novela. Era justo después de que se encontraran Moira y Severin en el parque. —Tembló al pronunciar sus nombres—. ¿Ahora por dónde vamos?

Adelle se pasó el pulgar por los labios, señal de que estaba nerviosa. Connie se lo había visto hacer mil veces.

—Como mínimo por la mitad, pero…, pero el libro no se ciñe…

—Al argumento. Sí, es evidente —la interrumpió Robin, apretando mucho los párpados, como si se ahogase—. Justo después de mi llegada empezó a ir todo mal. Nadie hacía lo que tenía que hacer. Apareció en el mar un monstruo horrible. Era un caos, un caos… Yo había pensado que sería bonito verlo, ver el mundo que había construido, pero me temo que mi presencia lo ha estropeado todo. —Suspiró y se apretó los ojos con el dorso de las manos—. Desde que acabé *Moira* no he vuelto a escribir nada igual. Perdí la magia. La perdí completamente. Me había volcado en el libro sin reservas, puede que hasta demasiado, y eso ya no había manera de recuperarlo. Mi único libro, mi obra maestra… Ahora, sin embargo, lo he destrozado, y vosotras también. Desgarrones en el cielo. Ahora a causa de vosotras todavía hay más.

Connie y Adelle tuvieron la idea al mismo tiempo, pero fue Connie la primera en expresarla.

—La Herida…, ¿fue después de que llegara usted aquí? ¿Y los monstruos? ¿Y los desgarrones? ¿Y lo de que se metiera tanta gente en el mar? ¿Cree que el motivo ha sido nuestra llegada?

Robin empezó a asentir como loca, haciendo saltar su pelo gris alrededor de las orejas, en largos rizos sueltos.

—Sí, sí, de todo. Con lo bien que creía conocer a los personajes, y ahora no hay ni uno que no se salte el guion. El mundo que había creado yo era bonito, rico, suntuoso. Este mundo de aquí ya no es el mío.

—¿Pero cómo llegó? —preguntó Adelle, acercándose a Robin con cuidado.

—No..., no, esto es un truco. —Robin se apretó la cabeza, mientras se le escapaba un sollozo más parecido a un grito de consternación—. Otra vez en mi cabeza. La voz. Os envía ella. Habla..., ¡habla a través de vosotras! No, la voz otra vez, no. La locura, no.

—Con nosotras también habla —le aseguró Adelle—, y yo he visto lo que es. He estado dentro de la Herida.

Robin se quedó muy quieta, encorvada, tapándose las orejas mientras se giraba lentamente a mirarla.

—¿Qué? No..., no puede ser.

Connie se puso al lado de Adelle para prestarle su apoyo en silencio.

—Es verdad, y cuando estaba dentro ha hablado conmigo. Es... como algo de otra dimensión. Sabe que nosotras no somos de aquí, pero si es verdad lo que dice usted, si lo de que los personajes se aparten del guion y hayan aparecido monstruos lo ha notado después de su llegada, puede que..., que...

—Fue como entró —sugirió Connie—. Al llegar aquí Robin se debió de abrir una especie de túnel entre mundos, y la magia trastocó la realidad.

—Tienes razón —dijo Adelle en voz baja—: la voz ha dicho algo sobre que se está preparando la Ciudad del Soñador, y sobre una puerta. Nuestra presencia aquí, en este mundo, dimensión o lo que sea, ha desbaratado algún tipo de equilibrio. Debe de ser lo que abrió la puerta por donde ha entrado esa cosa.

«Tan cerca... La hormiga ve la bota antes de que caiga sobre ella, y le parece una nube inofensiva.»

Connie retrocedió unos cuantos pasos, sin poder respirar. Enseguida llegó a su lado Adelle, que la aguantó por los hombros.

—¿Qué pasa? ¿No estás bien?

—La he oído —gimió Connie—. Es como si me partiera el cráneo a martillazos desde dentro.

—La locura, la voz... —Robin se frotó las manos mientras seguía caminando sin parar—. Pero esto..., esto tiene sentido. Esto no es ninguna locura. Por una vez no es ninguna locura. Está claro que empeora. Primero yo, después vosotras dos... Un mundo roto, un mundo envenenado por lo que no le pertenece. Hemos envenenado mi hermoso mundo.

—¿Usted cómo llegó? —le preguntó otra vez Adelle.

—El hombre ese... La tienda... Yo solo quería escaparme. *Moira* era lo único bueno que había hecho en mi vida. —En los ojos de Robin había un brillo de lágrimas—. Estaba encantada con la tiendecita. Iba a escribir y, como no me salía nada más, le di mi ejemplar de *Moira*. Él veía mi dolor, mi pena... Me dijo: «Puedo ayudarte. Puedo mandarte a ese mundo, pero tienes que volver y contarme qué has visto».

—¿Straven? —dijo Connie de golpe—. ¿Se llamaba Straven el hombre al que se refiere? ¿El del Witch's Eye Emporium?

—¡Ese nombre! No, ese nombre no... ¡¡No!!

Robin gritó y se dio golpes en los ojos antes de salir corriendo y desaparecer al fondo, en una habitación que no era visible desde ese lado del casco.

—¿La seguimos? —preguntó Adelle.

—La necesitamos —contestó Connie—. Necesitamos el incienso.

No tuvieron tiempo, porque justo entonces volvió Robin y le puso a Connie una taza en las manos.

—He puesto agua a hervir justo antes de que aparecierais —dijo como un poco avergonzada al ver sus caras de sorpresa. Se había tranquilizado de golpe—. Es menta. La cultivo yo en el techo, porque no me fío de la comida de aquí. Perdonadme… Es que ya no sé cómo se hace. Ser humana, quiero decir.

Connie se acercó la infusión a la nariz sin apartar la vista de Robin. No sabía si compadecerla o estar triste. Quizá las dos cosas a la vez. Era el encuentro más raro con un famoso que había tenido nunca, con diferencia. Adelle y ella habían intentado localizarla diez o doce veces y llevarla a alguna biblioteca o librería, pero no había manera de encontrarla. Ahora se lo explicaba.

—Antes has dicho algo de una Ciudad del Soñador, ¿verdad? —añadió Robin.

—La he visto —contestó Adelle—, pero no creo que esté aquí. Es demasiado grande para estar realmente aquí, pero el ser… quiere que esté. Ahora estoy segura.

—La Ciudad del Soñador…, la Ciudad del Soñador… —Robin lo repetía pensando en voz alta—. Cuando intentaba escribir los relatos de *La aventura de Moberly,* uno de los materiales de investigación que usé era un libro. El de Rudolph, supongo… Sí, *Las tierras intermedias,* de Andrew Rudolph. Me lo dio el hombre ese, Str…, Str… —Lo intentó varias veces, pero se le trababa la lengua—. El hombre de la tienda. Ahora sería imposible encontrar un ejemplar, a pesar de que está escrito mucho antes de 1885.

—Robin, tengo que saberlo. ¿Cuánto tiempo? —insistió Connie, volviendo a lo que le interesaba de verdad—. ¿Cuánto tiempo lleva aquí?

—Creo que años, aunque a veces me parece menos y otras más.

¿Y vosotras?

Las dos chicas se miraron. ¡Años! Parecía imposible. Claro que Robin llevaba como mínimo ese tiempo ausente del mundo real... Connie decidió no hacer ningún comentario al respecto. Seguro que le habría sentado fatal, a la pobre.

—No mucho —dijo, saliéndose por la tangente.

—Aquí el tiempo debe de funcionar de otra manera —concluyó Robin, moviendo otra vez el pelo gris—. Es la única explicación de que esté yo así y de repente me sienta tan mayor. Mi cerebro, mis facultades mentales... ya no son lo que eran. —Señaló el suelo, las paredes y el techo—. Todo esto que veis es la manera que tengo de intentar acordarme y poner por escrito todo lo que sé. O sabía. Yo quería estar en un mundo bonito, pero es feo. Todo es feo. ¿Lo he hecho yo así? No sabría decíroslo. No lo sé.

Connie adivinó que estaba a punto de sufrir otro ataque.

—El incienso —dijo con más ganas de volver que nunca. Sus padres... No se permitió visualizar a su madre. No quería acabar como Robin—. Lo necesitamos para volver. Es la respuesta, ¿no? Si usted cree que todos estos monstruos, todos estos problemas, vienen de que estamos nosotras aquí, la solución es que volvamos. Si nos marchamos todas mejorarán las cosas, ¿no?

Nadie contestó.

—¿Lo tiene o no? —preguntó Connie, impacientándose—. Nosotras hemos cumplido nuestra parte del trato.

—Eso era antes de estar yo segura de que sois viajeras como yo —contestó Robin con dureza—. De todas formas, Connie, voy a jugar limpio. Podéis llevaros el incienso. Lo rescaté de una iglesia. Estaba en el baúl de un cura. Pero necesito saber más sobre... lo que ha visto Adelle. Sobre la Ciudad del Soñador. Es la clave.

Se dio unos golpecitos en la boca con el borde del índice derecho, y luego regresó a la zona escondida de detrás de la mesa y las sillas. Oyeron que buscaba algo. Connie prefirió no beber su infusión, que dejó en el primer estante que encontró.

—Podríamos salir corriendo —susurró Connie.

—No, tenemos que intentar ayudarla —dijo Adelle—. Es lo que has dicho tú: si el problema somos nosotras, ella forma parte de la solución. Lo que pasa es que...

Robin dijo un taco, porque se le había caído algo.

—¿Qué?

Connie escrutó a su amiga, que apretó los labios y apartó la vista.

—¿Tú serías capaz de irte? —continuó Adelle—. ¿Podrías irte así de su mundo? Las chicas del puerto parecían amigas tuyas. ¿No consideras que deberíamos ayudarlas? Además, aunque nos fuéramos, ¿crees que todo esto desaparecería así, como si nada? Sus seres queridos seguirán dentro de la Herida. Seguirá habiendo desgarrones y monstruos, y todo habrá sido culpa nuestra.

Adelle se escondió la cara entre las manos.

—Ya. —Connie suspiró—. Yo estoy que no duermo por lo mismo. Le prometí a Mississippi que me la llevaría de vuelta, que la ayudaría a huir de todo esto. ¡Pero qué tontas! ¡A quién se le ocurre hacer amigos aquí!

—Yo me repito constantemente que no son reales —añadió su amiga, apoyándose en ella—, pero no es como lo siento.

Missi había estado dispuesta a zambullirse en un agua negra como la tinta para rescatar a Adelle si se caía al mar. Era rara, y graciosa, y seguramente tuviera más en común con el siglo XXI que con el XIX. La idea de dejar que se las arreglara por su cuenta…

—¡Aquí está! ¡Ya lo he encontrado! He llegado a temer que lo hubiera perdido. —Robin se acercó a toda prisa, arrastrando la falda por el suelo, con tres pequeños conos verdes de incienso en una mano—. Alegrad esa cara, que igual nos vamos a casa. Venga, chicas, que no hace falta estar tan serias. ¡Ni que se hubiera muerto alguien!

Justo entonces tembló el barco, con un chirrido agudo de metal y un sordo crujido de madera, como si un número incontable de tornillos intentaran salirse de su sitio al mismo tiempo. La base hueca de la bodega resonó como un tambor en respuesta al impacto de algo grande.

—¿Qué ha sido eso?

Adelle salió corriendo hacia la puerta, pero frenó en seco al oír la extraña risa histérica de Robin.

—Tranquilas, chicas, que el barco a veces se asienta…

Otro golpe, más fuerte que el primero. Se notó con claridad el empujón que daba al barco, y a ellas tres también. Como el suelo se había inclinado bruscamente, Adelle resbaló y chocó con Connie, haciendo que las dos se estamparan contra uno de los estantes llenos de curiosidades. El suelo se llenó de canicas, naipes y gatitos de porcelana. También se cayeron los espejos, deshechos en esquirlas que hacían brillar el suelo.

—¡Pues a mí no me suena a que se esté asentando! —chilló Connie, guardando el incienso en su bolsa de nailon de los Sox. Después de ayudar a Adelle a levantarse se acercó corriendo al ojo de buey orientado a la costa.

Su corazón latía muy deprisa, intentando mantener el ritmo de sus ojos. Era la cosa de la calle, la cosa de la niebla, el enorme monstruo que había visto escabullirse de una calle a la otra y que se le había grabado fugazmente en la memoria como un *bigfoot* vagando por el bosque. Se diferenciaba de él en que era muchísimo más grande.

—Tenemos que bajar del barco —susurró Connie—. ¿Hay alguna otra salida? Está demasiado cerca de la puerta.

—Por ahí se sube a la cubierta.

Robin movió la mano en sentido circular, queriendo decir que había que volver hacia la mesa. Adelle y Connie la siguieron a toda velocidad por el pasillo, hasta desembocar en la lóbrega zona de estar que había montado Robin detrás de una hilera improvisada de cortinas. Aparte de una cama, y de almohadas y mantas apiladas, los toques hogareños brillaban por su ausencia. Distinguieron a su izquierda un gran timón, y al lado una escalera abierta por la que se subía a las cubiertas superiores. Corrieron al primer nivel, haciendo resonar los escalones de madera con sus botas y zapatos. De ahí pasaron al segundo, orientado a tierra firme. Había una baranda con la pintura blanca desconchada, y butacas para los pasajeros que quisieran tomar el aire durante la travesía.

Connie no tenía muchas ganas de ver qué se lanzaba sin parar contra el vapor, pero alguna salida tenían que encontrar, y el ser se interponía entre ellas y el campo. Desde el punto de la proa donde estaban se dominaba la cubierta de abajo, más ancha, de madera, también sin cerrar. Más abajo solo estaba el casco, con el agujero por donde habían entrado.

—Dios mío… —oyó decir a Adelle, que se había quedado sin aliento al verlo—. No puedo mirar.

No era ningún *bigfoot*, sino una amalgama de personas y caras con una viscosa capa negra que la recubría; una docena de seres humanos embutidos en una supurante pesadilla digna del doctor Frankenstein, con la diferencia de que en vez de cosidos estaban fundidos, y era imposible discernir dónde acababa un cuerpo y empezaba el siguiente. La cosa debía de contar con un suministro propio e inagotable de sustancia a medio camino entre el moco y el petróleo, porque al pisotear el campo dejaba un rastro negro.

Había algo aún peor que su aspecto, y era el ruido que hacía: un coro de gemidos, jadeos y sollozos entre los que de vez en cuando podía distinguirse alguna voz concreta, el lamento inconexo de una docena de corazones rotos y agonizantes.

—El Mancillador.

Lo había dicho Robin aferrada a la baranda, con los nudillos blancos de terror.

—¿Tiene… nombre? —exclamó Connie.

—El otro día vino a verme una chica que quería acabar con él, y fue como lo llamó, el Mancillador. Pobre, qué pena, no me la creí… —Robin dio la espalda a la cosa, como ya lo había hecho antes Adelle—. Dijo que se había llevado a su hermano, y que merodeaba por las calles para absorber aún más cuerpos.

El Mancillador levantó la bulbosa amalgama de carne que formaba su brazo derecho y la estampó directamente en la proa del barco. Se oyeron huesos rotos, y un concierto de alaridos. Connie tenía la boca tan seca que parecía de papel de lija, y sus labios formaban insultos sin llegar a pronunciarlos. Una cara situada en lo más alto de la cabeza de la cosa abrió mucho la boca. Connie la reconoció enseguida.

«Jacky.»

—Tenemos que esquivarlo de alguna manera. —Adelle, que seguía sin querer mirar, se restregó la cara con las manos—. Nuestra muerte sería la victoria del ser de la Herida.

Por desgracia, a Connie no se le ocurría ninguna solución, y eso que siempre las tenía para todo, siempre. Era cuestión de insistir. «Piensa, piensa, piensa.» El rifle. Se lo había dejado abajo. Volvió corriendo a la escalera, sin pensárselo dos veces.

—¿Adónde vas? —exclamó Adelle.

—¡El rifle! Igual puedo pegarle un susto y ahuyentarlo —contestó ella sin dejar de correr.

Adelle, que ya le pisaba los talones, la agarró por el codo y se plantó en el suelo.

—Oye, que para eso no tenemos tiempo. No hay…

Las vigas y tablones del vapor volvieron a crujir, al igual que toda la armadura, cuando un nuevo impacto contra el casco del magma carnoso del Mancillador desalojó toda la embarcación. Por la parte de proa se oyó un suave correteo de piedras y de grava, y luego Connie percibió la repentina ingravidez de un barco a flote.

Robin, que seguía en la borda, ya había puesto un pie al otro lado para descender a la cubierta inferior.

—Chicas, tenemos que saltar. El barco ya no aguantará mucho, y nos perderemos en la niebla.

—¿Está loca? —dijo Connie con todas sus fuerzas mientras volvía corriendo a la proa con Adelle, desistiendo de su plan—. ¡No podría nadar bastante deprisa! ¡La hundiría el vestido!

Sin embargo, Robin no le hacía caso. Antes de que Connie hubiera tenido tiempo de evitarlo se deslizó por la borda, se agarró a un soporte y fue bajando.

—Tenemos que impedírselo. —Adelle se dio una palmada en los ojos—. ¡Cómo odio las alturas!

—Voy yo primero —le dijo Connie para tranquilizarla, mientras pasaba una pierna por la borda y empezaba a bajar—. Tampoco es tanto. Si te dejas caer no hay mucha altura. Estaré yo abajo. Te ayudo, y si te caes te recojo.

En ese momento se alegró de que Missi le hubiera dado unos pantalones para ponérselos debajo de la falda azul marino. También iba bien que fuera una tela tan basta, porque así tuvo más agarre al pasar las manos desde la parte inferior de la baranda hasta las planchas situadas junto a los pies de Adelle, enroscar las piernas en el mismo soporte que había usado Robin e ir bajando como por una barra de bomberos.

El Mancillador debía de haberse metido en el agua detrás de ellas, porque el casco sufrió otra sacudida y el impacto del peso de la criatura las impulsó más lejos de la costa.

—¡Deprisa, no tengas miedo!

Adelle pasó las piernas por la borda. Acto seguido, con la misma torpeza de movimientos, recuperó el equilibrio, apoyó las rodillas en la base de la cubierta superior y, al resbalar demasiado deprisa y no encontrar el soporte, empezó a agitar las piernas. Por suerte, en el último segundo levantó las manos para aferrarse a él, y Connie, que se había lanzado a su encuentro, suavizó con los hombros la caída de su amiga, que aterrizó en el mismo nivel del barco donde ya estaban las otras dos.

—¡Rápido, chicas, a la playa!

—¡Robin!

El grito de Adelle sobrevoló a toda prisa la cubierta y pasó por encima de la cabeza de la autora de *Moira,* que acababa de lanzarse al mar y desaparecer al otro lado de la borda.

28

TAL COMO LE HABÍA ADVERTIDO Connie, las múltiples capas del vestido de Robin se extendieron a su alrededor como una gota de acuarela y flotaron un momento hasta que, impregnadas de agua, se hundieron debajo de la espuma de las olas, arrastrándola con la fuerza de un ancla.

—¡Robin! —gritó de nuevo Adelle, viendo que se le hundía la cabeza.

La escritora empezó a nadar con todas sus fuerzas, impulsándose despacio hacia la orilla, pero la ropa le estorbaba demasiado, y la escandalera había llamado la atención del Mancillador, que acababa de verla. La abyecta masa negra de su cuerpo dio tumbos hacia ella. Hasta un movimiento tan pequeño como el de girarse suscitaba un coro de aullidos de dolor entre los seres humanos muertos, medio muertos o muertos en vida que formaban su cuerpo.

—Es imposible que llegue —dijo desde la baranda Adelle, testigo horrorizado e impotente de cómo recortaba distancias el Mancillador—.

¿Qué hacemos, Connie? ¿Qué pasará si se muere? ¿Se morirá de verdad? ¿En este mundo y también en el nuestro?

—Prefiero no tener que averiguarlo.

Connie se apartó de la borda y volvió con rapidez hacia los camarotes del centro de la cubierta. Tenían los cristales reventados. Se metió ágilmente por una ventana y volvió con un rollo de cuerda sucia y deshilachada, que lanzó al agua. El cabo impactó a unos treinta centímetros de Robin por el lado izquierdo.

—¡La soga! —dijo Connie con todas sus fuerzas—. ¡Robin, coja la soga, que no va a llegar!

La escritora volvió a ser arrastrada por el peso del vestido. Al final, desorientada y sin mover apenas otra cosa que los pies, se percató de la presencia de la soga y se la enrolló en el pecho, debajo de las axilas. Connie apuntaló los pies en la baranda y empezó a tirar. Adelle la ayudó en la medida de sus fuerzas, muy inferiores a las de su amiga, tirando del cabo que quedaba colgando por detrás.

Pero entonces el Mancillador llegó hasta Robin, que le llegaba a las rodillas. Ella se puso a dar manotazos y escupir agua negra, mientras Connie y Adelle hacían lo posible por ponerla a salvo.

La soga empezó a resbalar en las palmas de Adelle, dejándolas en carne viva, mientras la mano amorfa del Mancillador empujaba hacia abajo la cabeza de Robin, hundiéndola con tanta fuerza que al final la cuerda se soltó.

—¡No! ¡Maldita sea!

Las manos de Connie salieron disparadas, en una tentativa de agarrar a tiempo el cabo, pero había desaparecido.

El barco ya no se movía, pero una vez desembarrancado tardaría muy poco en volver a adentrarse en la niebla, a merced de la marea o del Mancillador, en función de cuál de los dos se adelantara. Entonces, gradualmente, iría entrando agua por el agujero del casco, y arrastraría a Adelle y a Connie a las profundidades con la misma certeza inexorable con que el vestido de Robin había hecho lo propio con su dueña.

—No mires —dijo Connie, escondiendo la cara de su amiga en el hueco de su brazo.

El viento cambió de dirección, trayendo consigo la peste a matadero del Mancillador. A Adelle no le hacía falta ver: tenía oídos. Y supo enseguida que era el final. En el cielo de encima del campo sembrado de pisapapeles acababa de abrirse un nuevo desgarrón, dejando jirones de nubes, y revelando al otro lado un vacío sin fin.

—Conque esto es lo que pasa —murmuró.

Lo siguiente fue un clamor que atribuyó primero al desgarrón y luego al Mancillador, que estaba saliendo del mar, pero su causa era otra: caballos, más de uno; varios caballos al galope por el campo, cada vez más cerca; negros y elegantes corceles que hacían retumbar el suelo con sus cascos, como un trueno, y cuyos jinetes se desgañitaban en constantes alaridos a la vez que abrían fuego hacia la orilla con pistolas y rifles.

—Han venido a buscarnos. —Connie corrió hacia la baranda de la cubierta inferior—. Han venido todos a buscarnos.

Mississippi, Caid, Severin y las dos rodadoras a quienes había visto Adelle en el muelle se aproximaban a gran velocidad, y sus disparos hacían que el Mancillador se alejara de la orilla y arrastrase por la arena unos brazos largos y desproporcionados que dejaban un espeso surco de brea negruzca.

—Quítate el vestido.

—¿Qué?

Adelle dio media vuelta, apoyándose en la borde con el mismo ímpetu, anhelo y desesperación que Connie.

—Tenemos que saltar y nadar mientras está distraído. ¿Quieres que te estorbe como a Robin? Es la diferencia entre ahogarse y ponerse a salvo. ¡Ya te preocuparás más tarde por sus sensibilidades victorianas!

Connie ya se había quitado la mochila, y se estaba despojando de su gruesa ropa de lino y algodón. Lo único que se dejó fue el pañuelo, unos *shorts* de ciclista azul marino y un sujetador deportivo.

—Todo esto no me gusta nada, pero nada —dijo Adelle en voz baja, mirando el cielo sin saber ni siquiera a qué rezaba—. Lo odio. Lo odio y lo odio.

Se pasó por la cabeza el vestido de encaje, lo tiró al suelo y se quedó tiritando en bragas, sujetador de algodón y botas de tacón.

Los jinetes estaban a punto de adelantar al Mancillador. Empezaron a alejarse de él, dibujando una curva y reduciendo el paso sin dejar de disparar, para que el monstruo se enfadara tanto que saliera en su persecución.

—Esperad —los avisó Connie—. Aún no, que tiene que moverse. Tenemos que estar seguras de que se lo traga.

Adelle, muerta de vergüenza, iba saltando de un pie al otro.

El Mancillador mordió el anzuelo y, entre gemidos y chillidos, alcanzado por las balas, se alejó del barco, dejando por las hierbas altas un rastro repugnante, similar a la baba de un inmenso caracol.

—¡Ahora! —gritó Connie a la vez que recogía su bolsa y saltaba por encima de la alta baranda de metal—. ¡Salta!

Después de que Adelle, empapada y en bragas, les pidiera a todos sollozando que no la mirasen, pensando más en el pudor que en el viscoso monstruo compuesto de cadáveres que las seguía, llegó un momento en que Connie pensó que la histeria sería más fuerte que ella.

Era todo demasiado raro, demasiado absurdo. Habían salido a rastras de las olas, heladas, temblorosas, y en la arena las esperaban Mississippi, Geo y Farai. Por lo visto, los chicos habían dejado que se ocupasen ellas de las nadadoras, prácticamente desnudas, mientras ellos ahuyentaban al Mancillador. Lo primero que había hecho Mississippi era quitarse la chaqueta blanca de flecos y ponérsela a Connie encima de los hombros. Sería por el frío, o por la espiral de histeria, pero a Connie se le ocurrió enseguida tomarle prestada a alguien la sudadera.

Farai tuvo la generosidad de dejarle a Adelle su chal estampado, y Adelle supo aprovecharlo en su exigua extensión para esconderse hasta la parte superior del muslo, una vez sentada en la misma montura que la rodadora de pelo plateado.

Mississippi debía de pensar que a Connie se le había ido del todo la cabeza, por sus constantes risas mientras iba con ella a caballo, echando la cabeza para atrás. Iban a reunirse con los chicos, a quienes ya no perseguía solo por los campos el Mancillador, sino un torrente de chillones caídos por el desgarrón.

Acababan de perder a Robin Amery, y ahí estaba el resultado: el mundo que con tanto amor había creado la escritora se caía a pedazos. En el fondo, Connie se esperaba algo mucho peor, pero bueno, no quería ser gafe. Aún quedaba tiempo para que apareciesen cosas más horribles.

Durante el viaje a caballo al almacén se arrebujó en la chaqueta de Missi, centrando todas sus fuerzas en no sucumbir a la hipotermia.

Luego se refugiaron todos en el taller de Caid, donde las chicas buscaron algo que ponerles a Connie y Adelle. Los chillones volaban en círculos, y de vez en cuando se lanzaban contra las ventanas como un esporádico recordatorio de que era un suicidio salir.

Orla, que los esperaba en la puerta, se echó en brazos de Adelle con un alivio inmenso. Fue ella, finalmente, quien logró vestirlas, aprovechando dos camisones viejos de Kincaid a los que puso un cinturón, creando una especie de vestido camisero que no habría chocado del todo con la moda del siglo xxi.

—¿Cómo nos habéis encontrado? —preguntó Adelle, acurrucada en el sofá bajo una ingente cantidad de mantas que era fruto de la suma de los desvelos de Kincaid y Orla.

Severin preparó té, otra vez *earl grey*, y se reunieron todos en la zona de estar: en un sofá los chicos, y en el otro Missi, Adelle, Orla,

Connie y Geo, mientras Farai se quedaba de pie cerca de las ventanas, viendo congregarse a los chillones.

—A Orla y a mí no es que nos haya encantado que os fuerais otra vez tan pronto —explicó Missi, con el disgusto propio de una gallina clueca. La destinataria era Connie, por supuesto, a quien tenía vigilada como si en cualquier momento pudiera desaparecer de nuevo—. Pero yo ya me olía dónde podíais estar, y coincidía con el rastro que había dejado el monstruo por toda la ciudad. Al ver adónde iba he reunido a los demás.

—Sin vuestra ayuda estaríamos muertas —dijo Connie, pasando de la histeria a una sensación de tristeza y vacío.

Ellas planeando la manera de salir de ese mundo y sus habitantes jugándose la vida para salvarlas... Aunque su marcha y la de Adelle pudieran mejorar las cosas, seguía sin estar segura de que fuera lo correcto. Parecía demasiado simple, a menos que su cerebro estuviera buscando excusas para quedarse.

—Que no se os olvide nunca —contestó Mississippi, haciéndose la dura mientras le guiñaba un ojo.

«Excusas como esta, por ejemplo», pensó Connie.

—¿Y la vidente? —preguntó Geo.

Se le habían encrespado las trenzas por la lluvia, y por el viaje tan rápido de ida y vuelta a la playa.

—Ha intentado nadar, pero el Mancillador, que es como ha llamado al monstruo, la ha alcanzado, y creo que se ha ahogado —explicó Adelle.

Se quedó mirando el té mientras pensaba lo mismo que Connie: que, para las creaciones de Robin Amery, la pérdida de esta última tenía un significado que ellas dos habrían sido incapaces de explicar. Era perder a una madre que ninguno de ellos era consciente de tener.

—Parece que venía especialmente a por vosotras tres —observó Missi.

Sí, las tres personas que no pertenecían a ese mundo, todas en el mismo sitio y fáciles de matar. Era un milagro que hubieran sufrido una sola baja.

—Cuando estaba dentro de la Herida —les explicó Adelle—, no ha dicho nada de que quisiera matarme, pero igual es lo que quiere, no sé...

Se estremeció, apoyando la cabeza en las manos.

—Pues lo más fácil habría sido no dejarla salir —fue el sensato comentario de Kincaid—. A menos que estar dentro no sea un estado de muerte... Quizá todavía podamos ayudar de alguna manera a los que están encerrados en la Herida.

—¿Por ejemplo? Vaya, que por mí perfecto, pero ahora mismo me parece mucho pedir —contestó Missi.

—¡Ya, pero piensa en lo increíble que sería! —Orla abrió mucho los ojos de esperanza, cosa siempre peligrosa—. Está claro que si hay alguna posibilidad tenemos que probarla. ¿Verdad, señorita Casey?

Su manera de decirlo llevó a Connie a suponer que era algo privado entre las dos.

Adelle dejó el té sobre la montaña de mantas que tenía en el regazo y se quedó mirando a Connie. Estaban pensando lo mismo: si se quedaban a ayudar, tendrían que idear entre todos un plan, y ese plan tendría que contemplar que Adelle y Connie se fueran de ese mundo, única manera de que se curasen de verdad los desgarrones y la Herida.

Lo cual pasaba por una confesión.

—¿Nos perdonáis un momento? —preguntó Connie mientras se levantaba y se ataba una manta en la cintura.

—*Bien sûr,* señorita Rollins —dijo Severin—, pero no vuelvan a escaparse, por favor, que aunque haya sido emocionante rescatarlas por hoy ya estamos todos cansados de aventuras.

Connie señaló con la cabeza el jardín improvisado de la izquierda. Adelle salió de su fortín de mantas con el té en la mano y la siguió hasta que estuvieron rodeadas de olores a tomillo, romero y toda suerte de plantas.

—Tenemos que decírselo —susurró mirando al grupo del sofá, todos perplejos y a la expectativa.

—Ya lo sé. —Connie tosió un poco, con el puño delante de la boca, y sopló sobre el té—. Mississippi... puede que ya lo sepa. —No valía la pena mentir, y menos habiendo tanto en juego—. Bueno, vale, sí que lo sabe. Lo sabe porque le dije que era del futuro.

Adelle se había quedado boquiabierta.

—Anda... ¿Y por qué? ¿Cómo se lo tomó?

—Si quieres que te diga la verdad, mejor de lo que me esperaba. —Connie soltó una risita irónica—. Después de la debacle en la despensa se quedó bastante cabreada, y empezaba a sospechar. Fastidié toda la operación de robar en casa de Moira solo porque oí tu risa al otro lado de la puerta.

Adelle sonrió, arrugando la nariz.

—Se dio cuenta de que no le decía la verdad, así que decidí jugármela, pensando que al menos si se lo creía me dejaría seguir con ellos. —Connie se encogió de hombros—. Le enseñé mi móvil y se puso en modo interrogatorio, pero al final se convenció. Básicamente, lo que pasó fue que se le ocurrieron un millón de preguntas.

—A mí me pasaría lo mismo —murmuró Adelle—. Y será lo que les pase a todos.

—¿Se lo contamos, entonces? —preguntó Connie.

Adelle asintió.

—¿Les explicamos lo del libro?

—Mejor que no —respondió Connie—. Aquí la realidad ya está bastante jodida.

—¿Piedra, papel o tijera?

Connie sacudió la cabeza.

—Se lo puedo decir yo, que tú ya tienes bastante con lo de los Puertos Grises.

Adelle cerró los ojos con fuerza.

—No debería habértelo contado. Solo sirve para que ahora te preocupes.

—Soy tu amiga, Delly. Preocupada por ti estoy siempre.

Se dieron la mano y volvieron con los demás, que al verlas pararon de hablar. De espaldas a la puerta, mirándolos a todos, Connie respiró muy profundamente y se preparó para el discurso más difícil de su vida.

—Tenemos que contaros una cosa. —Miró de reojo a Mississippi, que asintió lentamente en señal de que le parecía bien. Fue un gesto que por alguna razón facilitó mucho las cosas a Connie—. Aseguraos de estar todos bien sentados.

30

MIENTRAS ESPERABA A QUE CONNIE soltase el notición, Adelle tuvo un momento de tristeza. Había empezado a hacerse amiga de Orla, Caid y Severin, y estaba segura de que ya no volverían a mirarla de la misma manera. Se preguntó, egoístamente, si la odiarían. A fin de cuentas les había mentido, y no una, sino varias veces, con fruición. «Entendedlo, por favor —les rogó para sus adentros—. Por favor, no nos odiéis.»

—Adelle y yo no somos quienes creéis que somos.

Connie fue al grano, casi sin preámbulos. Adelle vio que en todas las caras se iba dibujando una mueca de desconcierto. La única que se quedó impasible fue Mississippi, que observaba a Connie con la intensidad de una madre que da instrucciones mentalmente a su hija mientras la ve bailando sobre un escenario.

—No somos de aquí. Bueno, sí... Es todo un poco raro. —Connie suspiró y se pasó una mano por la frente, después de dejar el té en la mesa baúl—. Adelle y yo somos de Boston, pero del Boston de dentro de un poco más de un siglo. Llegamos aquí jugando a hacer magia. La vidente, que se llamaba Robin Amery, también era de nuestra época. Cuando empezó a ponerse todo tan mal para vosotros fue al llegar ella: la Herida, los sonámbulos... Todo.

Quizá Adelle lo hubiera explicado con un poco más de tacto, pero era la verdad. Las reacciones fueron dispares. Orla estuvo a punto de gritar, y se tapó la boca con las manos mientras se escondía debajo de una manta como si pudiera proyectar de vuelta la verdad, para desaprenderla. Caid se acarició la barbilla, ceñudo y pensativo. Geo y Farai sonreían de la misma manera, como si no se lo creyesen.

En cuanto a Severin..., se limitaba a sonreír con dulzura como si en el mundo estuviera todo bien. Adelle pensó que tal vez fuera un alivio saber que detrás de toda esa locura, de todo ese caos, había una razón: de repente, lo que parecía inexplicable adquiría sentido, como cuando te explican la causa de los relámpagos o los eclipses. No era la fatalidad, sino algo que podía atribuirse a hechos tangibles.

Al menos ella se sentía en parte así después del encuentro con Robin, y de haber oído parcialmente su historia. En el corazón de la catástrofe estaba Robin, y Adelle y Connie eran como las réplicas del terremoto. Ahora solo faltaba recoger los trozos y encajarlos.

De alguna manera.

—Seguro que todos tenéis preguntas, toneladas de preguntas, pero ahora mismo lo importante no es si en el futuro podemos volar con los zapatos, ni nada así; lo importante es que pensemos entre todos cómo arreglar todo esto.

—Habéis encontrado maneras admirables de sobrevivir —intervino Adelle, tratando de endulzar un poco la píldora—. Sois personas inteligentes, con recursos, y si colaboramos todos podremos acabar con esto.

—Yo no veo ninguna razón para creérmelo —dijo Geo, levantándose de golpe—. Hoy habéis ido a ver a la loca esa, que es muy peligrosa, y muy poderosa. A saber qué magia ha usado con vosotras. Os puede haber hecho pensar cualquier disparate.

—No, Geo, no están hipnotizadas —replicó Missi, poniéndose también de pie—. Lo sé porque Connie ya me lo había explicado. Enséñales tu…, tu…, la cosa esa.

—El móvil —dijo Connie, sacando la mochila de detrás del sofá—. Esta bolsa es de una tela que vosotros todavía no tenéis. La hacemos con nailon. Es una fibra sintética.

—Fascinante —murmuró Caid, mirando atentamente por detrás de las gafas.

—Y esto… Esta be es de los Boston Red Sox, nuestro equipo de béisbol —añadió Connie.

—¿Y qué ha sido de los Boston Beaneaters? —preguntó abatida Missi.

—No lo sé, pero ahora nos llamamos Boston Red Sox, y somos muy buenos. Hemos ganado la tira de veces la World Series —dijo Connie.

Adelle le dio un codazo. Se estaban yendo por las ramas.

—¿La World Series? ¿Qué es eso? —preguntó Farai.

—Amigos, amigos… —Severin agitó las manos en el aire y adoptó el tono severo de un político que sube al atril. También él se había puesto de pie. Se estiró la camisa—. Nos estamos apartando del tema. Como con tanta elegancia ha expuesto la señorita Rollins, la misión está muy clara.

—Severin está en lo cierto —dijo Caid, aunque se notaba que no le gustaba tener que reconocerlo. Se limpió las gafas y apoyó la barbilla en un puño. A juzgar por su taller, para cuando hubieran acabado todos de tomar el té ya habría tenido una idea genial—. Yo creo que la pregunta más acuciante que hay que hacerse es la siguiente: ¿cómo han llegado exactamente ustedes dos a estar entre nosotros? ¿Es posible invertir el proceso?

—Gracias. —Connie lo señaló con el dedo—. Esa es la actitud que necesitamos. En cuanto a su pregunta, la respuesta es que hicimos un conjuro con una serie de materiales: una vela, un cuenco, una piedra e incienso.

—Dispuestos de una determinada manera —añadió Adelle, que acto seguido titubeó. El libro no podían mencionarlo, evidentemente—. Y luego… pedimos viajar.

—¿Y lo que pidieron fue ir a nuestra época? —preguntó Severin—. ¿Por qué?

—Es que…, es que a las dos nos encanta la historia. —Adelle volvió a escabullirse como pudo. Los auténticos motivos eran mucho más difíciles de explicar—. Y los libros de esta época. Y la moda. ¿A ustedes no les gustaría viajar en el tiempo?

—A mí sí, se lo aseguro —terció Caid.

—Yo lo encuentro desazonador —dijo Orla.

—Ahora tenemos todos los ingredientes para intentar volver —les explicó Connie, yendo otra vez al grano—. Lo que pasa es que no estamos seguras de que si nos marchamos vuelva a ser todo como antes, o sea, que si a alguien se le ocurre un plan genial para quitarnos de encima para siempre la Herida es el momento de exponerlo. Silencio.

Adelle vio que se iba diluyendo la sorpresa, sustituida por un nerviosismo general, y pensó que antes de rendirse, de volver sin más a casa, les quedaba algo por intentar.

—Estando con Robin en el barco —empezó a explicar sin levantar la voz—, nos ha hablado de un libro que podría ser útil. Caid, antes ha dicho que algunos de los libros de su biblioteca se los llevó de la universidad, ¿no? Pues si me deja mirarlos podré ver si está el que digo.

—No faltaría más —dijo él—. Voy a por el catálogo.

—Mientras tanto, ¿nos pueden decir si en el futuro hay zapatos que hagan volar? —La risa burlona de Severin le mereció una mirada de reproche de Orla—. ¿Qué pasa? Es que me ha picado la curiosidad.

—No —le dijo Connie—, con nuestros zapatos no se vuela.

Missi se puso delante de ellas dos con los brazos muy abiertos.

—Eh, eh, un momento, que se calle todo el mundo. Volar… Igual es la respuesta, volar.

—No te sigo —contestó Connie.

Adelle se encogió de hombros, reconociendo que tampoco lo entendía, pero al menos alguien tenía una idea. Aunque ella y Connie vinieran del futuro, no conocían la ciudad como los personajes que llevaban meses viviendo en el caos de ese Boston.

—Al principio, la marina intentó bombardear la Herida, pero no sirvió de nada, porque los brazos interceptaban los proyectiles. La bala de Connie la ha sobresaltado, pero sin hacerla sangrar. ¿Y si pasamos volando por encima y le soltamos…? No sé…, dinamita, o antorchas desde arriba.

—Por desgracia, no tienen zapatos que vuelen —dijo Orla con tristeza.

Connie, que estaba al lado, se animó.

—El globo.

—El globo —murmuró Farai.

—El globo —repitió Geo, estirándose las puntas de las trenzas.

—¿Cómo? —A Adelle se le escapó una risa seca—. ¿Qué globo?

—El mío —dijo Missi—. Un globo de los que vuelan. Aún no está del todo acabado, pero podríamos poner a trabajar a todos los niños a la vez, y que su viaje inaugural fuera de lo más sonado.

Caid había vuelto de la biblioteca, situada junto a las ventanas. Traía varios tomos bajo el brazo, a cuál más imponente, con encuadernaciones de piel de lo más eruditas. Se tocó el borde de las gafas y carraspeó para que le escuchasen.

—Mis observaciones sobre el fenómeno de la Herida, y lo que ha vivido dentro de ella la señorita Casey, me han llevado a la conclusión de que las armas que podrían matarnos a nosotros carecerían de cualquier efecto sobre ella. Como ya se ha dicho, ni con cañones ni con rifles se obtuvo resultado alguno.

—Maldita sea —murmuró Severin, dejándose caer en el sofá—. Pues mira que era una idea gallarda la de elevarse en *montgolfière* a la victoria…

—No descartemos todavía el viaje —dijo lentamente Geo, entusiasmada, con los ojos muy abiertos y las manos en el aire, como si cogiese algo al vuelo, clara señal de que se estaba formando una idea en su cabeza—. ¿Cómo nos pilla, la cosa esa? A través de los sueños, ¿no?

—A través de los sueños —susurró Farai, empezando a ver por dónde iba.

—La infusión que preparamos nosotros hace que no se sueñe nada —siguió explicando Geo. Adelle miró a Caid, que marcaba el rasero de la lógica: hasta él parecía fascinado, atento hasta a la última palabra—. Clavo y agalla de roble en agua de lluvia muy caliente. Son ingredientes muy valiosos, pero si pudiéramos hacer una olla muy muy grande...

—Podríamos echarla dentro de la Herida, y así los que están soñando dentro quizá se despertasen. Si la cosa esa se comunica a través de los sueños, puede que la infusión también evite que lo haga la propia Herida —concluyó Connie—. Qué buena idea, Geo.

—Ya, ya lo sé.

Geo se encogió de hombros, pero con una sonrisa de satisfacción.

Caid volvió a sentarse entre ellos sin pensar en el catálogo, que dejó sobre la mesa, y se sumó a la lluvia de ideas.

—A tenor de la descripción de la señorita Casey, el interior de la Herida es una especie de estómago. Es posible que las personas que entran en él constituyan algún tipo de alimento.

—Ya, pero estaban todos intactos —adujo Adelle, contenta de poder ser de alguna utilidad—. Hasta la ropa la tenían en perfecto estado. No parecían digeridos.

—Pues entonces quizá no sean comida —respondió él—. Quizá la Herida mantenga a nuestros semejantes para algún tipo de nutrición. ¿No será que el monstruo se alimenta de sus sueños, ya que están indemnes? En todo caso, más allá de su función, es necesario liberarlos.

—Bueno, *mes amis,* pues parece que tenemos un plan. —Severin se interpuso entre Caid y Missi para darle una palmada en el hombro a cada uno. Missi se apartó, refunfuñando. No eran *amis,* en absoluto—. Permítanme que contribuya en la medida de mis posibilidades. El clavo y la agalla de roble se usan para elaborar muchas tintas. Yo mismo las empleo para mi arte. Dispongan ustedes de todo lo que tengo, señoras, y úsenlo para elaborar su brebaje.

Farai asintió, aunque manteniendo las distancias. A ninguna de las rodadoras se le apreciaban demasiadas ganas de relacionarse con Severin.

—Deberíamos volver a la Congregación. Hay que acabar el globo, y Geo y yo podríamos ir preparando la olla —dijo Farai, que ya había dado unos pasos hacia la puerta.

Severin la siguió a una distancia respetuosa, señal de que, a pesar de su jactancia, quizá no fuera del todo insensible a la tensión.

—¿Connie? —Mississippi recogió su chaqueta de flecos del sofá y se la puso—. ¿Vienes con nosotras?

Connie miró a Adelle con el ceño fruncido de preocupación y se acercó más a ella, sacudiendo la cabeza.

—No, mejor me quedo, que le he prometido que ya no nos separaríamos.

—Eso era antes de tener un plan como este —contestó Adelle. Connie no paraba de mover la pierna, en una clara muestra de sus ganas de irse con el resto—. Puede que con el globo hagan falta todas las manos disponibles. Aquí estoy a salvo, y podré buscar el libro en el catálogo de Caid.

—¿Estás segura? —preguntó su amiga, apoyando suavemente una mano en su codo.

—Vete —dijo ella.

En la cara de Connie se veía algo más; también en lo atenta que estaba Mississippi a la conversación, y en lo cerca que se había puesto de Connie. ¿Había algo entre las dos? Adelle no se lo había planteado, pero al fijarse en ellas le costó no hacerlo. Quizá el comentario de Connie sobre quedarse pillada de Moira fuera algo más que un simple ejemplo. «Pero mira que soy tonta», pensó.

—No va a pasarme nada —añadió—. Tu vete con cuidado, que no sabemos dónde está el Mancillador, y fuera sigue habiendo chillones.

—Puede ser buena idea que os separéis —dijo Geo al pasar a su lado de camino a la puerta—. Si la Herida os quiere para algún propósito malévolo, lo tendrá más fácil si estáis juntas.

—Y así, con tantas alegrías, nos decimos adiós —dijo Adelle entre risas, dándole a Connie un fuerte abrazo—. Vuelve, ¿vale?

Antes de colgarse la bolsa en el hombro, Connie metió una mano, sacó el incienso y se lo dio a Adelle.

—Así nos repartimos los ingredientes mágicos —dijo—. O volvemos juntas, o no volvemos.

Adelle estuvo a punto de negarse, pero la idea tenía algo de reconfortante, así que cerró los dedos alrededor de los pequeños conos verdes y asintió.

—¿Cómo sabremos que estáis listos?

—Estad atentos a si veis un fuego al sur —contestó Missi—. Puedo mandar a un mensajero a nuestro segundo puesto de avanzada y hacer que encienda fuego en el campanario. Si lo veis es que estamos preparados. Preparados para emprender el vuelo, Dios mediante.

Entre sonoras muestras de júbilo y alivio fue devuelta la señorita Orla Beevers a sus vecinos y amigos de Joy Street, que no eran pocos. Sus padres, personas de talante alegre, pero estricta y firme devoción cristiana, lloraron sin disimulo al abrazarla en el umbral, falta al decoro que les fue perdonada por la vehemencia de su pena y el carácter extremo de la situación.

Moira asistió al reencuentro con un entusiasmo solapado, no solo porque su compañera y amiga hubiera sido reintegrada sana y salva a su hogar, sino porque hubiera sido Severin, contra todo pronóstico, el artífice de la victoria: a su baja condición social, y a su conocimiento de los aspectos menos gratos de la sociedad de Boston, debía Orla el haber sido rescatada.

La propia Orla, si bien no parecía haber sufrido daño alguno, describió lo ocurrido como un verdadero suplicio, que explicó largo y tendido al protagonizar una velada en casa de los Beevers *durante la que se cenó y se tocó el piano. Sus hermanos se mostraron celosos de que hubiera sobrevivido al equivalente de un asalto a manos de bandoleros, fenómeno que solo conocían a través de las sórdidas novelas por entregas de las que eran lectores.*

—Eran espantosos, un auténtico horror. ¡Ladrones y mendigos tan groseros como sucios, y con tal capa de mugre encima que ni la más vulgar ramera podría haber competido con ellos! El peor de todos era el cabecilla. ¡Una mujer, por increíble que parezca! Una artista de circo de muy escaso renombre que no hacía más que escupir y decir tal cúmulo de palabras soeces que hasta un marinero se habría sonrojado —exclamó Orla entre sorbo y sorbo de excelente clarete.

No tenía ni un morado, al menos en el cuerpo; quizá los tuviera, y muy profundos, en el alma.

—¡Malditos canallas! ¿Te han hecho daño? ¿Te han llegado a poner la mano encima, cielo mío? Haré que los ahorquen a todos —dijo con severidad el señor Beevers, tan furioso que estuvo a punto de tirar su copa de vino.

—No —contestó Orla, un poco avergonzada ante la imposibilidad de adornar su relato con episodios de violencia. Aun así, mantuvo la cabeza muy erguida, como si saliera de la más desgarradora de las experiencias—. Sin embargo, estoy segura de que con el tiempo habría salido a relucir su intrínseca maldad. De no haber negociado con tanta destreza el rescate el señor Sylvain, ahora podría estar en el cielo, rodeada de ángeles, y no aquí, con todos ustedes, viva y agradecida.

Moira, capítulo 10

—¿Crees que saldrá bien? ¿En serio?

Connie estaba viendo cómo cosían los retales de seda dos docenas de ágiles manos, apretujadas bajo el resplandor de los faroles que sujetaban sobre sus cabezas los niños mayores de la Congregación. Habían pasado muchas horas, y las velas se habían reducido a cabos. Apartando carromatos y chabolas se había logrado despejar bastante espacio para que en el centro de las catacumbas cupiese extendido el gigantesco globo, una especie de manta circular en la que coexistían todos los colores de la seda aprovechada de camisas, corbatas, vestidos, pañuelos y cualquier otra cosa que se hubiera encontrado.

—Yo siempre he sabido que algún día intentaría hacer volar este artilugio, o sea que, puestos a probar, hoy es un día como cualquier otro —contestó Mississippi. Se habían colocado cerca de las filas y filas de niños trabajando, para repartirles el hilo y las agujas, e indicarles si había agujeros o costuras mal hechas—. Es más fuerte que yo. No sé por qué será, pero estoy convencida de que lo llevo en la sangre. Voy a volar en este globo, tanto si sube como si se estrella, y en ambos casos me alegraré de que estés para verlo.

En un lado había una enorme olla de hierro donde Geo y Farai preparaban ingentes cantidades de infusión. El olor, amargo y pestilente, llegaba hasta el último recoveco de esa especie de cueva en la que estaban refugiadas. Habían revestido la olla con una vejiga de piel curtida, más ligera que el metal, porque era necesario que el globo volase. Llenando la vejiga de infusión seguiría siendo posible que emprendiera el vuelo, y su contenido cruzaría la ciudad sin derramarse, o muy poco. Aún no estaba decidido quién tripularía el globo, aparte de Missi.

—Missi…

Durante el trayecto del taller a la iglesia, Connie había estado callada, absorta, con la rabia de saber que pronto tendría que darle a Missi la noticia de que no podría volver con ellas. Ya habían prescindido de tantas mentiras que no le parecía bien callárselo.

—Ya, Connie, ya lo sé. —Missi suspiró y se frotó la punta del zapato en el vacío—. Si vuestra presencia está desgarrando nuestro mundo, viajar yo con vosotras tendría el mismo efecto.

Así era más fácil, o al menos un poco. Con el ceño fruncido, Connie le cambió a una niña rubia con coletas y la cara sucia, que acababa de acercarse a ella, una aguja torcida, sin arreglo posible, por otra recta.

—Hay algo más —se decidió a añadir.

—¿Ah, sí?

—En el campanario, cuando te dije que me acompañarías, estaba mintiendo. Solo quería que me ayudases. Ahora, en cambio… Ahora es distinto. Creo que si pudiera llevarte conmigo lo intentaría.

Mississippi soltó una risotada tan fuerte que casi se le cayeron las madejas.

—¿Y eso por qué, Rollins? ¿Qué pasa, que te gusto?

—Por ahí va la cosa. —Connie resopló por la nariz, apartándose un poco—. Este sitio, y esta época, no te merecen. Naciste mucho antes de tiempo.

—Puede ser. —Missi se quedó mirando a Connie de perfil—. O no. Quizá haga falta gente como yo que haga cambiar las cosas. ¿Por qué me visto así? ¿Por qué suelto tacos en voz alta y me involucro en todas las trifulcas que puedo?

—¿Porque estás loca?

Missi volvió a reírse, con más fuerza que antes.

—Por eso y porque en el fondo siempre he sabido lo que era: un bicho raro. De todas formas, me importaba muy poco. Siempre he sabido que solo me gustaban las chicas. Es más: sabía que la gente querría que me lo guardase muy adentro, que lo fuera reduciendo hasta dejarlo en nada, pero entonces yo también habría quedado en nada. ¿Y sabes qué te digo, Rollins? Que eso no podía permitirlo. Así de claro.

Connie miró con atención el suelo. Le ardían las mejillas. Pensó en los pósteres que tenía en la pared, en cuando había cambiado bruscamente de idea en la puerta de Julio, y en cuando su madre, ignorante pero bienintencionada, le dejaba montones de revistas de moda en la puerta de su cuarto. Ella no se sentía reducida, ni como si no fuera nada. Lo que se preguntaba era si proclamar en voz alta su verdad, y aceptarla, la haría ser aún más grande, aún más algo.

Lo de «en voz alta» no tenía por qué estar hecho para todo el mundo, pero empezaba a pensar que para ella sí. Hasta entonces le había dado miedo. Se había resistido a que le dijeran cómo era antes de sentirlo como algo suyo, pero sí quería que Missi fuera suya. Quería que fuera todo suyo: la verdad de su amor, de su identidad, y compartirlo con todos. Con todos, pero especialmente con Missi.

Missi, esa chica tan rara, ruidosa y exaltada, era para Connie.

—Igual casi valdría la pena —murmuró, sin poder mirarla todavía a los ojos—. Que vinieras conmigo. Aunque por culpa de eso se nos cayera el mundo. Sería tonto, y egoísta, pero sería mío, y me gustaría.

—Oye, chica del futuro, que aún no te has ido, y resulta que estoy aquí delante.

Connie asintió y, al armarse de valor para mirarla, sintió en el pecho una presión eléctrica como la de su primer encuentro, cuando Missi se le había encarado y Connie la había visto como una simple bocazas, una rival a la que derrotar.

—El tiempo es lo que haces tú que sea —añadió Missi—. Me lo dijo mi padre, que se equivocaba en muchas cosas, pero en esa no. «El tiempo es lo que haces tú que sea.»

Connie se acercó sin saber si las veía o se daba cuenta alguien, aunque de repente le dio igual. Missi le había dado una oportunidad. La había creído cuando más importancia tenía ser creída. La había escuchado, había peleado por ella, y había acudido en su rescate. Si eso no era digno de un primer amor, por poco que durase, Connie no sabía qué podía serlo.

Fue un beso rápido y casto, poco más que un simple roce, aunque bastó para prender un fuego arrasador.

Siempre había supuesto que los labios de otra chica serían suaves, pero aun así no dejó de sorprenderse. Sus mejillas, puro fuego, estallaron en puntitos rojos palpitantes. Se echó para atrás tropezando mientras le salía el aire sin fuerza entre los labios.

—Deduzco que es el primero —dijo Missi con voz suave.

—Totalmente.

—Pues es un honor. Que no sea el último, chica del futuro. Aunque no sea conmigo, un beso así es demasiado dulce para que te lo guardes.

Dado que en el globo estaban trabajando todos menos los enfermos graves, fue una sorpresa oír a sus espaldas, en los adoquines, pasos de gente corriendo. Connie volvió en sí como quien se despierta de un sueño precioso y realista que se le ha hecho demasiado corto.

—Joe, es la primera vez que te veo correr.

Mississippi se giró justo cuando llegaba Joe el Desvelado, el barbudo del bar, seguido de cerca por dos jóvenes vigías.

Joe sacudió la cabeza sin aliento.

—Ruidosos. Parece que estén todos. Nos han encontrado. Se están reuniendo en la entrada de la iglesia.

—Deben de haber visto nuestros movimientos. —Missi soltó el hilo y se alejó con paso firme. Iba al bar, a buscar sus pistolas—. A menos que... —Se quedó quieta, con un pie en el aire—. ¿Crees que puede haberse chivado alguien, Rollins?

—Kincaid no me parece de esos —respondió Connie—. Además, está recluido con Adelle, investigando.

—Orla ya sabe dónde estamos —añadió Missi—. Corrió con nosotros hasta que no pudo soportar tanta mugre acumulada. Ha tenido ocasiones de sobra para delatarnos y nunca ha abierto la boca. ¡No, ha sido el traidor ese, el de la cara de comadreja!

Severin. Por desgracia, a Connie no le costaba mucho creérselo.

—¡Pero si nos ha ayudado contra el Mancillador! —Missi siguió corriendo en busca de sus armas—. ¡Ha ayudado a rescataros! Creía que podíamos fiarnos de él.

—Tenemos que proteger el globo —dijo Connie—. Y a los niños. Y..., ¡mierda! ¡Como Severin se haya propuesto sabotearnos, irá a por Adelle!

Joe el Desvelado rodeó el mostrador y se agachó para sacar dos enormes cuchillos de carnicero. Farai y Geo, atraídas por el alboroto, se acercaron ceñudas a la barra. Los perros, que habían estado descansando entre los inválidos, se despertaron y llegaron al galope, meneando la cola, listos para entrar en acción.

—Nos han encontrado los ruidosos —dijo Missi—. Vamos a mantenerlos a raya. Vosotras dos seguid con la infusión.

—Tiene que quedarse un buen rato en remojo. Podemos luchar —le dijo Farai, pasando las cuentas que llevaba en la muñeca, por nerviosismo o para darse suerte.

—Y tú... —Missi prácticamente se abalanzó sobre Connie, obligándola a retroceder algunos pasos hacia el centro del escondite. Después bajó la voz para que no la oyera nadie más, mientras le ponía un rifle en las manos—. Vienen a por ti, cariño. A por nosotros también, pero sobre todo a por ti. Si se arregla todo con vuestra marcha, ya no habrá futuro para esa religión tan retorcida que profesan. Se habrán quedado sin poder. Coge el rifle y vete por el túnel del fondo del refugio, el que hay después de la letrina. Por ahí se llega a la iglesia, la del campanario. Ve con tu amiga y asegúrate de que esté a salvo.

—Quiero quedarme —le dijo Connie, apretándole la mano—. Ya habéis hecho todos tanto... Si los ruidosos están aquí por mí, debería ser yo la que luche.

—No funciona así. —Missi le hizo dar media vuelta y la empujó en sentido contrario a la Congregación—. Nuestra supervivencia depende de la tuya. Sigue viva. Cierra la Herida. Quizá no tengamos mucho tiempo, Rollins, o sea, que más vale que lo aproveches al máximo.

—¿Lo ha hecho usted solo, este catálogo? —preguntó Adelle, sorprendida.

Estaba encuadernado en piel, y debía de pesar más de dos kilos.

Sus grandes hojas estaban cubiertas por columnas en las que constaban el título, el autor y una breve descripción de cada libro, además del lugar que le había destinado Caid dentro de su biblioteca, esa que, en acertada descripción de Connie, «estaba buenísima».

Adelle no podía negar que lo estaba.

—Desde hace un tiempo, como habrá observado, mi única distracción son los experimentos y el trabajo. Aspiro a ser útil, aunque nadie más que yo le vea alguna utilidad a lo que hago —contestó él.

Estaban muy juntos en el sofá de la izquierda, dejando el de enfrente al bulto cubierto de mantas que era Orla. A Adelle le llegó otro recordatorio del olor de Caid, a pergamino y hierbas: un perfume masculino que, sin avasallarla, la distraía constantemente.

Qué manos tan expresivas y fuertes tenía… Moira consideraba que Severin las tenía «de pintor», y tal vez fuese verdad, pero las de Caid parecían capaces de arreglar un reloj de pulsera, escribir durante horas o ejercer la presión justa en la cintura de su pareja de baile.

—Creía que estaba usted comprometido con Moira.

Adelle se arrepintió enseguida del comentario. Tenían cosas más importantes en las que pensar, lo cual no le impedía decirse una y otra vez, sin poder evitarlo, que estaba sentada con el novio de otra, y fantaseando con él.

Caid frunció el ceño y se echó para atrás, con las manos sobre las rodillas.

—Fue lo último que me pidieron mis padres antes de irse, y me siento obligado a cumplir sus deseos, aunque a decir verdad somos muy diferentes, demasiado. La compatibilidad que requiere el matrimonio, sin embargo, es de orden financiero y familiar, no de aficiones y pasiones.

—¡No!

Adelle no había podido contenerse. Sabía que a Caid lo habían educado así, y era consciente de las presiones propias de la época, pero a pesar de todo le habían dolido sus palabras. Caid se la quedó mirando con perplejidad y una sonrisa socarrona que le marcó un hoyuelo.

—¿No?

—¡No! Es…, es horrible lo que dice, una tontería espantosa. El matrimonio, el amor, o como quiera llamarlo, tiene que consistir precisamente en eso, en compartir aficiones y pasiones —adujo Adelle, sonando, y sintiéndose, ofendida.

—¿Es lícito inferir que las mujeres de su época se han emancipado?

—Exacto. Podemos votar y tener una casa en propiedad. Dirigimos empresas, y nos vestimos como nos da la gana, al menos la mayoría. Somos políticas, médicas, científicas, astronautas... Eso usted no sabe qué es, pero le aseguro que mola un montón.

Paró al darse cuenta de que podía despertar a Orla, así que volvió a mirar la página por la que había abierto el catálogo para reanudar la búsqueda. A fin de cuentas, les habían encargado un trabajo.

—Ah. —Caid sonrió como para sus adentros—. Eso explica muchas cosas.

—Que hable tan fuerte —contestó Adelle—. Y quiera tener siempre la razón.

—Bueno, sí, pero mi ideal han sido siempre las mujeres de moral firme y opiniones aún más firmes, aunque me temo que no es lo que está de moda.

—Pues debería estarlo —dijo Adelle en voz baja—. Además, las modas cambian.

—Así es, señorita Casey, así es.

—¡Aquí está! —Había estado a punto de gritar—. ¡Es este! *Las tierras intermedias*, de Andrew Rudolph. ¡Es increíble que lo tenga!

Caid se levantó de golpe y se acercó en pocos pasos a la biblioteca.

—No tanto. Rudolph es una especie de metafísico popular. Hace dos inviernos dio unas conferencias en Harvard a las que me habría gustado asistir, aunque me lo impidió una tormenta de nieve.

—¿Este libro lo ha leído?

Adelle se reunió con él al pie de las estanterías, donde ya no cabía ni un volumen más. Fuera, el atardecer dejaba paso gradualmente a una mayor oscuridad. Los chillones habían desaparecido casi todos, sin duda en pos de Connie y los rodadores que se habían ido con ella a su iglesia, aunque aún quedaban unos pocos dando vueltas, y lo alarmante e imprevisto de sus arremetidas contra los cristales seguía sobresaltando a Adelle.

—Todavía no, pero no le quepa la menor duda de que a partir de hoy lo haré. —Caid sacó de la estantería un volumen de una sorprendente delgadez, gastado, con la tapa violeta y el título en letras en relieve que habían perdido casi todo el dorado—. Me gustaría saber qué nos diría Rudolph sobre nuestras actuales tribulaciones.

—Robin Amery estaba segura de que su llegada fue el desencadenante de los desgarrones y la Herida —explicó Adelle mientras volvían al sofá, donde se estaba más cómodo y hacía menos frío. Al abrir el libro oyó crujir el lomo con una agradable suavidad—. Y cuando se ha muerto… se ha abierto el desgarrón gigante sobre el campo. Yo creo que ha sido consecuencia directa de su muerte. Ella, sin embargo, juraba y perjuraba que en el momento de su llegada todo estaba normal.

«Que fue cuando empezaste tú a hacer cosas raras, salirte del guion y estar mucho más bueno que en la novela.»

«Concéntrate, Adelle.»

—¿Qué más sabe de Rudolph? —preguntó con una voz sospechosamente aflautada.

Caid volvió a arrellanarse en el sofá, extendiendo las piernas, tan largas que llegaban hasta la mesa baúl, y se rascó con aire ausente el tentador hueco que se abría justo encima del cuello abierto de su camisa. A diferencia de Severin, no llevaba ninguna corbata recargada.

—Es un excéntrico al que no siempre se respeta, pero cuyas novedosas ideas le han granjeado el interés de otros universitarios e investigadores —explicó—. En lo que respecta al contenido exacto de sus teorías, lo desconozco.

—Uf, qué títulos llevan algunos de los capítulos… No parece que esté muy en sus cabales, el tal Rudolph. ¡Ah, pero este promete! —dijo Adelle, deslizando un dedo por el índice—. «Sobre Nglui, la Puerta Durmiente».

—Está claro que llama la atención —contestó Caid, dubitativo.

—Caid… —Total, ya estaban confesando casi todo lo demás, y para ayudar a resolver el misterio de la Herida, Caid necesitaría cualquier dato de alguna relevancia—. Cuando estaba dentro de la cosa, me ha hablado. He visto de dónde viene: de una ciudad que no está aquí, un sitio horrible dominado por un ser pesadillesco. Se llama la Ciudad del Soñador.

Caid se quedó callado, con temblores en la mano que apoyaba en el pecho.

—Eso… sí que cambia las cosas. La Puerta Durmiente. La Ciudad del Soñador. Suena a que puedan estar relacionadas. ¿Por qué no me lo había dicho antes?

—Es que… no quería asustar a nadie —murmuró Adelle. Se encontraba fatal, casi con náuseas. Los morados que tenía en la barriga se habían puesto a palpitar como si solo de pensar en lo ocurrido pudiera reavivarse todo su dolor—. Además, no sabía que íbamos a decirles la verdad sobre de dónde venimos. La Herida, el ser ese, sabe que no somos de aquí. Me gustaría saber lo que quería…

Se esperaba una reacción de más reserva, o incluso de frialdad, pero lo único que hizo Caid fue asentir con la cabeza.

—Tal como lo explica, parece que ha vivido un auténtico suplicio.

—Pues sí —dijo Adelle—, y por eso quiero que pare. Quiero ayudarles a arreglar las cosas antes de que nos vayamos Connie y yo.

—Muchos se habrían limitado a irse tal como habían venido —observó Caid.

—Pues nosotras, no —contestó Adelle—. Connie y yo, no. Nos importa este sitio.

«Más de lo que te imaginas.»

Después de una sonrisa muy fugaz, Caid señaló el libro abierto sobre el regazo de Adelle.

—El capítulo, señorita Casey.

Adelle localizó la página y puso el libro entre los dos. Estaba impreso en una letra muy pequeña, un poco desvaída. Al inclinarse para leerla se tocaron con los hombros. Era un milagro que aún fuera legible, aunque no había salido completamente indemne del traslado al taller. Adelle, que nunca había tenido en sus manos un libro tan antiguo, casi se sintió culpable al tocarlo. Cualquier marca de grasa que dejaran los dedos podía acelerar el deterioro de las páginas. Sin embargo, tenían problemas más graves que preocuparse por que llegara hasta la época moderna y pudieran encontrarlo los coleccionistas.

—Está claro que le gustan las introducciones largas —masculló con impaciencia.

—Aquí. Cuando va al grano es al principio de la página siguiente —le dijo Caid, acercándose más y rozándole la mano al señalar la línea a la que se refería.

Los labios de Adelle articularon casi en silencio las palabras, cada una de las cuales hizo latir un poco más deprisa su corazón.

Nuestro viaje a Machu Picchu se desarrolló sin apenas inciden-
tes. El último día se sumó a nosotros un viajero extraviado,
vestido de negro riguroso, con un sombrero de ala ancha, tam-
bién negro. No llegué a verle bien la cara, pero su actitud era
muy amistosa. Dijo que también estaba estudiando las alinea-
ciones astrológicas de las ruinas, y nos acompañó hasta Ayacu-
cho. Antes de separarnos nos dio las gracias por nuestra compa-
ñía y nos preguntó si queríamos «ver algo especial».

Solo refiero este episodio porque ha permanecido en mi me-
moria mucho más tiempo que cualquier detalle sobre el hombre
en cuestión, cuya manera de decirlo se me antojó muy extraña.
Lo que ya no recuerdo es qué era eso tan especial que me enseñó,
señal, sin duda, de que no era nada muy notable.

Fue a mi regreso del río Urubamba, sin embargo, cuando
empezaron las voces. Me acusarás sin duda, lector mío, de inven-
tarme los hechos que expondré a continuación, pero te aseguro que
todo cuanto explico responde punto por punto a la verdad.

Mi médico me dio a entender que los extraños sucesos que me
acontecieron a partir de mi regreso a Norteamérica se debían a
algo tan sencillo como la deshidratación, o a alguna enfermedad
selvática que afecta al cerebro, pero ninguna de estas teorías me
convence. De hecho, escribí al guía que me había ayudado a
orientarme por los ríos, Ernesto, y él nunca había oído hablar
de ninguna enfermedad de esa índole. Me consta que es un
buen conocedor de las tierras de las que procede, y, si bien no
tengo nada que reprocharle a mi médico, sí pongo en entredicho
su conocimiento de la medicina peruana.

Durante el mes posterior a mi regreso no dormí más de una docena de noches, y, cuando lo hice, fue siempre sin soñar. Empecé a recoger mis síntomas con todo detalle por escrito, que hallarás, lector mío, en este libro, para quien desee estudiarlos, analizarlos y probablemente descartarlos.

A duras penas supe lo que era dormir, y no soñé una sola vez, pero aun así mis horas de vigilia tenían la violencia desorientadora de las pesadillas. El vigésimo día del mes de julio del año 1868 perdí la noción del tiempo durante buena parte de la tarde. Cuando me desperté llovía, y la distribución de mi despacho había sufrido grandes cambios: la mesa estaba al pie de la ventana, mis papeles tirados por el suelo, y la alfombra torcida.

En el sueño estaba escrito de mi mano, sin ser yo consciente de haber hecho tal cosa, lo siguiente:

LA CIUDAD DEL SOÑADOR ESPERA
NGLUI LA PUERTA DURMIENTE
APAGA LAS LLAMAS
SE ACABA UN MUNDO PARA QUE EMPIECE OTRO
NGLUI LA PUERTA
ENCUENTRA EL PASO, CRÚZALO
Y VENDRÁN LOS SOÑADORES

Comprenderás, lector mío, que una vez superada mi inicial turbación procedí inmediatamente a investigar tan extraños lugares. En mi afán por comprenderlo regresé al Urubamba, donde pocas cosas encontré salvo una solitaria cueva con pinturas que guardaban cierta semejanza con una ciudad rudimentaria, y una figura en forma de nautilo coronado que la presidía al modo de un rey.

Un colega de Londres tuvo la amabilidad de mandarme copia de un informe procedente de la desafortunada singladura del *Dunwich*. Antes de la desaparición de este navío, que zarpó de Liverpool con rumbo a la bahía del Hudson, el capitán anotó en su diario que su tripulación había descubierto hielo turbio en las costas de las islas del norte, y que más tarde se encontraron con una embarcación de balleneros a punto de naufragar. Solo quedaba un marinero, un hombre de negro riguroso, con sombrero del mismo color.

El marinero se ofreció a trabajar en el barco, y a venderles cuanto había rescatado del suyo. Poco después, el capitán dejó anotado que buena parte de su tripulación estaba enferma, refiriendo «fiebres, según ellos, no ardientes, sino frías, mirada desquiciada, balbuceos incoherentes y malestar general». Muchos, despertándose en medio de la noche, abandonaron sus hamacas y se arrojaron sin remedio en las aguas del Ártico. Dos oficiales informaron de un inquietante trastorno mental: cuando estaban solos oían voces, y al cabo de un tiempo protagonizaron episodios de violencia que, a decir de ambos, tenían como finalidad «traer al de los Muchos Años» y «proporcionarle su banquete sin fin». Aseguraban atacar en su nombre y servirle.

Al final, el *Dunwich* fue hallado entre el hielo, pero no llegó a encontrarse a ninguno de sus tripulantes. Solo quedaban los cuadernos de bitácora y sus efectos personales.

También yo, cuando más graves eran mis síntomas, oía voces que irrumpían en mi pensamiento. En los momentos de silencio escuché en alguna ocasión que me llamaban desde fuera, una voz oscura y de gran autoridad que me decía que ya estaba cerca, y a la que dediqué abundantes reflexiones e investigaciones antes de perder del todo la razón.

Transcurrido un mes desde el primer incidente, me desperté de nuevo de una siesta involuntaria y lo que descubrí esta vez fue que me había sometido a una horrenda desfiguración, grabando en mi vientre una imagen que reproduciré bajo estas líneas.

Andrew Rudolph había ilustrado de su propia mano lo que se había encontrado grabado en su barriga: un círculo grueso e irregular alrededor de un ojo, y debajo tres equis.

—«Me había grabado a Nglui y tres llamas extintas en mi propio vientre —acabó el capítulo en voz alta Adelle—. De eso estuve seguro, y sigo estándolo. Una voz me ordenaba abrir la puerta, pero, si bien busqué por todas partes alguna pista sobre cómo hacerlo, y a pesar de que busqué también las llamas, mis esfuerzos se saldaron en fracaso. Por lo visto, le fallé a mi misterioso patrón. Al cabo de un tiempo cesaron las voces, junto con los hechos extraños, y volví a dormir con normalidad; al menos lo habría hecho de no estar obsesionado con lo sucedido y con lo que había visto. Durante los últimos años he encontrado, dispersas por todo el planeta, nuevas referencias a la Ciudad del Soñador y Nglui, fragmentos de un rompecabezas que ansío resolver tanto como lo temo.»

Se apoyó en el respaldo, como si le faltara el aliento. El de los Muchos Años. Llamaba la atención el parecido con el Antiguo del conjuro del señor Straven, el que las había metido en el libro. Seguro que existía alguna relación.

—«Dispersas por todo el planeta» —repitió—. O sea, que esto no se limita a Boston. Es algo que el ser ya había intentado muchas veces, pero quizá nunca hubiera llegado tan lejos. A venir aquí nos ayudó un hombre, el señor Straven, que siempre va de negro y tiene un sombrero negro colgado en su tienda. Primero mandó a Robin Amery, pero como no pasaba nada nos mandó a nosotras. Seguro que lo hizo a posta. Seguro que era para abrir la puerta. El conjuro que hizo invocaba al Antiguo, que podría ser lo mismo que el de los Muchos Años.

Caid asintió sin apartar la mirada del libro.

—Y las llamas…

—Las tres que no somos de aquí —susurró Adelle—. ¿Y si es como se abre la puerta? Aquí las tres anomalías somos nosotras. Puede que nuestra presencia, o nuestras muertes, abran un paso entre lo de aquí y la ciudad que vi dentro de la Herida.

—«Traer al de los Muchos Años» —releyó Caid—. Creo, señorita Casey, que su teoría se sostiene, además de ser muy inquietante. No podemos permitir que les ocurra nada a usted o a la señorita Rollins.

—Ya, pero también tenemos que cerrar la Herida. —Adelle volvió a señalar el dibujo de Rudolph—. ¿Y si es esto, la Herida? ¿Y si la Herida es Nglui, la puerta, pero todavía no se ha abierto? No podemos dejarla como está. ¿Y si…, y si entra más gente que tampoco es de aquí? Volvería a empezar todo desde cero.

—Pues entonces no podemos fallar —se limitó a decir Caid—. Es una lástima que el tiempo apremie, y que nuestro éxito dependa, entre otras cosas, de que ustedes se marchen. Me habría gustado preguntarle tantas cosas a una mujer del futuro...

Adelle sonrió de oreja a oreja, a pesar del enorme cansancio que sentía. Estaba claro que tenían mucho por hacer, y un largo camino por delante. Ojalá hubiera podido acurrucarse en el sofá y hablar de los prodigios que les esperaban con el cambio de siglo, y más allá.

—Haga una lista —le dijo a Caid mientras giraba la cabeza hacia la puerta, en la que acababan de oírse suaves golpes—. Antes de irnos le daré todas las respuestas que pueda.

Caid se levantó y le dio el libro de Rudolph para ir a asomarse a la mirilla.

—No sé si le va a gustar.

—¿Por qué, quién es?

—¿Señor Vaughn? ¿Es usted?

Moira.

Adelle se levantó y se envolvió con una manta, dejando el libro encima de la mesa. A saber qué pensaría la mezquina y vanidosa Moira de un modelo tan ridículo.

—Puedo decirle que se vaya —dijo Caid en voz baja—. Con lo que le hizo en el pelo...

—No, no pasa nada —dijo Adelle, encogiéndose de hombros. Orla seguía durmiendo tan tranquila en el sofá de enfrente—. Me he caído dentro de un estómago y he visto una ciudad que quizá esté en otra dimensión. En comparación, lo del pelo parece una tontería.

Caid descorrió el cerrojo y empujó la puerta, dejando entrar a Moira, que ni siquiera se detuvo a saludarlo. Llevaba un impecable vestido rojo escarlata de manga larga, una chaqueta abotonada con recato hasta la barbilla y un gran sombrero negro prendido con alfileres al pelo. Su mirada recaló de inmediato en Adelle, pero se limitó a fruncir el ceño mientras se quitaba los guantes de cabritilla.

—¿Vas a quedarte mucho tiempo? Lo siento mucho pero es que estamos bastante ocupados —dijo Caid, que no parecía muy seguro de dónde ponerse, aunque al final optó por situarse a la misma distancia de Adelle que de Moira.

—Lo que vengo a decir es lo siguiente. —Moira tomó aire para hablar, inflando el pecho—. Le he dispensado un trato abominable, señorita Casey, y al enterarme de lo que le ha pasado hoy me he sentido aún más humillada por mi comportamiento. No es propio de una dama actuar así. Espero que acepte mis disculpas.

Adelle se la quedó mirando. Parecía sincera, aunque con una seriedad algo afectada.

—Aceptadas. —Las atrocidades que le había dicho Moira no tenían ninguna importancia. Lo del pelo tampoco. Por ella como si Moira la rapaba al cero, siempre y cuando pudiera restañar la Herida con Connie y volver las dos a casa sanas y salvas—. Está todo olvidado.

—¡Qué alivio! —Moira se acercó rápidamente, mientras se ponía los guantes bajo el brazo, y le cogió las manos. Olía a lila y menta, no a aguas estancadas, como se imaginaba Adelle que debía de oler ella, si no a algo peor—. Nunca me había considerado celosa. Es un defecto que ha sacado usted a relucir en mi persona, y que haré lo posible por rectificar. Me manda Severin a buscarla. Está prácticamente obsesionado con que nos reconciliemos, y no se dará por satisfecho hasta que tenga pruebas de nuestra buena relación. —Pasó a dirigirse a Caid—. En cuanto a nuestro… acuerdo…

Él sonrió.

—¿Qué acuerdo?

Moira se animó de golpe.

—¿Quieres decir que… me dispensas de nuestro compromiso?

—Sí. —Adelle notó que Caid se aguantaba las ganas de decirlo con sarcasmo—. Es lo que me pide el corazón. Estoy convencido de que serás mucho más feliz con el señor Sylvain.

—¡Gracias, gracias! —Moira se enjugó una lágrima invisible—. Siempre he sabido que eras un perfecto caballero.

«Eso es mentira», pensó Adelle: en la novela, Moira nunca tenía buenas palabras para Caid. Lo miró a él de reojo, pero no parecía disgustado. Moira se limitó a esperar mientras daba unos pasos por la sala y se enjugaba otra de sus falsas lágrimas. Finalmente se giró otra vez hacia la puerta, barriendo el suelo con el roce de su falda.

—Venía con la idea de extenderle mis disculpas a Orla y marcharme con ella, pero se la ve muy a gusto. Cuando esté despierta, les agradecería que le comunicasen que deseo hablar con ella —dijo Moira—. ¿Qué me dice, señorita Casey? ¿Viene? Severin está esperando.

—Pues… —Adelle miró con impotencia a Caid, pero le pareció igual de perplejo que ella—. Supongo que sí. ¿Me permite un momento?

—¡Por supuesto, pero no se demore, por favor!

Moira salió sin hacer ruido y cerró suavemente la puerta.

—¿Cree que lo ha dicho de corazón? —preguntó Adelle después de que se fuera.

—Me cuesta enormemente interpretar sus intenciones, pero yo diría que sí… —Caid alargó la última palabra mientras volvía a rascarse el hueco del cuello—. De todas formas…, ¿no se puede quedar?

—¿Por qué, pasa algo? —preguntó Adelle, mirándolo con atención—. ¿O solo lo dice para ahorrarme unos cuadros malísimos?

—Por eso dudo —contestó él—. Nunca he visto lo que pinta, y nadie lo ha acusado nunca de modesto. Hace tiempo que me extraña que mantenga su obra en secreto.

—Puede que solo sea por inseguridad.

Adelle no entendió las ganas que tenía de repente de salir en defensa de Severin. La impecable opinión que había tenido siempre de él había cambiado. Era guapo, y cautivador, pero la realidad no estaba a la altura de la fantasía. En la residencia de los Byrne se había prendado de él, pero parecía que desde entonces hubiera pasado toda una eternidad.

Ahora, el recuerdo de la fiesta y de su primer encuentro con Severin la dejaba casi fría. Pensó que quizá fuera porque en el acogedor refugio de Caid, lleno de polvo, libros y plantas, y del propio Caid, todo era calidez.

—A usted no le cae bien —observó con cautela.

—¿Severin? —dijo Caid casi con un gruñido, resoplando y sacudiendo la cabeza—. Es una brújula sin norte. Si quiere que le diga la verdad, me parece un lunático insoportable.

—Un artista, vaya —contestó ella.

La broma relajó un poco a Caid, que tomó a Adelle por el brazo para acompañarla hasta la puerta.

—Con qué rapidez se me olvida que es usted una mujer del futuro… Haría bien en no dudar de su dictamen sobre estas cuestiones.

—Ser un águila, le llaman a eso en el mundo de donde vengo —dijo ella—. Le prometo serlo. Además… —Cruzó la puerta mientras se la aguantaba Caid, no sin mirar una última vez por encima del hombro—. Cuando vuelva podré hablarle de sus ridículas pinturas. No tardaré. Esté atento al fuego en el campanario. Conociendo a Connie, tardará muy poco en encenderse.

Al subir a lo más alto de la iglesia y apoyarse en una de las ventanas rotas, Connie contempló sin aliento el camino que había seguido para llegar a King's Chapel. Se oían ecos de disparos en las calles vacías, y el humo era tan denso que envolvía la iglesia. Nada de ello, sin embargo, le permitió saber quién había ganado.

No tenía tiempo de esperar a averiguarlo. Se giró hacia el mar y escudriñó la costa hasta localizar la gigantesca Herida, que brillaba frente al muelle. A partir de ahí recorrió visualmente el camino hasta el taller, tomando nota de todos los puntos de referencia que pudo distinguir en medio de la oscuridad, hecho lo cual bajó corriendo al interior de la iglesia. Tendría que ir a pie, porque los rodadores no habían dejado ninguna bicicleta.

Corrió hacia el norte, siempre con el agua a la derecha, mientras le rebotaban con fuerza en los hombros el rifle y la mochila. Antes del ataque, los rodadores habían tenido la amabilidad de prestarle más ropa usada. Se lo agradeció al notar lo bien que se corría con los pantalones sueltos y la chaqueta que le habían dado.

Tenía que hablar con Adelle y ponerla en guardia contra Severin, el único que había podido delatarlas. La impulsaba la rabia. Desgraciado de mierda… Ahora que tenían esbozado un plan con el que revertir la situación, iba él y se lo estropeaba. Se prohibió pensar en la batalla en la Congregación.

Qué injusticia.

«¿Dios, me oyes? Es injusto. ¿Cómo voy a dar mi primer beso, y luego perderla?»

Las lágrimas que le escaldaban las mejillas también eran un estímulo. Aunque Missi sobreviviera a la emboscada, pronto Connie volvería a su época, y lo más probable era que el beso no se repitiera. Subía y bajaba los brazos con fuerza, aunque el lodo pegajoso que tapizaba las calles de la ciudad entorpecía en todo momento su avance.

Pasó al lado de los almacenes vacíos que se sucedían por el puerto. Luego dobló dos veces a la izquierda para alejarse de las manzanas menos transitables, donde la acera y la calzada estaban cubiertas por montones de basura, tierra y estiércol. El ruido que hacía al pisar los charcos ahuyentaba a los gatos callejeros, que después de bufarle se refugiaban en la oscuridad, junto con las cucarachas. Deslizándose por el estiércol húmedo, se arrimó a un edificio bajo de ladrillo ocre y se asomó a la esquina, hacia donde se oían voces.

Ruidosos.

Se pegó a la pared, contando las voces. Sonaban nerviosas, asustadas.

—De ahí no las sacamos, a las ratas esas —dijo uno de los ruidosos—. Están demasiado atrincheradas.

—Hemos hecho mal en retirarnos. Estábamos en mayoría.

—Hemos venido a buscar a las chicas, no a cargárnoslos a todos —contestó el primero.

¿Solo dos? Tal vez Missi y los demás hubieran dado mucha guerra. Justo entonces, sin embargo, se unió otra voz a la conversación. Desfilaban hacia el cruce, rodeados por un círculo de antorchas. Connie se alejó muy despacio hasta esconderse en el hueco de una ventana.

—Solo a una —intervino una voz de mujer—. La rubia ya no es ningún peligro.

Connie se estremeció. ¿Ya le había hecho algo Severin a Adelle?

En el sofá de Caid, mientras Adelle dormía, ella se había enfrascado en la laboriosa lectura de *La feria de las vanidades*. Se acordó de la sensación como de náuseas, de golpe en el estómago, que le había provocado el momento en que uno de los personajes se moría en mitad del argumento, como si tal cosa: de vivo a muerto en una sola y fría frase al final del capítulo. «Sobre el campo y la ciudad cayó la oscuridad, y Amelia estaba rezando por George, que yacía de bruces, muerto, con una bala en el corazón».

¿Le pasaría a Adelle lo mismo? ¿Una vida cortada de cuajo?

Esperó a que la luz de las antorchas se alejara del cruce. Con los ruidosos tan cerca seguía siendo peligroso correr, pero si se dirigían al taller tenía que llegar antes que ellos. Quizá Severin estuviera esperando refuerzos. Caid, Orla y Adelle seguro que plantarían cara, y era muy posible que Severin no confiara en vencerlos por sí solo. Físicamente no intimidaba mucho. Connie se dijo que la explicación era esa. Aún estaba a tiempo de llegar hasta Adelle y salvarla. La idea de que la matase un chico del que había estado enamorada tanto tiempo aún era más fría y triste.

Cuando le pusiera las manos encima al llorón y creído de...

Lo oyó cuando iba por la mitad de la manzana: pies pesados retumbando por la calle de manera rítmica. Retrocedió y torció por una esquina, de rodillas, intentando fundirse con la pared y, si hacía falta, meterse entre dos ladrillos. A solo tres manzanas hacia el este suspiraban las olas al morir en la orilla. Si los cálculos aproximados de Connie eran exactos, el taller de Caid solo estaba a cinco manzanas más al norte.

Parecía que los ruidosos fueran directos hacia la Herida, pero si giraban a la izquierda les sería muy fácil poner rumbo al taller. Ahora tenía otro motivo de preocupación: el Mancillador. Esperó que la regularidad de sus pasos significara que no la había visto. No tenía ni idea de cómo veía, si es que veía, o si bien usaba algún tipo de sentido sobrenatural para el que no había nombre. El gemido se oía cada vez más fuerte: voces que lloraban en la oscuridad, chillidos de agonía que perforaban el silencio cada pocos pasos.

—Por favor —se lamentó una de las voces—, que se acabe..., que se acabe...

Connie pegó las rodillas al pecho, tan acurrucada contra la pared que se le clavaban los ladrillos en la espalda, y el charco del suelo le empapaba los fondillos de los pantalones. El Mancillador apareció en el cruce, tambaleándose. Estaba tan cerca que algunas de las caras quedaban a la misma altura que la de Connie. Esta cerró los ojos, y al entreabrirlos un poco se arrepintió enseguida.

«No respires. No te muevas. Ni siquiera pienses.»

—Soltadmeeee —dijo una voz de hombre—. Dónde están mis piernas, dónde...

El Mancillador se paró muy cerca de ella, al alcance de su mano. Un cráneo del que supuraba algo negro, como tinta, se la quedó mirando sin parpadear. ¿Veía algo? ¿Podía alertar de su presencia al monstruo? Connie tuvo un escalofrío, y dejó de latirle el corazón. Parecía que hasta el pulso hiciera demasiado ruido y llamara demasiado la atención. Se llevó una mano a la boca, y no la bajó hasta que el Mancillador, y su indescriptible hedor, volvieron a fundirse con la oscuridad, siguiendo a los ruidosos hacia el agua, o bien hacia el taller.

Se levantó despacio y, tras volver a asomarse por la esquina, corrió al otro lado de la calle, procurando no pisar la espesa brea que dejaba el Mancillador a su paso.

Cinco manzanas más. Podía lograrlo. Solo tenía que correr como no había corrido nunca. El partido más importante de su vida. Segundos para el final. Solo cinco manzanas más.

—Aguanta, Adelle. —Su susurro se disolvió en las tinieblas—. Ahora mismo llego.

NADA MÁS ENTRAR EN EL estudio, Adelle se dio cuenta de que pasaba algo raro. Para empezar, no era normal tan poca luz. Solo había un pequeño candelero en el centro de la sala, sobre una silla plegable. En segundo lugar, nadie le respondía aunque llamase. El espacio tenía pocos sitios en los que esconderse. Distinguió muchos lienzos, unas cuantas mesas para mezclar pinturas y un colchón extrañamente desastrado, metido de cualquier manera en un rincón.

Ni rastro de Severin o Moira. Cuadros, en cambio, muchos. Se aproximó al que tenía más cerca. Por la sala había al menos media docena de caballetes, cantidad que le pareció excesiva, pero bueno, con lo raro que era Severin… Raro y excesivo. Fue a la silla, cogió el candelero y lo levantó para mirar el cuadro. Cuando se posó la luz en él, las velas saltaron con un celo casi acusador.

Adelle tenía delante unos ojos. No unos ojos cualesquiera: los suyos.

No había confusión posible. La obra consistía solo en unos ojos de mujer, pintados de manera tosca, como con los dedos. Uno estaba coloreado con brochazos azules, que en el otro eran verdes. Retrocedió mientras se le iba erizando el vello de los brazos. Al acercarse de puntillas al siguiente caballete, encontró un cuadro casi idéntico: sus ojos mal pintados, de manera extraña. Las pinceladas gruesas del contorno de los ojos les daban un aspecto insomne, como amoratado de cansancio. En el siguiente caballete, y en el otro, lo mismo. No supo por qué lo comprobaba, porque ya sabía lo que encontraría.

Su respiración se convirtió en un hipo histérico. Tenía ganas de tirarse al suelo y apoyar la cabeza en las rodillas. Empezaba a notar una opresión en el pecho y un dolor palpitante a la altura del corazón, clara señal de que se avecinaba un ataque de pánico. Aun sabiendo que era imposible evitarlo, lo intentó, poniéndose de espaldas a esos cuadros tan atroces que le parecían desvaríos de alguien fuera de su sano juicio.

Nada más girarse hacia la puerta quedó claro el truco.

—Moira.

—Encima de fea, crédula —dijo esta última con voz gangosa mientras se acercaba con pasos largos y lentos—. La verdad es que Orla y tú estáis hechas la una para la otra.

—¿Qué quieres? —Adelle trató de interponer un caballete entre las dos, pero Moira obstruía la puerta, y no había donde esconderse—. A mí no…, a mí no me interesa Severin —balbuceó—, si es de lo que va todo esto. Lo de decir su nombre mientras dormía fue algo involuntario, un sueño. Una pesadilla.

—Por supuesto, paloma —trinó Moira con los ojos en blanco—. Sueños agradables ya no hay, aquí.

Sacó de un solo movimiento unas tijeras de su bolso de terciopelo y las levantó para enseñárselas a Adelle.

—No queda mucho por cortar —le dijo Adelle, poniéndose detrás de otro caballete.

Alguna escapatoria tenía que haber… Alguna, la que fuera…

—Ah, no, en realidad tenía pensada una modificación más permanente.

Se lanzó sobre Adelle para clavarle las tijeras y empezó a perseguirla por el laberinto de caballetes, mientras Adelle, que estaba intentando dar un rodeo hacia la puerta, se los tiraba a los pies para que tropezara.

—¿Pero por qué haces esto? —chilló—. ¡Yo no lo quiero! ¡Te lo puedes quedar!

—Ya, pero es que contigo aquí no puedo. Encontré tu bolsito, paloma. El que se quedaron los salmodiantes, ¿te acuerdas? —Moira chasqueó la lengua y sacudió la cabeza mientras intentaba acorralar a Adelle en la pared del fondo—. No te quiere por tu belleza, ni por tu inteligencia. Te quiere porque eres rara. Eres un bicho raro, fuera de su entorno natural. ¡A los artistas siempre les encanta lo que no entienden!

—¡Para, Moira! Te prometo que… no estoy enamorada de él. ¡No pienso robártelo! —Adelle echó mano de sus recuerdos de la novela—. Estáis hechos el uno para el otro, lo sabe todo el mundo. ¡Y yo también!

—¡Mentira! Sería típico de mi mala suerte haber hecho todo lo que he hecho solo para que mi único amor me lo quite una…, una…, ¡lo que seas!

Moira gritó y se lanzó a ciegas sobre Adelle, con tanta rabia como imprecisión. Adelle trató de usarlo en su provecho, tirándole más caballetes, pero ya quedaban muy pocos obstáculos.

—Puedo explicártelo todo —le aseguró—. Por favor, Moira, que no es necesario. Te puedo explicar lo de la mochila, el teléfono, el carné…

—No… tengo… ni… idea… de… lo… que… es… todo… eso.

A cada palabra, Moira clavaba las tijeras en los lienzos que le arrojaba Adelle, hasta que la embistió con un grito de impaciencia y los ojos muy abiertos y llorosos, como si se arrepintiera de su furia, pero fuera incapaz de contenerla.

—¡He renunciado a todo, y no pienso quedarme sin él!

Saltó hacia Adelle.

La única barrera era el caballete interpuesto entre las dos. Adelle le dio una patada muy fuerte para lanzarlo contra Moira. La pelirroja se quedó anonadada al recibir el canto de madera en la mano izquierda, y soltó una palabrota mientras agitaba la mano para comprobar la fuerza del dolor. Sin darle tiempo de recuperarse, Adelle usó de escudo el caballete y la golpeó en la espalda. Se cayeron las dos, gritando de sorpresa, y aterrizaron en el suelo manchado de pintura con un golpe sordo, un chasquido y un sonido húmedo.

Adelle se incorporó, levemente aturdida, y se dispuso a correr hacia la puerta, pero Moira no se movía. De repente le salió de entre los labios un jadeo sin fuerza. Adelle se puso de pie y levantó el caballete despacio y con cuidado, hasta que vio tendida en el suelo a su heroína, con las tijeras clavadas en el centro del pecho a causa del impacto. Casi parecía un cuadro: la elegante asimetría de su cuerpo, con las palmas al lado de los hombros, bajo el pelo rojo en abanico, y el acorde casi irreprochable entre el rojo de la sangre que impregnaba lentamente su vestido y el del terciopelo.

Asustada, se dejó caer al lado de ella y acercó las manos sin tocarla, mientras pensaba a gran velocidad. ¿Qué hacer? ¿Pedir ayuda a gritos? ¿Extraer las tijeras?

—Moira…

Su intención había sido protegerse, no matarla. En el marco de la puerta apareció una sombra. Los ojos de Moira se enfocaron en ella con sus últimos restos de energía, y sus labios se abrieron para que saliera una risa sofocada.

—¿Severin? Cariño…, ¿eres tú? —murmuró mientras se le cerraban los párpados. Luego se puso una mano en el pecho y cogió las tijeras por la base, pero no llegó a sacarlas—. Severin…

Era él, en efecto. La cera derramada por las velas tiradas por el suelo rodeaba a las chicas como un círculo de sal. Severin lo miró todo y se acercó, midiendo sus pasos.

—Es grave —dijo Adelle cuando Severin se puso de rodillas cerca de la cabeza de Moira y le apartó con dulzura el pelo de la frente. En los labios de la moribunda se dibujó una expresión soñadora—. Severin…, ¿qué hacemos?

—Nada, Adelle.

—¿Qu…, qué? —Adelle sacudió la cabeza—. No… Tenemos que intentar ayudarla. ¡Ha sido un accidente! Se me ha echado encima con las tijeras. Yo solo me estaba defendiendo.

Severin tocó los dedos que había cerrado Moira alrededor de las tijeras y arrugó el entrecejo, pero lo que miraba fijamente no era la agonía de su amada, sino a Adelle. Le temblaron los labios como si se le acabara de ocurrir algo gracioso.

—Voy a contarte una historia —dijo en voz baja.

—¿Una historia? Pero Severin, ¿me has oído? ¡Mírala! ¡Tenemos que pedir ayuda!

—No hace falta. Seguro que está muerta —contestó tan tranquilo. Adelle respiró a bocanadas, como si se ahogase. No era normal. ¿A qué venía tanta calma?—. Presta mucha atención, porque me doy cuenta de que eres un alma sensible, y por eso quiero que entiendas por qué he hecho todo esto.

¿Todo qué? Pero si había sido Adelle la que le había clavado sin querer las tijeras a…

—Mi padre quería que fuera pescador. No hablaba de otra cosa. ¡Qué pesado! —Severin soltó un bufido al acordarse, como si no tuviera apoyada la mano en una chica muerta que se estaba desangrando entre los dos—. Era su pasión, pero la mía no. Yo ya sabía que nunca me dejaría ser otra cosa, ni artista ni pintor, pero esa vida no podía vivirla.

—Y en Moira encontraste la salida —dijo Adelle, intentando meterle prisa sin que se diera cuenta de que se sabía al dedillo todos los detalles de su vida, incluidos los más insignificantes—. Te ayudó a desvincularte del negocio familiar.

—No digo que no pudiera haber sido ella la salida, aunque tengo mis dudas, pero no, encontré otra manera.

Adelle miró la puerta de reojo, preparada para huir, pero él la retuvo con un gesto de la mano. Sus dedos goteaban sangre.

—*Un moment,* por favor —murmuró, clavando en ella su mirada—. Quiero que lo entiendas, porque somos los dos de corazón sensible, e intuyo que tu alma se parece a la mía. ¿Tú harías cualquier cosa por amor?

—Pues…, creo que sí. No sé. ¿Sí?

A Adelle le daba vueltas la cabeza. Se estaba planteando si no era mejor decir lo que quería oír él y hacerle hablar hasta que se le ocurriera alguna manera de escaparse.

Severin sonrió.

—Claro, claro, lo sabía. ¿Y por tu pasión? ¿Harías cualquier cosa?

Eran las pasiones de Adelle las que la habían hecho aterrizar en otra realidad, o sea, que la respuesta estaba clara. Moira se había quedado completamente inmóvil. Adelle tuvo ganas de apartarse del cadáver. Se le fue otra vez la vista hacia la puerta. Seguro que vendría Caid a buscarla…

—Pues…, también —dijo para seguirle la corriente a Severin—. Sí.

—Yo igual, y es lo que he hecho —le explicó él—. Una mañana, buscando inspiración a la orilla del mar, me encontré con un hombre que pescaba. Iba todo de negro. De la cara no me acuerdo, lo cual es curioso, porque fue un encuentro que lo cambió todo. Me preguntó si quería ver algo especial, y yo le dije que sí.

«Típico de ti», pensó Adelle. La historia, sin embargo, le sonaba de algo. El hombre de negro, la pregunta de si quería ver algo especial… La manera de contarlo, la descripción… No podía ser pura coincidencia.

«Dios mío…, no…»

—Me enseñó un pez que había pescado —siguió explicando Severin sin percatarse del pánico de Adelle, mientras cerraba los dedos con más fuerza alrededor de las tijeras, haciendo manar sangre por la base de su mano—. Solo tenía un ojo, rojo, brillante y duro como una piedra preciosa. Me dijo que si me lo tragaba recibiría una carta.

Que si hacía lo que me pedía, se harían realidad absolutamente todos mis deseos: riqueza, amor, poder… Todo sería mío.

—Y lo hiciste —musitó Adelle. «Maldito imbécil»—. Lo hiciste.

—*Bien sûr.* —Él se encogió de hombros como si tal cosa—. Cerca de los almacenes ya se había abierto el desgarrón. Debió de ser cuando llegó vuestra Robin Amery. El hombre, y sus promesas, me parecieron otro presagio. Percibí un cambio en los vientos, y opté por atraerlos hacia mí.

Adelle se inclinó hacia la derecha para levantarse y echar a correr, pero Severin no le quitaba el ojo de encima. Lógico. Adelle había visto los cuadros. Severin lo sabía. Había sabido desde su primer encuentro que Adelle no pertenecía a su mundo. No era arte, ni obsesión, sino locura.

En otro sitio, en otra realidad, había una banderola encima de su cama.

«Un poco de locura es el secreto para que podamos ver colores nuevos.»

Tuvo ganas de gritar. De modo que era así como decidían los salmodiantes si protegían u hostigaban a alguien: como Severin había colaborado en llevar la ruina a la ciudad, seguro que le hacían siempre caso, perjudicaban a quien quisiera ver él perjudicado y eliminaban a cualquier persona que se interpusiera entre él y sus deseos. La vida de la que se había desmarcado Severin, la vida de pobreza con su padre, también tenía que desaparecer. Cualquier cosa que no encajara en su visión era basura de la que desprenderse.

—La Ciudad del Soñador —dijo él en voz baja—. ¿No te gusta como suena? A mí, sí. Tal vez en ella sean libres todos los artistas y los enamorados. Se hace limpieza de toda la fealdad y sordidez de este mundo infestado de basura y no se deja prosperar nada trivial. Adiós al dolor, a la monotonía, a la soledad… Solo los sueños.

—Severin… —Adelle notó que se le tensaba todo el cuerpo—. No es lo que quieres. ¡Ni siquiera sabes qué es! Ni tú ni nadie. Hazme caso, por favor: no escuches nada de lo que te diga o te prometa esa cosa. —La maraña de sus pensamientos se desenredó y, por una senda muy tortuosa, la condujo de vuelta a la novela—. A…, al final sí que conseguiste todo lo que querías.

—¿Qué?

Severin ladeó la cabeza, haciendo saltar sus seductores rizos negros.

—Conseguiste a Moira, y dinero, y la vida a la que aspirabas, una vida de arte, belleza y pasión. Y no lo conseguiste así. No te hizo falta. Te limitaste a amarla sin reservas, y todo se puso en su lugar. Cuando secuestraron a Orla los rodadores, la recuperaste gracias a tu ingenio, y conquistaste a su familia. Y no hizo falta nada de esto. Todo este dolor y sufrimiento han sido en balde.

Callado, Severin no parecía tan vehemente, ni daba tanto miedo. Se le encorvaron los hombros mientras escuchaba a Adelle.

—La verdad es que una vez me enamoré de ti, Severin —añadió Adelle sin perder tiempo, resuelta a disuadirlo a toda costa, haciéndole entender hasta qué punto se había desequilibrado—. Es verdad, pero me enamoré del que eras en esa realidad, el que cumplía sus anhelos sin perjudicar a nadie. Ese Severin era un artista atrevido y hermoso que, al ver en el parque a una muchacha, decidía amarla para siempre, y lo hacía, y todo era perfecto.

—Hablas con el corazón. De eso no cabe duda, Adelle.

Pareció meditar en lo que había oído, mientras su mano limpia se acercaba y rozaba la barbilla y los labios de Adelle. Ella se echó hacia atrás con un escalofrío. Entonces la boca de Severin dibujó un rictus de odio.

—Ese Severin ha perdido su amor, y ya no siente nada cuando pinta, pero volverá. Volverá cuando haya quedado todo limpio de fealdad. Ahora este mundo, Adelle, es de los soñadores, y estoy sinceramente convencido de que eres de los nuestros. Por eso me duele tanto hacer esto.

Junto al pie de Adelle había una vela, la única que había salido indemne del caos. De pronto se apagó, dejando a oscuras el rostro de Severin, y Adelle levantó las manos un poco demasiado tarde para impedir que Severin Sylvain le clavara las tijeras.

CUANDO LLEGÓ CONNIE, SIN ALIENTO, se lo encontró de espaldas y de pie, junto a dos cuerpos casi inertes, entre velas volcadas cuya cera blanca se había teñido de sangre. Adelle aún llevaba el camisón de Caid, y estaba inmóvil, preciosa, como una mártir.

—La dulce Adelle. —Severin se reía—. ¿Te sorprende que no me haya dejado convencer? Bueno, un poco tal vez sí. ¡Pero qué cara has puesto! Lástima que no la veas.

Connie se apoyó el rifle en el hombro. Nunca había estado tan segura de un disparo.

—No —dijo. Severin se quedó petrificado. Luego se giró. Al verle el blanco de los ojos, Connie apretó el gatillo—. La pena es que no veas tú la tuya.

La bala lo alcanzó en la rodilla, como era la intención. No hacía falta matarlo. Bastaba impedir que se escapase o diera más problemas. Se desplomó boca abajo, gruñendo, con las palmas en el suelo, y quiso huir, pero se había mezclado tanta sangre en las baldosas que le hizo resbalar y quedarse de lado, respirando con dificultad. Abrió mucho los ojos, enseñando los dientes, y escupió a Connie.

Ella se acercó rápidamente a Adelle y se arrodilló para ponérsela sobre el regazo, apartándola de Moira y Severin.

—Demasiado tarde —dijo él—. La Ciudad del Soñador llegará, y yo lo sabré. Lo veré.

Sin embargo, Adelle aún respiraba. Se aferró al antebrazo de Connie para incorporarse. Por suerte, la puntería de Severin no había sido perfecta. Las tijeras se habían alojado entre la clavícula y el hombro.

—Tenemos que llegar al piso de abajo. —Connie intentaba mantener la calma, sin fijarse en la sangre que cubría el camisón de Caid—. ¿Puedes ponerte de pie?

—Creo que sí —murmuró Adelle. Parecía atónita, como si no acabara de creerse que tenía unas tijeras clavadas en el cuerpo. Consiguieron que se mantuviera en pie, apoyándose en Connie, que la sujetó por la cintura con el rifle en la otra mano—. Connie… ¿Y los otros? ¿Por qué has vuelto?

—¡Muertos! —Severin abrió mucho los brazos, de espaldas en el suelo—. Les he mandado a los salmodiantes. Vuestro plan ya no funcionará.

—No me digas.

Al pasar, Connie le dio una patada en la mandíbula.

Los ecos del disparo debían de haberse oído por todo el almacén, porque justo entonces aparecieron en la puerta Caid y Orla, que corrieron a ayudar a sostener a Adelle. Entonces vieron lo que había en el suelo, y Orla se apartó del grupo para contemplar la escena macabra de los dos amantes, uno herido, la otra en un charco de su propia sangre.

—¿Cómo…? —No le salían las palabras—. ¿No podemos hacer nada por ella?

—Está muerta —murmuró Adelle—. Orla… No sabes cuánto lo siento. Solo intentaba defenderme, pero me ha atacado con las tijeras.

—De él ya me esperaba algo, pero ¿de ella? —dijo Connie.

Con un suspiro y una mueca de dolor Adelle dio unos pasos, intentando que no se movieran las tijeras.

—Moira creía que lo estaba perdiendo. Supongo que ya lo había perdido, pero no en el sentido que pensaba ella.

—Escúchame. —A Connie le dio igual que la oyeran los otros, que estaban saliendo con ellas del estudio. Los zapatos de Adelle dejaban un rastro de sangre en el pasillo—. Tenemos que irnos ahora mismo. Necesitas un médico, Adelle, y aquí no podrá ayudarte nadie.

—La señorita Rollins está en lo cierto —terció Caid, sosteniendo con el máximo cuidado el lado herido del cuerpo de Adelle, sin intentar enderezarla si no se lo pedía ella—. Ahora lo importante es que reciba el tratamiento necesario. Ya encontraremos alguna manera de cerrar la Herida.

—Los ruidosos nos han tendido una emboscada en la Congregación. No tengo la menor idea de cuántos han sobrevivido, ni de si aún pueden hacer volar el globo —dijo Connie—. De camino he visto a los que quedaban, pero no estoy segura de si vendrán a buscarnos o se irán al puerto.

—Todo esto es por Severin —murmuró Adelle sin fuerzas—. Está pasando porque lo ha querido él. Pretende abrir la puerta para que entre la Ciudad del Soñador. Está completamente loco. Se cree que puede abrir un paso a esa ciudad, y lo malo es que creo que igual tiene razón.

Finalmente llegó Orla, que cerró el estudio de un portazo.

—En tal caso, mejor que nos vayamos cuanto antes —contestó Caid—. Seguro que Severin les ha dicho a los salmodiantes dónde están ustedes.

—La escalera bájala sin prisas, Delly —le dijo Connie.

Desde el segundo piso hasta la planta baja había una escalera de peldaños altos y con muchos recodos. A Adelle se le hacía un mundo bajar cada escalón.

El edificio sufrió una sacudida y, a pesar de su tamaño y solidez, el impacto hizo caer del techo una fina cortina de polvo.

—Tienen al Mancillador —susurró Connie—. Cambio de planes: sí que hay que darse prisa, Delly.

—Hay una puerta secundaria —explicó rápidamente Caid—. Está en la planta baja, al fondo del pasillo, pero tenemos que llegar sin que nos vean. Al oír el disparo estaba echando el cerrojo de la entrada. Después de la visita de la señorita Byrne me ha parecido conveniente no dejar entrar a más visitas. Si resisten las puertas, podríamos ir a la entrada de servicio. Cerca de aquí hay un monumento conmemorativo que debería brindarnos cierta intimidad. —Hizo una pausa—. Bueno, más vale que la lleve yo —añadió con un toque de exasperación.

Levantó los brazos, mirándolos. Estaba tan nervioso que le brillaba la frente de sudor.

—No te preocupes —dijo Adelle con una risa ronca—, que a estas alturas ya es casi un profesional.

Estaba preocupantemente pálida. Caid la levantó con gran cuidado, pensando siempre en las tijeras que, si bien le provocaban dolor, también cortaban la hemorragia.

—Nunca se cansan, estos monstruos. —Orla, que los esperaba en el rellano, se mordisqueó los nudillos—. Ojalá que se acabara todo. Ojalá que fuera todo una gran pesadilla.

—Señorita Rollins, por favor, adelántese con la señorita Beevers y comprueben si están los salmodiantes. ¿Llevan encima todo lo necesario para regresar a su época?

Caid bajó los escalones despacio, de uno en uno, mientras Connie arrastraba a Orla por el brazo, haciéndola bajar del rellano.

—En la bolsa tengo el libro, la vela y el cuenco. La piedra podemos encontrarla fuera. ¿Delly?

—Pues... ¡Dios mío! —A Adelle le dio un ataque de tos—. Lo he..., ¡lo he perdido! Me lo habré dejado en el taller...

—No se preocupe, señorita Casey, que no pensaba permitir que se dejase nada.

Caid apoyó a Adelle en su pecho mientras se sacaba con cuidado el incienso del bolsillo de la chaqueta y lo depositaba en el regazo de Adelle, de donde lo cogió enseguida Connie para guardárselo en la bolsa de nailon.

—Es usted increíble —susurró Adelle—. Ahora solo nos falta un sitio tranquilo para hacer el conjuro y esperar que no desencadene otro apocalipsis.

A Connie no le hizo falta oír nada más. Arrastró a Orla hacia la planta baja, mientras el edificio no paraba de temblar. Orla se recogió la falda para correr más deprisa y no quedarse rezagada, jadeando.

Cuando llegaron al final de la escalera, Connie vio temblar la puerta por otra de las brutales sacudidas del Mancillador. Todos los accesos estaban cerrados con llave, pero no se podía saber cuánto resistirían. En la base de la puerta crepitaban llamas. Estaban prendiendo fuego a las entradas con sus antorchas.

—¡Fuego! —gritó Connie a los demás—. ¡Aún no han entrado, pero hay fuego!

El Mancillador arremetió contra la puerta. Orla chilló al ver que se torcía la madera y que caía una lluvia de chispas al pasillo.

—Señorita Rollins... —Escondió la cara en el hombro de Connie—. No había tenido tanto miedo en mi vida. Temo entrar en combustión.

—Yo también —le dijo Connie, viendo propagarse las llamas—. Yo también.

—Así no podemos seguir viéndonos.

Adelle se aferró al cuello de Caid. Ya no le preocupaba parecer desesperada. Sus manos se estaban enfriando, y en los dedos de los pies sentía una extraña vibración que le hizo pensar que quizá ya hubiera perdido demasiada sangre, con el riesgo de mareo consiguiente. A pesar de todo, siguió mirando a Caid. Lo esencial era no volver la vista: sabía que en cualquier momento podía aparecer en el pasillo el Mancillador.

Caid se rio y parpadeó, para quitarse el sudor de los ojos. Luego caminó lo más deprisa que pudo hacia el fondo del pasillo, donde esperaban Orla y Connie, pegadas a ambos lados de la puerta que podía salvarles la vida. Adelle le quitó las gafas a Caid con la mano derecha y, después de secarle el sudor de los ojos con la manga cuidadosamente, las puso otra vez en su sitio.

—Gracias, señorita Casey, pero debo rogarle encarecidamente que se abstenga de cualquier movimiento innecesario —dijo él en voz baja, jadeando.

Connie quitó el cerrojo de la puerta y la abrió con gran cautela, atenta —sin duda hasta extremos paranoicos— a cualquier chirrido o crujido de advertencia.

—Tiene que ver por dónde va —alegó Adelle—. Preferiría no caerme.

—Eso nunca. —Caid lo dijo tan serio que sonó como una promesa—. Jamás la soltaría, señorita Casey.

—Adelle —lo corrigió ella.

Le temblaba de miedo la voz. Cada vez parecía más probable que muriera. Si conservaba la entereza era solo por la fuerza de los brazos de Caid, y por su absoluta confianza en que Connie encontraría la manera de solucionar las cosas.

—¿Eso no es muy informal?

—Me estoy muriendo desangrada, y quizá esta noche sea la última vez que nos veamos, así que me parece que ha llegado el momento de ser informales.

—La verdad es que coincido con usted —respondió Caid, agachándose para cruzar la puerta—. Adelle.

El aire, al otro lado, era fresco y tonificante. Fuese por el dolor o por el miedo, Adelle se desmadejó más en sus brazos, y notó que Caid la apretaba con más fuerza contra el pecho. No eran imaginaciones suyas, no. Sobre el papel era de un trágico romanticismo, pero ahora que lo estaba viviendo de primera mano solo sentía dolor. Cualquier cosa que quisiera decir le parecía teatral, estúpida, morbosa o demasiado tonta.

—Por cierto, ya tengo hecha mi lista —dijo Caid mientras seguía a Orla y Connie por el borde de la calle, dejando atrás el taller—. Ahora me doy cuenta de que en estas circunstancias es de una extensión muy optimista. Si estás dispuesta, y te lo permite tu estado, podrías responder a mis preguntas más urgentes.

—Vale —dijo ella—. Así no pensaré... en todo lo demás.

—¿Ha demostrado o desmentido la ciencia la existencia de Dios? —preguntó él.

Adelle sonrió, desconcertada.

—No.

—¿Hemos abandonado la Tierra por las estrellas?

—Hemos aterrizado en la Luna, y hay satélites que orbitan alrededor de la Tierra. También hemos fotografiado el sistema solar, y hemos enviado sondas... Habría mucho que explicar, y no soy muy de ciencias.

Adelle se rio por la nariz.

—Fascinante. Sí, claro. Pasando a otro tema...

—¡Mirad, una llama! ¡Dios mío, es la señal! ¡Mirad!

Orla se había parado en la acera para señalar hacia el sureste sobre los tejados. En el campanario de la iglesia se veían llamas, como había prometido Missi.

—El globo...

Adelle vio que Connie volvía corriendo hacia ellos con una extraña mezcla de expresiones: primero alegría, después miedo, después rabia, luego confusión... Hasta entonces, Adelle no se había dado cuenta de que su amiga tuviera sentimientos tan encontrados sobre el plan. Se estremeció al sentir un ardor en el pecho, como si le hubieran metido una guindilla en el esófago. El fuego ardía con más fuerza. Su luz era tan intensa, estaba tan llena de esperanza, que Adelle no podía apartar la vista. También Caid estaba como hipnotizado.

—Ya están encendidas las balizas —oyó que murmuraba Connie.

—Gondor pide ayuda. —Adelle cerró los ojos y encontró en lo más hondo de su ser un pequeño residuo de energía—. Quiero verlo.

—¿El globo? —preguntó Caid.

—Sí, quiero verlo. Quiero ver cómo se cierra la Herida. Tengo que saber que está cerrada antes de irnos.

—Delly... —La confusión de Connie dejó paso a su típica cara de ponerse firme—. No podemos arriesgarnos. Tienes que irte a casa ya.

—Aguantaré —le prometió Adelle—. Por favor. Tengo que saber que ya no está. Esta cosa nos supera, Connie. Hemos encontrado el libro de Andrew Rudolph y... Este ser, la Ciudad del Soñador, ya había intentado entrar otras veces. No creo que hubiera llegado a estar tan cerca, ni afectado así a la realidad. Estamos implicadas. No podemos rendirnos tan cerca de la meta.

Connie soltó una palabrota y agitó las manos en el aire. Después dio toda una vuelta y se pasó el pulgar por la boca.

—Vale, pero en cuanto te notes demasiado débil, o si se cae el globo...

—Por supuesto —murmuró Adelle—. Trato hecho.

Connie se prohibió albergar esperanzas, pero algo dentro de ella se obstinaba en pensar que si alguien podía elevar el globo era Mississippi McClaren.

Llegaron como pudieron hasta el agua, mientras Connie enumeraba mentalmente el millón aproximado de motivos por los que era mala idea. No sabían ni cuántos ruidosos había. En Long Wharf podía haber un centenar, listos para sorprenderlos. Por no saber, ni siquiera sabían si había otros Mancilladores. También había que tener en cuenta a los chillones, claro, y a la Herida. Sin embargo, ese algo obstinado que creía en Missi también creía en el deseo de Adelle.

Sus entrenadores siempre le decían muy serios al equipo que tenían que dejar el campo mejor que como lo habían encontrado; que si traían basura tenían que llevársela, y hasta recoger la que dejaban otros por desidia. Siendo partícipes Adelle y ella de la destrucción de ese mundo, era de justicia dejarlo mejor que como lo habían encontrado, o al menos esforzarse al máximo.

Robin Amery estaba muerta, y también Moira. El propio Severin podía morir desangrado, o por que se le complicara una infección. Connie no sabía si ninguna de esas cosas tenía remedio, pero mantenía viva la esperanza por los prisioneros de la Herida, toda esa gente que, según Adelle, parecía que solo descansara, o hubiera quedado intacta, en suspenso. Si conseguían traerlos de vuelta y devolvérselos a sus familias y sus seres queridos, quizá el sentimiento de culpa se volviera soportable.

Su cerebro se apresuró a recordarle que el sitio donde estaban era falso, una mera construcción mental, pero no le hizo caso. Daba igual. Para ella los personajes se habían vuelto reales, sobre todo Missi.

Missi...

Su primer beso. Miró el cielo, muriéndose de ganas de atisbar el globo. ¿Cómo harían que levantase el vuelo, para empezar? Seguro que Missi ya lo tenía pensado y planeado. Lástima que no tuvieran más tiempo... Kincaid, con su inteligencia, y Missi, con su determinación, habrían formado un dúo imparable. Seguro que hasta habrían equipado el globo con cañones láser, duchas de agua caliente y un salón de té.

Una forma blanda, redondeada, se movía en el cielo nublado de la noche, entre jirones de niebla. Connie le dio un codazo a Orla y se volvió hacia Kincaid, que se acercaba esquivando la basura y los baches, con Adelle acurrucada entre sus brazos. Adelle estaba pálida, pero animada, y no paraba de hablar en voz baja con él.

—Creo que son ellos —susurró Connie—. ¡El globo! ¡Funciona!

Se movía deprisa, más que las nubes de tormenta que se deslizaban por el cielo. Lo iluminó un destello de luz que dejó a Connie sin respiración. Fuego. Estaban encendiendo fuego para que siguiera flotando. La luz de la llama permitía ver la mareante cantidad de retales cosidos con tanta desesperación como falta de tiempo. El globo los estaba adelantando a gran velocidad; de vez en cuando desaparecía por detrás de un campanario, pero siempre volvía a salir, y su volumen irradiaba un brillo sordo, como el de un farol.

—¡Cómo corre! —exclamó Adelle—. ¡Si no nos damos prisa llegarán ellos antes a la orilla!

Connie oía el incesante rumor del oleaje, pero aún no se veía el agua. Tomaron la misma calle curva por donde habían vuelto del muelle después de que Adelle saliese de la Herida. Detrás de ellos tembló el suelo, una vibración lejana pero inconfundible.

—Creo que el Mancillador ha descubierto nuestra ausencia —dijo Kincaid, apretando el paso para dar alcance a Orla y Connie por la acera—. La verdad es que convendría darse algo de prisa.

Connie oyó que a todos les costaba respirar. Ella no estaba cansada ni se resentía del esfuerzo. Si le dolían los pulmones era por el nerviosismo y la impaciencia. Orla, entorpecida por las faldas y las botas de tacón, empezó a quedarse rezagada, pero Connie la agarró del brazo y le dio ánimos para seguir corriendo hacia el muelle, la misma trayectoria que seguía el globo, que sobrevolaba la ciudad y casi se había puesto a su altura.

De repente se rompió el silencio por un coro de alaridos y una docena de sombras negras y alargadas se lanzaron hacia el globo a gran velocidad.

—Chillones —susurró Connie. Lo repitió varias veces con todas sus fuerzas, agitando los brazos para que la vieran desde el globo—. ¡¡Chillones!!

Recargó el rifle lo mejor que pudo sin dejar de correr, aunque se le cayó una parte del pequeño paquete de pólvora que llevaba en el bolsillo de los pantalones. A pesar de todo, consiguió meter la bala y disparar a ciegas contra los chillones, sabiendo que no podría dar en el blanco, pero con la esperanza de poner sobre aviso a los del globo.

—Les perforarán la tela —murmuró—. No podrán llegar hasta la Herida.

Para su sorpresa se oyeron más disparos. Eran de pistola, y procedían de la cesta del globo. Lo siguiente que se oyó fueron hurras de voces conocidas, y a Geo y Farai insultando a los chillones, que en la siguiente pasada consiguieron chocar con la cesta y desviarla un poco hacia el sur. Sin embargo, se notaba que los disparos los habían confundido, porque se alejaron en círculo para preparar un nuevo asalto.

Después de una curva muy cerrada, Connie y los demás desembocaron en otra avenida más recta, paralela a la orilla. Tenían delante las oscuras siluetas de varios almacenes que a Connie ya le resultaron conocidas.

—¡Nos os paréis, que falta poco! —exclamó.

Los chillones, que volvían a estar cerca, se lanzaron todos hacia el globo, haciendo resonar su horrible canto por toda la ciudad. Fueron recibidos por descargas, pero esta vez parecían más decididos, y siguieron directos hacia el globo.

La velocidad de Connie, que iba en cabeza del grupo, era casi igual a la del globo, cuyo rumbo se estaba cruzando con el que seguían ellos. A las chicas de dentro no acababa de verlas, pero las oyó gritando como locas que había que recargar.

—¡No! —Era la voz de Geo, estridente por el pánico—. ¡La amarra! ¡Mirad, nos hundimos!

La cesta se inclinó precariamente. El paso de un chillón había cortado una de las cuatro cuerdas que la ataban al globo.

—No, no, no —susurró Connie—. Ahora no. ¡Con lo cerca que estamos…!

A pesar de todo, siguió corriendo entre dos almacenes hacia el muelle y el antiguo depósito cuya fachada de ladrillo se recortaba, funestamente oscura, en el resplandor de la Herida, que brillaba detrás.

—¡El Mancillador! —oyó que gritaba Adelle. Se paró a esperar a los demás—. ¡Connie, en el espigón nos acorralará!

—Tenemos que cerrar la Herida, ¿no? —preguntó Orla con la cara roja, sudando por el peso del vestido—. Es nuestra prioridad. Ahora hay que ser valientes, aunque nos atrape el Mancillador. Nadie lo ha intentado nunca. ¡Nadie ha podido cerrar nunca la Herida!

—Así se habla, señorita Beevers —dijo Kincaid, asintiendo—. Dicen, y es verdad, que no hay valor sin discreción, pero en este caso bastará con el valor. Es nuestra última oportunidad. ¿Qué quedará de Boston si no nos entregamos por completo?

Connie sonrió, impresionada por un discurso que habría sido el orgullo de cualquier entrenador. Se habían vuelto temerarios. Quizá fuera exactamente lo que requería una noche así.

—Pues vamos —dijo, llevándolos hacia los almacenes.

El globo, que sequía flotando, cruzó sobre ellos y pasó de largo, deformado y tosco, pero deslumbrante. Justo cuando se alejaba, las llamas —más altas y voraces tras el ataque de los chillones— envolvieron el magnífico armatoste.

Estaban al final del espolón, viendo que sus esperanzas se las llevaba el humo.

Adelle, que seguía en brazos de Caid, tocó a Connie en el hombro, intentando consolarla.

—Aún podría funcionar —le dijo—. En serio.

Las llamas habían disminuido un poco. Un brusco chorro de aire caliente elevó el globo muy por encima de la Herida. En la cesta se oía una especie de aleteo. Debían de ser las chicas, intentando sofocar el fuego con sus chaquetas o cualquier otra cosa que tuvieran a mano. El borde de la tela aún no se quemaba, pero pronto, si se elevavan más, la perderían de vista.

—Quizá… no sea del todo malo —dijo Caid despacio, pensando en voz alta—. La infusión que planean verter en la Herida forma sin duda casi todo el lastre. Sin él ya no habrá nada que puedan usar para perder altura. Si logran sobrevivir al fuego, quizá lo necesiten para llegar a tierra.

—¡Quizá, quizá! —dijo Connie con rabia—. ¿Usted sobreviviría a un incendio en una cesta tan pequeña?

—La alternativa, señorita Rollins, es que se alejen hacia el mar.

—Caid no se alteró—. Y no vuelva a verlos nadie.

—Ellos tienen sus problemas —murmuró Orla con voz temblorosa—, y nosotros los nuestros.

Tiró con ahínco de la manga de Connie, que al girarse, como todos, descubrió que habían llegado los salmodiantes, aunque ni mucho menos en la cantidad que había supuesto. Solo quedaban ocho, tan sucios y manchados de barro y pólvora que poco quedaba del blanco de sus túnicas. Algunos tenían quemaduras, y había uno o dos ensangrentados. La variedad de estaturas parecía indicar que eran de sexos y edades distintos, aunque todos llevaban las mismas máscaras de cuero grotescas y deformes. Los dos de los extremos llevaban antorchas, y el resto pistolas y rifles. Pronto tendrían a Connie y los demás a tiro.

—Poneos detrás de mí —dijo ella con un susurro amenazador.

Significaba ponerse más cerca de la Herida, pero aún distaban mucho de estar al alcance de su vorágine de tentáculos. El globo parecía perdido definitivamente. Había desaparecido entre las nubes, dejándolos en inferioridad numérica y de armas. Solos.

—Lo hemos intentado —dijo Orla, pegándose a Caid, y miró a Adelle con los ojos anegados en lágrimas.

Adelle trató de abrazarla, en la medida de sus posibilidades, pero no le respondía bien el brazo izquierdo. Tenían que darse prisa. Al parecer no habría más remedio que usar el conjuro sin haber derrotado a la Herida, y sus pobres amigos tendrían que valerse por sí solos.

No era justo, ni estaba bien, pero ¿qué alternativa tenían?

Los chillones pasaron volando sobre ellos en persecución del globo. A pesar de su solidez, el espigón tembló conforme se acercaban los pasos del Mancillador, como un lento trueno que ya había dejado atrás los almacenes. Caid, Adelle y Orla retrocedieron con pasos muy cortos. Connie hizo lo mismo, pero bastante adelantada y con el rifle en alto, tras haberlo recargado a toda prisa. Pasaron junto al Muro de las Cien Caras, expuestos a la inmóvil mirada del convulso mosaico de bocas suplicantes y ojos saltones que lo formaba. Adelle, que nunca lo había visto tan cerca, se quedó mirando cómo sobresalían los atormentados rostros de las piedras, clamando mudos por el fin de su dolor.

Viendo cómo miraba Caid las caras de sus seres queridos, sintió en sus ojos lágrimas como las de Orla.

—¿Qué hacemos? —le preguntó con suavidad.

Caid respiró entrecortadamente. Era la primera vez que delataba miedo en presencia de Adelle, cuya reacción fue sentirse a su vez más asustada e impotente.

—Mandaros a casa —contestó él con la misma suavidad, sobreponiéndose a lo que Adelle estuvo segura de que era auténtico terror. Cuando se hubieran ido Connie y ella, Caid y los demás quedarían a merced de los salmodiantes y los monstruos, que no parecían tener prisa. Adelle casi tuvo ganas de que disparasen cuanto antes. Al menos así estaría ella presente cuando sus amigos organizaran su defensa. ¿Qué sentido tenía vacilar?—. Así estaréis sanas y salvas, y nosotros…, el tiempo lo dirá.

—Si por mí fuera vendrías con nosotras. Lo sabes, ¿verdad? Si pudiera, ni lo dudaría.

—Y yo, Adelle, aceptaría gustoso, si no comportase la destrucción de vuestro mundo.

Adelle no podía hablarle de la novela, ni de cómo lo había conocido, pero de pronto se dio cuenta de que no hacía falta. Ya no era el mismo personaje. A menos que Robin Amery nunca le hubiera entendido lo más mínimo… Había creado un mundo hermoso, pero lo bueno de ese mundo estaba en los pequeños detalles que había descartado, los personajes que se volvían maravillosos por su cuenta.

Severin Sylvain no era un héroe romántico. Caid, por el contrario, sí.

—Conocerte no ha sido para nada como me lo esperaba —le dijo—. Siento que no hayamos podido hacer más. No hemos podido arreglarlo.

Caid cerró mucho los ojos, sacudiendo la cabeza. Se le habían vuelto a empañar las gafas.

—Estoy pensando que me gustaría darte un beso. ¿Me lo permitirías?

—Por favor —susurró Adelle, cuyos labios ya estaban tocando los de Caid—. Sí.

Fue un beso suave, dulce, simple, que a Adelle le gustó más que todos los manoseos detrás de la grada habidos y por haber. El primer y último beso entre Caid y ella. Esperó que no le molestase mojarse la cara con sus lágrimas. Cuando Caid echó la cabeza hacia atrás para mirarla, Adelle se esforzó por sonreír, pero sintió que le salía de manera natural, aunque le temblara la barbilla.

—¿Qué esperan? —murmuró Connie con un solo lado de la boca, apoyando el rifle en el hombro.

En las alturas, los chillones se gritaban entre ellos como si lo celebrasen. Habían encontrado a su presa.

—Al Mancillador. —Al verlo, Orla se tapó la boca y se encogió—. Lo estaban esperando, y ya está aquí.

—No sé si disparar —dijo Connie, nerviosa—. Prefiero que me maten los ruidosos que esta monstruosidad.

—No va a matarla nadie, señorita Rollins —le recordó severamente Kincaid—. Haga el favor de darme el rifle, y preparen su conjuro usted y Adelle. Es hora de reconocer nuestra derrota y salvaguardar lo que podamos.

Orla sollozó.

—Valor, Orla —le dijo Caid mientras depositaba a Adelle con cuidado en el suelo. Ella, incapaz de mantenerse en pie, tuvo que ponerse de rodillas, sujetando las tijeras que aún llevaba clavadas en el cuerpo. La mancha de sangre se había extendido hasta su barriga—. Valor y gallardía.

—A las damas no les enseñan esas cosas —se lamentó Orla, pasándose la mano con fuerza por la cara.

Connie asintió mientras dejaba el rifle en manos de Kincaid, que se giró hacia Orla y la abrazó.

—A las damas no les hace falta aprender esas virtudes —dijo—. Las tienen por naturaleza.

Connie se agachó junto a Adelle, dejó la mochila entre las dos y abrió la solapa de nailon.

—Ya te dije que era un bombón.

—Sí, de los que se deshacen —suspiró Adelle, mientras se le secaban las lágrimas en las mejillas—. Una, que tiene suerte.

—Pues ya somos dos —contestó Connie, sacando la vela y el cuenco. De camino había cogido una piedra. Dejó el libro con cuidado al lado de los ingredientes.

—¿De qué hablas?

—Missi... —Connie hizo un ruido tímido por la nariz, mientras los pasos del Mancillador hacían temblar el espigón debajo de ellas—. Es que nos..., umm..., nos hemos dado un beso. Cuando estemos en casa tendremos que hablar de muchas cosas.

—Eso parece.

—Es increíble —pensó Connie en voz alta—. No he llegado a conocerla.

—¿A quién?

Adelle se sacó el incienso del bolsillo y lo añadió al montón.

Connie sonrió de oreja a oreja.

—A Moira. No he llegado a verla viva. Siempre había estado enamorada de ella, y no he llegado a conocerla.

Adelle frunció el ceño, mirando las tijeras que sobresalían de su hombro.

—O sea, que no era solo un ejemplo. Pues mejor para ti, te lo aseguro.

—Bueno, da igual. —Connie alzó la mirada hacia los chillones—. He conocido a quien necesitaba... conocer. —Al levantar aún más la vista se quedó sin palabras—. Esto..., chicos..., ha vuelto el globo.

Kincaid solo miró una vez. Orla, en cambio, giró todo el cuerpo y la cabeza y se quedó boquiabierta por la impactante imagen del globo en barrena, con las llamas devorando los bordes de la tela y una serpentina de chillones detrás. Por si fuera poco, tenía un boquete del tamaño y la forma aproximados de un chillón.

—¡Cuidado, los de abajo!

El aviso de Mississippi se oyó a pesar del chisporroteo de las llamas, los gritos de los chillones y los ensordecedores pasos del Mancillador, que se acercaba por el espigón con todo su peso y pestilencia.

—¡Tiradlo! —oyó Connie que exclamaba Mississippi—. ¡¡Ya!!

Hasta el Mancillador frenó sus pasos ante la brusca conversión de la cesta del globo en una enorme jarra. El peso del té que empezaba a verterse por el borde, hacia la Herida, hizo que se inclinase de manera precaria, mientras seguía cayendo hacia las olas.

—¡Lo han conseguido! —dijo Adelle con una risa incrédula.

Los brazos de la Herida se agitaron, y fue tal el estruendo que salió de ella que el aire se inmovilizó de golpe. Era un ruido como de otro mundo, ensordecedor. Adelle estuvo a punto de pegarse al suelo por la fuerza de la onda expansiva. A Connie, Orla y Kincaid les costó seguir en pie. El espigón osciló, y una trama de grietas lo partió por la mitad. Un oleaje embravecido lanzaba agua negra como bilis por el borde.

Volviendo en sí, Connie corrió a proteger los ingredientes del conjuro y meter a toda prisa lo que necesitaban en la bolsa de nailon, mientras veía que el nivel del mar empezaba a subir, y que la Herida se ahogaba, retorciéndose en litros y litros de infusión inhibidora de los sueños.

El Mancillador llamaba a su amo: un coro de voces que se desgañitaban de dolor e indignación mientras el monstruo se lanzaba con saña sobre el grupo. Connie vio que a Kincaid le temblaban los brazos al apuntar con el rifle y disparar. La bala dio en el blanco; había sido un magnífico disparo, aunque su único efecto fue ser absorbido por la gelatinosa masa.

La bala se había incrustado en el centro, en la frente de un nuevo rostro que se destacaba entre el cúmulo de cuerpos fundidos.

Severin.

—¡Por Dios bendito! —Orla apartó la vista, tapándose la cara—. Se lo ha llevado.

—No se creen que pueda salir bien —murmuró Adelle, mirando a Severin por encima del hombro con dureza y frialdad—. Por eso no han disparado los salmodiantes. No se conforman con que nos muramos. Quieren que suframos una muerte horrible, pero no va a ser así. No puedo permitirlo.

Como era su mejor amiga, Connie interpretó a la perfección su cara.

—¡Delly! Como te quites las tijeras y se las intentes clavar, te juro por mi vida que...

—¡Connie! —Adelle agitó un brazo hacia el cielo—. ¡Cuidado, Connie!

Ya había llegado el Mancillador. Kincaid aún estaba recargando el rifle, mientras el cuerpo destrozado de Severin brotaba del monstruo y se quedaba colgando como una especie de apéndice. Por muy rápido que pudiera ser Kincaid, por mucha ayuda que le prestase Connie con la pólvora, era imposible que llegaran a tiempo.

El globo, sin embargo, descargado de su lastre, envuelto en llamas y deshecho en jirones, tenía otros planes. Adelle vio aparecer a Mississippi, que pasó los pies al otro lado de la cesta para deslizarse por una cuerda, haciendo que el globo virase bruscamente hacia ellos. El globo seguía bajando a gran velocidad, directamente hacia el grupo.

Connie tiró a Kincaid por puro instinto y se quedaron apelotonados en el suelo con Orla, mientras el espigón temblaba, la Herida retumbaba y el agua se echaba encima de ellos en gélidos torrentes.

El deseo expresado por Severin de ver la majestuosa *montgolfière* estaba a punto de hacerse realidad: el globo cayó sobre el Mancillador, prendiéndole fuego. El coro de alaridos silenció incluso las protestas de la Herida, mientras la brea negra que cubría al monstruo se incendiaba como gasolina. De la cesta saltaron tres figuras que aterrizaron de manera brusca, dando volteretas por el suelo. El globo, por su parte, aplastó prácticamente al monstruo con la fuerza de su caída.

Mientras se propagaba el fuego, los salmodiantes asistían perplejos a las muertes de su arma y de su dios, gritándose los unos a los otros.

—¡Ha sido increíble!

Connie se levantó de un salto y no tardó ni un segundo en lanzarse sobre Missi, que correspondió a su abrazo, aunque con una mueca de dolor. Al apartarse de ella, pero sin soltarla, Connie vio que tenía un cabestrillo suelto y roto en el hombro, y un arañazo en el bíceps.

—Te has hecho daño.

Miró si tenía más vendajes.

—Ahora no te preocupes de eso. —Missi le quitó importancia con un gesto—. ¿Ha funcionado? ¿Ya no está?

Al girarse en silencio hacia la Herida, vieron que sus tentáculos se movían cada vez más despacio y, después de un espasmo final, se hundían inermes en el agua, por debajo de la línea del muelle. Las olas, desatadas, venían a morir hacia la parte central del espigón, aunque cada vez se levantaban más sobre la Herida, abatiéndose sobre ella hasta ocultarla por completo bajo un manto de espuma.

—El Muro... —dijo Orla en voz baja, parpadeando deprisa—. Ya no están las caras.

Una serie de figuras empezaron a cruzar el velo de agua. Llegaban con paso vacilante, levantando los brazos, pero llegaban. Dentro del Mancillador no se movía nada. Parecía que sus víctimas habían dejado de existir, aplastadas por el globo.

—Ahora —les recordó Kincaid a las chicas con un brazo extendido, abriendo y cerrando la mano—. Dadme la vela.

—¡Haced el conjuro ahora que está muerta la Herida, imbéciles, no sea que deis más problemas! —bramó Mississippi, suavizando sus palabras con un cariñoso apretón en la nuca de Connie—. ¿Y a ti quién te ha metido estas tijeras, maja?

Señaló el pecho de Adelle con cara de perplejidad.

—Ya te lo contará todo Caid —susurró Adelle—. No creo que el culpable dé más problemas.

Palidecía por momentos. Connie se mordió el labio mientras distribuía con gestos frenéticos los ingredientes y abría el libro antes de que alguien pudiera ver el título. A continuación miró hacia arriba, para situar el norte y el sur, y sacó el incienso de su bolsa de nailon. Agua de mar para el cuenco no faltaba.

Los sobresaltaron varios chapoteos: era el ruido que hacían al caer del cielo los chillones, algunos de los cuales se desplomaron muertos por el espigón, mientras otros desaparecían en el mar. Orla se arrimó más a Kincaid, que había vuelto con la vela encendida en el fuego que seguía reduciendo al Mancillador a un montón de ceniza mantecosa.

—Despídete y ve a recibirlos —le dijo sonriendo a Orla—. Llegarán desorientados y necesitarán que los tranquilicen.

Connie cogió la vela de manos de Kincaid, derramó un poco de cera sobre el muelle y aplastó la base de la vela contra ella. Entre todos formaron un círculo para proteger la llama, débil pero valiente.

—Rollins, se han cargado a Joe y a demasiados niños —dijo Missi sacudiendo la cabeza. Farai y Geo estaban cubiertas de hollín, chamuscadas, magulladas, pero vivas—. No hemos hecho tantos sacrificios ni hemos destrozado mi precioso globo para que ahora os derrumbéis. Haz el conjuro, cariño, y marchaos a casa.

Se agachó para darle un beso en la coronilla a Connie, que supo que era para desearle suerte. Luego, cogidas de las manos, Connie y Adelle asintieron, tan preparadas y a la vez poco preparadas como puedan estarlo dos personas. Connie habría querido quedarse y asistir al reencuentro de sus amigos con los que llegaban por el espigón, pero no había tiempo y, si esperaban demasiado, corrían el riesgo de que su presencia creara otro nuevo y terrible caos, que les tocaría sufrir a sus amigos.

—Te echaré de menos —murmuró Adelle, mirando a Caid—. Os echaré a todos muchísimo de menos.

—No te olvides de nosotros —contestó él. En la tela blanca de su camisa, a la altura del corazón, había una mancha de sangre de Adelle—. Pero vivid. Vivid y nosotros haremos lo mismo.

Orla no paraba de llorar. Se separó del grupo para echarle los brazos al cuello a Adelle por última vez. Después retrocedió, y respiró tan fuerte que la oyeron todos.

—¡Mi corazón ya no lo aguanta más!

—¿Lista?

Connie volvió a coger las manos de Adelle.

—No. ¿Y tú?

—Qué va.

—No le pasará nada —le prometió Adelle—. Hazme caso.

—Ya lo sé —dijo Connie, aunque estaba preocupada—. Es Mississippi McClaren. Puede hacer cualquier cosa.

Adelle cerró los ojos. Connie también. Entre rostros llenos de tristeza y esperanza, pusieron las manos en el libro, sobre la última página, y pronunciaron las palabras.

—Mundo en dos cortado, envuelto y enroscado. La cortina se rajó y el Antiguo nació.

Epílogo

ADELLE MIRÓ AL PÚBLICO. SOLO habían venido unas dos docenas de amigos y parientes, pero la sensación que tenía era la misma que si hubieran estado llenos los dos pisos de una librería de Times Square. Localizó a Connie en primera fila, de la mano de su nueva novia, Gigi, que había llegado a mitad de curso y había entrado en el club de biatlón. Connie había tenido el valor de pedirle que salieran justo antes del principio de las vacaciones de verano.

Connie le hizo un guiño y levantó el pulgar.

Desde que habían vuelto todo era distinto.

Al día siguiente se cumplía un año desde su regreso. Adelle había empezado a perder la conciencia de camino al hospital, pero por suerte su reingreso en la realidad se había producido en un Long Wharf plagado de turistas, y la había salvado una pareja italiana con un móvil y un inglés precario.

Lógicamente, también les habían hecho preguntas. En la ambulancia, las dos habían intentado consensuar una versión, y al final se habían decantado por no intentar explicar ni un episodio. Empezaron a correr rumores y a inventarse historias. La mayoría de la gente pensaba que habían pactado suicidarse, pero que les había salido mal; otros, que las había drogado y secuestrado un psicópata. Ellas se mordían la lengua, dejando especular a sus compañeros, amigos y parientes sobre dónde habían pasado esos días misteriosos. En su mundo solo habían pasado algo más de setenta y dos horas.

—No me acuerdo —le decía Adelle a su madre siempre que esta se armaba de valor y se lo preguntaba.

Brigitte Casey seguía estando muy solicitada, pero se quedaba más a menudo en casa. Adelle sabía que sería algo efímero, porque su madre estaba demasiado enamorada de su trabajo como para ponerle límites durante mucho tiempo. Tampoco le molestaba.

A Adelle ya no le importaba tanto estar sola en casa con Greg. Había encontrado su camino, y estaba demostrando a todo el mundo, es decir, a su veintena larga de espectadores, en qué consistía.

Sí, tenía un camino. A partir de ahora ya sabía qué hacer.

Abrió el libro de tapa blanda, autoeditado, e, ignorando toses y chirridos de sillas, respiró un poco de aire con aroma a café y leyó en voz alta la primera frase de su primer libro.

—El significado de un beso no se sabe hasta que se convierte en un recuerdo.

La lectura salió todo lo bien que podía salir. Adelle llegó hasta el final del primer capítulo. Después se levantaron todos a aplaudir y vio en el público a su madre con cara de felicidad. Hasta Greg parecía emocionado. Se imaginó a Caid al lado de los dos, aplaudiendo a rabiar, con una americana y unos chinos, y unas gafas más modernas, tal vez de concha, pero con la misma sonrisa ancha y los mismos hoyuelos.

A veces estaba segura de tenerlo cerca. Connie decía lo mismo: que de vez en cuando, cuando veía a una pelirroja guapa en el centro comercial, o en un partido de los Sox, pensaba: «Era ella. Sé que era ella». Aunque siempre dolía igual, Adelle se había dado cuenta de que anhelaba esos momentos.

Country Shelf, la librería donde trabajaba la madre de Connie, Rosie, había tenido el gesto de reservarle un espacio para firmas. El libro no podían tenerlo en *stock* sin un ISBN de verdad, eso ya se lo había advertido Rosie Rollins a su hija, pero a ella le daba igual. De todas formas, lo había hecho más que nada por pasión, y lo que estaba era agradecida por que le hubieran seguido la corriente dejándola hacer la lectura y firmar todos los ejemplares, recibidos dentro de una caja, muy apretados.

Sacó su rotulador de punta fina para Connie y Gigi. Esta última se había adornado las mejillas con estrellas de purpurina que contrastaban con su inmaculada tez morena. Llevaba un corte *pixie* muy mono, pero cuando salían juntas se ponía unas pelucas rosas muy trabajadas. Sus *looks* ya estaban dando que hablar en internet, y era una experta en *streamings* sobre maquillaje y cotilleos, que le habían valido más seguidores de los que tendría nunca el libro de Adelle. A Gigi le encantaba, mientras que Connie le seguía la corriente. Formaban una pareja muy curiosa: por un lado, los pantalones sueltos de yoga y la sudadera *oversize* de Connie, y por el otro los lacitos rosas brillantes, los *shorts* cortísimos de colores fosforito y las bambas de plataformas kilométricas de Gigi.

—¿Has visto? —dijo Connie, entusiasmada—. ¡Eres famosa!

—Es la primera vez que me encuentro a un famoso —le tomó el pelo Gigi—. ¿Me firmas un autógrafo en la mano? Ya no me la volveré a lavar.

—Muy graciosa. —Adelle puso los ojos en blanco—. Aquí la famosa eres tú, Gigi, que tienes como quinientos seguidores. Ahora, en serio: ¿ha estado bien? Me fallaba todo el rato la voz. Hablaba como un pollo de goma.

—Un pollo de goma muy mono. —Connie miró cómo le firmaba su ejemplar—. Lo digo en broma, ya lo sabes. Ha estado genial, Delly. Es lo tuyo, en serio.

—Al menos mamá me está dejando elegir escuela de escritura —dijo Adelle. Como cualquier dedicatoria le parecía banal, se limitó a poner su nombre. Ya lo personalizaría cuando tuvieran tiempo—. Aunque sigue sin renunciar a lo de la universidad.

Lógicamente, Connie ya estaba preparando su solicitud de ingreso en Yale. Su escrito de presentación sería flipante.

—Seguro que esto le encanta —aseguró a Adelle—. Así las dos podréis ser escritoras de éxito: su sueño hecho realidad.

—Bueno, creo que lo que escribe ella tiene más seguidores, y va de funerales. Gracias por venir. —Adelle les sonrió de oreja a oreja, llena de adrenalina y emoción. Aún le faltaban al menos once libros que firmar. Los disfrutaría a fondo—. ¿Vamos luego al Burger Buddies?

—Que no nos vea Greg —se rio Connie—. Sí, claro. Estaremos en la esquina, leyendo este futuro *best seller* que mola de la hostia.

La gente se empezaba a marchar. La madre de Adelle y Greg iban y venían, un poco preocupados por que esa noche quisiera salir.

El toque de queda se había vuelto obligatorio y se aplicaba a rajatabla, cosa que Adelle entendía y cumplía: a las nueve en casa cada día, sin excepciones. Cuando el personal de la librería empezó a cerrar, solo quedaban Connie y Gigi. Justo cuando Adelle estaba tapando su rotulador apareció una sombra en la mesa, y aterrizó boca arriba un ejemplar de su libro, que la sobresaltó.

—*Amor en el abismo* —dijo una voz grave, masculina, arrastrando las palabras—. Qué título más dramático.

—Gracias.

Adelle volvió a coger su rotulador y levantó la vista para ver quién venía a que se lo firmara.

Tenía la barba muy blanca y las mejillas picadas de viruela. Iba todo de negro, incluido el sombrero, a juego con sus ojos pequeños e intensos; unos ojos que no apartaban de ella una fría mirada de malignidad, mientras la cara quedaba dividida en dos por una precaria sonrisa. «Una sonrisa de depredador —pensó Adelle—. Pues se equivoca.»

El señor Straven.

—Habéis vuelto —murmuró inclinándose hacia ella. Le apestaba el aliento, pero Adelle no se apartó. Lo había estado esperando. Todo un año de espera—. Robin no, pero vosotras sí. Luego la puerta no se abrió. Cruzasteis las tres, las tres llamas, pero no funcionó, ¿verdad?

Adelle siguió mirándolo a los ojos.

El señor Straven continuó hablando entre dientes, con voz sibilante.

—No sabes ni de qué hablo, ¿verdad, niña tonta? ¿Qué pasa, que solo estuvisteis jugando a los disfraces? ¿Perdí el tiempo para nada?

Esta vez fue ella quien sonrió con serenidad y firmeza.

—Sí que sé de qué hablas, Straven. Servidor. Se encendieron las llamas, cruzaron tres forasteras, se abrió la puerta y entonces yo…

Sabía que desde donde estaban los demás no la veían, y con Straven en medio, menos. Sus ojos se pusieron negros, llenos de determinación. Lo había traído de vuelta, y pronto nacería.

—Entonces yo… crucé la puerta.

Dentro de ella solo quedaba lo que había traído de vuelta. Ahí estaba, esperando el momento de salir y abrirse.

Straven, consternado, empezó a alejarse, tropezó con la mesa y las manos se le contrajeron en pequeñas y débiles garras al tratar de gritar y no lograrlo.

Agradecimientos

QUIERO DARLE LAS GRACIAS, COMO siempre, a Kate McKean, por ser la mejor agente a la que puede aspirar una escritora. Sus consejos, su entusiasmo y su fe no han flaqueado nunca, y aquí estamos, con catorce libros a nuestras espaldas. Gracias también a Andrew Eliopulos, no solo por cómo ha editado el libro, sino por todos los proyectos que hemos hecho juntos. ¡Qué increíble aventura! ¡Y qué suerte tengo de haber sido la beneficiaria de su sabiduría, su trabajo y su creatividad! Sus ideas y su ayuda están presentes en toda la novela, y han ayudado a convertir algo extraño en algo coherentemente extraño. Gracias, Andrew, por todos estos años de creación a cuatro manos. Ha sido un privilegio enorme trabajar contigo.

Deseo dar las gracias asimismo a Alyssa Miele, por tomar el testigo y compartir la carrera. Gracias por todos tus comentarios, los severos y los graciosos. Tu perspicacia ha hecho crecer enormemente esta novela.

Hago extensiva mi gratitud a Chelsea Stinton y Anna Hildenbrand, que cuando lo lean sabrán exactamente en qué han colaborado.

Todo esto podría caber perfectamente en el cuaderno ese tan viejo y hecho polvo de Harry Potter.

No puedo dejar de agradecer el respaldo de mi familia y mis amigos, que me dan todo su apoyo a lo largo del viaje que es cada proceso de escritura de una nueva novela. Gracias especialmente a Trevor por la lluvia de ideas, el apoyo emocional y sacar de paseo a los niños cuando yo estaba demasiado empantanada para levantarme de la mesa de trabajo.

Por último, gracias a los lectores que vienen siguiéndome desde la época de *Asylum,* y a los que acaban de encontrarme. Si esto existe es gracias a vuestro apoyo, compromiso y cariño.

Printed in the USA
CPSIA information can be obtained
at www.ICGtesting.com
LVHW090856280624
784140LV00001BA/1